立松和平

# 良寛

大法輪閣

【目次】

カバー絵・カット／山中桃子
装丁／清水良洋（マルプデザイン）

【良寛の兄弟系図】

父・橘屋山本以南
母・おのぶ

- 栄蔵（良寛）
- むら（妹）＝酒造業と回船問屋を営む外山文左衛門に嫁ぐ
- 由之（弟）＝長男の良寛に代わって家督をつぐことになる
- たか（妹）＝出雲崎町年寄の高島伊八郎に嫁ぐ
- 宥澄（弟）＝生家橘屋の菩提寺・円明院の住職となるが、若くして没する
- 香（弟）＝橘香。文章博士高辻家の儒官となるが、突然自死する
- みか（妹）＝出雲崎の北、浄土真宗浄玄寺に嫁ぐ

【主な登場人物】

玄乗《げんじょう》破了《はりょう》和尚＝光照寺住持。良寛出家の師。

万秀＝光照寺古参の僧侶。良寛とは親戚。

破勇＝光照寺の典座和尚。

大忍国仙《だいにんこくせん》和尚＝玄乗破了和尚の師。備中玉島の円通寺住持。

大森《おおもり》子陽《しよう》＝儒者。良寛は十三歳から大森子陽の学塾三峰館で学んだ。

原田《はらだ》鵲斎《じゃくさい》＝良寛の外護者。医師。良寛の親友で、大森子陽の三峰館で共に学んだ。

阿部《あべ》定珍《さだよし》＝国上山に近い渡部村の庄屋で造り酒屋を営む。良寛の詩歌の友。

解良《けら》叔問《しゅくもん》＝国上村の豪農で庄屋。良寛が訪れるたびに歓待した。

鈴木《すずき》文台《ぶんだい》＝江戸で儒学を学ぶ。兄の桐軒と共に良寛の漢詩集を編んだ。

本書は、月刊『大法輪』平成十九年一月号から
平成二十二年三月号まで連載した「小説　良寛」
をまとめたものです。

# 第一章　覚悟

海に沿って一筋の街がつづいていた。街には街道とともに旅籠屋《はたご》がならんでいる。旅籠屋では夕餉も終り、旅客たちも誘われるようにして寝間着の浴衣を着て、三々五々外に出てきていた。調子のいい笛や太鼓の音が鳴り響き、出雲崎《いずもざき》の往来には人を誘惑する力があふれていたのだ。今夜は盆踊りなのである。

名主の昼行燈《ひるあんどん》の息子といわれ、自分でも何を考えているかわからず、茫然として海や山を眺めていることの多い栄蔵にしては珍らしく、十八歳の同年代の若者たちの輪にはいって、踊っていたのだった。輪の中には老若男女がいた。女のこんなに近くにいることはめったにないので、栄蔵と同年代の若者たちは妙に張り切っていた。もちろん娘たちもまんざらではなく、一箇所に固まって物欲しそうな視線をあたりに放っている。男たちは固まって娘たちに寄っていくが、きっかけがうまくつかめず、そばに寄ってもまた通り過ぎてしまう。それを何度でもくり返すのだ。すでに気心の知れているもの同士もあり、群れから離れてそっと闇の中に消えていくこともあった。誰にも聞こえている人のざわめきや笛太鼓の音以上に、若者たちのまわりは騒然たる気配に包まれていた。だがそれも全体の空気の中に溶け込み、日本海に沿った静かな街の夏に一晩だけの空騒ぎなのだった。

栄蔵はぎらぎらした目をしている若者たちのところから一人離れ、決まった拍子で手足を動かしつづける踊りの輪の中にいた。茶碗一杯の酒を飲んでいたこともあり、栄蔵は上機嫌である。満足そうに一人微笑をたたえて手足を振り上げては振りおろしている栄蔵の姿を見れば、若者たちは昼行燈と囃し立てるところである。しかし、あたりは暗いし、若者たちは自分たちのことにしか興味はなかったのだ。栄蔵の内面で何が起こっているかなど、誰にも興味はなかった。

弟の由之《ゆうし》が若者たちの群の中にいるのを、栄蔵はちらっと見た。いつものことであったが、由之は兄とは注意深く距離をとっているのだ。身なりも言動もまわりの若者と変わらない由之は、兄を意識してそうしているのである。だがそんなこともどうでもよく、栄蔵はいつもの栄蔵であった。髪はぼうぼうと乱れて結いもせず、帯も解けそうで、草鞋もはかずに裸足である。もちろん他人の目を意識してそうしているのではなく、自《おの》ずからそうなってしまうのだ。もちろんただ身だしなみを整えないというのではない。出雲崎から二里離れた地蔵堂町の儒者大森子陽《しよう》先生の塾に通い、和漢の学問を学ぶことが栄蔵にはなによりの楽しみだった。別に意地を張っていたというわけでもなかったが、栄蔵にすれば一人でする読書の楽しみにくらべれば、同年代の子供たちと遊ぶことがあまりにもたわいなく思えたのである。幸い出雲崎名主の父橘屋山本以南《いなん》は神職をかねた学問好きで、家には和漢の書物がたくさんあった。父は栄蔵にそれらの書物を読むことをすすめなかったが、禁止もしなかった。学問に励めば、自分のように名主という俗世の立場に疑問を持つと考えているのかもしれない。

山本家には子がいず、父と母とは夫婦養子であった。そのことがあったからか、あるいは関係がないのか、父も母のおのぶも、俗世のことには恬啖《てんたん》としていた。以南は俳号である。父は通称次郎左衛門ともいい、伊織とも号した。

「降りながら空はうつくし春の雨」

父の発句である。以南は蕉風の影響を強く受け、名のある俳諧師がきたといっては、新潟や柏崎や直江津などにしばしば出かけていった。家業よりも、趣味のほうに忙しいといった人物であった。そのせいか、世間では奇行と思われるような栄蔵の行動も、父からはなんらとがめられるようなことはなかった。栄蔵は栄蔵として、自由気儘《きまま》に育っていたのだ。長男の栄蔵がそのようでは橘屋の行く末は危ういとして、弟の由之に期待をかける親戚の声も聞こえないわけではなかったが、父も、もちろん栄蔵自身も、まったく気にすることはなかった。栄蔵は父と母の血を受け継いでいることは、間違いなかったのである。それは名誉でもなければ、もちろん不満でもない。

「栄蔵よ、お前は海の鰈《かれい》になるぞ」

人のいうことをすべて真に受け、疑うということをしない栄蔵に向かって、栄蔵が子供の頃からよく父はこのようにいった。栄蔵はそのことも疑わず、自分がいつか海にはいって鰈になるのだと子供の頃には本気で思っていた。もちろんそれは気持ちのいいことではあれ、困ったことではまったくない。海の中で自由気儘に泳ぎまわり、海底の砂の中に潜って嵐をやり過ごす自分の姿を、時折栄蔵は空想したりもした。

みんなは盆踊りに夢中で、誰も栄蔵のことなど気にもしなかった。栄蔵は踊りの輪から離れ、海岸のほうにいった。街をはずれると防風林がある。松の幹の向こうに、夜の海が光っている。酔いの感覚が身体の奥には残っているのだったが、気分は爽快である。闇の中に立っている松の木は息をし、微かに聞こえてくる笛太鼓の音にあわせ、ほんの少しだが身をよじらせて踊っているようにも見えた。

肥料にする松葉をとるために、下草は刈られていた。栄蔵は裸足で草を踏んでいく。時折枯れ枝を踏み折る音がした。松脂《まつやに》のにおいが、俗世の人々の息のようにも感じられた。

栄蔵の前には海がひろがっていた。海に落ちる光は、月ではなくて、星のものだ。海から半天に向かって、無数の星が瞬《またた》いている。月はほの暗く、輝いているのは銀河であった。波はほとんどなく、海はしずまっている。だが海は眠ったまま息をしているかのように、時々ざざっと波の音を響かせてきた。その波の音にあわせ、無数の星も呼吸をしているかのように瞬いているのだった。その向こうに影のように横たわっているのが、佐渡が島である。

栄蔵は砂に身を横たえ、空を見上げた。砂の表面を握ると、昼間太陽に灼かれて火照《ほて》りが残っている。背中や尻にその熱を栄蔵は気持ちがよいものに感じていた。昼間と違って夜の空は、果てのない深淵を隠そうともせずそこに存在することを示していた。この深淵が栄蔵の全身を包もうとしている。世間のこともわずらわしく、世を捨てた姿になろうか。ふとそう考えて、栄蔵は目をつぶった。

傾いて端から転げ落ちるような感覚で、眠った。一瞬なのか、もっと長い時間なのか、どのくらい眠ったのかわからない。目が覚めると、まったく同じ空があった。人が生涯を終えて死ぬほどの時間が過ぎたような気もする。たとえそんな時間がたったのだとしても、空の深淵にはわずかの変化もない。栄蔵は立ち上がると、そもそも汚れている衣についた砂を払った。銀河に抱かれた暗い海にもまったく変化はない。栄蔵の中にはまだ多少の逡巡があった。だがそんなためらいは取るに足らないものである。

父から鰈になるといわれたのは、親を睨んだからだ。睨んだ目が寄っていって元に戻らなくなる。子供の頃は本当に鰈になると思った。そうすると暗い冷たい水中を泳がねばならなくなる。困ったことだと思ってはいなかったけれども、海辺の岩の上で波を眺めていて急に悲しくなったことがあり、いつまでもそこにいて、母親が探しにきたことがあった。その時から自分が間違いなく鰈になると信じていたのだった。その気分のまま育った栄蔵は、今こそ自由な鰈になろうと決めた。

栄蔵は鰈になった時にいくところは決めてあった。左手に銀河と海とを眺めながら歩いていく。出雲崎の街の中では篝火《かがりび》がたかれ、盆踊りは最高潮になっている様子である。若者たちは娘たちを意識して、波のように近づいていってはまた遠ざかることをくり返している。そのまま栄蔵が歩いていくと、笛太鼓の音はしだいに遠ざかっていき、とうとう聞こえなくなった。ここにあるのは、どちらも暗いのだが天と地である。天と地の間に浮かんでいると、栄蔵は自分のことを思った。このまま流れるままにいこうと栄蔵は固い決意というのでもなかったが、心の中でふと思ったのであった。

尼瀬は出雲崎と街つづきである。海岸を歩いてきた栄蔵は、海のほうに背中を向け、小高い丘に刻んである石段を登りはじめた。別の世界にうまくいけるといいなという思いはあったが、葛藤などというものはとうになかった。暗い石段は、西方浄土に到る白道《びゃくどう》かもしれない。恐ろしい火の河と水の河に挟まれた細い一条の道である。火の河は衆生の瞋恚《しんい》、つまり自分の心に逆らうものを怒りうらむことで、水の河は衆生の貪愛《とんあい》、つまり強く執着してむさぼることだ。それくらいのことは栄蔵は学んでいた。しかし、学問をしたことで得られることよりも、遥かに強い人生の渇仰《かつごう》というものに押されて、栄蔵はここまでやってきたのだった。

光照寺の山門を、栄蔵は立ち止まってしばらくの間眺めていた。これまで何度もきたのであるが、今度ばかりは一度はいれば二度と戻ることはできないような気がした。振り返ると、尼瀬の町の向こうに、いっそう冴え冴えとしてきた銀河と日本海とがそこにあった。銀河に抱きしめられているのが佐渡が島で、小木の町の灯が星よりも明るくはかない輝きを見せていた。一瞥《いちべつ》するだけの気持ちだったのだが、あまりに雄大な美しさに見とれてしまった。我に返ると、このようなことをしている場合ではないと思い直し、栄蔵は身体の向きを元に戻して山門をくぐった。

樹木に囲まれた本堂は、大きな山のようだった。暗い本堂の前を通り抜け、横の僧堂のところにいくと、灯火が洩れてきた。風をいれるためか戸を開け放って、単《たん》の上で何人かの僧が壁のほうを向いて坐禅をしていた。住持の玄乗和尚だけが一人壁を背にして僧堂内を見渡せる位置にいたので、栄蔵がのぞいたことがわかったようである。和尚は目を開いて栄蔵を見ていたが、瞳も全身も微動だにさせなかった。栄蔵はあわててそこから離れ、僧堂の軒下にしゃがんだ。

衆僧といっしょに坐禅をしたいという気持ちもあったのだが、栄蔵は壁に背中をつけてしゃがんだままでいた。こうして長い時間そのままでいた。やがてかーんと鐘が鳴り、僧堂の中にほっとした空気が流れた。夜の坐禅が終ったのである。

「栄蔵よ、こんな遅くにどうしたのだ」

僧堂からでてきた老僧の万秀が声をかけてきた。万秀は栄蔵とは遠い親戚にあたる。どのような親戚かと問われても、栄蔵にはよくわからない。

「わしは坊さんになることにした」

栄蔵は軽く言葉を返した。栄蔵が冗談をいったと思ったのか、万秀はほほうとおもしろいことを聞いたとでもいうように反応した。万秀ははげ頭を指でぱんぱんと叩きながらいった。

「お前は鰈になるのじゃなかったのか」

「さっき決めた。坊さんになる」

思わず知らずに栄蔵は悲鳴のような声を上げてしまった。

「さあて、どうしたものかな。橘屋の総領息子が坊さんになったら、父も母も困るじゃろう」

出家などあり得ないという口調で万秀がいった。衆僧たちが僧堂から出てきて、二人を取り囲んだ。若い雲水が高い声を上げておどけてみせる。

「栄蔵よ、発心《ほっしん》というのはやむにやまれぬものでなければならんのだぞ」

「やむにやまれんのです」

栄蔵がいうと、他の雲水がいう。

「やむにやまれんのは別のことではないのかな」

ここでどっと笑い声が起こった。外の騒ぎを聞きつけ、玄乗和尚がやってきた。いかにも慈悲深そうですべてに自由な玄乗和尚が、栄蔵には頼りであった。栄蔵は玄乗和尚に向かって合掌し、頭をさげた。

「方丈さん、わしを弟子にしてください」

「弟子にしてやらんでもないが、物事には順序というものがあろう。お前のことだ、寝て、明日になって目が覚めたら、気が変わるかもしれん」

玄乗和尚は微笑みながらいうのだった。

「変わりません。ここのところずっと考えておりました」

栄蔵は合掌したまま、なお深く腰を折るのだった。

「そうか。二、三日、寺におったらいいじゃろう」

「二、三日いても変わりません」

「五日も六日もおったらいいじゃろう」
「五日いても六日いても変わりません」
「それなら十日もおったらよろしい」
玄乗破了和尚はこういってくれたのだった。栄蔵はなおも腰を深く折って和尚に頭を下げた。

境内の片端にある物置を片付けて身体が横たえられるだけの空間をつくり、栄蔵はそこで寝泊まりすることになった。雲水たちは僧堂の単《たん》の上で坐禅をし、そこで書物を読み、夏でも冬でも一枚の蒲団で眠る。単こそ修行道場なのである。だが得度をしているわけではない栄蔵は、物置にいるのがふさわしいのだった。

雲水と同じように、栄蔵にも一枚の蒲団が与えられた。冬まで置いてもらえるかどうかわからないが、どんなに寒くなってもこの一枚の蒲団を半分から折り、間に挟まって眠る。雲水たちが手伝ってくれてつくった寝床に横たわり、栄蔵は眠れなかった。万事にのんびりした栄蔵ではあったが、さすがに将来のことを考えないわけにはいかなかった。風がでてきたらしく隙間風が染み込んでくる。風の音の中に、波の音がまじっていた。盆踊りのお囃しは、とうに聞こえなくなっていた。

眠ったと思ったら、激しく振られる鈴の音に目が覚めた。跳び起きてから、今どこにいるのか一瞬わからなかった。板の隙間から光が洩れてくるので、自分が今どんな状態でいるのかよくわかった。栄蔵は帯を締め直し、襟をそろえて、着物の乱れを直した。着物が汚れているのも、髪がくしゃくしゃなのも、仕方のないことである。

建てつけの悪い戸を開き、栄蔵は外に出た。夏の朝の光は新鮮だった。栄蔵はその光の中に一歩を踏み出した。

どこでどうすればよいのかは、おおよそわかってきた。万秀を訪ねて寺にはしばしば遊びにきていたし、玄乗和尚や雲水たちとは顔馴染みだ。子供の時には他の子供たちとともに、この寺を遊び場にしていた。いろんな建物があって変化があり、立木が鬱蒼《うっそう》と繁っている寺は、隠れんぼや鬼ごっこにはまことに好都合であった。

栄蔵は僧堂にいった。和尚や万秀はまだだが、雲水たちはすでに単の上で威儀をただし、坐禅をしていた。栄蔵はひとまずどうすればよいか知っていたから、僧堂にはいり、堂の中央にある木像の聖僧《しょうそう》、すなわち文殊菩薩に拝礼をすると、単の空いている一番隅にいった。壁のほうに背中を向けると、雲水たちがやっていたとおりに栄蔵は畳に手をかけて後向きにひょいと跳び乗った。それから坐蒲《ざふ》を尻の下に敷き、壁のほうに身体を向けて足を組む。背筋をのばし、顎を引いて、両手もそれらしい形にする。すべて見様見真似である。和尚がやってきて単の中央に壁を背にして坐った。坐る時、和尚は自分に一瞥《いちべつ》をくれて微笑んだのが、栄蔵にはわかった。かーん、かーん、かーんと鐘《しょう》が三つ鳴って、坐禅修行ははじまった。

これまで栄蔵は自分の部屋などで遊びのつもりで坐禅をしたことがあったが、禅寺の僧堂で修行僧にまじって坐るのははじめてのことだった。自分の吸う息と吐く息とを感じる。隣りで坐禅をする雲水の存在の全体を感じていたのだったが、それも消えた。栄蔵は自分が単なる息になったように思った。痩せている上に身体も柔らかなので、結跏趺坐《けっかふざ》をしている足にも痛みはない。じきに栄蔵は坐禅をしているのだということも忘れた。

右の肩を警策《きょうさく》で強く打たれ、栄蔵はいつしか眠ってしまっていたことを知り、あわてて背筋を伸ばした。警策で打たれた僧がどうするか窓から見ていたことがあるので、栄蔵はそのとおりにした。合掌して軽く頭を下げるのである。そうしてからは、坐禅が気持ちよくなったのだった。線香が一本燃える時間を一炷《ちゅう》といい、朝は二炷の坐禅をする。

玄乗和尚はそこに栄蔵などという人間はいないのだとでもいうように、差別もなく扱ってくれた。食事は行粥《ぎょうしゅく》といい、朝食を小食《しょうじき》という。栄蔵は玄乗和尚や雲水たちの真似をして、単に上がっていた。和尚からはそれをしろとも、するなともいわれなかった。

給仕係の雲水を浄人《じょうにん》という。僧堂にいる時はみんな無言だった。浄人が単の端の木でできた牀縁《じょうえん》を、浄巾《じょうきん》と呼ぶ布巾で拭く。牀縁はどんな時でも手で触れたり足で踏んだりしてはいけないところだ。坐禅のため単に上がる時には、壁に背中を向けて畳に両手をつけ、うしろ向きに跳び上がるようにしてひょいと畳のところまでいく。これが栄蔵にはまことにおもしろいのだった。子供の頃に雲水たちがこの動作をするのを見た栄蔵は、彼らがまるで遊んでいるように見えたものだった。行粥の時は坐禅の際と反対に、壁に背を向けて結跏趺坐の形に足を組む。栄蔵はよく見知っているつもりだったが、自分でやってみるといろいろ違うところがあり、隣りの雲水の真似をあわてて自分のふりを直すという具合であった。

浄人が文殊菩薩に献膳《けんぜん》をしてから、その場にいる全員で経を唱える。この五観之偈《ごかんのげ》を栄蔵はそらんじていたので、衆僧と声をあわせて唱えることができた。

一《ひとつ》には功《こう》の多少《たしょう》を計《はか》り彼《か》の来処《らいしょ》を量《はか》る。（目の前の食事が出来るまでには多くの手数がかかっているということを考え、それぞれの材料がどのようにしてここまできたかを思い至すべきである。）

二《ふたつ》には己《おのれ》が徳行《とくぎょう》の全欠《ぜんけつ》をはかって供《く》に応ず。（この食事は多くの人の供養なのだが、自分はこの供養を受けるに足るだけの正しい行いができているかどうかを反省してこれをいただくべきである。）

三《みっつ》には心《しん》を防《ふせ》ぎ過《とが》を離《はな》るることは貪等《とんとう》を宗《しゅう》とす。（迷いの心が起きないよう、過《あやま》ちを犯さないようにすべきであるが、それは貪りの心、怒りの心、道理をわきまえぬ心の三つを防ぐのが根本である。食事の場でもそのことを忘れてはならない。）

四《よっつ》には正《まさ》に良薬《りょうやく》を事《こと》とするは形枯《ぎょうこ》を療《りょう》ぜんが為《ため》なり。（食事をいただくことは良薬をいただくことであり、この身が痩せ衰えることから救うためである。）

五《いっつ》には成道《じょうどう》の為《ため》の故《ゆえ》に今此《いまこ》の食《じき》を受《う》く。（こうして食事をいただくのは仏道を成就するためであり、世間の果報のことを考えてのことではない。）


衆僧と声をあわせて大声で唱えながら、栄蔵はこうして真似をしていることが楽しかった。浄人が栄蔵の前に食器である応量器《おうりょうき》を置いてくれた。応量器は袱紗《ふくさ》に固く包んである。

何をどうしろとは一言もいわれなかった。まわりの僧たちの真似をするしかない。栄蔵は禅寺で僧たちが何をしているか、子供の頃より見知っているつもりであったが、実際に僧堂にはいって自分もすることとは百歩の開きがある。うまくできるはずもないにせよ、うまくやろうと思わなければつらいこともない。僧たちの動作に、栄蔵は少しずつ遅れて真似をする。それで何かいわれたり、迷惑そうな視線を向けられるということもない。わけがわからないながら、栄蔵は自由であった。

牀《しょう》の上では、坐禅の時には壁のほうを向いていたのだが、食事の時には壁に背を向ける。合掌して頭を下げた。どうしても栄蔵が遅れるので、集中力が散漫になりそうだ。だがそう感じるのは栄蔵だけで、衆僧たちは自分の修行の中にはいっているようだった。応量器を包んでいる袱紗を両手に支え持つ。栄蔵は焦って左右を見回してしまった。みんなは応量器を高すぎもせず低すぎもしない。胸の前に持ち、その高さが美しく感じられたのである。栄蔵は自分の高さをあわてて直したが、うまくいったかどうかわからない。僧堂の中には張り詰めた秩序が流れている。その秩序にあわせるのは難しい。その難しいことをするのが修行なのだと、なんとなく栄蔵は得心した。

胸の前に支え持っていた応量器を、上体をほんの少し左側に回すようにして左後ろに置いた。栄蔵は一人だけ離れていたからよいのだが、腰や背や肘や腕で隣りのものに触れないようにしなければならない。衆僧は栄蔵のことを気にもしないのだが、栄蔵は時折まわりを見回してしまう。栄蔵にはどうしてもわからないことが幾つもあった。理屈を問わず、ただ真似をする。普段は不揃いの行動にはならないのであろうが、ばらばらになるのは見習いにさえなっていない栄蔵がいるかぎり仕方のないことであった。

袱紗の結び目をほどき、鉢《はっ》を展《ひろ》げて、食《じき》を受ける用意をする。栄蔵にすれば、隣りをじっと観察しなければとても追いつかなかった。布巾《ふきん》と呼ぶ袱紗を、横に半分に折り、さらに縦に三重に折る。布巾の上に匙《さじ》や箸《はし》がはいっている匙筋袋《しじょたい》を置き、浄巾《じょうきん》を広げて膝を覆う。とにかく栄蔵は真似をするだけで一生懸命だった。作務《さむ》は毎朝毎日決まりきったことをくり返すのだから、じきに慣れてしまうことはわかっていた。こんなことは苦痛のうちにははいらない。

頭鉢《ずはつ》とは釈迦の頭蓋骨のことだと子供の頃に教えられ、大いに驚いたことを覚えている。頭鉢の中には大小の椀や皿が重ねて納めてあり、それを鐼子《くんす》という。畳んだ布巾の上にこの鐼子を小さいものから順番にならべていく。栄蔵とすれば見様見真似でここまでやったのだが、自分では糸が絡《から》まるようにして何がなんだかわからなくなっていた。こんな面倒なことをするくらいなら、食事をしなくてもよいとさえ思えていた。

やっと給仕がはじまった時には、栄蔵はがっくりと疲れていた。浄人が盛《も》り渡していき、受けるものが直接手に取ってはいけない。浄人は桶の中から杓であつものや粥をすくい、杓を二度三度上下させてから、盛り渡すようにする。手は身体に引き付けて胸のあたりに置き、あつものや粥で鉢の縁を汚さないように注意して、動作をていねいにする。粥をよそう量は、たくさん食べたいものにはたくさん、少ししか食べたくないものには少しと、受けるものの希望にまかせる。栄蔵は胸がいっぱいで、ほんの少ししか食べられなさそうであった。

恭敬《くぎょう》して食を受けよと仏もおっしゃっているとおりに、食はつつしみ敬う気持ちで受けなければならない。浄人がまだ自分のところにきていないのに、先に鉢を差しだして食を求めてはならない。両手で鉢を捧げ持ち、手にした鉢を平らかに保ったまま食を受ける。食を受けるのは必要なだけで、最後に食べ残しを出してはならない。給仕はもう充分だという場合は、手で遮《さえぎ》って合図をする。どんな食を受ける時にも、匙や箸を使って浄人の持つ器の中から自分でつまんで取ってはならない。匙や箸を浄人に渡して、自分の器に取らせてはならない。心の持ち方を正しく、鉢は平らかにして、あつものや飯を受けるのだ。あつものと飯とは一方に偏《かたよ》らず、順に両方を同じように食べなければならない。

手を膝に突いたまま食事を受けてはならない。もし浄人があわてて餅のくずやおかずや汁などを飛び散らして鉢の中に入れてしまった場合は、必ず新たに食を受けなおす。

鉢の中の粥をきれいに食べてしまったら、鉢刷《はっせつ》というへらを使って鉢の中をきれいにこすり落とし、鉢を洗う湯が配られるのを待つ。鉢を洗った湯は飲む。


小食《しょうじき》、つまり朝食がなんとか終ったのだが、栄蔵は何を食べたのかよく覚えていなかった。粥と沢庵漬けと菜っ葉の吸い物だったなと、しばらくたってから思い出した。修行をしたなという感覚が身体のすみずみに残った。

僧堂の中に栄蔵はいたのだが、ここは三黙《さんもく》道場なので、声を出してはいけない。三黙道場とは、坐禅をする僧堂と、身体を洗う浴室と、厠《かわや》である東司《とうす》である。他の場所にいたとしても、無闇なおしゃべりをしてはならない。何日でも一言も口をきかずにいても平気な栄蔵は、禅寺の静かな雰囲気が気にいっていた。この静かさにあこがれて、光照寺の山門をくぐったといってよい。

寺には書物がたくさんあり、静寂の中でそれらを読んで過ごすのもいいなと栄蔵が考えていると、法堂《はっとう》のほうで太鼓が鳴った。僧堂にいた雲水たちは急いで作務衣《さむえ》に着換えた。着のみ着のままの栄蔵はただ見ているしかなかったのだが、雲水たちは手桶に水を汲んで運び、僧堂に雑巾がけをはじめた。雑巾を固く絞って、単や柱や後ろの棚を拭きはじめた。板戸の桟も乾いた雑巾でていねいに拭く。もちろん栄蔵も雑巾をつかみ、その列の中にはいっていった。

空気に触れている板という板はすべて拭くという勢いで、掃除の列は僧堂から廊下のほうに走り出ていった。手桶の水で雑巾をゆすいでは、体重をのせて雑巾がけをしていく。普段身体を鍛えているわけでもない栄蔵は、たちまち息が切れ、どこかに逃げたくなってしまう。だがそうしなかったのは、栄蔵は雲水の真似をやり切ろうという強い気持ちに少しずつなっていたからだ。足元がふらつき、目の前が真暗になりそうになったが、栄蔵は頭から突っ込んでいくようにして雑巾がけをする。だが栄蔵の前には空間ができている。栄蔵は置いていかれるのだが、廊下を這っていくような気持ちでついていく。

掃除が終ると、庭作務である。伯父貴《おじき》と勝手に呼んでいる万秀に手招きされて栄蔵はそばにいき、隣りで畑の草むしりをした。万秀が丹精を込めた畑には、丸々とふくらんだ紫色の茄子《なす》が太陽の光を浴びて輝きを放っていた。たっぷりと下肥がかけてある湿った土から、雑草が抜いても抜いても出てくる。地面にへばりついて頭と背中とを太陽にあぶられ、緑色の勢いのよい雑草を引き抜いては根の土を指でしごいて落とし、万秀はいった。

「わしはのう、二十年このかたこの寺におるが、畑しかつくってこなんだ。茄子や胡瓜《きゅうり》をつくらせたら、誰にも負けんぞ」

「百姓も畑や田んぼしかつくってこん。茄子や胡瓜つくりでは、百姓にはかなわないぞ」

栄蔵は手を休めずに言葉を返す。確かに万秀の茄子は何処に出しても恥ずかしくないほど立派だが、このくらいの茄子をつくるものはそのへんの野にいくらでもいる。

「そうじゃのう。天と地の間に生きる菩薩は、それはたくさんおる。わしなどが自慢することはなかったのう。栄蔵よ、まことにお前のいうとおりじゃ」

　何度も首を振っていいながら、万秀は草とりをつづけた。遠い親戚筋にあたる万秀は不思議な僧で、栄蔵にはその人となりをひそかに頼むところがあったのだ。栄蔵は昼行燈《ひるあんどん》といわれてきたのだが、万秀のほうが年をとっても火が燈っているのかいないのかわからず、よほど昼行燈である。住持の玄乗和尚より年上なのに、米づくり野菜づくりをして満足しているような男だ。寺の中でも役について少しでも偉くなろうという気はまったくなくて、修行僧に少しでもうまいものを供養するのが自分のつとめだといってはばからない。いつか野良にいて、若い嫁が草とりをしているところに出くわした。幼子《おさなご》を連れているのに、婚家の舅《しゅうと》か姑《しゅうとめ》に田んぼに草が生えているることを責められ、田んぼに一本でも草が残っているうちは家には帰ってはならないといわれたのだ。嫁は懸命に草とりをしているのだが、田んぼは広いし、炎天下で幼子が泣き出して往生していた。

　そこに通りかかった万秀は、嫁の様子を見かねていっしょに田んぼにはいった。夏の草とりは、上からの太陽に照らされ、下からは照り返しを受け、二つの太陽に責められて難儀なものである。そのうち日が暮れてきて、腹を空かせた幼子が泣き出した。

「自分がひもじいよりももっとつらいのう。家に連れて帰って、子供に飯を食べさせてきなさい。あとはわしがやっておく」

　万秀はこういって、嫁と子供とを家に帰らせ、自分は田んぼに残って草とりをつづけた。若い亭主は出稼ぎにいって留守だった。嫁は子供に飯を食べさせ、寝かしつけているうち、疲れのあまりいつしか自分も眠ってしまった。どのくらい眠ったのか、目覚めてから田んぼの草とりのことを思い出した。手伝ってくれたお坊さんはもう帰ったろう。それでもどうも気になった。嫁は自分は食事もとっていなかったが、夜道は恐いので、舅に訳を話していっしょにきてもらった。月が皓皓《こうこう》と照っていて美しい夜であった。田んぼのほうを見ると、動く人影があった。かのお坊さんが草とりをしていたのだ。嫁も舅も遠くから拝み、声が届くところまできて舅がいった。

「お坊さま、わしは嫁にひどいことをしちまった。ようくわかりましたから、どうか上がってください」

「もうちょっとで終るから、やってしまおうではないか」

これが万秀の返事であった。舅も嫁も田んぼにはいらないわけにもいかず、三人で草とりを終わらせてしまったということだ。お坊さんは田んぼの水で泥足を洗うと、腰を伸ばし伸ばし自分の寺に帰っていった。それが万秀だったのだ。栄蔵は万秀の口からそのことを聞いたわけではない。だがみんな万秀だということを知っていた。難しいことを尋ねてもはかばかしい答えが返ってくるわけではなかったが、そんな布施を平気でやってしまう万秀を、栄蔵は心の内で深く尊敬していた。もちろんそんなことを改めて口に出していったわけではない。昼行燈といわれ、海の鰈《かれい》になるといわれつづけてきた栄蔵は、自分の中にも遠く血の繋がったこの禅僧と同じ血液が流れているかもしれないと感じていた。そんな気持ちがあって栄蔵は光照寺の山門をくぐったのだったが、修行の実際はともかく、すぐに禅寺全体を包んでいる茫洋とした空気がなんとなく肌にあっていた。

栄蔵は万秀とならんで畑の草をとることが楽しかったのだ。野菜畑にしゃがんでいると、藪蚊《やぶか》がさかんにやってきた。耳元に甲高い羽音が近づいたかと思うと遠ざかり、また近づいてくる。

汗がたれてくる顔の前を、栄蔵は蚊を追い払うために手を振り、たかったところを掌で勢いよくたたいた。だが万秀はどう見ても平然と蚊にくわれて動じる気配がない。栄蔵は尋ねてみなければ気がすまなかった。

「伯父貴、蚊にくわれて痒《かゆ》くはないか」

「昔から蚊にくわれたようにとたとえるくらいでな、慣れれば痒くはない。それにわしは年寄りだから、血もうまくはないじゃろう」

万秀は手を休めずにいう。顔から地面に向かって、汗の粒がひっきりなしにしたたっていた。

栄蔵はすぐ近くから万秀の顔をまじまじと見た。

「伯父貴、わしは痒い」

「そうじゃろ。お前は痒いが、わしは痒くない。その訳がわかるか」

「わからん」

本当に知りたいと思って栄蔵はわざとぶっきら棒にいうのだった。

「お前は蚊に血を奪われているが、わしは供養しておる」

「喜んで蚊にくわれてるのか」

「まあそうじゃ。いくら蚊が血を吸ったところで、わずかのものじゃ。血などいくらでもできる。だからわしはなんにも奪われてはおらん」

「痒いぞ」

「痒くはない」

「慣れたのか」

「そうだろうな」

なんとなく納得がいった栄蔵は、首や腕を蚊にくわれるままにした。だが痒さはどうしようもなく、たたき潰しはしなかったが、顔や腕をぶるっと振った。ぶるっぶるっとたてつづけに振った。すると万秀が笑い声を立てていった。

「栄蔵よ、無理をすることはないぞ」

「無理もせねばならん」

栄蔵の声に、万秀は改めて高らかに笑い声を上げた。

「無理は切ないもんだぞ」

「伯父貴、俺をいつまでも寺に置いてくれ。伯父貴のそばに置いてくれ」

肚にためていたことを一気に外に出して、栄蔵は悲鳴のようないい方をしてしまった。万秀は相変わらず顔中から汗の粒をしたたらせ、草を一本ずつ抜くのをやめずにいうのだった。

「方丈さんもかまわん。わしもかまわん。お前の父親しだいじゃ。お前のお父っつぁんもおっ母さんも、物の道理のわかる、肚の坐ったお人じゃな。長男のお前が寺に駆け込み、そのことはとっくにわしが知らせてやったのに、すぐに寺にやってこようとはせん。これはとっくに肚が決まっているからじゃろう」

「わしは出家が許されるじゃろか」

栄蔵は強い思いを込めていう。

「許すも何も、お父っつぁんこそ出家をしたがっているとわしは見た。だからお前の親はなかなか寺には顔を出さぬ。お前は何もあわてることはない」

はげ頭の上まで汗の粒を浮かべながら、万秀はひたすらぬくべき草のほうに手を伸ばしていうのだった。

栄蔵は心の中で待っている気分がないこともなかったのだが、両親は姿を現わさなかった。名主と神職をかねる土地の名家の長男が出家をしたいと禅寺に駆け込み、当然寺のほうでもそのことを知らせないわけにはいかなかったろうが、肝心の家のほうではまったく動じる気配もない。動じないどころか、寺に姿を見せようともしないのである。養子の父は家業をなんとかこなしてはいるものの、いつもほかのことを考えているふうなことがあった。父親ばかりでなく、母親も同じ傾向がある。

「ねむりねむり辿《たど》る山路や藤の花」

父山本以南、通称次郎左衛門の発句が、栄蔵は好きだった。栄蔵が長男として生まれた出雲崎の橘屋山本家は、橘　諸兄《たちばなのもろえ》を遠祖とし、代々名主と神職を兼ねる名家である。だが子供はなく、母おのぶは佐渡ヶ島相川町の分家から養女として貰われてきた。父次郎左衛門は出雲崎から四里ばかり奥にはいった与板《よいた》町の新木氏から養子としてむかえいれられた。

そもそも出雲崎は幕府の天領であり、佐渡の相川にある金山から御用船で送られてくる金の陸揚げ港であった。御用船が着くと、まず金は出雲崎の金蔵におさめられ、柏崎まで馬の背に積んで送る。出雲崎に上がる金は年三万五千両は下らないということで、江戸からは偉いお役人がしばしば姿を見せた。すると遠近の諸大名衆から派遣されたお見舞いのお役人がおびただしくやってきて、人馬がさかんに往来するようになる。そうすれば宿は満員になり、出雲崎代官の下で実際の世話を焼かねばならないのは名主橘屋であった。そもそも宿の部屋も夜具さえも足らず、料亭はもちろん芸者たちも取りあいになった。あっちを立てればこっちが立たずで、いつもその真中に名主橘屋山本次郎左衛門がいた。

名主というのは因業な立場である。網を建てる場所が悪いといっては漁師の間でいさかいが起こり、その調停が名主のところに持ち込まれてくる。代官と漁民の間でいざこざが起こっても、それを調停するのは名主であった。結局名主次郎左衛門は、代官のいい分はそのまま漁民に伝え、漁民の思惑も私見をまったくはさまずに代官に話す。結局のところ思惑も私利私欲もまったくないのだが、調停者として双方より無能呼ばわりされる。次郎左衛門は名主という場所から逃げ出したがっていると、時折長男として使いに出されてきた栄蔵は感じていた。

そこに隣村尼瀬の庄屋京屋が何につけ代官に取り入ってきて、これまで橘屋が取りしきってきた役回りを横取りするようになった。何代にもわたってそうしてきて、京屋の家運は上昇し、橘屋は衰微してきたのだ。当主の次郎左衛門はもとより、継子《ゆうし》の栄蔵も、衰運を建て直そうという気概はついぞ持ちあわせなかった。栄蔵は長子で、二男由之、通称新左衛門は俗才もあり、橘屋を継ぐならこれがふさわしいだろうと、父も母も兄も思っていた。他に二人の弟と三人の妹とがあった。下の子供たちは幼くて、何を考えているのかまだわからなかった。

要するに昼行燈の栄蔵は家を継ぐということにおいてまわりからはなんの期待もされていず、本人にもそのつもりはなかった。まして家長の次郎左衛門でさえ、家の経営におよび腰になり、学問や文芸の道の中に己《おのれ》を逃走させようとしていたのだ。もし次男の由之が出家しようとするなら、親戚一同から異議の声が彷彿《ほうふつ》としてくるだろうが、昼行燈の栄蔵ならいてもいなくても同じで、出家するのを反対するものなどいそうにない。これを喜ぶものばかりであろう。したがって両親は当分光照寺に姿を見せないだろうという万秀の読みは、当たっていると栄蔵自身も思うのだった。

中食《ちゅうじき》、すなわち昼食の時間がやってきたと、木版が打ち鳴らされて知らされた。栄蔵は草むしりで汚れた手を洗い、万秀と連れ立って僧堂にいった。畑で草むしりをする時にはならんでするのだが、牀《しょう》ではもちろん坐る位置は違う。この末席が、栄蔵は気にいっていた。一同と作法をあわせることも、少しぐらい遅れても目立たないですんだのである。ずっとこの末席にいられたらいいなと、栄蔵は思ったほどだった。

なんとなくまわりにあわせながら、栄蔵には自分は今まさに修行をしているのだという自覚があった。修行をすることが心地よいのである。中食の御飯をいただくには、必ず鉢《はつ》を捧げ持って口に近づけて食べる。鉢を鉢単《はったん》の上に置いたまま、背中を屈めて口を鉢のほうに持っていって食べてはならない。傲慢な態度を見せず、恭《うやうや》しくいただかなければならない。もし傲慢な態度で食べるのなら、小児やみだらな女と変わらないではないか。

栄蔵には、禅寺にいてこれから学ばねばならないことがあまりに多い。

鉢にも、いろいろな部分がある。鉢の外側は、半ばより上を浄《じょう》といい、半ばより下を人が触れるので触《そく》という。この鉢の持ち方にも、厳格な作法があるのだ。拇《おや》指を鉢の手前側につけ、人差指と中指を鉢の向こう側につけ、薬指と小指は使わないようにする。これまで禅僧たちの食事がなんとなく優雅に見えていたのは、薬指と小指がいつも宙に浮いていて余裕がある様子だったからだ。左の掌を上に向けて鉢を持つ時も、右の掌を下に向けて鉢を取る時も、つねにこのようにする。

栄蔵は書物で読んだことがあった。遥かな天竺《てんじく》では、釈迦如来もその弟子も、右手で御飯を丸め取って食べていたのであって、匙《さじ》や箸は用いなかったという。仏弟子ならば、当然知っていなければいけないことだ。諸《もろもろ》の天子、真理によって国を治めたという転輪聖王《てんりんじょうおう》、諸の国王なども、御飯を手で丸め取って食べていたから、これが尊ぶべき作法なのである。天竺では病気の僧だけ匙を使ったのであって、他の僧はすべて直接に手を使い、箸などは見たことも聞いたこともない。箸は中国以来の国で用いられているだけだ。今ここで箸を用いるのは、我が国の習慣にしたがうということである。僧というものは仏の子孫であるから、仏の教えた作法にしたがって直接に手を使って御飯を食べるべきなのだが、その作法はすでに長い間忘れ去られているために、本来の作法を尋ねるべき師がいない。そこでしばらく匙や箸を用い、大小の鉢である鐼子《くんす》を用いることにする。

遠い師祖の書いたその書物を読んだ時、御飯を手で丸め取って食べるとは、握り飯をつくって食べるようなことかと栄蔵は思ったものだ。それならなんとなくやっていることである。しかし、僧堂の中でそれをやれば、不作法なことこの上ない。

鉢を取り上げたり置いたり、匙や箸を扱う時に、音をさせてはならない。それは栄蔵にもよくわかる。音までも吸い込んでしまおうとするかのように、栄蔵は注意深く食べた。外観の作法ばかりに気をとられ、味がわからなくなるのは仕方のないことだ。

鉢の中で飯の中央を掻き分けるように食べてはいけない。病気でもないのに、自分だけ特別なおかずや御飯を要求してはいけない。与えられたもので満足しなければならないのだ。御飯でおかずを覆い隠しておいて、さらにおかずを求めてはいけない。隣の席の鉢の中を覗き見て、不満に思ってはいけない。自分の鉢に全心をそそいで食べるようにする。御飯を大きく丸めて食べてはいけない。御飯を丸めて、口の中にほうり込んではいけない。御飯を音を立てて噛んではいけない。御飯を吸って食べてはいけない。食事を舌でねぶり取ってはいけない。舌を伸ばして唇をなめながら食べてはいけない。

手を振りながら食べてはいけない。臂《ひじ》を膝に置いて食べてはならない。手で御飯をとり散らかして食べてはいけない。そうすることは鶏《にわとり》と同じだ。汚い手で食べものをつかんではならない。御飯をかきまぜて食べたり、すすって音を立てて食べてはいけない。

御飯を卒塔婆の形に盛り上げて食べてはいけない。頭鉢《ずはつ》には、おかずなど湿った食べものをいれてはいけない。頭鉢の中に汁をかけ、御飯を洗うようにしてはいけない。おかずやあつものを頭鉢の中にいっぱいにいれて、御飯とまぜて食べてはいけない。口に御飯をたくさんいれ、猿が餌をため込んで噛むようにしてはいけない。

僧堂の中では、聖僧《しょうそう》に向かって中央より右が上間《じょうかん》といい、左が下間《げかん》という。食事をいただく時には、上間と下間とがどちらかが早すぎたり遅すぎたりしてはならない。早く食べてしまって、なすこともなく他人を見ていてもいけない。重ねて飯や汁をすすめること、すなわちおかわりをすすめることを再請《さいしん》というのだが、再請の合図が出るまでの間、鉢刷《はっせつ》というへらで鉢の内側についたものをこすって食べたり、おかわりを念じて唾を飲み込んだりしてはいけない。鉢の中に食べ残しをしておいて、再請でさらに御飯や汁を求めて食べてはならない。

頭を掻いて、ふけを鉢や鐼子の中に落としてはいけない。手はそのようなことをせず、浄《きよ》らかさを保たなければならない。膝を抱えたり、立ち膝をしたり、欠伸《あくび》をしたり、鼻をつまんで声を出したりしてはいけない。くしゃみをしそうになったら、手で鼻を覆うことである。歯にはさまったものをほじろうとする時には、必ず手で覆わなければならない。

おかずを噛んだかすや果物の種は、鉢や鐼子のうしろの陰に置いて隠し、隣りの人が嫌な思いをしないようにする。隣の牀の鉢の中に余った食べ物や果物があり、それを譲られたとしても、受けてはならない。

食べ終って、鉢の中についているものがあったら、鉢刷できれいにこすり取って食べてしまう。口を大きく開けて匙いっぱいに御飯をすくって食べたり、御飯を鉢の中や匙の上に落として散らかしてはいけない。あらかじめ口を大きく開いて、食を待っていてはいけない。食べ物を口に含んで話をしてはならない。御飯でおかずを覆ってはならない。羹やおかずで御飯を覆って、なお御飯を望んではならない。食事中に舌打ちをしながら食べてはならない。息を吹きかけて食べものを冷ましながら食べてはならない。

一口分の御飯は、必ず三すくいで食べるようにする。極端に小さく丸めたり、極端に大きく丸めたりせず、きれいに丸めて食べなさいと仏もおっしゃっている。匙の先をまっすぐに口にいれて、御飯がこぼれ落ちないようにしなければならない。味噌の小さな固まりや御飯粒を、膝の上にひろげた布巾の上に落としてはならない。もしこぼれ落ちた食べ物が布巾の上にあったなら、一箇所にまとめ置いて、後で浄人に渡すのがよい。

もし御飯の中に脱穀されてない粒がまじっていたら、手でその籾殻《もみがら》を取り除いて食べる。その御飯を捨ててはならないし、籾殻のついたまま食べてはならない。砂や虫など気分を害するものを見つけてしまったら、それを食べてはならないし、左右のものに知らせてもいけない。その食事の中に唾をはいてもいけない。

自分の前の鉢や鐼子の中にたとえ残った御飯やおかずがあっても、それを自分のほうに集めてはならない。必ず浄人に渡すべきである。一度食べ終ったら、心があとを引いてもっと食べたいなどと思ってはならない。もっと欲しがって唾を飲み込んでもいけない。

およそ食べものを口にする時は、一粒の米も無駄にはしないという道理を、理屈の上からも理解し、実際にも体得すべきである。このことは、維摩経《ゆいまきょう》にいう、「若《も》し能《よ》く食《じき》において等《とう》ならば、諸法もまた等なり。諸法等ならば、食においても等なり」ということである。

法すなわち真理と、食とは完全に等しく、即ち仏法と食は平等一如である。法がもし法性《ほっしょう》であるといえば、食も法性であり、法がもし真如であるといえば、食も真如であり、法がもし一心《いっしん》であるなら食もまた一心であり、法がもし菩提であるなら、食もまた菩提である。われわれの生き方を、根本の真理であるところの法性や真如や一心や菩提に求めるならば、食もまたそのようでなければならない。食こそが、大いなる真理なのである。

匙や箸で鉢や鐼子をこすり、音を立ててはいけない。またこすって、鉢の光沢をそこなわせてはいけない。光沢がなくなると、鉢に汚れがついて、洗っても洗ってもきれいにならない。頭鉢に湯を受けて飲むのに、口に含んで音を立ててはいけない。口に含んだ湯を、鉢の中やその他の場所に吐いてはいけない。膝に掛けた布巾で、頭や顔や手を拭いてはならない。

鉢の洗い方は、まず法衣の袖をきちんと収めるところからはじめ、袖を鉢に触れさせてはならない。浄人が注いでまわる水を頭鉢に受け、鉢刷を使って、心を込めて頭鉢を右に回しながら洗う。汚れがきれいに落ちたら、その水を頭鏆《ずくん》に移し、左手で頭鉢を回しながら右手で鉢刷を使って外も内も洗う。作法のとおりに洗い終えたら、左手に頭鉢をのせて持ち、右手で布巾を取り上げて鉢にかぶせ、その上から両手で頭鉢をつかんで右に少しずつ拭いて乾かす。

こうして鉢の一式を洗っていく。洗った水をあけないうちは、膝を覆っている浄巾《じょうきん》を畳んではいけない。鉢を洗った水の残りを牀の下に捨ててはいけない。残した食べものを、鉢を洗った水の中にいれておいてはならないと、仏はおっしゃっている。

浄人が鉢を洗った水をあける桶を持って回る。浄人が自分の前にきたら、まず合掌してから、鉢を洗った水を桶にあける。その時に、その水を浄人の法衣の袖にかけてはいけない。鉢を洗った水で手を洗ってはいけない。その水を不浄なところに捨ててはいけない。

食事をとるにすぎないことだが、そこには細々とした作法があり、そのとおりにすることが修行だということが栄蔵にはよくわかってきた。そうすることで仏に近づいていく。自由気儘にしていた時には寺の生活は窮屈そうにも感じられたが、実際にそこにはいってみると、それほど窮屈ということもない。仏に一歩でも近づくためには、よい方法だとも思われた。一生懸命に決められた作法にあわせていると、食とは法だということがなんとなくわかってくる。栄蔵はこうして昔から厳格に決められた禅寺での暮らしをすることが、まだはじまってほんの間もないのではあったが、嫌ではなかった。むしろ好ましかったのだ。

それにしても家からはなんの連絡もない。父も母も連絡もしてこないばかりか、たくさんいる家の奉公人の一人も、栄蔵がどうしているかと様子を見にくることもない。弟の由之《ゆうし》がちょっと顔出すくらいしてくれてもよさそうである。

こうして十日もたったのだが、むしろ栄蔵はのんびりと解放されるような気分を味わっていた。惣領息子だからと呼び戻されるということは、すでになさそうであった。そうだからといって、出家が公然と認められたわけではない。宙ぶらりんな状態に置かれたわけだが、この状態が栄蔵は自分にふさわしいと思わないわけではなかった。

行住坐臥、人のすることはすべて修行であるといっても、畑作務や掃除作務の間、栄蔵には雲水たちと雑談する時間はあった。せっかく家出したのに家から何もいってこない栄蔵の立場に雲水たちは同情し、なんとか気をまぎらわせようとしてくれた。炎天下の菜園を耕しながら、ある若い雲水はこんなふうにいったのだ。

「万秀和尚は光照寺で最も古参じゃ。住持和尚になろうなどと望まず、毎日毎日目の前の修行をつづけて倦《う》むことがない。栄蔵よ、お前は万秀和尚と血が繋がっているからいうのではない。万秀和尚こそ真の禅修行者だと、わしは思うておる」

すると別の雲水がいった。

「わしはな、万秀和尚が禅の語録や高僧伝はおろか、経典の解説書などを読んでいる姿も見たことはないぞ。いつも草むしりばかりじゃ。坐禅の姿も美しい。作務修行は誰よりも率先してやる。あれで書を読む人であったら申し分はないのだが」

その場には五人の雲水がいたのだったが、草取りをしながら万秀の人物評のような具合になってきた。栄蔵は黙って聞くばかりだったにせよ、身を乗り出すような気分になってきた。

「万秀和尚は人物だぞ」

別の雲水がこういい、他のものはほうっという顔でお互いを見合った。親類の栄蔵がいようがいまいが関係なく、話はつづいていったのだ。

「万秀和尚は光照寺で最も古参じゃ。小僧の時からずっとこの寺にいて、他を知らんじゃろう。他の寺に住持となって転じる話もないわけではなかったが、自分はそのような任ではないと断わりつづけてきたという話も洩れ伝わっておる。そして、くる日もくる日も草むしりをしておったという話じゃ。今も朝から晩まで草むしりじゃ。玄乗和尚が住持として当山にこられた時も、草むしりをしてお迎えなされたということじゃ。住持和尚も、光照寺には変わった和尚がいるという話を聞いてこられたのじゃろう。玄乗和尚は当山にくると、草むしりに余念のない万秀和尚のところにまず歩まれた。そして、何をなさるかと思えば、後ろにまわっていきなり蹴とばした。地面にひっくり返った万秀和尚は、起き上がってまた同じところで草むしりをする。玄乗和尚はまた蹴とばして、万秀和尚は同じように起き上がる。まわりにいるものもほとほとあきれた。玄乗和尚は問うた。お前さんはいきなり後ろから蹴とばされて、怒らんのか。万秀和尚はいった。前世の報い、前世の報い。こうして万秀和尚は何事もなかったかのように草むしりをつづけたということじゃ」

一人がこのように語ると、ほうっという声が洩れた。別の一人がいう。

「そんなことがあったのか」

「それ以来、住持和尚は万秀和尚に一目も二目も置いているということじゃ」

その後一同はうーんと唸って声も出なくなった。万秀は相当な年で、玄乗住持和尚よりずいぶん年上であることは間違いない。頭は毎朝剃刀で剃髪《ていはつ》するのでつるつるだから老いも若きもみな同じなのだが、眉毛が長く伸びている上に白く、鶴を思わせる風貌である。禅寺の修道生活を心から楽しんでいる様子で、僧堂で坐禅をする時も食事をとる時も、遠く離れていても栄蔵には楽しくて楽しくて仕方がないというふうに見える。なれるかどうかはわからないのだが、栄蔵は伯父貴のような禅僧になりたいものだと、今ここでひそかに思うのであった。茄子の実が丸々と膨らみ、陽の光を受けて紫色に輝いている。やがて食卓に上がる茄子や胡瓜でさえ、万秀が恵みをもたらしてくれたような気がする。

その時、寺の裏庭からつづいている畑の道を、瘦軀《そうく》の万秀がやってくるのがわかった。まわりの雲水たちの視線を一心に集めているのも気づかないふうに、万秀はふわふわした感じで歩いてくると、いつものように茄子の畦《あぜ》のところにしゃがんだ。万秀は草むしりをはじめたのだ。万秀の行いに誘われたようにして、他の雲水たちも休めていた手を動かして草むしりをはじめた。万秀がこうしていることによって、何も変わらないいつもの光景の中にぴたりとはまったように思われた。

栄蔵は足元の草を一本抜きとると、根の泥を指でこそいで土の上に横たえ、掌の泥を払いながら万秀のところに近づいていった。万秀は微音で般若心経を読誦しながら、指先で草を抜き取っていた。栄蔵の頭の影が手元を覆ったので、どうしたという具合に万秀が振り仰いだ。その顔に向かって栄蔵はいった。

「伯父貴、わしを弟子にしてくれ」

「とてもとても、わしは弟子をとるような身分ではない」

こういって万秀は草むしりに戻っていくのだ。伯父貴に向かって見下ろすようにしていうのは失礼だと思い、栄蔵は茄子畑にしゃがんだ。息がかかるほどに顔を近づけ、再び栄蔵はいった。

「伯父貴、わしを弟子にしてくれ」

今回はより切実な感じになった。このまま宙ぶらりんな状態でいることが、本当は栄蔵には心細かったのである。栄蔵のそんな心理を見ぬいたようにして、万秀は作務の手を休めずにいう。

「栄蔵、わしはこの寺にやっかいになっている身だ。弟子をとれるような身分でないことは、お前でもわかるじゃろう」

諄々《じゅんじゅん》といい含めるようにして万秀はいうのだった。そのことを栄蔵はわからないではないが、これまでの自分としては珍らしく真剣な気分になった。

「伯父貴はもう年じゃ。わしが伯父貴の分の草取りをする。間に合わなかったら夜になってもやるから、どうか休んでいてくれ」

栄蔵は万秀が手を伸ばそうとするところの草を、素早く手を動かして取ってしまった。どんどん取っていく。自分が取るべき分も忘れないように、素早く手を動かしていくのだ。太陽が照りつけ、蒸れたような空気に胸の中まで焼けるような気がした。

「こんな炎天下で草取りをすることはない。わしは若い。修行もできていない身じゃ。未熟者でもできることはこのわしがやるから、伯父貴はどうか日影ででも休んでいてくれ」

顔からだらだら汗を流しながら栄蔵は必死にいったのだった。

「栄蔵よ、お前はわしの修行を横取りしようというのか」

万秀がぽつりと声をこぼす。その声が悲しそうにも聞こえたのだが、栄蔵はかまわずにいった。

「作務修行といっても、こんな炎天下に笠もかぶらずにすることはない。わしが簡単にやってしまおう。いいから伯父貴、日陰で休んでわしの作務を見ていてくれ」

「わしの修行をとって、お前はどうしようというのじゃ」

悲しそうというのではなく、怒っているのでもなかったのだが、万秀は強い口調でいう。ようやく万秀の真意がわかった栄蔵は、その場に固まってしまったように手を動かせなくなっていた。


栄蔵に与えられた寝床は、僧堂内の単《たん》の上で、畳一畳分である。起きて半畳、寝て一畳で、畳一畳分からはみ出さないように、布団を柏餅《かしわもち》のように重ね合わせて眠る。窮屈そうな感じもしないではないが、栄蔵は毎晩吸い込まれるようにぐっすり眠ることができた。こんなことでも、栄蔵は自分が禅寺にあっていることがわかっていた。

眠りはじめると、いつまでも眠っていることができる。物事にこだわらず、いつも自分の歩調を保つことができるのが栄蔵の強みである。朝は辰司《しんす》という役が振る鈴の音で目が覚めた。じゃんじゃんじゃらじゃんと、そう広くもない寺の隅々まで手に持った鈴を振って走りまわり、眠っているもののすべてを起こしてまわるのだ。修行道場である光照寺は、規模が大きいとはいえなかったが、昔から決められたことを厳格に守っていた。光照寺で修行ができるということは、大本山永平寺で修行をしていると同じことだ。修行の一つ一つは栄蔵にはまだよくわからなかったが、まわりの禅僧たちのやることを懸命に見習い、真似をしているうちに、彼らができることは自分もできるようになっていくことがわかっていた。まだそれはぼんやりとした道でしかなかったが、その先には案外明るい世界がひらけている。それが栄蔵の惑じていたことである。昼行燈といわれてきたが、たとえ昼行燈でも明かりが点《つ》いていることに変わりがない。ただまわりの人間から見えないだけである。

身体をくるんでいた布団を四隅を揃えて単の奥にていねいに収納していると、木版が強く鋭く一度鳴らされた。振鈴《しんれい》の係を勤める辰司が、洗面の合図を伝えたのだ。

「三度《みたび》沐し三度《みたび》薫ずれば、身心清浄なり」

玄乗破了和尚が修行僧たちに教えていたことである。身を清め心を清める法は、必ず一度《ひとたび》沐浴したなら、一度香を薫じる。このように連続して三度沐し、三度薫じてから、仏を礼拝し、経を誦し、坐禅をしなければならない。仏道には必ず浣洗のやり方が定まっている。あるいは身を洗い、心を洗い、足を洗い、顔を洗い、目を洗い、口を洗い、大小用便のあとを洗い、手を洗い、鉢盂《ほう》を洗い、袈裟を洗い、頭を洗う。これらの作法はみな決められていて、これらはみな三世諸仏、諸祖の正伝《しょうでん》であるということだ。つまり、栄蔵とすれば、すべての一挙手一投足をまわりの先輩の雲水に真似、後輩は先輩の所作を真似ていって、目の前にいる住持和尚のやることを真似ていればよいのだ。真似に真似がつらなり、ずっとたどれば達磨大師がいて、その先には釈迦がいる。簡単に真似とはいっても、それは容易なことではない。必死の修行なのである。一日真似れば一日の真似、一年真似れば一年の真似、こうして一日一日、一年一年とつづけていって、一生涯つづけたならば、釈迦如来に少しは近づくことができる。仏道修行はそのようなことなのである。それなら真似をしてして し抜いてやろうと、栄蔵は思いはじめていた。真似はつらいということではない。これが栄蔵の到達したひそかな決意だ。父母に禅寺への入門を許されたわけではなかったので、髪は伸びっ放しで、着ているものも以前と変わらない。だが栄蔵の中味は、光照寺の山門をふらふらした足取りでくぐった時から、完全に変化をはじめていたのだった。

住持和尚は教えてくださった。

「もし顔も洗わないで礼拝を受けたり、他人を礼拝するのは、罪過を犯したということになる。自己を礼拝し、他者を礼拝するのも、また他者に礼拝されるのも、仏法の真現の姿の現われでなくてはならない。それは解脱した自分の姿であり、仏法がここにはひらいているということの現成《げんじょう》である。したがって、洗面は必ずしなければならない」

洗面をする時は、必ず夜明け前にする。まず手巾《しゅきん》を持って洗面所にいく。手巾とは一幅の布であり、長さは一丈二尺だ。色は白であってはならない。白は禁制の色なのだ。手巾には五つの法がある。第一は上下の端で拭くことである。第二は一方の端で手を拭き、もう一方の端で顔を拭くことである。第三には、鼻汁を拭いてはならないことである。第四は脂《あぶら》や穢《よごれ》をぬぐったならば、すぐに洗わなければならないということである。もし沐浴する時には、それぞれに手巾を持っていかなければならない。

僧堂の洗面所は、西側の窓下の後架《ごか》である。住持は自らの方丈内で洗面をする。手桶を持って典座《てんぞ》寮の竈《かまど》のところにいき、湯を汲んでよい具合に水で埋め、後架の洗面所に持ってくる。

次には楊枝《ようじ》を使って歯を磨く。中国の諸山では楊枝を使うことが廃《すた》れて久しく、楊枝をみることがないそうだ。かの道元禅師が大宋国にいった時、諸山や諸寺を見たのだが、僧侶で楊枝のことについて知っているものはいなかった。朝廷人も民間人も、貴人も衆生も誰も知らない。僧侶も知らないから、道元禅師が楊枝の法を問うた時、僧侶たちは顔色を変え、度を失っていた。まことにこれほど仏道が失われてしまったことを思うと悲しいと、道元禅師はおっしゃっている。

そのゆえに、天下の出家者も在家者もともに、その口気ははなはだ臭い。二尺三尺へだてても、ものをいうと、口臭がたまらなくにおう。嗅ぐものには堪え難い臭さである。仏道を会得した尊い高僧といわれる人も、人間界、天上界の導師といわれる人も、口を漱《すす》ぎ、舌を刮《そ》ぎ、楊枝を使う法があることも知らない。

これをもって推測すると、今日の仏祖の仏道がかの国において次第に衰えていくことは残念ながらよくわかることであり、その悲しみの情はまことに堪えきれないものがある。遥々と日本を後にして万里の波濤を乗り越え、山河を巡り歩いて真の仏道を尋ね求めようとの決意をなさっている道元禅師は、現在のように仏道が衰えてきたことが、まことに悲しみの極みであるとおっしゃっている。これまでどれほど多くの仏道が滅亡したことであろうか。まことにかえすがえすも惜しいことだ。

ところが日本一国だけは、出家人も在家の人も、ともに楊枝を見聞している。仏道のはたらきについては見聞して知っているのだが、楊枝は法の通りに使われてはいない。しかしながら中国人が楊枝を知らないのにくらべれば、楊枝を用いるべきであると知っているので、菩薩の法を知っているということができる。知るべきである。楊枝は出家の道具であり、清浄世界の道具なのだ。

楊枝は指の節四本よりも短くしてはならない。指の節十六本より長いのも適当ではない。太さは手の小指の厚味大であるが、それより細くてもよい。小指の形によく似ていて、一端は太く、一端は細い。太い端を細かく噛むのである。

先を適当に噛んだ楊枝を右手に持ち、華厳経浄行品《じょうぎょうほん》の偈文をとなえる。

「手に楊枝を取らば、当《まさ》に衆生のために願わん、心は正法を得れば、自ら清浄ならんことを」

次に実際に楊枝を使うに際し、偈文をとなえるのだ。

「楊枝を使うにあたり、当《まさ》に願わくば衆生のために、歯を磨き、煩悩を噛みくだいて仏道を成ぜんことを」

栄蔵は先輩の雲水の真似をし、こうして経を読誦《どくじゅ》し偈《げ》をとなえてから、実際に楊枝を動かして歯を磨く。今なんのためにこれをしているかということが、いちいち説明されなくてもよくわかる。禅の修行はまことに理にかなっているといえる。一見難しそうなことも、理解がかなえば、ただそれを実践していけばよいのである。時に理が勝り、自らに向かって問いに問いを重ね、他人が見れば奇矯な行動をとることもあった栄蔵は、この禅修行の過程に居心地のよさを感じるのであった。玄乗破了住持和尚にはまだ入門さえ許されていないのだが、栄蔵には過去から遥々とつづいてきて自分のところに至る道が見えてきて、その道はずっと先の未来につづいていることが感じられてきた。この道をいこうと切実に願うようになっていた。

住持和尚は僧堂の雲水によく教えてくれた。栄蔵はもちろん雲水たちの末席に連なり、住持和尚の教えを聞いた。ぼさぼさの蓬髪《ほうはつ》で、野良からふらりと迷い込んできたかのような弊衣《へいえ》であったが、栄蔵にとってはそのような外見はどうでもよかった。心はいっぱしの雲水であったのだ。

住持和尚はこう説かれるのであった。

「三千威儀経には、楊枝の先は三分《ぶ》以上噛んではならないと説かれている。よく噛んで、歯の上、歯の裏を研《と》いで磨くべきである。何度も研ぎ磨き、洗い漱ぐべきである。歯のもとの肉の上もよく磨き、洗うべきである。歯の間も揃えてよく磨き洗うべきである。何度も口を漱げば清潔になる。歯をきれいに磨き終ったなら、次に舌をこするべきである。舌をこするに、五つの方法がある。第一、三返を過ぎてはならぬ。水を口にふくみ、楊枝で舌をこすりこすることを三度するのであって、往復三度こすることではない。第二は舌の上部に血が出たら止めなければならない。このことは特に心得ておかなければならないのだ。第三、乱暴な手つきで、衣や足を汚してはならない。第四、楊枝を棄てる時、人の歩く道に捨ててはならない。第五、つねに人眼につかぬところでなすべきなのである。たかが歯を磨き、楊枝を使うにすぎないことだといってはならない。楊枝とその使用方法は、仏祖ならびに仏祖の子孫たちが護持して来たものである」

住持和尚の説法は、栄蔵にとっては身に染《し》みて理解できることであったのだ。住持和尚は実にさまざまなことを教えてくれ、その智慧は泉が湧き出すごとく無尽蔵と栄蔵には思えたのだったが、賢愚因縁経《けんぐいんねんきょう》に出てくるのだという話がことに栄蔵の記憶にとどまったのであった。

「釈迦如来が王舎城の竹林精舎におられた時、千二百五十人の僧とともにあった。十二月一日のこと、波斯匿王《はしのくおう》がこの日に釈迦如来に食事を差し上げたのだ。食事がすむと、王は自らの手で如来に楊枝を差し上げた。如来が使い終った楊枝を地にお捨てになると、その捨てた楊枝から根や茎が生え茂り、ぐんぐん伸びて無限の高さになり、枝や葉は雲のように無限に広がった。それから花が咲いた。その花は車輪のように大きかった。実がなった。その実は五斗もはいる瓶のような大きさだった。根も茎も枝も葉も、すべて七宝でできていて、七つの色が美しく輝いた。この光はあまりにまばゆくて、日月の光をも覆い隠すほどであった。その果実を食べてみると、甘露に勝る味がする。その香りは四方にひろがり、それをかいだものには深い悦びを与えた。風も香ばしい。その風が吹くと枝や葉が互いに触れ合い、優雅な音楽となった。それは仏道が説かれているかのようで、聞くものはいつまでも飽きることはない。すべての人々はこの樹の不思議を見て、仏への敬慕し信仰する心がいよいよ純粋になり、篤《あつ》くなっていった。仏はその時、衆生の一つ一つの心に応ずるように説法をされた。衆生は心から仏道を理解し、仏道修行に努力し、多くの人が証果を得てさとりの境地に至ったのだ」

住持和尚の説法はまことに簡にして明解であった。俗世間からすれば面倒とも思える修行を何故しなければならないのか、栄蔵にもよくわかった。わかるから疑問もなく、修行に集中できる。そうすれば仏道への理解が進み、いよいよ修行がおもしろくなるはずである。

釈迦如来および衆僧を供養する方法は、必ず早朝に楊枝を差し上げるのである。その後、いろいろな食物を差し上げる。仏に楊枝を差し上げることは多くある。仏が楊枝をお使いになることは常であるが、しばらくこの波斯匿王が自分自身の手で仏に楊枝を差し上げた因縁の話と、この楊枝が大樹になった因縁とは、世にも稀なる不思議さで知るべきであるから、ここに取り上げる。

またこの日に、外道の六人の師が、釈迦如来に論争を挑みかけたということだ。しかし、釈迦如来に降伏《ごうぶく》させられ、驚き怖れて逃げ走ったという。そして、ついにこの六人は河に身投げして死んでしまった。六人の師には九億人の弟子がおり、彼らはみな釈迦如来の弟子になることを望んだ。

「善くきた、僧たちよ」

釈迦如来がこのようにおっしゃった途端、九億人の髪も鬚《ひげ》も自然に落ち、袈裟が自然に身に着いて、すべてが僧となった。釈迦如来はこの人々のために説法され、仏法の要諦を示された。彼らは煩悩を捨て去って解脱をし、阿羅漢果《あらかんか》を得ることができたのだ。

釈迦如来はこのように楊枝を用いられたから、人間界の衆生も、天上界の衆生も、この楊枝を差し上げるのである。このことで明らかなことは、楊枝の使用は諸仏菩薩および仏弟子たちの必ず保ち行うべき法であるということだ。もしこの楊枝を使用しないならば、その人は仏法を失った人であり、悲しむべき人であるといわねばならない。

またある時、住持和尚は梵網菩薩戒経について話してくれた。あまりに具体的なので、栄蔵は深く印象にとどめたのであった。

「仏弟子たちよ、お前たちは夏と冬の二度の安居《あんご》に応じて、頭陀行《ずだぎょう》を行わなければならない。頭陀行とは出家の行である。冬と夏とにかかわらず、坐禅をしなければならない。夏安居《げあんご》を行ずる時には、いつでもどこへいくのでも楊枝、澡豆《そうず》（洗粉）、三衣（大衣、七条衣、五条衣）、瓶鉢、坐具、錫杖《しゃくじょう》、香爐、漉水嚢《ろくすいのう》（水こし）、手巾、刀子《かみそり》、火打ち石、毛抜き、折畳み椅子、経文、仏像、菩薩像を身に付けていくべきである。菩薩が頭陀行を行ずる時、また行脚《あんぎゃ》の旅をする時、たとえ百里であろうと千里であろうと長旅であっても、この十八種の物はいつも身に付けておくべきだ。これら十八種の物は、鳥の両翼のようなものだ。一つでも欠けたなら、鳥の翼が一つ欠けたのと同じことがある。鳥が飛べないと同じように、その機縁に逢うことはできない。鳥が飛んでもその飛跡が残らないように、たとえさとりの境地に到達しようとも、そのさとりの跡が残らないであろう」

菩薩もまたこれと同じであると、栄蔵は理解をする。栄蔵自身は自覚をしなかったのだが、一を教えられて十を理解する智慧が自ずからそなわっていた。だからこそ、一見象徴的な要素の強い修行であっても、その意味がよく理解できた。この十八種の翼がそろっていなければ、菩薩道を行ずることはできない。その十八種の物の中で、楊枝は第一位のものであって、まず最初に備えなければならないものだ。この楊枝を用いるかどうかを明らかにした人が、仏教を明らかにした菩薩である。このことが明らかにできない人は、仏法について夢にも明らかにできないであろう。このような道理であるから、楊枝の使用を明らかにすることは、仏法を明らかにすることである。この梵網菩薩戒経は、過去、現在、未来の諸仏諸菩薩が、三世を通じて必ず受持してこられた経典である。そうであるならこそ、楊枝の使用もまた、過去、現在、未来へと受持してこられたのだ。

まさに知るべきである。仏から仏へ、祖師から祖師への正伝の仏道はこのようである。これにそむくことは、仏道ではなく、仏法であるはずもなく、祖師道とは絶対にいうことはできない。それにもかかわらず、中国では現在楊枝を見ることはできず、出家者も在家者も口気ははなはだ臭く、二、三尺を隔てて離れてものをいってても口臭が鼻につくとは、仏道の衰退といわなければならない。まことに悲しむべきである。

さて、刮舌《かつぜつ》の法は、栄西僧正によって伝えられたという。使用して後に棄てようとする楊枝は、噛んだほうから両手で二つに裂いて破る。その裂れたところを横にして、舌の上にあててこする。この時、右手で水を受けて口にいれ、口を漱いで、舌をこするのである。漱口《そうこう》、刮舌を三度くり返し、楊枝を裂いた角でこする。血の出た時にはやめる。口を漱く時には、華厳経の次の偈を声には出さずに読誦する。

「口歯《こうし》をきよめ漱ぐにあたって、当《まさ》に衆生に願う。清浄の法門に向かってさとりを得て、煩悩の苦しみから離れて究極の解脱の境地に至らんことを」

この偈をくり返しながら口を漱ぎ、唇の内、舌の下、顎に至るそれまで、右手の第一指と第二指と第三指をもって、指の腹でよくよく嘗《な》めたようになるまで、洗い除くべきである。油のはいったものを食べた後には、さいかちを用いる。さいかちとは豆のなる植物で、そのさやを洗剤として用いる。

使い終った楊枝は、ただちに見えないところに捨てる。楊枝を捨てたなら、親指と人差指で弾指をするべきである。洗面場の後架には、捨てる楊枝を受ける場所をつくるべきである。ほかのところでは、人の見えないところに捨てるべきである。口を漱いだ水は、洗面器に捨てずによそに捨てる。

次に正しく洗面をする。両手で面桶の湯をすくい、頭より両眉毛、両眼、鼻の孔、耳の中、頭、頬、すべてを洗う。まずよくよく湯をすくいかけてから、摩擦して洗うべきである。涙、唾、鼻水を面桶の中に落とし入れてはならない。このようにして洗う時、湯を無制限に使って洗面器の外に洩らし落として散らしたりして、早く失ってはならない。垢が落ち、脂《あぶら》がとれるまで洗い、さらに耳の裏も忘れないで洗うべきである。耳に水をつけておいてはいけない。眼の中も洗うべきである。塵をつけておかぬためである。あるいは頭髪、頭、顔のあたりをことごとく洗うのが威儀《いいぎ》というものだ。洗面が終り、面桶の湯を捨てた後にも、三度の弾指をすべきである。

次に手巾で顔面を拭く。手巾の端でぬぐうべきである。そして手巾を元のようにおろして、二重にして左臂《ひじ》に掛ける。

僧堂の後架には、共用の手巾を置くようにする。そこには一疋《いっぴき》、すなわち二反の布を設けておく。手巾を乾かす箱も置く。在家人も出家人もともに顔を拭いても、足らないという心配はない。その手巾で、頭や顔を拭いてもよい。また自己の手巾を用いても仏法にかなう。洗面の間に、桶や柄杓の音を鳴らしたりして、やかましくしてはならない。湯水を乱し散らして、まわりを濡らしてはならない。洗面をして僧堂に帰るのも、静かに歩いて音を立てないようにすべきである。老僧高徳の僧の草庵には、必ず洗面架がある。洗面をしないのは仏法ではない。洗面の時に、面薬を用いる法もある。

おおよそ楊枝を使用し洗面をするのは、古仏の正法である。道心があって志を持ち、仏道修行をするともがらは、修証すべきである。あるいは湯がない時に水を用いるのは、古来からの方法だ。湯も水もない時には、早朝によくよく顔面を拭いて、香草や抹香を塗ってから、仏を礼拝し、経を読誦し、焼香し、坐禅をすべきである。まだ洗面をしないならば、すべてのつとめが礼を欠くことになる。

寺に伝わっていることはまったくその通りであると、栄蔵は心の底から納得するのであった。

栄蔵が光照寺に跳び込んで、一ヵ月がたった。もちろん修行のなんたるかがわかったわけではなかったが、毎日規則的にくり返される禅寺の暮らしにもいささか慣れてきた。初心者の栄蔵は、まわりの人のやることを真似ていればいいのだ。ことに玄乗破了和尚のやることを、ひたすら真似てきた。自信というほどではないのだが、このままやっていけるような気が栄蔵はしていた。

だがぼさぼさ頭で、破れ衣のままではどうしようもない。娑婆世界にいる時はこんな姿がむしろ得意だったのだが、光照寺の中では目立った。明らかに異端の風貌である。この姿形をしていたのでは、まわりの雲水や万秀和尚や玄乗破了住持和尚の真似はとてもしきれない。墨染めの衣まで着たいとはいわないが、せめてこの髪を剃ってもらいたい。そのことを栄蔵は万秀和尚に訴えた。万秀和尚の応えはこうであった。

「お前は橘屋の長男として、跡取りではないか。橘屋の遠祖は左大臣橘諸兄《たちばなのもろえ》である。代々出雲崎の名主と神宮を兼ねた名家なのだ。その家の跡取りを、頭に剃刀を当てて勝手に出家させるわけにはいかんのだ。お前の父母が間もなくくるであろう。その時に話し合わねばならない。だからな、今しばらく待て。その姿のままで、修行をしておれ。それはそれでよい修行ができるはずじゃぞ」

いつもの飄逸な万秀とうって変わって、栄蔵の出家の話となると慎重になった。親に遠慮をしているに違いない。両親は栄蔵の出家を許してくれるはずだが、たとえ反対されたとしても、栄蔵はもう家に戻る気はなかったのだ。

子供の頃より栄蔵は母の口から、橘屋山本家とはどのような家であるかよく聞かされた。父からはほとんど聞いたことがない。橘屋の当主でありながら、いつも他のことを考えているような人であった。

母に聞かされた橘屋山本家の由来はこのようである。子供の頃からあまりにたびたび聞かされてきたので、栄蔵も覚えてしまったのだった。

左大臣橘諸兄の子に泰仁《やすひと》と泰明《やすあき》があり、その泰明の子に泰則《やすのり》と泰教《やすのり》と同じ音の子供があった。その泰教の第五男に山本中納言泰実《やすざね》という人があった。橘諸兄の曾孫《ひまご》のこの泰実が橘屋の祖先である。泰実が死んだのは平安朝のはじめの頃、平城帝《へいぜい》の御代で、空海が大唐国から帰朝した年にあたるということだ。そこから時代は遥かに下って南北朝になった。南朝の日野中納言が北条高時の手によって佐渡に配流になる時、海が荒れてなかなか渡れなかった。その時、山本家の当主山本信阿《しんな》の家に、船の出航を待って逗留をしていた。ようやく嵐もやみ、凪《な》いだ海に出船をするにあたって、世話になった信阿に感謝して一首を詠んだということだ。

「忘るなよほどは波路をへだつとも
　かわらず匂へやどの橘」

信阿の家に橘の木があって、それがよい香りを放っていたのである。芳香のひろがる橘を、家運繁栄にたとえたとも読める。このめでたい歌を屋号とし、橘屋山本家としたということである。泰実から数えて五百有余年後のことだ。これが母の説明で、母も養父母かその親に聞かされたことなのだろう。何度も聞かされた栄蔵は、へえそんなものかと思うばかりで、さしたる感動はなかった。あまりに古い話なので、現実感が湧かなかったのだ。

しかし、古い時代の繁栄を語れば語るほど、現在の衰微が哀切に感じられる。

そもそも出雲崎を治めていたのは橘屋であったのだが、江戸幕府が開かれて間もなく、越後国主の上杉景勝が会津に移封され、堀左衛門督久太郎秀治《ひではる》がやってきて、出雲崎に代官所を開いた。このことで出雲崎は大いに賑わい、ことに尼瀬は繁栄した。尼瀬町の名主は京屋で、代官に何かと取り入り、町が発展する波に乗ってどんどん栄えるようになった。京屋は巧みに代官に取り入り、尼瀬を出雲崎から分離させて自ら庄屋となった。やがて代官所を出雲崎から尼瀬に移動させた。尼瀬町神明社地の争いはもう五十年も訴訟騒ぎがつづいている。京屋が栄えるということは、橘屋が衰運に向かうということだ。ことごとく京屋に押されてきた橘屋が、しだいに衰微に追い込まれているのは、誰の目にも明らかであった。そんな古いばかりの家の経営に、そもそもそこで生まれたわけでもない父は嫌気がさしているのを、栄蔵は知らぬわけでもない。栄蔵は俗世で相手と闘争し、やり込めたりやり込められたりすることに、最初から興味を持てなかったのだ。そのことが一つの原因となって寺にはいったということもいえたのだ。栄蔵にすれば、醜いものをいろいろ見せてもらったのである。

旧家であるということに、栄蔵は価値を感じない。権力があっても、金があっても、それがどうしたというのだろう。そのことを改めていうのも疎《うと》ましかった。寺にはいろうとしたのは、そんなことを改めていうこともなかったからだ。栄蔵の気持ちを父も母もわかっている。それ以前に、宿敵の京屋と何十年何百年と世代を超えて死闘をすることの虚しさを一番よく知っているのは、父と母なのである。自分よりももっと出家をしたがっているのは父と母なのだということも、栄蔵はうすうす感じていた。だがそれは口に出すことではない。黙って耐えているのだ。長男が家出をして寺にはいり、一ヵ月にもなるのに、何もいってこないのはそのためだと栄蔵はわかっていた。心の中の真実のことだから、形式的に片付けてしまう種類のものではない。

家出からちょうど一ヵ月たった日、早朝の坐禅、法堂《はっとう》での朝のお勤めの朝課諷経《ちょうかふぎん》がすみ、僧堂で朝食をとる小食《しょうじき》がすむのにあわせたらしく、父の橘屋次郎左衛門と母のおのぶが山門をくぐってきた。父は大きな西瓜をさげてきた。跡継ぎの息子を禅寺から取り戻しにきたという真剣さはないことが、雲水に呼ばれて物陰から両親の姿を一目見た栄蔵にはわかった。だが栄蔵は両親に見られないようにと僧堂の陰に隠れていた。わずか一ヵ月なのだが、両親が老いているようにも感じられた。栄蔵には見えない何か大きなものを抱えて、苦しんでいるに違いない。そんなものは捨ててしまえば捨てられるものだと、栄蔵にはわかっていた。どうせ捨ててしまうのならば、最初から背負わないほうがよいのである。

次は作務だ。すぐに呼ばれるのはわかっていたのだが、栄蔵は雲水たちといつもの畑の草むしりの作務にでた。草はとってもとっても生えてくる。まるで心の中から払っても払っても湧き上がってくる三毒《さんどく》のようではないか。貪《むさぼ》りの心である貪欲《とんよく》、怒りの心である瞋恚《しんに》、おろかさのために迷い惑う愚癡《ぐち》の三つの煩悩は、払っても払っても生じてきて善根を毒する。それなら毎日でも根から抜いていかなければならない。それが草むしりをすることだと、栄蔵は毎日の作務修行で学んだのである。

草に向かって歩を進めながら、栄蔵は虫を殺さないようにと気を配った。これは釈尊が苦行林で修行中に気を遣ったことである。虫を踏み潰したのは知らないうちにしたことだといっても、殺生の罪はまぬがれない。殺さないようにとの注意が足りないのは、そのことだけですでに罪なのである。誰に教わったわけではなかったが、そのように考えた。修行は僧堂や法堂だけでなく、どんなところでもできる。

そんなことをいつものように考えたりもしたが、やはり父と母のことが気になった。そんなことはまずあり得ないことではあるが、跡取り息子を返すようにと両親が住持和尚に泣きついてはいないだろうか。そうなったら住持和尚としても栄蔵を家に戻すしかなくなる。もちろんそんなことが杞憂《きゆう》であることは、栄蔵が一番よく知っている。ただ心配なのは、両親にはどことなく奇行癖があり、何をするか予測がつかないことだ。その血を継いでいる栄蔵にはよくわかるのである。

少し前、栄蔵は父のもとで名主見習いをしていた。ある時、佐渡奉行が出雲崎から佐渡に渡ろうとしていた。奉行が乗ってきた駕籠《かご》の柄が長すぎて、どの船にも乗せることができず、船頭たちが困っていた。その時、名主の父が名主見習いの栄蔵にささやいたのだった。

「柄を切ればよいではないか」

本当にその通りである。原因を解決せず、無理にそのまま押し通そうとするから、どうにもならないのである。大きな船は手にはいらないのだから、駕籠の柄を切ればすべて解決する。そこで栄蔵は船頭たちに命じて柄の長すぎる部分を切らせた。おかげで駕籠は乗せることができたのだが、自分の駕籠の柄が短くなっているのを見て佐渡奉行は怒りだした。名主見習いの息子がやったということで父は奉行に謝りに本陣にいった。奉行の怒りがおさまったわけではなかったが、なんとか事なきを得た。そして橘屋は凋落《ちょうらく》の階段を降り、京屋がまた一歩繁栄の階段を登ったということだ。

「おい栄蔵、住持和尚がお呼びだ。すぐ方丈《ほうじょう》にいけ」

頭の上から声をかけられ、栄蔵はあおぎ見た。住持和尚の行者《あんじゃ》をしている雲水の顔が、太陽の放つ虹の輪に幾重にも包まれるようにしてそこにあった。栄蔵は汗がはいってこようとする目を腕で横殴りに拭いた。

「はいっ」

栄蔵は勢いよく返事をして立ち上がった。光は濃くて夏の気配を失ってはいなかったが、秋の気配も感じられた。

衣についた土埃《つちぼこり》を払い、手足と顔とを洗って、栄蔵は方丈にいった。障子が開け放してある敷居の手前の板の間で膝をついて坐り、頭を下げたまま栄蔵は可能なかぎり落ち着いた声をだした。

「山本栄蔵です。ただ今まいりました」

「こちらにはいりなさい」

住持和尚の声がして、栄蔵は膝で板を歩き、敷居をまたいで、畳のほうにはいった。住持和尚の居室のその部屋にいたのは、他に万秀と両親であった。空気は張り詰めてはいず、全員が笑顔であった。

「何事につけ愚鈍無頓着で、人と接するに礼を知らず、昼行燈《ひるあんどん》といわれた栄蔵が、たった一ヵ月の修行でこんなに変わりましたぞ。本人を目のあたりにすれば、一目瞭然でしょう」

万秀の大きな声が響いた。必要以上の声量ではないかと栄蔵には感じられた。

「なりも着ているものもまっこと栄蔵には違いませんが、どうも栄蔵ではないようですなあ」

父の明るい声が響いた。

「ほんに修行の力はたいしたもんです」

母もいった。その場の四人の視線が自分に集まるのが、栄蔵にはまばゆく感じられた。自分自身ではとても変わっているとは思えなかった。

「栄蔵よ、喜べ。御両親から出家の許可がでたぞ」

万秀が高らかにいう。

「ありがとうございます」

栄蔵は畳にしがみつくようにして頭を下げた。万秀と住持和尚がうんうんと声を出しながら小刻みに頷《うなづ》いていた。再び万秀の声が響いた。

「うんうん、お前はよくいえば飄逸、悪くいえば何事にも無頓着に、常人には見える。だが道心は並々のものではないと、わしは見ておった。お前自身はその道心にさえも相変わらず無頓着でな。雑物に汚されず、お前の心はきれいなものだ。そこをわしは買ったから、住持和尚にも両親にも、一ヵ月は何もせず見ておいてくれと頼んでおいた。わしの眼がねに狂いはなかったぞ。栄蔵よ、お前はなお修行に励むがよい。お前の師匠に玄乗破了住持和尚がなってくださることになった。お前に異存はあるまいな」

「もちろんでございます」

栄蔵は両腕を突っ張り、畳に頭を近づけていう。

「うんうん、よろしくな」

師匠の声がして、栄蔵は胸の空気がすべて入れ替わるような清々しさを覚えた。同じ姿勢のままで栄蔵は声を返す。

「よろしくお願いいたします」

「御両親にもお礼を申し上げなさい」

師匠にいわれて栄蔵はいったん顔を上げ、背筋を回して両親のほうを向いた。動きに澱《よど》みはない。そのまま頭を下げ、畳に向かっていうのだ。

「御両親さま、長い間お世話になりました。お礼を申し上げます」

「望みがかなってよかったな。わしらは俗世の親、お師匠さまは道の親だ。お前もお坊さまになられるからには、お師匠さまの教えをよく聞き、道を踏みはずさないようにしなければならん」

父は諄諄《じゅんじゅん》と説くような言葉遣いをする。父も出家をしたいのだと栄蔵は思う。父の言葉が終るのを待ちきれないとでもいうようにして、母がいった。

「栄蔵よ、くれぐれも無理をしないように、身体に気をつけなさい」

畳に這いつくばっていた栄蔵は、なお頭をさげた。

「世人は僧となって禅に参じるのだが、お前は禅に参じてしかる後に僧となるのだ。いつまでも栄蔵ではいかん。名を考えねばならんな」

師匠の声を聞き、栄蔵はあわてて顔を上げ、叫ぶようにいった。

「ずっと前から名は考えてあります」

「ほう、どんな名だ」

万秀が栄蔵の顔をのぞき込むようにしていった。栄蔵は万秀の気迫を押し返す気力を込めていう。

「大愚良寛」


日を置かず、良寛が出家をする授戒会《じゅかいえ》が執り行われた。その日は光照寺のものはいうにおよばず、良寛の両親も、由之をはじめ弟や妹たち、それに親類縁者の主だったものが集まり、法堂は人でいっぱいになった。一番驚いたのは当の良寛であったろう。

僧たちはそれぞれ袈裟を着け、正装して居ならんだ。玄乗破了和尚がまず説法をした。

「護法神はこの世に満ちていて、幾百幾千幾万と限りはありません。そうではあるのですが戒を受けたものばかりを護ってくださるので、護戒神とも護法神ともいうのです。日本のすべての大小の神祇《じんぎ》、すなわち天神も地祇《ちぎ》も護法神のお仲間なのですよ。みな如来や菩薩が衆生《しゅじょう》を救うために、神祇としてお姿をあらわされたのです。その神祇が、受戒した人を一生護りぬかないということはありません。そのように受戒とは、この上ない大善根ということなのです。みなが恐れているあの地獄の閻魔大王がつねに願われていることがあります。それは、一度でよいから人間に生まれて、出家し、受戒して、この苦しみから逃れたいということです」

ここで集まった人々から笑い声が洩れ、緊張しきったその場がなごやかな空気に包まれた。良寛も笑った。すると住持和尚は良寛のほうを向き、口調を変えて峻厳にいった。

「菩薩戒の法は、はじめに三帰戒《さんきかい》、次に三聚浄戒《さんじゅじょうかい》、次に十重禁戒《じゅうじゅうきんかい》で、これをあわせて十六条戒というのが、祖師伝来の名称である。三帰戒の三とは、仏・法・僧の三宝である。帰とは帰依のことで、三宝《さんぼう》に帰依するということがすなわち仏弟子になるということだ。戒とは、釈尊が定められた制法である。仏法僧の三宝とは、この世の最高の宝ということだ。この宝は、一切の楽を招き、一切の苦を除き、どのような願いでも意のままにする。仏界を成就するとは、人間界や天上界の楽しみを我がものとすることが自由であり、地獄や餓鬼の苦を除くことも自在である。

この宝は一体の徳を三つに分けて三宝としたが、仏如来にも、菩薩にも、今生きている人の上にも、少しも欠けたところもなく備わっておる。釈尊は菩提樹の下で成道《じょうどう》され、人々を救済するために、人々の機根に応じて大身小身を現わされる。これが仏宝であり、四十九年の歳月をかけて説かれた経と律とを法宝といい、釈尊の説法を聴いて得道された迦葉《かしょう》や阿難《あなん》や舎利弗《しゃりほつ》や目連《もくれん》などの仏弟子を僧宝という。こうして釈尊によって説かれた仏道を、五十六億七千万年後に弥勒が兜率天《とそつてん》からこの世に下生《げしょう》し、龍華樹の下で成仏するまでよく保たねばならない。これが僧の役割なのである」

住持和尚に説かれ、僧になるとはどういうことなのか、良寛は今さらながらに理解したのだった。禅に参じてしかる後に僧となるという万秀和尚の言葉がよく理解できた。三聚浄戒の三とは三毒のことである。三毒のうち怒りの瞋恚《しんに》は、火のごとくにすべてを焼き払い、燃えるものがなくなってようやくやむ。菩薩はこの世の悪を断じつくし、清浄法身《しょうじょうほっしん》を成就する。貪欲《とんよく》は意にかなうものはすべて欲しがり、心が飽きた時にやむ。菩薩はこの力を利用して一切の善を集め、集めつくした時に円満法身を成就する。愚癡は地面のごとく堅く凝《こ》り固まり、石のごとく砕き難い心を持った人が山のごとくに集まって尽きることがない。菩薩は救っても救ってもきりもなく集まる人々を救いつづけ、その誓願はやむことがなく、それをなしとげて応身《おうじん》を成就する。

授戒会に臨んで、住持和尚の一言一言に良寛は納得した。このようなことは、もちろんこれまで誰も教えてくれなかった。その場に大勢がいたのだが、和尚は良寛一人のために説いてくれていた。その言葉によって、良寛には自分がどの道を歩いていけばよいのかぼんやりとだが見えてきた。

その白い道は果てしなく遠いと感じられた。

授戒会は当の僧にとっては新しい人間に生まれ変わるということである。その場に立ち会っている多くの人にとっても仏や信仰のことについて敬虔な気持ちになっているのであるから、授戒師にとっても法を説くよい機会なのである。授戒師の玄乗破了和尚は、すぐ前に行儀よく控えている良寛から視線をまわりの人々のほうに移し、なお柔らかな口調で話しつづけたのであった。

「衆生が心の底に誰でも持っている三毒とは、渋柿のようなものである。如来の三徳は甘干《あまぼし》のようなものだということである。渋柿を木からとり、そのままにしておいても、食べられない。やがて腐って捨てるしかないのである。手をかけて皮を剝《む》き、毎日毎日気をつけてよく乾かし、雨のかからないように用心をする。お日様の具合を見て出し入れに念には念をいれ、ほどよく干し上げる。すると妙味の甘干となる。ひとたび甘味を得れば、二度と渋味に戻ることはない。人であれば誰でも持っている三毒は、そのままにしておけば、人を煩悩のために三悪道に堕《お》とす。三悪道とは、地獄道、餓鬼道、畜生道のことである。我々衆生は自分自身について、渋柿のように手をかけねばならないのだ。煩悩の皮を丹念に剝き、仏の智慧というお日様の光にあてて、ていねいに乾かす。魔業の雨のかからぬようにするには、どうすればよいか。日々の暮らしの中でていねいに出し入れをし、念には念をいれて如法《にょほう》に勤めるのである。こうして究竟《くぎょう》に至るなら、甘露の三徳三身の境界にこの身をとどろかせることができる。以前の渋味の三毒には決して返ることはない」

このような喩《たと》えで説明してくれると、良寛にも三聚浄戒の道理がよくわかる。しかも住持和尚は大衆のほうを向きながら、主に良寛のために話してくれているのである。これから菩薩戒を受けるこの身とすれば、自分は三悪道にたやすく堕ちかねない渋柿のような身なのだということを自覚する必要がある。甘干になるように導くのは、仏と自分自身の智慧である。住持和尚は良寛やまわりの人々に向かって語りかけながら、自分自身の戒めとしていることが良寛にも理解できた。身を堅固に保っていなければ、三悪道はいつでもこの身を犯すのだ。

渋柿の話は良寛にもまわりの人たちにもよくわかったのだが、住持和尚はもう一つの喩え話を重ねてくれた。

「金銀をとるには、鉱石を土石の中から掘り出し、猛火を加えて溶かす。これが製錬である。その金銀は、再び土中に戻ることはない。よくよく考えてみれば、鉱石の中に含まれている金銀は土石をのけて取り出すのであるから、そもそも土石とは別のものである。渋柿と甘干とは、そもそも別のものではない。渋を除いて甘味とするのではなく、渋をそのまま甘味とするのである。我々の心の用い方の秘伝も、これと同じなのだ。このことをよく理解すれば、煩悩即菩提の妙旨も、すべて明白となる。渋である煩悩は、そのまま甘味の菩提となるのだ」

住持和尚が語る言葉は淡々としていたのだが、その中に激しい気迫を良寛は感じることができた。よい師匠にめぐり会ったと、良寛は今さらながらに思うのであった。

良寛はまだ俗服姿で、髪もぼうぼうのままであった。得度式は粛粛《しゅくしゅく》と進行していった。得度式は形式ばって息が詰まるほど窮屈だという思いがあったが、この山を越えればまったく別の世界が広がっていることがわかっているので、良寛には今のこのことを楽しむ余裕はあった。良寛はあらかじめ万秀和尚にいわれていた通りに、祭壇につくってある氏神に二拝し、向き直って参列者の最前列にいる父橘屋次郎左衛門以南と母おのぶにそれぞれ三拝した。その後その場から別室にいき、墨染めの法衣に改めた。髪が伸び放題の自分の姿は見えないから、この目で見える限りの自分の姿に我ながら感心したりした。

授戒師の玄乗破了和尚が剃刀《かみそり》を持ってすぐ横に立った。昨日、雲水が研《と》いでいた剃刀である。長い髪をそるのに、剃刀が切れなければ痛い。しかし切れなくても、剃髪式《ていはつしき》は一旦はじめられると最後までやってしまわねばならず、頭は血まみれになる。同安居《あんご》となる雲水に、良寛は威《おど》かされたような具合であった。雲水は最後に笑顔でいった。

「栄蔵よ、お前はよいやつだから、剃刀は入念によく研いでおいてやろう」

その雲水がいった通りに剃刀はよく切れ、ぞりっぞりっと音を立てて気持ちよく頭を動く。剃刀が走るごとに足元に黒々とした髪の束が落ちる。集まっている人々は静かにしてはいるのだが、どよめきのような息遣いが湧き上がった。頭が痛いし痒いので、良寛は手をやりたかった。剃られた頭の感触が、掌に伝わってくるような気がする。水に映してこの姿を見たかった。この姿になるのを、良寛は渇仰《かつごう》する気持ちで望んでいたのである。

下に落ちた髪を兄弟子の雲水が箒で掃いて除け、良寛は改めて師に向かって正座をする。ここから得度式の中心ともいうべき部分である。良寛は師から袈裟を授けられ、それを身に着けた。師より法名《ほうみょう》の記された紙を受ける。良寛自身がつけた法名であったが、そこには「大愚良寛」と記してあった。

受戒については、方丈で師より内容の説明と、その時良寛はどうすればよいかを説かれていた。したがって良寛にはさほどの緊張感はなかった。すみやかにこの儀式をすませたいとは思っていたが、出家の一大行事であるから、一つ一つのことをこの身に焼き付けておこうという気持ちにはなっていた。

まず、帰依仏《きえぶつ》、帰依法、帰依僧の三帰式《さんきかい》を受ける。次に貪《とん》・瞋《じん》・癡《ち》の三毒を浄める三聚浄戒を受け、次に十重禁戒を受ける。十重禁戒とは、第一不殺生戒、第二不偸盗《ちゅうとう》戒、第三不邪淫《じゃいん》戒、第四不妄語《もうご》戒、第五不酤酒《こしゅ》戒、第六不説過《せっか》戒、第七不自讃毀佗《じさんきた》戒、第八不慳法財《けんほうざい》戒、第九不瞋恚《しんに》戒、第十不謗三宝《ほうさんぼう》戒である。住持和尚は良寛のために一つ一つ文字を書いて説明してくれた。読んで字のごとくである。わかりにくいのは第七不自讃毀佗戒で、これは我が身の上の善を自ら褒《ほ》めて、他人の上の悪を毀《そし》ることである。第八不慳法財戒は、世上の宝である財と、世塵《せじん》を出離した仏智の世界の宝である法の二種の宝をほしいとやってくるものがあった時、法も財も惜しんでこれを与えない上に呵責《かしゃく》するということを戒めるのである。

良寛はこの戒をよく理解していた。かねてこうするとの説明があった通りに、授戒師が三帰戒、三聚浄戒、十重禁戒の一つ一つを読み上げ、そのたび良寛は返答する形で声を張り上げる。

「汝今身《なんじこんじん》より仏身《ぶっしん》に至るまで、よく持《たも》つや否《いな》やーっ」

「よく持つーっ」

師と弟子との甲高《かんだか》い声が本堂の内に響き渡った。

栄蔵と呼ばれ、あわてて良寛と改めて呼び直される。良寛は、栄蔵と呼ばれればはいと応え、良寛と呼ばれればはいと応える。正式に得度して晴れて玄乗破了和尚の弟子となった良寛は、自分が自由になっているのを感じるのだ。仏の戒をいただいて、お釈迦さまと同じ生き方になったのである。人間はみな道の器で、その器の中に道で得たものをいれていけばよい。

姿形が変わっても内部は変わらないと前から思っていたが、良寛は禅僧の姿になれば中身も禅僧になると感じた。日常の暮らし、即ち坐禅と作務は栄蔵と呼ばれて光照寺に寄宿していた時と変わらないようであったが、心構えが違った。なんとなくあこがれにすぎなかったものが、一歩一歩道をいっているのだという自覚に変わった。そして、良寛に対するまわりの雰囲気も変わった。

ある日、庭の草むしりをしていた良寛は、住持和尚に方丈へ呼ばれた。急いで手を洗い、顔の汗を拭き、住持和尚の前にすすんだ。住持和尚は自ら茶を点《た》てて良寛にすすめてくれた。部屋から見える庭の木々は夏の陽を浴びて精気にあふれていたが、それでも盛夏とはわずかに違うと感じられた。秋の気配が忍び寄っていたのだ。和尚は少し微笑みつつ静かにいった。

「良寛よ、お前は年は若いが、とてもよい風貌です。しっかりと修養しなさい。きっと仏祖と同じさとりの境地にはいることができるでしょう。修行をしていると、いろいろな疑問が湧き上がってくるものです。その疑問を内に秘め、悶悶《もんもん》としていてはいけない。お前はいつでも私の居室にきて、質問してよろしい。昼夜を問わず、袈裟を着けていても着けていなくてもかまわない。私はお前を、父親が子供の無礼を許すように許すでしょう。それがこの寺の家風というものです。この寺におるものは、誰でもそうしているのです」

ありがたくて、良寛は住持和尚に向かって頭を下げていた。その拍子に涙が出た。涙の粒はたちまちふくらみ、自らの重みに耐えきれなくなって畳にぽろぽろしたたった。顔を上げると、和尚の笑顔があった。

「時は迅速で無常です。一瞬のうちに人を死へと追い立てるものです。その短い時の中で最も大切なのは、生死《しょうじ》を明《あき》らめることです。仏と出会っているこの時に明らめなければ、きっと後悔するでしょう」

和尚の言葉が耳に響き、良寛はまたまたありがたくなったのだった。そこで深深と頭を下げたまま、言葉を注意深く選びつつ、良寛はいったのである。

「私が魯鈍《ろどん》な頭で考えて、日頃疑問に思っていることがあります。まことに無礼ながら、和尚さまにお聞きしたいのです」

「顔を上げなさい。私はお前を父親が子供の無礼を許すように許すと申したばかりです。私に答えることができるのなら、なんなりと聞いてください」

良寛はまた顔を上げた。昔の栄蔵とは違った顔になっているとの自覚があった。良寛の言葉を受けとめようとして、和尚が少し緊張するのが感じられた。

「私は小さい頃に、あるお寺の和尚さんがこう説くのを聞いたことがあり、それが耳を離れないのです。魚が水を飲んで冷たい暖かいを自ら知るように、人が自然に知覚することが、すなわち仏のさとりなのだというのです。小さい時にはそのまま受けとめておりましたが、長ずるにつれ、それはおかしいと疑うようになりました。もし自然のうちに知覚するのが仏のさとりというなら、すべての人は生まれながらに知覚しますから、すべての人はみなさとりを開いた仏と同じだということになります。それが長い間私の疑問でした。ある人はこういいます。すべての人は本来仏なのだ。またある人はこういいます。すべての人がみな仏だというわけではない。なぜかというに、生まれながらにそなわる自覚の智慧のはたらきが仏であると知っている人は仏であるが、知らない人は仏ではないのだ。そもそもすべての人は生まれながらにさとりを開いた仏だというのは、私はおかしいと思っています。このようなことが、はたして仏教の教説なのでしょうか」

語っているうちに、日頃疑問に思っていたことがどういうことなのか、自分の中で明らかになるということを良寛は経験したのであった。和尚は腕組みして、しばらく沈黙した。良寛は腕組みこそしなかったが、息を詰めて和尚の言葉を待つ。和尚はほっと息を吐いてからいった。

「本当はわかってもいないのにわかったといい、さとってもいないのにさとったというと同じくらいの、とんでもない間違いです。人間は本来仏であり、誰もがさとりの中にあって、そのような妙法が人々の上に豊かにそなわっているのであっても、それは修行によってのみ現成《げんじょう》するのです。つまり、現実のものとして実現するのですよ。修行によって実証しなければ、自己のものとはなりません。坐禅修行はさとりへ至るための単なる手段ではないのです。修行がそのままさとりなのです。本来さとりをそなえている人がさらに坐禅修行をするのです。修行のほかにさとりはありません。ただひたすらに坐禅をするのですよ。本覚門からさらに進めて、これを修《しゅ》証一如《しょういちにょ》というのです」

師は全力を尽くして本気で答えてくれたのだと思うと、良寛はありがたくてまた涙をこぼしてしまった。よい師にめぐりあったのも自分のよい宿命なのかとも思う。さらに一歩また一歩と、良寛は進んでいくことができるという予感が自分ながら嬉しかった。良寛は自分の内部でむずむずと言葉が動き出すのを感じ、それを率直に外に出した。

「私はこのように聞いたことがあります。聞いても聞かず、見ても見ず、その瞬間何の心のはたらきもない。心のさとりとはそのようなものだと。そこで拳を振り上げたり、払子《ほっす》を立てたりします。かーっと大声を出したり、棒で打ったりして、修行者に何も考えないようにします」

しだいに真剣になっていく良寛の前で、師はゆとりを見せて微笑んでいた。師はこのように語ってくれた。

「今この瞬間に何の心のはたらきもないというのは、一つの体験です。その体験以外に説くものはないというのは、確かに仏の一つの方便であり、一つの教説ではあります。しかしながら、修行僧が何も認識できないというのではありません。認識できないというなら、師から化導《けどう》を受けるということも否定することになるでしょう。そうであったなら、釈迦如来がこの世にお出ましになられ、人々が救われるということも必要がなくなります。一瞬にさとって修行を成就させようということばかり考え、それ以外の仏道のあり方を信ずることができないならば、それだけではとてもさとりの境地には至ることはできないでしょう」

「仏の化導とはどのような意味があったのかを問うこともなく、一瞬のさとりを求めると、来世の果報となるような今生の修行を願うことはなくなります。果してこれが仏のさとりといえるのでしょうか」

普段自分で疑問として明らかになってもいなかったことを師に問うていると、良寛は感じていた。言葉に出してから、我ながらその感覚が不思議であった。

「良寛や、お前は悩みに悩んで、一人でよい修行をしていたのだな。その悩みこそ煩悩であり、即菩提《ぼだい》なのだ。今はわからなくても、このまま修行をつづけていれば、必ずわかるようになる。今のお前にわかることを、答えてあげよう。来世の果報を求めることは、釈迦の教えだ。来世はないというなら、明らかにこれは仏教の教えではありません。仏や祖師たちが説かれた教説の中には、どこにもそんな説は見当たりません。考えてもみなさい。次の世がないというのは、今の生がないというのと同じくらい不合理です。この世は現にこうしてあるのですよ。だから同じように次の生もあるのです。仏の子である私たちは、そのような仏教ともいえない説を認めるわけにはいかないのです」

玄乗破了和尚はたった一人の良寛のために、雄弁に道を説いてくださったのだ。今は師と弟子という違いはあるが、来世になればこれは逆転するかもしれず、いずれ仏の弟子であることに変わりがない。そんな親密さを、生まれてはじめて良寛は感じることができた。それは嬉しい体験なのである。和尚は居住《いずま》いをただすというふうに坐り直し、良寛に向かってより親密な口調で言葉を向けてきたのだった。

「良寛や、お前はようやく本格的に禅門の前に立ったのです。私はお前に御祖師さまのお話を供養してさしあげましょう。我が宗門では、誰もがこの話を知らねばならないからです」

師の口調が改まったのを感じて、良寛も首を伸ばし背筋を伸ばした。聞かねばならない話を聞くのは、楽しいことであった。

「御祖師さまは正師《しょうし》を求めて大宋国に渡られました。そこまでにも大変な御苦労がおありだったのですが、おいおいあなたは知ることでしょう。御祖師さまは大宋国明州慶元府の港に着かれましたが、戒律のことで天童寺といささかの行き違いがあり、船の中に留め置かれておいででした。日本船の中で船長と話しあっていたところに、一人の老僧がやってきたのです。年は六十ばかりでありました。老僧はまっしぐらに船にきて、日本の椎茸《しいたけ》はないかと尋ね、あるというとそれを求めたのです。御祖師さまはその老僧を招待し、お茶を差し上げました。老僧は阿育王山広利寺《あいくおうざんこうりじ》の典座《てんぞ》でした。老僧はこう語りだしました。

『自分は西方の蜀《しょく》（四川省）の出身である。故郷を離れて四十年になる。現在の年は六十一で、これまであちらこちらの修行道場で修行してきた。先年阿育王寺を尋ねて入門することができ、なんとなく虚しく日々を過ごしていたところ、去年の夏安居《げあんご》が終ってから、阿育王寺の典座職に任命された。明日は特別の説法のある日で、修行僧たちに何かおいしいものを供養したいのだが、喜んでくれそうなものは何もない。そこで麵汁でもふるまいたいのだが、材料の椎茸が手元にない。そのためにこうしてやってきて、椎茸を求めて買い、諸方から集まっている雲水たちに供養したいのだ』。

お祖師さまは老僧にお尋ねになりました。

『いつの時刻に阿育王寺を出られましたか』

『お昼の食事がすんでからです』

『阿育王寺はここからどれほどの距離ですか』

『三十四、五華里（約十九キロ）ほどです』

『いつ頃お寺に帰られますか』

『もう椎茸も買ってしまったので、すぐ帰ります』

『今日あなたと思いがけずお会いすることができ、船中でいろいろお話することができました。なんと素晴らしい御縁をいただいたものでしょう。私はあなたに何か御供養いたしたいのです。もうしばらく船におとどまりくださって、仏教のことや高僧のことをお話し願えませんでしょうか』

こんな会話をなさったのです。御祖師さまとすれば、毎日毎日船の中にとめおかれ、港の近くしか散策することを許されず、はじめて会った僧らしい人だったのですよ。御祖師さまとすれば、乾いた水を飲むように仏法のお話をなさりたかったのでしょう。ですから帰るという老僧を、必死にお引きとめになられたのです」

# 第二章　典座

良寛には御祖師さまである若き道元禅師が、師を求め道を求めて見知らぬ大宋国にやってきた時の姿が彷彿《ほうふつ》としてきた。御祖師さまは道を知るなら、たとえこの身も命も惜しくはないと思ったのである。その道心は今の時代では想像もできないほどであった。今の時代に最も不足をしているのは、その身も世もないほどの道心ではないだろうか。身すぎ世すぎのことに知恵がまわりすぎ、純心な道心というものが見えなくなってしまっている。住持和尚の説法を聞きながら、良寛はこのようなことを考えた。住持和尚は良寛たった一人のために説法をつづけた。

「御祖師さまがお引きとめなされると、老典座《てんぞ》はこのようにいいました。

『それはできません。雲水たちへの明日の供養を私がいたさねば、どうしてもうまくいかないでしょうよ』

御祖師さまには理由がわかりません。それでなおおっしゃったのです。

『阿育王寺は大きなお寺ですから、食事の支度をして供養するといっても、他にやってくれる人もいるでしょう。失礼ながら老人のあなた一人いなくても、別に支障はないのではありませんか』

すると老僧は少しむっとしたような顔をしましたが、心の内側のことを抑えたようにして微笑し、このようにいいました。

『私はずいぶん年をとってから、典座職をまかされたのですよ。これこそ老人にもできる仏道修行です。このような典座の仕事は、他人に譲ることはできませんし、まかせることもできません。阿育王寺を出る時、外泊許可をもらってきませんでしたから、ここにとどまるわけにはまいりません』

老僧は老僧なりに誠をつくしていうのですが、御祖師さまはどうしても理解することができませんでした。そこでまたこのようにくり返したのです。

『あなた様ほどのお年になって、どうして煩《わずら》わしい典座職をお引きうけになり、ひたすら働かれるのはどうしたわけなのですか。自ら坐禅修行をしたり、先人の仏道修行の本を読んだりしたほうがよいのではありませんか。別に何かよいことでもおありなのですか』

御祖師さまがこうおっしゃると、老僧は大いに笑いました。笑い終ってから、このようにいったのです。

『外国からこられたお方よ、あなたにはまだ修行とはなんなのか、おわかりになっていないようだ。文字というものがなんなのかもわかっておられないようだ』

老典座がこのようにいうのを聞いて、御祖師さまはたちまち恥ずかしくなったのです。心に深く感じもしました。そこで御祖師さまは老典座にお尋ねになったのです。

『文字というものはどのようなものですか。修行というものは、いったいどのようなものですか』

すると老典座はこのように答えたのです。

『今あなたが質問されたところをこれからも忘れないならば、あなたは文字を知り、修行を知った人となることは間違いありません』

その時は、御祖師さまはこの老典座のいっていることが御理解できませんでした。御祖師さまが怪訝《けげん》な顔をしていると、老典座はつづけていいました。

『もしあなたがこのことを理解できなかったら、いつでも私のいる阿育王寺にきてください。文字の道理ということについて、じっくり話し合いましょう』

ここまでいうと老典座は立ち上がり、独《ひと》り言《ごと》のようにこういったのです。

『さて、日も暮れてしまったようだ。急いで帰るとしよう』

こうして老典座は船からおりて、阿育王寺に帰ってしまったのです」

ここまで話すと、住持和尚は肩から力を抜いてほっと息を吐いた。それから良寛のために茶を点《た》ててくれた。夏なのに炉に炭がおこしてあり、湯が沸いているのが不思議だった。最初から良寛のために茶を点ててくれるつもりだったのだ。だが良寛の中には疑問がふくらんできて、住持和尚の横顔に向かってこういわなければ気がすまなかった。

「お師匠さま、修行とはどんなことですか。文字とはなんですか」

良寛は不作法なことをしているとわかってはいたが、疑問が急激にふくらんで爆発し、大声を上げてしまった。住持和尚も茶筅《ちゃせん》を使いながら、高らかに笑った。

「良寛や、お前の疑問はいつも御祖師さまとまったく同じではないか。それを私はこれから話そうというのだ。大事なことだから、ここで一息いれようとしておるのではないか」

「申しわけございません」

良寛はその場で畳に額をすりつけそうなほどに頭を下げた。下げた頭を上げられないでいると、住持和尚の声が静かに響いた。

「一服いただいて、心を静かにしなさい」

頭を上げると、すぐ前に茶碗が置いてあった。良寛はあわててしまい、まず茶をこぼしてはならないと思った。慎重に茶碗の縁を右手でつかみ、胸の前まで持ってきて両掌で底のところを包んだ。茶碗の中で、濃く湯気の立つ茶の面に自分の顔が写っていた。茶の面は右に左にと揺れ、そのたび良寛の顔も左右が縮んだり伸びひろがったりした。自分の頭は髪の毛がすっかりなくなってぴかぴか光っていることに、改めて気づいたりした。茶碗を顔の前に傾けて、茶を一気に飲んでしまった。むせそうになるのをどうにかこらえた。

「そんな飲み方では、心静かにならないではないか。すべての事柄には作法というものがあって、そのとおりに運べば事は納まるようになっているのだ。威儀即仏法といってな、たしなみを持って形をつくるのもまた修行なのだ。頭で考えただけではわからないと同時に、お前のように直感をあわただしく走らせたところで、得られるのは表面的なことだけだと知りなさい」

「申しわけございません」

良寛は膝の前の茶碗を横にどけてから、平身低頭した。ずいぶんと時間がたってから顔を上げると、住持和尚の微笑をたたえた顔があった。その表情が前のままになっていたので、良寛は安堵した。良寛は思い切って言葉をだした。

「御祖師さまはどのような解答を得られたのですか。どうかその先をお話しください」

住持和尚はうんうんと声に出して頷《うなず》いてから、以前の通りの口調に戻ってその先をつづけた。

「御祖師さまは天童寺に正式に上山《じょうざん》が許されて、御修行をなさっておいででした。ある時、かの老典座がやってきて、御祖師さまに面会してこういったのです。

『夏の修行も終ったので、私は典座の職を退いて、故郷の蜀《しょく》に帰ることにしました。いっしょに修行している兄弟《ひんでい》から、あなたがこの寺で修行をしていると聞きました。あなたの居場所を知ってしまった以上は、どうして会いにこないでいられましょうか』

御祖師さまは踊り上がって喜び、深く心をうたれました。その老典座を接待し、いろいろ話した折、先日船中での『文字』と『修行』についてのことになり、それはどういうことなのかと御祖師さまは問われました。老典座はこういったのです。

『文字を学ぼうとするものは、文字の真実の意味を知ろうとするものです。修行に勤めるものは、修行の真実の意味を知ろうとするものです』

ここまで聞くと、我慢がならなくなって御祖師さまは息急《いきせ》き切って老典座に問われました。

『文字というものはいったいどのようなものでしょうか』

老典座はいいました。

『一、二、三、四、五』

さらに御祖師さまは尋ねます。

『修行とはいったいいかなるものでしょうか』

老典座はいいました。

『偏界曾《へんがいかつ》て蔵《かく》さず。この世界はまったく何も隠さず、すべてあらわれている』」

住持和尚が黙ると、沈黙が落ちてきた。とたんに良寛は不安になってきた。老典座がいったことが理解できなかったからだ。住持和尚は良寛の不安をつくようにして問うてくるのである。

「お前はどう思う」

「わかりません」

しおれるように、良寛は住持和尚とその先にいる御祖師さまに向かって頭を下げていたのだ。

「文字を一つ一つ問うてみるなら、その一つ一つにはこの数字のように意味がない。それと同時に他に置き換えることのできない絶対的なものだ。だから文字にこだわってばかりいると、結局のところ何もわからないということになるのですよ。次の修行についてはあなたはどのように解釈しますか」

柔和なのだが鋭い住持和尚の目に見られ、良寛はしどろもどろになった。わからないということを、やっと言葉にした。

「想像もつきません」

「真理は包み隠すことなく現われていて、すべてのことに真理が見えるということです。行《ぎょう》住坐臥《じゅうざが》をくり返す我々のすべての生活の中にも、真理があります。真理はそこらへんのいたるところにあるのですから、そのことを知らなくては修行はできません。修行は坐禅堂の中だけにあるのではないのです。生活のあらゆる隅々に真実があり、仏がおられるということです。これは大切なことですよ」

住持和尚のこの声を聞き、良寛は胸の中に明明《あかあか》と灯がともされるのを感じた。良寛が長い間求めてやまなかったのだがどうしても言葉にならなかったことが、ここにあるような気がした。それを師の玄乗破了和尚と、その遥か先までつながっている師の中の師ともいうべき道元禅師と、そのまた師ともいうべき大宋国の名も知らない老典座和尚が、見事に喝破《かっぱ》している。それも静かな声ででである。まるで今日の良寛の悩みを知っているかのようではないか。

「良寛や、この意味がわかりましたか」

師にいわれ、良寛は涙ぐんでいた顔をまた畳のほうに伏せた。拭っても拭っても涙がこぼれて仕方がなかった。

「仏祖釈迦如来より師から弟子へと正伝《しょうでん》されてきた仏法は、器の水をそっくり移すようなものです。移しても一滴も失われず、しかも元の器はまったく変わらないのです。弟子の器には仏祖の器と同じ水がなみなみとたたえられている。これが作法の正伝なのです。お前の器の水はまだ充分というわけではないが、やがてはなみなみと満ちるでしょう」

「ありがとうございます」

良寛はやっと顔を上げたのだが、目から涙が止まることはなかった。拭う隙もなく、良寛はそのまま師に向かって目を見開いていたのだ。師はこの上ない微笑をたたえて良寛を見ていた。

「お前は私を師と思うのなら、私の真似をしていればよい。私も師の真似をしてきた。師は播《はり》磨《ま》の国に住んでおられるが、全国を巡錫《じゅんしゃく》しておられるから、いつかはこの越後に来られることもあるでしょう。師はその先の師の真似をしてきて、何百年もたどれば御祖師さまの道元禅師さまがおられ、そこから千数百年たどっていけば、釈迦如来がおられる。良寛や、お前はその末端に連らなったのだ。この道はまっすぐにつながっておる。迷うことなくこの道をいくのだよ。私とお前は、今は師と弟子だが、次の世にいけば、私はお前の弟子となるだろう。仏の道とはそのようなのだ。よい風貌をしているお前のことだ。踏みはずすことなくこの道をいくことができるだろう」

話を聞きながら、良寛は深く納得できた。今良寛の前で道を説いているのは、師の玄乗破了和尚であり、御祖師さまの道元禅師であり、苦難の末に道を切り開かれてその道をお示しになった釈迦如来なのである。釈迦如来がどれほどの苦難を味わったのかはもちろん知らないわけではないが、良寛はこれからその道をたどるのだ。その道はとっくに示されている。良寛は顔を上げて師をまっすぐに見ることができた。自分は姿形だけは先に禅僧になっていたが、ようやく心もそれに追い着いてきたような気がした。師によって胸の中のもやもやがきれいに洗濯されたのだ。微笑に揺れていた師の顔が、ほんの一瞬、鋭く輝いた。

「良寛や、お前は私の申すことをよく理解したようだね」

「はい、お師匠さま」

良寛は率直な気持ちでいうことができた。いってからにっこりと微笑み、師も同様の笑みを返してきた。

「良寛、お前は典座寮にはいりなさい。当光照寺は修行僧も十人余りの小さな地方僧堂だが、寺院の規矩《きく》は可能なかぎり守るようにして、典座の役職もうけてあります。典座は私の弟子の破勇《はゆう》で、その下にいるのはお前だけです」

「ありがとうございます」

「『禅苑清規《ぜんねんしんぎ》』にはこう書かれています。修行僧たちを供養する必要がある。だから典座の職があるということです。御祖師さまが最初に会った大宋国の典座が説いたように、さとりを求める深い心をおこした人にだけいつも役にあてられてきた職なのです」

「はい、よくわかりました」

良寛はすでに雑念もなくこういうことができた。仏祖への道が急に開けてきたようで、嬉しかった。

「お前もわかっているとおり、典座の職というものは、純粋な仏道修行そのものである。もしさとりを求める心がなかったなら、いたずらに辛苦に労するだけで、結局なにも得るところはない」

「はい。雑念を握り捨て、ただひたすらに修行をいたします」

「坐禅をする隙もないほど忙しい」

「この世界はまったく何も隠さず、すべてあらわれているのですから、修行はどこででもできます」

良寛がいうと、師は深く大きく頷いたのであった。

光照寺の中にいても、以前の俗服を身に着けている時とはまったく違う。まして典座寮の職を割り当てられたのだから、良寛は嬉しくて、寺の中でも身のこなしは軽くなってさえいた。住持和尚に命じられたその日から良寛は典座寮にはいり、もともとその場所にいた雲水が一人出ることになった。良寛はこれまで包丁を使ったこともなく、茶碗を洗ったこともない。橘屋の惣領息子として、大切に扱われてきたのである。しかし、やったことのないことをするのは興味があった。まず良寛は破勇典座に挨拶にいった。破勇典座は青菜を洗う手をとめ、良寛を自分の居室に誘《いざな》い、初めて袈裟を着けて向きあった。良寛がひととおりの挨拶をすると、破勇典座はいった。

「お前は僧になって間もないのだが、典座の心構えについて話そう。僧たちの食事をつくるのが、典座の仕事である。そのためにはすべからく道心をめぐらせ、季節にしたがってその折々の材料を使い、食事に変化を与えて、修行僧たちが気持ちよくそれを受け入れ、身も心も安楽となるようにしなければならない。昔からすぐれた僧たちがこの職をつとめてきたのである。世間一般の料理人や給仕人といっしょにしてはならない」

破勇典座はいかにこの職が大切であるかを、重々しい口調で語ったのである。良寛はまた住持和尚に向かってしたように平身低頭していった。

「よくわかっております」

破勇典座は三十代半ばで、修行もまだ半ばであり、いっていることはその通りなのであったが、どうも荘重な説得力に欠けるところがあった。良寛がわかっているといったことが、少々気に障《さわ》ったかのようである。そうではあったがここは修行道場なので、小さな感情は押し殺したようである。

「うむ。良寛、お前は料理というものをしたことがあるのか」

破勇典座は若い良寛を値踏みするかのようにしていった。

「いいえ、ありません」

「少しはあるだろう」

「まったくありません」

「母親がつくってくれたのか」

「はい。それに女中がつくりました」

その通りなのではあったが、良寛は少しいいすぎたかと思った。光照寺にはさまざまな人が集まっているはずである。破勇典座については、その来歴は今はわからない。破勇典座は良寛の言葉を呑み込むようにしてつづけた。

「うむ。それでは修行のしがいがあるというものではないか」

「はい。私は典座寮の職を全身全霊をもって真心を込めてあたりたいと考えております。どんなことでも命じてください」

良寛は心の中にあったことをそのまま話したのであった。すると破勇典座は少し皮肉っぽい光を目に宿した。

「お前にできないとはいわんが、それは簡単なことではないぞ」

「何事も修行と心得、その職を喜びとう存じます」

「うむ。確かに聞いたぞ。弱音を吐きそうになったら、その言葉を思い出すのだ。わしにお前の弱音が聞こえてきたら、お前にこのことをいってやろう。それほどに典座寮の職務は、大変なのだ。食べるのを一日たりとやめることはできない。しかも、毎日毎日一日に二度の食事を寺の全員に供さなければならない。その昔は正午前の日中一食《いちじき》であったのだが、それでは身体がもたず、二食《にじき》ぐらいならよろしいということになったのだ。お前も突然光照寺にやってきて、腹が減って困ったであろう」

「いえ、私は平気です」

僧の姿をしていても、いろいろな僧がいる。同じく師といただく玄乗破了和尚とは、ずいぶん雰囲気が違った。典座とは尊い職だということを、どうも破勇典座は頭ではわかっていても、身心ではわかっていないようである。自分はそうはならないようにと、良寛は心の中に命じておく。破勇典座はどうしても語っておかなければ気がすまないというふうにして話しだした。

「典座寮の心得をお前に語っておこう。材料の米や野菜が決まったら、それらを人間の眼のように大切に扱わなければならない。米を洗うことも、野菜を調理することも、一瞬といえどおろそかにせず、心を込めなければならない。一つのことに注意を込めるが、別のことには注意をおこたるということがあってはならない。典座の職をまっとうすることは、大海のように広大で深い功徳を積むことである。この大海も一滴一滴によってできているのであるから、一滴もおろそかにしてはならない。山のような高い善根を積み上げることでも、高山は一塵《いちじん》が集まってできているのであるから、たとえ一塵といえども自分で積んでいかねばならない」

破勇典座はここまでいって、満足したように言葉を区切った。

典座寮とはまた大変な役を振りあてられたものだと良寛は感じ、ひとまず学んでおこうと思って寺の書庫に『禅苑清規《ぜんねんしんぎ》』を探した。もとより書物に頼り切るつもりもないが、学ぶべきことは学んでおこうと思ったのである。北宋の長蘆宗賾《ちょうろそうさく》という僧が、禅宗寺院における修行僧の生活規範の清規を集大成したもので、全十巻ある。漢文がならんでいて若い良寛の教養ではまだついていけないところもあったのだが、確かにこう書かれていた。読み下すと次のようである。

「衆僧を供養す、故に典座あり、云云」

紙をめくっていくと、次のような文字に出会った。

「六味不精、三徳不給、非典座所以奉衆也」

これを読み下すと、「六味精《ろくみくわ》しからず、三徳給《さんとくそなわ》らざるは、典座《てんぞ》の衆《しゅう》に奉《ぶ》する所以《ゆえん》に非《あら》ざるなり」である。良寛は言葉の意味がわからないところが多く、書物をあっちこっち引いた。六味とは、苦（にがい）、酸《さん》（すっぱい）、甘《かん》（あまい）、辛《しん》（からい）、鹹《かん》（塩からい）、淡《たん》（味がうすい）である。味は五味とされているのだが、食材が本来持っている味をそこなわないよう薄味にすることによって、本当の味となるとされる。三徳とは、あっさりとして柔らかな軽輭《きょうなん》、きれいで穢れのない浄潔《じょうけつ》、法にかなって調理がなされている如法作《にょほうさ》のことである。三徳にかなわなければ、典座が修行僧に食事を供養したことにはならないのである。食事の出来具合がよく、見た目がよく、内容も正しくなければならないということだ。

これだけを確かめたところで、良寛は急いで典座寮に戻った。中食《ちゅうじき》の支度をしなければならないのだ。僧たちは僧堂で坐禅修行の最中であった。

裏返しにした桶の上に坐って何か考え事をしていた破勇典座は、良寛の姿を見るや膝を打って立った。破勇はすでに襷《たすき》をしめていたので、良寛もあわてて襷をかける。

「良寛や、大根がまだいくらでもあったな」

破勇は思い詰めたような様子で良寛に声を掛けた。

「はい、昨日洗っておきましたが、裏の畑にいけばまだまだいくらでもあります」

濃い緑色の葉を繁らせている大根畑の様子を思い描いて、良寛はいう。万秀が先頭に立って作《さ》務《む》修行をするので、光照寺の野菜は勢いがよいのである。一本を抜くと、そんなことはあり得ないのだがその分また繁ってくるような感じもある。

「よし、これからしばらくは大根だな。大根飯、大根の煮つけ、汁の実も大根だ。漬物にするにはちと早いな。大根は食べて食べて食べまくらねばならん」

張り切っている破勇に向かって、いってもよいのかと案じながらも良寛はいう。

「茄子もようできております」

「茄子は煮てもよし、糠漬《ぬかづけ》にしてもよしだ。茄子はうまい」

「胡瓜もできがよろしいようです」

「うむ」

畑にいくと、大根と茄子と胡瓜の大軍勢に攻められているようなのだ。これを向かえ打つのは破勇典座と良寛である。うむと唸ったきり腕組みして、破勇はしばらく考え込んでいた。良寛はまだ包丁をうまく使うことができなかったので、とりあえず米を研《と》ぐことにした。越後は米どころなので、農家や商家から寄進がたくさんあり、米に不足することはなかった。野菜もよく寄進される。総じて食料に困ることはなかったのだが、むしろあり過ぎて困った。米や野菜を捨てることなく無駄なく使い切るのも、典座の重要な仕事だったのである。

良寛は米櫃《こめびつ》から盥桶《たらいおけ》に米をとり、水を汲んだ。透明だった水がたちまち白水となった。指でゆっくりと掻きまぜながら、砂がまじっていないかを見る。砂が目にとまったなら、指先に摘んでとる。砂を捨てようとする時には、そこに米が混じっていないかどうかよく気をつける。濁ってくる水の底に、良寛は真剣に視線を突きさした。盥桶の底を覗き込んでいる良寛の背中に向かって、破勇典座は声をかけてきた。

「よくよく注意して、気を緩めることがあってはならんぞ。そうすれば自ずと三徳は十分に行き届き、六味もすべて整い備わってくるのだぞ」

「はい、わかりました」

良寛は仏の声を聞いたと思い、盥桶の中に向かって合掌礼拝した。

「米をといだ白水であっても、気にもとめないで捨てることがあってはならない」

破勇はこういい、良寛はわかりましたといって米に向かって合掌礼拝するのだ。破勇が自ら縫ってつくった布の袋が備えてあり、良寛は桶の中の白水をこの布袋の中にいれる。たとえ一粒の米であっても、これに気をとめないで捨てることがあってはならないのである。一粒を捨てるのは、たとえ誤ってではあっても、仏を捨てるのと同じことだ。

釜に米をいれ、手桶で水を適度にいれる。良寛は破勇に教えてもらったのだが、米をひたした水の深さは、米の面に向かって掌を広げて手首が沈むあたりだ。良寛はまだ初心者なので、肝心の水の分量を破勇に確認してもらった。破勇は改めて水の中に自分の手をひたしてから、良寛を見て頷いた。釜の蓋をしてしまったら、中の米を守るのに良寛は全力を尽くさなければならない。鼠や虫などがこれを汚したり乱したりしないようにし、無用の者に触らせたりのぞかせたりさせてはならないのである。竈《かまど》に火をいれるとすぐに炊けてしまうので、適度に時間を見はからう。

破勇は気合いをいれて大根を切りはじめていた。まず葉を落とし、それから大根を輪切りにしていった。良寛は包丁まわりの仕事をするばかりで、包丁を持つことはまだ許されていなかった。破勇は生き生きとして包丁を使った。包丁を中心にして、まるで全身を使って踊っているかのようなのである。輪切りにした大根は、一個ずつていねいに皮を剝《む》いた。葉は汁の実にしたが、それだけではとても使い切れないので、大根といっしょに煮た。一番の問題は、光照寺の十人余りの所帯では、一回の食事に大根が三本もあれば充分なことであった。

破勇が中食用のおかずをつくっている間に、良寛は朝食をつくる時に汚した飯櫃《めしびつ》や汁桶《しるおけ》や道具類を、すべてきれいに洗い清めた。使ったものはなんでもきれいに洗っておかねばならないと、これも破勇が教えてくれたことである。使えばどうせ汚れるのだから洗わないなどというのは、修行のなんたるかを知らない輩《やから》のなすことである。高いところに置くべきものは高いところに置き、低いところに置くべきものは低いところに置く。高い所に置いたものは落ちてこないように平らかにし、低い所に置いたものは転げ出してこないように安定させる。菜箸《さいばし》や杓子《しゃくし》などのすべての器物も同様によく片付けて、ていねいに取り扱わなければならない。

いちいち破勇典座の指示があったにせよ、良寛はてきぱきと無駄なく動けるようになっていた。だが良寛には修行がなんたるかということはまだわからなかった。食事を支度するどんなことでも、凡夫の見識でものを見てはならないといわれても、そのことを深く理解したわけではなかった。一本の草を材料にするような仕事であっても、仏道実現の道であり、一微塵ほどの狭い仕事場であっても、偉大な仏の法を説きつづけるといわれてみても、その時その場の仕事をただ一生懸命にこなすだけで精一杯で、それ以上のことを感じられたわけではない。こうして一つ一つのことをこなしていけば、見えるべきものは見えてくるであろうというほどの思いである。まだ修行ははじまったばかりなのだから、急ぎすぎてもいけないのだ。

中食が終ると、午後の作務修行の時間にはいる。典座寮では中食の片付けもすみ、次の朝の食事の支度がすむまでは、ほっとする時間である。人の気配を感じて良寛がそのほうを見ると、戸の隙間から万秀が手招きしていた。その場に破勇もいなかったので、良寛はひょいと立って万秀のほうに歩を進めた。万秀は軽い身のこなしで先へ先へと歩いていくので、良寛もついていかないわけにはいかない。ひょろりと背が高く、痩軀で、前屈みになって歩くその姿が、どうしても自分に似ていると良寛は思う。血は争えないものである。

寺の裏の畑は高台になっていて、水の便が悪いから田んぼにはならない。麦か野菜をつくるしかないのである。寺の裏の土塀から山際の杉林までが寺の畑だ。良寛もつい先程までは作務修行で草むしりをした大根畑である。中心部が盛り上がった畑の中で、万秀は立ち止まり、笑顔で振り返った。

「見事な大根畑じゃろう。わしは長年この畑をまかされているが、これほど大根がよくできた年はない。茄子も胡瓜も、なりものは丸々と太っておる。一日とらないでいると、大きくなり過ぎる。それというのも、今年はほどよく雨が降ってな、天も地も気が充実しておるからだ。このような年も、近頃珍しい。お前はよい年に出家したものじゃな」

黙って良寛は万秀のいうことを聞いていたのだが、このようなことをいいたくて自分を呼んだわけではないだろうと思う。幾分の不安を感じながら、良寛は万秀が何か心の中でふん切りをつけるのを待つ。

「気が充実しすぎてなりものがよくなり過ぎ、典座寮でももて余しています」

良寛は破勇の大根を切る包丁さばきを思い浮かべながらいう。破勇は典座の役割を難しく語りもするが、つまるところ料理をつくるのが好きなのだ。どうしてもそう考えてしまうのである。万秀は万秀で良寛とはまったく別のことを考えている様子で、笑顔をつくった。

「世の中とはうまくいかんもんじゃな。わしはよかれと思って、精魂込めてこの大根畑をつくった。わしの人格そのものであると思ってもよい。しかし、大根ができ過ぎて、もて余しておる。夏の大根は漬物にもできず、切り干しにもならず、すぐに食べてしまわねばならない。とらなければ、どんどん大きくなって、大味になる。わしは大根をよくつくることが、修行僧への供養になると思っておったのだが、どうやらそこにはわしの執着の心があったようだな。大根はわしの人格そのものであると申したが、わしもこの寺でもて余されているのかもしれん」

良寛が考えている以上に、万秀はこのことを深刻に受けとめているのかもしれなかった。たかが大根ではないかと思い、絶望で今にもその場に身体を屈めてしまいそうな気配の万秀に、良寛は快活な言葉の一つもかけてやりたかった。だがたった一つの言葉も浮かばない。万秀は老僧らしい頑固な思いを込めてこういうのだった。

「わしはな、この光照寺に長くいすぎたようじゃな。あまりにも居心地がよくて、寺をまるで自分の家のように思っておった。だが出家の身には、家はあってはならんのだ。良寛よ、俗世で縁の深いお前にいっておく。雲をたのみとし、水をたのみとする、雲水の暮らしにわしは戻る。仏の道にこの身を投げ入れたならば、自分の身ひとつなどのようにでも養うことができると、道元禅師さまもおっしゃっておいでだ。わしは遊行《ゆぎょう》の旅にでる。やがてお前の目の前からいなくなるが、わしは仏の道をいくだけだから、絶対にうろたえたり探したりしてはいかんぞ」

いつも飄飄《ひょうひょう》として物事にこだわらない万秀が、これだけ固い決意を披瀝する言葉を聞くのは良寛にははじめてであった。思わず良寛は少年に戻ったかのようにして呼んでしまった。

「叔父《おじ》貴《き》」

「お前とは道の友ではないか」

こういったきり、万秀はしばらく沈黙した。万秀は万秀なりに道を求めて旅をしていき、倒れたところで死ぬ覚悟を固めたようだ。そのことはわかるのだが、良寛とすればこういわなければ気がすまない。

「わしはまだ何をどう修行したらよいかわからない。わしのためにも、もうしばらくこの光照寺にいてくれ」

万秀は声に出さずに笑ってから、静かな声を出した。

「良寛よ、お前とわしとは道の友なのだぞ。そのことはお前もよくわかっているであろう。お前は典座寮でよい修行をしているようだ。典座寮に配されたのは、お前の師玄乗和尚の恩情というものである。それはよくわかっているであろう」

「はい、よくわかっております」

「うむ。道はまだまだ遠い。少しでも釈迦如来のもとに近づくためには、安閑とはしておれぬぞ。無常迅速《じんそく》、生死事大《しょうじじだい》と、道元禅師さまもおっしゃっておられる。わしはなあ、その意味を今頃になって知った。余命いくばくもない身ではすでに遅いのだが、短い時間しか残されていなくても、気づかないよりはましであろう。お前はまだ若いが、無常は迅速じゃぞ。よい修行をするのじゃぞ」

「ありがとうございます」

いつしか良寛は万秀に向かって合掌礼拝をしていた。万秀はさとった人となったようだ。さとりはしばらく前にやってきていて、それがただ表に出てきただけということなのかもしれない。禅刹とはそのような修行道場なのだと改めて深い心で感じた。

万秀は引き締めていた顔を笑いでふっと緩めた。

「良寛よ、もう少しで忘れるところじゃった。どうもわしは自分への執着心がことのほか強いようじゃ。さとりからは最も遠い人間じゃな」

万秀は血の繋がったものに戻ったように良寛には思えた。そんな安心感もあって、良寛は叫んでしまったのだった。

「万秀どのはさとった御人じゃ」

「そんな簡単なことではないぞ。またさとろうがさとるまいが、どうでもよいことじゃ。わしは死ぬまで雲水でよい」

　大根畑の真中に立っていることを、良寛は改めて感じた。大根の葉は勢いがよく、葉の表面を覆っている銀色の繊毛《せんもう》も精気を示している。そんな大根が秩序をもって順序よくならんでいる。大根は今が絶頂のものとして、天と地の間に存在している。良寛は自分がたとえ絶頂を迎えてもこの大根のように黙していられるかと思ってみる。感極まった良寛は、思わず大声で叫んでしまった。

「わしも万秀どののように死ぬまで大根でよい」

「ははは、大根か。大根でよいだろう。今年はちとできすぎたがな。わしがぜひいわねばならんのは、お前のことじゃ。お前は典座寮の仕事で忙しくて気づかなかったじゃろうが、さいぜんお前の父親の橘屋山本以南が寺にやって見えてな、こう申した。橘屋の家督は次男の由之《ゆうし》に継がせようと思うが、長男のお前に異論はなかろうかというのじゃ」

「異論はない」

良寛は力を込めていった。

「そうじゃろう。家督などと俗世の面倒を捨てて、出家をしたのであろう」

「その通りじゃ」

「そんな当たり前のことを何故改めて聞くのかと尋ねると、あとあと面倒にならぬためだと橘屋は申す。面倒にはならんだろうとわしはいってやった。俗世の老婆心というものじゃろうが、なかなかに面倒なものじゃ。わしの老婆心で、一応お前にいっておく。このことをいうためにお前を畑に呼び出したのじゃが、ついしゃべりすぎたようだな。師でも弟子でもないお前とは、気楽な間柄じゃからな。大根をいくらでも抜いて持っていってくれ。大根を仏と思って料理してくれ。それでは良寛よ、別れはいわぬが、すこやかによい修行をつづけるのじゃぞ」

こういうと万秀は背を向け、大根畑の中の道を遠ざかっていった。大根の葉の無数の一枚一枚に太陽の光が反射し、万秀の墨染めの衣に照り映えていた。万秀は気負った様子もなくゆっくりと歩を進め、振り返ることはなかった。これが万秀を見る最後の姿になるかもしれない。そう思った良寛はその場に立ち、万秀の姿が土塀の向こうに消えるまで見送った。

それから何度か、良寛は万秀の姿を見た。大根や茄子ができすぎたといいながら、収穫してはまわりの家に配り、淡々と雑草取りをしていた。いつもの万秀の姿とまったく変わらず、その姿を見るたび良寛は合掌礼拝したくなってくる。もちろん良寛自身の態度もなんら変わるところはなかったのである。良寛は裏の畑にいくたび大根を三本ほど引き抜き、泥を落として水でていねいに洗った。丸々と太った白い大根を手に取り、一丈六尺の仏の身として用い、十分に活用する。一丈六尺の仏身を一本の野菜に込めて、これを大切に用いることこそ、本当の神通力というものである。老僧は一枝草をもって一丈六尺の全身となし、一丈六尺の全身をもって一枝草となす。仏は即ちこれ煩悩であり、煩悩は即ちこれ仏であるということだ。この神通力こそが典座の自由自在なはたらきであり、仏としてなすべき教化であり、すべての人々を利することである。

万秀のこともあって、良寛はそのことを身をもって学んだ。大根畑にも、典座寮の鍋の中にも、一粒の米の上にも、老僧の身にも、真実はまどかに現われている。同じように良寛の身にも流れている。良寛自身は老僧の万秀より機根が劣り、天と地とのように遥かに隔たっているのであるから、同じように肩をならべることはできない。しかし、細やかに心を配ってよくよく考えてみるなら、万秀を越えて見ることができるという道理も必ず存在するはずである。今の良寛にはわからなくても、必ずその道理はある。それがわからなければ、思慮雑念が野馬のように自由自在に乱れ飛び、妄想が林を飛びまわる野猿のように自由奔放に走りまわる。野馬や野猿のように外部に向けられる情念を、内に向けて深く反省したならば、自他の区別はおのずとなくなり、やがては一真実心だけになる。老僧万秀は、つまり若僧良寛なのである。万秀が感じることは、すなわち良寛が感じることなのである。万秀がさとった存在ならば、良寛もさとった存在であるということだ。このようにさとったならば、心が外界の影響を受けようとも、このことによって心が乱されたりせず、積極的に外界のものを動かしていくことができる。心と外界とがよく調和すれば、ものの善し悪しをあれこれ区別する心もすっかり清らかになる。左右二個の眼も、現実の世界や事象をありのままに見る肉眼と、肉眼を超えた真実の心眼とを、左右同時に持つということなのだ。老僧が一枝草をもって一丈六尺の仏の全身とすると同時に、一丈六尺の仏の全身をもって一枝草とすることも、同じなのだ。つまり、仏は即ちこれ煩悩、煩悩は即ちこれ仏ということ。生硬《せいこう》な言葉で思考する傾向がまだまだ良寛にはあったが、これが万秀が無言で良寛に教え残していったことだ。

ある朝、万秀は飄然として姿を消していた。すでに良寛は悲しくはなかった。

破勇典座《てんぞ》は逆様《さかさま》にした桶の上に座り、腕を組んで一人考えていることが多かった。そのため次の作業に移る前に、良寛は声を掛けて許しを得なければならなかったのである。あまりにしばしば沈思黙考しているので、声をかけるのもはばかられるような時もあった。そんな時には良寛は思い切って破勇の耳元でいうのだ。

「何か屈託がおありですか」

するとと破勇はぎょろりと目を剝き、良寛を睨んだ。目の焦点が合っていないようでもあった。破勇が不機嫌そうでもないことに、良寛は安心した。破勇は思い直したというようにゆっくりと口を開く。

「いろいろと考えねばならぬことがあってな。僧堂の中には幾人分の座席があり、そこに居住しているのは現在何人か。自分一人の部屋を持っている老師方や役職にある僧は何人か。病気療養中の僧はいるか。行脚僧《あんぎゃ》はいるか。寺の小庵に暮らしている人間はいるかなどを、たえず明らかにしておるのじゃ」

良寛には破勇が典座の仕事に全力を尽くしてあたっていることがわかった。それは快いことであった。

「行脚僧が一人旦過寮《たんがりょう》にきています」

「そうか。若い僧かな」

「いえ、老僧です」

「寺のものの縁を頼ってきたのか」

「そうでもなさそうです。一人でふらっとやってきました」

「うむ。尊い修行をしている僧ならば、寺のものとなんら変わらぬもてなしをせねばならんぞ」

「はい」

修行僧に供養するということが、自分にとってもどれほど重要な修行であるかということが、良寛にもわかってきた。一つ一つの認識が、良寛にはまことに楽しい。破勇は沈思していた姿勢を崩さず、良寛のために語ってくれたのである。

「人数の確認ができたなら、食事の分量を決めなければならない。つくり過ぎて捨てるなど、仏の教えにそむくことであるぞ。一食分の米を食べさせるには一食分の米を給するのだが、一粒の米を半分に割れば半粒米が二個できる。一粒の米は三つに分けることができ、四つに分けることもできる。半分を一個として用いることもでき、半分を二個として用いることもできる。別の二個の半粒米を給すれば、一粒分の米を供給したことになる。修行僧が食べる九分まで供給したら、あとは米はどれだけ残っているか。九分まで収納したら、全体で残っているのはどれだけか。いつも考えておるのだ」

修行僧を供養する典座はまことに尊い行いをしているのはわかるのだが、いつもこのように頭をめぐらせていなければならない。そのことを破勇は良寛に伝えたかったのだ。修行の合い間に、良寛は破勇よりいろいろのことを教えられた。破勇こそ良寛にはごく身近の師というべきものであった。

修行僧たちは一粒のおいしい米、即ち典座の心のこもった食事を食べ、すぐれた道心のある典座の心を汲みとる。典座は心をこめて食事をつくり、潑剌《はつらつ》と修行をつづける僧たちを見守る。潑剌とした修行僧は、水牛である水牯牛《すいこぎゅう》にたとえられる。大唐国の潙山霊祐《いさんれいゆう》は百丈《ひゃくじょう》懐海《えかい》の道場ですぐれた典座であった。霊祐は臨終に際し、上堂して衆に示してこういった。

「老僧百年後、山下に一頭の水牯牛と作《な》り、左脇に五字を書いて云く、潙山僧某甲と」

次の世には水牛に生まれ替わり、人に養われ、水に濡れて泥をかぶり、人のために尽くそうというのである。水牯牛とは典座の心を込めた料理で養われた修行僧のことである。良寛には禅院で見るもの聞くものすべてが驚きであり、楽しかった。毎日が禅に目覚める日々であったといってよい。

水牯牛、即ち修行僧は典座の供養を心ゆくまで食べて、典座は水牯牛のために心を尽くして食事を用意し、ただひたすらに修行に専心できるようにする。そのために典座は食事をとる人の数と米の量とを自分がいつも正しく掌握しているかくり返し点検し、一食ごとに適切に食事の支度をしなければならない。

このように典座の職に精進し、毎日毎日この修行をつづけていくという心掛けを、かりそめにも忘れてはならない。忘れないためにも、破勇典座は横に坐ってしばしば沈思黙考するということだ。そのため典座寮の良寛は日々まことに忙しいことになるのだが、これこそ自分の修行なのだと心から納得すれば、何をするのでも喜びである。

また破勇はこのようにも教えてくれた。

「御祖師さま道元禅師さまがおっしゃっておいでだ。我が日本国の仏法の実情についてのことだが、鎌倉時代のことだから五百五十年以上も前だな。確かに仏法という名を聞くようになってから年久しいのだが、そうではあるにかかわらず、修行僧の食事を作法どおりにつくるということに関して、道元さまより昔の人は何も書き残してくれなかった。どんなにすぐれた昔の人であっても、何も教えてくれなかった。まして修行僧の食べる食事に対して、典座が香を焚き心をこめて九拝の礼をして送り出すというようなていねいな礼法は、夢にさえ見ることができないものであった。鎌倉時代に道元禅師さまはこのように書いておいでだ。我が国の人々は、修行僧の食べものについても、寺院において食事をつくる作法も、まるで鳥や獣の食事と同じようにどうでもいいものと思っている。食事作法などまるでなきも同様で、まことになげかわしく、悲しむべきことである。こうして道元禅師さまは『典座教訓』を定められた。我々今日の弟子たちは、代々伝えられたこの威儀をこの先も代々伝えていかねばならないのである」

破勇典座は庫院《くいん》（台所）での師であり、良寛には禅の師というところであった。せっかく修行をするのだから、良寛はどんなことでも受け入れることにしていた。もともと自分はたいしてないのだが、わずかにある自分を放ち捨てるようにしていると、自分の中にはいってくることも大きいと感じられた。

朝のお粥や中食の支度を破勇典座と二人で作法通りに調えると、庫院の前の飯台の上にきちんと置く。破勇典座と良寛は袈裟を身に着け、坐具を敷きのべる。庫院から僧堂の建物に向かって香を焚き、九回礼拝してから、雲水に食事を僧堂まで運ばせる。典座寮の仕事は朝から晩まで朝食や中食を調え支度することで、いたずらに時を過ごすというようなことがないよう勤める。誠心誠意食事の支度に取り組むなら、典座の仕事は自分に仏としての皮肉骨髄《ひにくこつずい》を育てていく行いとなる。典座が自分の修行に励むことは、修行僧が安心して修行に精進できる道なのである。このことを良寛はしっかりと学んだのであるが、庫院や畑にばかりいるのではなく、僧堂で坐禅をしたいという気持ちをすっかり捨ててしまったわけでもなかった。

行脚僧が一人やってきていた。良寛は典座寮にいたので、しばらくの間その行脚僧のことは知らなかった。なんでも行き倒れ同然で光照寺の山門にへたり込んでいたとのことだ。光照寺は行脚僧を泊める寺ではなかったのだが、見捨てておくわけにもいかないので、寺内にいれて食を与えたということだ。思えば良寛自身も、この行脚僧となんら変わったところはなかったのだ。同情をもって寺の中にはいったのである。

行脚僧は毎日剃髪をしていないので、髪も髭も白いとわかる老僧である。もとより空腹のために力をなくしただけだったので、食をとって二日もすれば元気になり、雲水たちにまじって坐禅修行もすれば作務修行もした。よく修行を積んでいて、威儀のある僧であった。名を問うと、僧の位があるわけでもない一沙門で、素道《そどう》と申すといった。素道は光照寺の食客の立場であったが、人当たりも柔らかで、掃除や草むしりの作務修行も率先《そっせん》してよくこなし、寺にとって邪魔になるような人物でもなかった。それどころか雲水が日頃疑問に思っていることを試しに問うてみると、素道は見事に答えたということだ。ある時密教で広く行われているという月輪観《がちりんかん》という観法が話題になった時、期待もせずに雲水がたまたま傍らにいた素道に問うた。素道は当惑したようにうむといってから、控え目な様子で語りだした。

「軸に直径一肘《いっちゅう》の月輪を図し、中に八葉の白蓮華を描き、その上に阿字を書きます。その掛軸に向かって結跏趺坐で坐し、手に印を結び、呼吸を整えます。こうしながら、自分の心は月輪のごとしと観ずるのです。阿字を唱えていると、内観が進んで阿字と蓮華と月輪との三観が成就する。すると阿字本不生《あじほんぶしょう》の理を体得できるとされています」

素道は澱《よど》みもなく答えてくれるのだが、その場にいる雲水の誰もが実感を掴むことができなかった。草むしりの作務修行中だったので、良寛もたまたまその場に居あわせていた。そこで良寛は素直な疑問として尋ねたのである。

「密教の修行法をどうして御存知なのですか」

すると素道は頭に手をやり、少し逡巡する様子であった。五、六人いた雲水の視線を集めているのが息苦しくなったというように、素道はいった。

「実はな、諸国遍歴をしましてな、高野山で修行をしたことがあるのじゃ」

みんなのさらなる興味が行脚の老僧に向けられる。

「して、月輪観はどうでしたか」

雲水の誰かが問う。素道はまた頭に手をやって、その手でぴたぴたと後頭部を叩いていうのだ。

「作法通りにやってみたがな、何もわからんじゃった。いろんなことをやったが、何もわからん。わかったような気になったり、わかろうとする自分が、嫌になったんじゃ。今はただひたすらに坐禅をしておる。何もわからなくともよい。坐禅をして生涯を終りたいと願っておる」

「あなたは禅僧でしょう」

誰かが問うと、素道はにっこりと笑った。

「そう見えるのなら、そうでよい。違うのなら、違うてもよい。わしは釈尊の弟子じゃ。天地一枚で釈尊と結びついておる。それがわしの大事じゃ」

素道はこういうのだが、突き放したという感じはなくて、どのように質問をしても自在に答えてくれそうだという雰囲気があった。午後の日差しの強い時で、自由な時間だったから、なんとなく寺中のものが集まってきた。その中に破勇典座の顔もあったし、玄乗破了住持和尚の顔さえあった。もしここに万秀がいたらおもしろいのにと良寛は思ってみた。大衆に囲まれ、素道は当惑した様子で頭をぴたぴた叩いていたが、本当に困ったという様子ではなかった。それは全体としてなんとなく親愛の空気に満ちていたからだろう。

「こうなったら、わしは自分の一代記でも語ろうかのう」

素道がいうと、そうしてくれという声があちこちから湧いてきた。素道はまんざらでもない顔をつくった。住持和尚は輪の一番外側から、なお距離を置いた木影にいた。素道はすぐ前にいる若い良寛に向かって語りかけるという態度で、ゆっくりと話しはじめたのであった。

「わしは『正法眼蔵《しょうぼうげんぞう》』を長いこと読んできて、時折近くの寺に参禅にいっておった。わしはそれなりに手広く商いをする米穀商であった。代々と受け継いできたそれなりの大店《おおだな》でな。もちろん財産もあって、人もたくさん使っておった。わしの人生は順調であると、人からは見えたであろう。もちろん今もきわめて順調である。ある時わしは寺から借りて『随聞記《ずいもんき》』を読み、深刻な影響を受けた。龐居士《ほうこじ》の話じゃ」

これだけで何人もが頷《うなず》いた。『正法眼蔵随聞記』を読んだことがあるものには、よくわかるのである。良寛も『正法眼蔵』まではまだ手が出なかったが、『正法眼蔵随聞記』のほうはかろうじて読んでいたので、素道のいわんとすることはなんとか理解することができた。

龐居士は俗人であったが、禅者として名を残した人である。龐さんは豊かな商人であった。参禅をはじめた頃に、家に蓄えてあった財宝を持ち出し、海に捨てようとした。これを止めた人が、せっかくの財宝なのだから人に与えるか寺にでも寄進したほうがよかろうといった。これに対して龐さんはこういい返したのだ。

「私は自分の身のためにならないと思って捨てるのですよ。そんなものをどうして人にやることができますか。財宝というものは、身や心に愁いを運んでいる仇《かたき》なのですぞ」

　こうして龐さんは財宝をすべて海に投げてしまった。そうではあったのだが、生活はしなければならない。龐さんは奥さんといっしょにざるを編み、売り歩いてその日その日を暮らしていた。龐さんは俗人には違いなかったが、財宝を惜しむことなくきれいさっぱり捨ててしまったからこそ、禅を修行する人ともいわれた。まして僧ならば、財宝はただ捨ててしまうべきだと、道元禅師はおっしゃっている。

「財産を捨てたんですか」

　雲水の誰かがあまりにも素直に素道に問うた。

「はい。家や土地が主なので海に投げるとはいきませんが、欲しいものにくれてやりました。それ以後女房と二人ざるを編んでは、その日暮らしをして、心は満ち足りておったのです。しかし、三年もたたないうちに女房は病いにかかってあえなく死に、私は迷うことなく出家をいたしました。年とってから出家をしたので戒臈《かいろう》も浅く、釈尊に一歩でも近づくために、寺住まいはやめて行雲流水をしているのですよ」

　こういったところで、もう誰もが素道と名を呼び捨てにするものはなく、口には出さなくとも素道老師と心の中で念じたのであった。みんなは尊敬の念で黙し、素道に向かって合掌して、その場は散会した。

　その夜、良寛は『正法眼蔵随聞記』を読みたいと思い、寺の書庫にいった。しかし、誰かが借り出したあとだった。

良寛は坐禅をしたくて、僧堂にいった。僧堂はがらんとして人の姿はなかった。窓から月光が差し、僧堂全体にぼんやりとした光が漂っている。一番末席ながら、良寛には自分の単があった。脚を組み、背筋を伸ばし、上体をゆっくり左右に振って身体の各部を納めるところに納めながら、良寛は考えるのだった。

世間には人知れず尊い修行をしている人がいるものだ。道元禅師はおっしゃっている。仏道を学ぶ人は貧乏でなければならない。財宝は仏道への志をくじけさせる毒である。在家でいくら一所懸命に仏道を学んでも、財宝を貪《むさぼ》り、住宅を貪り、食を貪って、一族縁者とつきあっていると、たとえどれほど志があろうと道に至るのは困難である。昔から在家の人で仏道に参学する人は多いけれど、すべてを捨てた出家にはどうしてもおよばない。僧の持ち物は袈裟一枚と応量器だけで、財宝を持たず、住宅を持たず、食を貪らないから、ひたむきに学道することができる。人は皆それぞれの分に応じた益を得ることができるというものだ。貧乏こそが、仏道には親しいのである。

龐居士のように、素道老師のように、すべてを捨ててしまうことが、仏道には最も親しい。良寛もまた、家を捨て、現世の富をすべて捨てて、ここにいるのだ。仏道を得るためには、一番近い位置にいるのである。

道元禅師はまたこうもおっしゃっている。人がわずかの命を送る間のことは、どんなに思いめぐらしたところで、すでに天然自然のうちに貯えられているものである。本人は気づかなくても、人にはめいめいに持って生まれた生分《しょうぶん》というものがある。天地がこれを授けてくれる。走って求めなくとも、必ずあるものである。まして仏弟子には、如来がくださる福分がある。求めなくとも自然に得られるものだ。ただひたすらに仏道を行じるのが、天然の生き方であろう。このことは身のまわりにいくらでも見られることである。

特に力んでいるわけでもないが、没落しつつあるとはいえ橘屋という庄屋の家に生まれ、それをきれいさっぱり捨ててしまった自分が、良寛にはまことに仏道にかなっていると思えるのであった。坐禅の時には何も考えてはいけないと教えられていたのだったが、良寛は考えてその夜の坐禅を気持ちよく終わらせることができた。

翌朝、良寛がいつもの通りに暗いうちに典座寮にいくと、破勇ではない別の人影があった。痩《そう》軀《く》で小柄な素道老師であった。息子よりもっと若い良寛の姿を認めると、素道は安堵した表情をつくっていった。

「わしは老いて、先は短い。だから一歩でも仏に近づくために、尊い修行をしたいのじゃ。どの禅刹にいっても、最も修行のできる場所に居さしてもらっている。これはわしの我といってもよいもので、迷惑じゃろうが、典座寮で修行さしてもらえんじゃろうか」

同情を乞うようないい方ではあった。良寛は素道について、修行にこだわり、まだまだ己《おのれ》にこだわっているように感じてしまった。無常の老いというものを感じて、素道は焦っているのだと思われた。だが若い良寛には、それでもあからさまなことはいわない慎みというものがあった。

「私にはわかりません。間もなく典座老師がいらっしゃいますから、どうかお頼みしてくださ い」

こういって良寛はいつものように米を研《と》ぎはじめた。米を研ぐ時には水を自分自身の命そのものと考えるのだといい聞かせると、命が水のような姿をしていると見えてきた。良寛が大釜の中で水と米とをかきまぜている時、破勇典座がやってきた。

「旅の僧の分際で出過ぎとは百も承知なのですが、老い先も短いこの身ゆえ、典座寮で修行をさせてもらえんでしょうか。どうか御慈悲をくだされ。行く先々の寺でこのように修行をさせてもらっております」

自分の老いを押しつけるように聞こえないでもなかったが、良寛は手を動かしたまま黙って聞いていた。

「包丁は使えますか」

老僧に向かって破勇典座のいい方はていねいだった。

「なんとか」

「大根の味噌汁にします。そのへんにある大根を洗って切ってくだされ」

典座がいい、良寛はそれは自分の修行ではないかと思う。

「御慈悲、なんともありがたい」

素道はこういうと、素早く襷《たすき》をし、屈《かが》んで大根の泥をたわしで洗い流した。やがて大根を刻む包丁の小気味のよい声が響き出したのであった。


毎日毎日が追いまくられるようだった良寛の日常が、素道が典座寮《てんぞりょう》にきてからずいぶんと落ち着いてきた。確かに素道は有能な料理人で、良寛がやろうとしたことは先へ先へと先回りをするようにしてどんどんこなしてしまう。良寛はやることがなくて憮然とするようなこともあり、そんな良寛の心を察した素道は決まってこういうのだった。

「老い先短いこのわしゆえ、どうか慈悲をもって修行させてくだされ」

そういわれればいい返す言葉はない。わざわざ大きくもない寺の典座寮にきて典座の修行に執着し、若い雲水の修行をとることはないのではないかと良寛は内心では思う。修行はどんな場所でもできるはずなのである。そもそも修行僧が十人余りの光照寺で、典座寮に三人はいらないのである。修行修行といいながら、自分を押しのけてまで素道という老僧が人一倍働く理由が、良寛にはわからない。それが本当の道心かと疑いを持つことはあっても、若い良寛の内心にとどめておくより他になかった。

なんとなく典座寮からはみだした形で、良寛は他の雲水たちと作務をした。万秀が長年丹精を込めてきた野菜畑は、季節の移ろいとともに枯れてきた。日に日に鮮かな緑色は失われていき、秋色が深まってきたのだ。時間があると僧堂にいって、良寛は坐禅をした。また寺の書庫にいって高僧伝などを借り出し、貪るようにして読んだ。不立文字《ふりゅうもんじ》とはいいながら、文字から得られる教えも悪いものではない。一歩また一歩と禅の教えの中にはいっていくことが、良寛には楽しくて仕方がなかった。ふらりと外から舞い込んできた素道には、なお学道をすすめるよういわれているのだと思うことにする。草や花や山水にひかれてここまできて、いつしか仏道にはいっていったということもある。土や石や砂を握って、気がつくと仏の印形《いんぎょう》を身に着けていたということもある。真実を説く広大な文字は、形あるすべてのものに書きつけられていて、真実の大説法は一微塵の中に欠けることもなくおさまっている。このようなことを、良寛は文字から学んだのである。思想の深淵に頭が眩《くら》むような思いがし、それから楽しくなってきた。

良寛は道元禅師の『正法眼蔵』のうち、指が勝手に選んだとでもいうように第一の『現成公《げんじょうこう》案《あん》』の巻を開いた。そこでたちまち引き込まれてしまうのだ。この世を成り立たせているものはどこをとっても深遠なのだということが、なんとなく良寛には感じられてきた。

すべての物事が仏法である。この時そのままに、迷いがあり、さとりがあり、生《しょう》があり、死があり、諸仏があり、衆生があるということだ。万法すべてには自分というものはなくて、この時そのままに、迷いもなく、さとりもなく、生もなく、死もなく、諸仏もなく、衆生もなく、滅もない。仏道は本来、あるという立場からもないという立場からも超越していてとらわれていないから、生死《しょうじ》を超越したところに生死があり、迷いとさとりを超越したところに迷いとさとりがあって、衆生や仏を超越したところに衆生や仏があるのだ。そうではあっても、花は人が惜しむからこそ散り、草は人が嫌うからこそ生い繁る。

自分を運んでいって物事の真実を明らかにしようとするのが迷いであり、物事の真実がすべて自分の修行として現れるのがさとりといえる。迷いを迷いとしてさとるのが諸仏であり、さとりを得ようとして大いに迷うのが衆生だ。さとりの上にさとりを得るものがいる。迷いの中でなお迷うものがいる。本当にさとっていれば、自分がさとっていることも自覚しない。そうして本当にさとれば、さとりからも迷いからも自由な、解脱の人になったといえる。迷いの中になお迷い込むものもあり、迷いに徹すれば迷いであると自覚することもない。それが超越の人といえる。

形あるものを見たり感じたりするには、身心の全体を一体として見たり感じたりするのである。音を聴いたり感じたりすることも、同様だ。この時に形あるものや音を確かに理解したとしても、鏡にものを映すようにして見たり聴いたり感じたりするのではない。水に月が映るようなことでもない。もしその一方だけを知ろうとするなら、あとの一方は消えてしまう。

仏道を学ぶということは、自己を学ぶということである。自己を学ぶということは、自己を忘れることだ。自己を忘れるということは、自己が万法に実証されるということなのだ。自己が万法に実証されるということは、自己の身心と他の身心との対立が消え、解脱した自己を得ることができるということである。その時には解脱境にあるため、さとりの跡形さえ残っていない。完全になくなっているさとりの跡形を、そのままどこまでも行い現していくことである。

人が初めて仏道を求める時、自己の外に求めようとするから、仏道からは遥かに隔たってしまう。仏道はそもそも自分の内にあるのだから、そのことを正しく理解して体験するなら、仏道がまっすぐ自分に伝わったということなのである。ただちに自己の本分に落ち着き、仏ともなるのだ。人が舟に乗っていくのに、岸を見ると岸が動いているようにも見え、下に目を向けて舟を見ると、舟が進んでいると見える。このように自己の身心を動揺させたままで万法を見ようとするなら、自分の心も正体も不変なのだと思い誤る。自分の生活を深く反省して、そうして真実をまっすぐに見るなら、どのような物事も永久不変ではなく、万法が自己ではないという道理がはっきりする。

このように読んでから、良寛は本を閉じた。時どきは立ち止まって自分を見るのも、よいことである。このように思念すると、次には静かに坐禅をしたくなる。すでに夜ではあったが良寛は月光を頼りに庭にでて、松の樹の下に場所を定めて坐禅をした。自己なく、自己ならざるところなしということである。天地と同根、万物と一体となる。自己と一切衆生と草木《そうもく》国土《こくど》悉皆《しっかい》成《じょう》仏《ぶつ》、天地一枚、たったひとつの坐禅があるばかりだという心境になった。

早朝、良寛はいつもの通り誰よりも早く起きて庫院《くいん》にいき、湯を沸かす。大釜に手桶で水を一杯汲んだところで、素道がやってきた。素道は相当な年配のはずなのだが、若い雲水のような身のこなしをする。

「押しかけ修行で、まことに迷惑なことでございますな」

さっそく良寛の手から手桶をとって水を汲みながら、素道はていねいな言葉でいうのだった。

良寛は粥にする米を研《と》ぎはじめた。水がずいぶん冷たくなったことが実感された。

「私は誰からも学ぶつもりでおります。学べば学ぶほど、この世は愉快です。ですから、素道どのはどうかまっしぐらに御自分の修行をおつづけください。私にもそこから学ぶことはいくらでもあります」

良寛は自分がこのようなことをいうとは自分でも思っていなかった。これも素道を見てそのような心境になったということなのである。素道は感心したというように自分のはげ頭を濡れた掌でぴたぴたと叩き、声を張り上げた。

「お若いのに、お慈悲の人じゃな」

「まだまだたいしたものではありません。御祖師さまの『正法眼蔵』を少しずつ読んで、心が開かれています」

良寛は素直な気持ちになってこういった。すると素道はすぐ言葉を返してくる。

「うらやましい限りですな。わしのように遅れて出家したものは、時間がないと心ばかり焦りましてな、わかりやすい作務修行につい流れてしまいますのじゃ」

「私も時間がいくらでもあるというわけではありません」

「良寛どのは溌剌《はつらつ》としておいでじゃな。よい禅僧になられることであろう。わしはな……」

ここで素道は一瞬いい澱《よど》んだ。何かいいたいのだと感じた良寛は、短い沈黙を置いた。それが呼び水になったかのように、素道がぽつりぽつりと言葉を置いていく。

「わしはな、心《しん》の臓に病いがあって、明日にもこの命が終るやもしれん。それがわしの執着じゃ。もっと自然にしていられればよいのじゃが、修行が足りんもんでどうも浮足立ってな。あらゆるものに執着してしまって、まわりに迷惑のかけっ放しなんじゃ。半歩でも釈尊に近づきたいと願っているのじゃが、ここまでじゃろう。ここまでこられただけでよしとせねばならん」

こう話した時、破勇典座がやってきたので、会話は終った。良寛の心の中には、もやもやとして吹っ切れないものが残っていた。素道は何もかもをわかっている。わかっているのだが、何もできない。それはさとりからは遠く隔ったことなのだ。良寛は自分はまだ若いという自覚がないわけではなかったが、無常迅速の世で、明日は素道のようになるのである。さとろうと焦ったところで、さとりからはますます遠ざかるばかりだ。

この朝も粥を炊き、汁と菜とをつくった。食は庫院の前の飯台に置き、典座寮の三人は袈裟を身に着け香を焚き、九回礼拝した。その食が修行僧によって僧堂に運ばれてしまうと、三人は鍋の底に残っていたもので自分たちの朝食を簡単にすませた。鍋と釜と食器とを洗い、竈《かまど》の灰の掃除をすると、とりあえず朝やるべきことは終ったことになる。良寛は書庫にいき、読みかけの本を再び開くのであった。そこにはいつも道元禅師がおられる。道元禅師はこのように語ってくださった。

人がさとりを得るのは、水に月が宿るようなものだ。月は濡れず、水は破れない。月は広く大きな光だが、わずかな水にも宿り、月全体も全宇宙も、草の露にも宿り、一滴の水にも宿る。さとりが人を破らないことは、月が水に穴をあけないと同じことである。人がさとりのさまたげにならないことは、一滴の露が月の全体を映すさまたげにならないと同じことだ。水に映る影の深さは、天の高さに等しい。時間の長さ短かさについては、無限の時も一瞬の時も時で、大きな水か小さな水の違いのようなもので、大きな水に大きな月と広い空が映り小さな水に小さな月と狭い空が映るようなものだと考えればよい。

修行によって仏道が身心に充分にゆき渡らない時には、逆に仏法はこれで充分だと思ってしまうものである。もし仏道が身心の隅々にまでゆき渡っていると、どこか一面が足りないと思われてくるものなのだ。

たとえば船に乗って岸も見えない大海にでて、四方を眺めると、海はただ丸く見えるばかりでそのほかのものは見えない。しかしながら、海は丸いのでもなく、四角形なのでもない。海のあり方はいい尽くせるものではないのである。海は、魚が見れば宮殿であり、天人が見れば玉の飾りなのだ。人間は自分の目で見る限り、ただ丸く見えるというばかりである。

万法にも同じことがいえる。世俗の上からも、仏法の上からも、数限りないあり方があるのだが、人は自分の立場や経験や能力の範囲内でしか理解することができない。万法のあり方を知るには、海や山が丸いとか四角いとか見えるほかに、そのほかの形もきわまりがなく、四方に無限の世界があると知るべきなのである。自分の身のまわりがそうであるというだけではなく、足のすぐ下も、一滴の水も、そのようであると知るべきだ。

魚が水を泳いでいくと、いけどもいけども限りがなく、鳥が空を飛んでいくと、いけどもいけども限りはない。魚はかつて水を離れず、鳥は空を離れないのだ。魚も鳥も広く大きく用いる必要があれば広く大きく使い、狭く小さく用いる必要があれば狭く小さく使う。それはその時その時で全存在を尽くしているということであり、そのところどころで精一杯生きているものの、鳥が空を離れれば、たちまち死んでしまう。魚が水を離れても、たちまち死んでしまう。

これは何を意味するか。生きているところに絶対の修行があって、その実証があり、そこに寿命という連続したものが実現されるということなのだ。そうであるのに、水を究め尽くし空を究め尽くしてから、水や空をいこうとする魚や鳥がいたとしたら、水にも空にもいくべき道は得られず、安住するところも得られないであろう。自分の生きているところが自分のものになれば、毎日暮らしているこの場所が、絶対真実の実現の場所となる。こうして生きているこの道が自分のものになれば、この日常生活がすぐさま絶対真実の実現ということなのだ。なぜかというと、真理を実現するためのこの道やところは、大きなものでもなく小さなものでもなく、自分でもなく自分以外でもなく、前からあるものでもなく今初めて現れたのでもないから、このようにして実現されているのである。

このように人が仏道を修行してさとりを得るということは、ひとつのことに会えばひとつのことを究め、一行《いちぎょう》に出会ってその一行を修行するということなのだ。そこに自分の生きるところがある。その道は全体の真実につながっているので、むしろ修行してどのあたりまでいけるかはっきりしないのは、知るということが、仏道の究極を知るということにほかならないからだ。その専らの修行の上に、仏道が全部露現しているということなのである。

修行して得たところが、必ず自分の知るところとなって、自分の意識でとらえられると思ってはならない。さとりの究極は修行すればすぐさま体験できるのだが、それが自分で気づくことができるとは限らない。現前したさとりの真実は、表面的な理解を超えているのである。

麻浴山宝徹《まよくさんほうてつ》禅師が扇を使っていると、そこにある僧がきて問うた。

「風性《ふうしょう》はいつも変わることはなく、どこにもゆき渡らないということはないのに、和尚はどうしてその上に扇を使われるのですか」

師はおっしゃった。

「お前さんは風の本質は変わらないということは知っているようだが、どこにもゆき渡らないところはないという道理の本当の意味は知らないね」

僧は申し上げた。

「どこにもゆき渡らないところはないという道理とは、どういうことですか」

僧が問うても、師は黙ってただ扇を使うばかりであった。真実というのはいたるところに満ちていて、どこにもゆき渡らないところはないのであるが、その道理を理窟でとらえてはならない。現前したさとりの真実は、表面的な理解を超えている。

そのことに気づいた僧は深く感じて、黙って師を礼拝した。

仏法のさとりの確かな証拠と、釈迦から正しく伝えられてきた生き生きと発露する生き方とは、まさにこのようなことなのである。風の本質は変わらず、しかもいつでもそのへんにあるので、扇を使わなくても風を感じることができるというのは、風の本質を知らず、その本質が変わらないということを知らないもののいうことである。風の本質が変わらないからこそ、仏道修行をするものの風が、大地を黄金として現前させ、長江の水まで蘇酪《そらく》という最高の飲みものに成熟させるのだ。

ここまで読んだ時、良寛は一つ大きく息をついた。もう一つ息をして、胸の中に溜まっていた空気をすっかり入れ変えた。良寛が歩むべき方向がすべてここに書いてあるではないか。本を閉じても、興奮の波は去らなかった。中食《ちゅうじき》の支度にかからなければならない。まだまだ書物を読んでいたいところだったのだが、良寛は席を立った。良寛がすべきことをなまけた結果として素道にさせているのではないかと、すぐに焦る気持ちになり、典座寮に向かって走った。

毎日なすべきことがある。そのことに追われているうちに、風は冷たくなり、その風の中に雪の粒がまじるようになっていた。野菜のなくなる季節を迎えて、沢庵漬けをたくさんつくった。破勇典座が先頭に立ち、良寛と素道が働いた。他の雲水の加勢を受けないですんだのは、素道のおかげだ。素道はすでに旅の僧ではなくて、光照寺に錫《しゃく》を置いたことをみんなが認めていた。寺の中にどんな役もないのだが、典座寮が素道の場所だと暗黙のうちに認めていた。沢庵漬けで加勢を受けるにしても、他の雲水にもそれぞれなさねばならない役がある。建物の雪囲いや植木の雪吊りなど、冬支度が控えていたのだ。素道一人の力も、寺のためには必要だったのである。

良寛は若い雲水たちとともに、僧堂の単《たん》で寝起きをしていた。良寛は時間の具合で坐禅ができたりできなかったりだったが、典座寮に属しているかぎり仕方のないことであった。素道は寺の一番端にある旦過寮《たんがりょう》といえばまだ聞こえはよいのだが、廃屋に近い粗末な堂に居住していた。夕《ゆう》べに来たり宿し旦《あした》に過ぎ去るという、旅の僧が宿るところだ。素道は住持和尚の許可を得ると、自分が身を横たえることのできる場所だけ片付け、休み場所とした。これから冬になり、寒さもひとしおであるが、僧堂も他の建物も似たようなものである。最も暖かいのは、竈《かまど》で火を焚く典座寮かもしれなかった。実際、素道は典座寮にいることが最も多くて、旦過寮と自ら呼んだ堂には就寝にいくだけであった。

日は一日ごとに短くなり、その分夜は長くなってくる。朝起きて典座寮にいく時に暗いのは一年中変わりないにせよ、夏よりも闇が濃くなってきた。せんべい蒲団を柏餅《かしわもち》のように横から二つ折りにし、中で身を縮めて単の上で眠るのだが、そんな寝床でも離れ難い。これも修行だと毎朝思い、良寛は勢いをつけて跳び出してくる。

素足に草鞋をはき、外にでると、闇の中に白いものが重力もなく舞っている。これから本格的な冬がやってくることを、寒風が告げていた。典座寮に明かりを灯し、竈に火を焚きつけるのは本来良寛の仕事であるが、早くやってくる素道の仕事にいつしかなっていた。その朝、闇に包まれた静寂の庭を歩きながら、良寛は不安な感じを消すことができなかった。いつもと違い、典座寮は真暗なのだ。冬に近づくにつれ心臓の不調を訴え、しばしば休んで肩で息をつき、暑くもないのに顔中から汗をしたたらせていた素道のことが思い浮かんだ。不吉な気分にとらえられながら良寛は急いだが、足元に注意を払うことも忘れなかった。

果たして、典座寮の入口に近い地面の上に、黒い固まりがあった。闇の底でも、良寛にはそれが倒れている素道だということがわかった。良寛は前から知っていたことででもあるかのように落ち着いていた。素道の背中には、雪が薄絹をかぶせたように降り積もろうとしていた。

「素道老師、苦しみや迷いのないさとりの境地にはいられましたなあ」

こういって一礼をしてから、良寛は合掌し瞑目した。

光照寺の内だけで素道の葬儀をすませた。墓は裏山につくり、「沙門釈素道」と自然石に刻んで建てた。「沙門」の文字が、遊行僧素道へのせめてもの餞《はなむけ》であった。素道のわずかな私物を探っても、受戒状はでてこなかった。師のいない偽坊主だとの疑いがないことはなかったが、修行の態度といい、読経の声の張りといい、立派な僧であると玄乗破了和尚が認めた。そのために僧としての威儀を持った葬儀をしたのである。

墓が建つと同時に、良寛は典座寮の役目をはずれた。尊い修行の場所を、他の雲水に譲ることとなったのである。僧堂の単住まいは相変わらずで、良寛は他の雲水や役僧や破了和尚たちと規則正しい坐禅修行をつづけた。良寛には修行がいよいよ楽しくなってきた。人生の所を得たことは明らかであった。

倒れた素道の背中に降りかかっていた雪が初雪なのかどうかわからないほど、秋に戻ったかのような好天がつづいた。それも一時のことで、朝起きると白い霜が寺も樹木も地面も草も何もかもをうっすらと包んでいた。寒気はしだいに厳しくなり、寒風は肌をさした。冬枯れの木は葉を落とし、草も枯れた。空は曇り、日の光を見ることもめったにない。天気は朦朧《もうろう》とし、遠くの山は白く染まった。里言葉ではこれを嶽廻《たけまわ》りという。海があるところは海が鳴り、山が深いところは山が鳴る。まるで遠雷のようである。里言葉ではこれを胴鳴《どうな》りという。この景色と音によって、本格的な雪が遠くないことを知る。毎年規則的にくり返されることであるから、まだ二十年と少ししか生きていない良寛にとっても、天然自然の移り変わりは当然のこととして受け入れることができる。

娑婆世界とは断たれているとはいうものの、寺に出入りするものたちによって噂はどうしてももたらされる。父橘屋山本以南と母おのぶとの間に三女が生まれ、みかと名づけられたということだ。父のことを世間では俳号で以南といっているのだが、本名は山本次郎左衛門という。寂しく清烈で繊細な父の俳句が、良寛は内心では嫌いではなかった。今、良寛は父のつくった句をなんとなく思い浮かべてみる。

正面はどちらからでも柳かな
梅散りていよいよ古き軒場哉
うちへ来て見れば更けたり夏の月
あら海も月の朧《おぼろ》となる夜かな

どの句も天然自然の一瞬の相がきらめいている。だが理智の冴えというものが邪魔になるようにも感じられる。どうも父は花に暮し月に明しという風流の生活をしたがっているようなのだ。出雲崎草分《くさわけ》の名家であった橘屋は、かつては近隣にならぶものがないほどに権勢を誇ったという。徳川幕府が開かれて間もなく、国主上杉景勝が会津に移封され、新たな越後国主の堀左衛門督久太郎秀治《ひではる》が出雲崎に代官所を設置した。こうして出雲崎は大いに発展し、ことに尼瀬方面が栄えた。尼瀬の名主京屋が代官所設置の機会に代官に巧妙に立ち廻り、とんとん拍子に繁昌して、その分橘屋が落ちぶれていったのである。大坂夏の陣で天下は名実ともに徳川のものとなると、出雲崎代官所は幕府直轄となり、任命されてきた公儀代官に京屋は取り入って尼瀬を出雲崎から分離独立させ、自ら名主となった。次の代官がくると、代官所を出雲崎から尼瀬に移転させるようにと京屋が暗躍し、その通りになったのである。

尼瀬町の神明社地争いの訴訟では、神職と京屋との争いの形をとってはいたが、実際は橘屋と京屋の係争で、もう四十年間親子二代にわたってつづいている。

父以南が養祖父の後を受けて名主役をつとめるようになってから四年目に事件があった。この年に弟の由之《ゆうし》が生まれている。公儀よりの御達の金紋高札《きんもんこうさつ》は、橘屋の門前に掲示されることになっていた。京屋は尼瀬町名主である自分の屋敷の門前にも掲示したいとの願書を提出し、橘屋と京屋とが諮問《しもん》された結果、京屋の門前にも金紋高札が建設されることとなった。これは諮問をうまく乗り切れなかった当主以南の大失敗であると、世間ではいっている。

こうして橘屋の権勢がますます振わなくなっていた時機に、俗世のことに興味を失っていた当時名主見習役の長男栄蔵は出家し、次男の由之が代わって名主見習役になったのである。由之のついた場所はかつて良寛が栄蔵の時代にもらっていた役である。良寛は家運衰亡のことで何もしなかった。だからこそこうして光照寺で禅僧としての修行をしているのだ。由之とはまったく別の道を歩むこととなったものの、良寛には娑婆世界に残した由之のことが心配でないということはない。

良寛は由之のことを時に思いながら、雪が降る前の光照寺の屋根や梁《はり》や柱や庇《ひさし》の弱きところを補い、修造を加えた。これらの作務《さむ》修行は、寺が雪に潰されないようにする行いである。庭木は大小にしたがって枝を曲げるべきは曲げて縛りつけ、杉丸太や竹を添えて杖となして枝を補強し、雪折れにならないようにする。冬草の類は菰莚《こもむしろ》で覆った。井戸は小屋を掛け、厠《かわや》も倒れないよう添えものをした。また雪中では野菜がまったくなくなるので、暖かな土の中に藁に包み桶にいれ凍らないよう埋めた。寺の人数にしたがって大量の大根や白菜や人参や牛蒡《ごぼう》を埋めながら、橘屋では父や弟を先頭にしてこの作業がうまくできているだろうかと良寛には案じられることであった。

良寛はものの本を通して知っていた。江戸では初雪をことのほか誉め讃え、歌妓を乗せて雪見の船を出し、雪の茶の湯に賓客《ひんきゃく》を招き、酒亭には雪を目当てに人が集まってくる。江戸の人たちは雪のためにいろいろな遊楽をなすそうである。雪国の人間には考えられないことだ。雪を前にして、楽しむのと苦しむのとでは雲泥の違いである。

越後国の地勢は、西北は大海に面して陽気であり、東南は高山が連らなって陰気である。西北の村は雪が浅く、東南の村は雪が深い。良寛の生まれた出雲崎も、光照寺のある尼瀬も、雪の浅い西北の方面に位置している。それでも雪さえ降らない年もある江戸にくらべたら、雪国ということになるだろう。東南の魚沼郡《こおり》のあたりでは、細かな雪が風に助けられて降り、一昼夜に六、七尺から一丈（約一・九八メートルから三・〇三メートル）積もる時もある。太古の昔から現在に至るまで、この国に雪が降らなかった年はない。そうであるなら、暖国の人のように吟詠遊興の楽しみなど夢にも知らない。今年もまたこの雪の中にあるのかと嘆く。雪を悲しむのは辺郷の寒国に生まれた不幸というべきである。雪を見て楽しむ人の花が咲き乱れる暖地に生まれたという天幸を、ついうらやましく思ってしまう。

人がどう思おうと、その季節になれば雪は降ってくる。良寛は何を恐れることもなく日々の修行をつづけていた。光照寺は越後では雪が少ないといっても、それはあくまで越後国の中で比べればということであって、雪国であることに変わりはない。

雪は風雅の道という人もあるが、本格的に降りはじめるや休みなく払いつづけねばならず、和漢の吟詠などとはとてもいっていられない。初雪が積もったのをそのままにしておけば、再び降った雪を加えてたちまち一丈にもなってしまう。一度降ったら、一度雪掃《はら》いをしなければならない。土を掘るようにするので、雪掘りともいう。掘らなければ歩く道もなくなり、建物を埋めて人が出るところもなくなる。どんなに強い家でも雪の重みに押し砕かれる恐れがある。だから雪掃いは絶対にしなければならないのだ。

掘るには、ぶなという木でつくった鋤《すき》を使う。ぶなの木質は粘りがあって強く、折れることがなくて、かつ軽い。雪中の第一の道具であるから、山中の人がこれをつくって里に売りにきて、どの家でも持っている。もちろん伽藍を擁する寺ならば、何本も所持しているのである。掘った雪は空地に運んでいき、人の邪魔にならないところに山のように積んでおく。家の大きな橋屋にいた時は、家にいるものでは力が足りずに掘夫を雇い、幾十人もの力をあわせて一度に掘ったものだ。一気に掘るのは、掘っている内にも大雪が降ってくればうずたかく雪が積もって、たちまち人の力がおよばなくなるからだ。小さな家では掘夫を雇うことにも金がかかってできないので、男も女も一家をあげて雪を掘る。寺では雲水たちの手が豊富なのではあるが、いつでも掘っていなければならない。良寛とすればほとんど毎日雪掘り作務に明け暮れているのである。力をついやして終日掘ったその夜大雪が降り、夜が明けてみれば前の日のままである。歎息をして、また掘るしかない。まさに修行なのだが、果てのない修行ということになる。

雪が降っている最中でも声が掛かれば、さっそく雪掘り作務に出かけなければならないのであるが、それでも日中に雪が降れば、坐禅の時間はたっぷりととれた。雪の降り積む気配を感じながらだと集中力が湧いてきて、よい坐禅ができた。足袋もはかずに素足で単に上がっているのだが、雪が降ると寒気がゆるみ、身体は楽だった。

静かな時間は読書にもまことによい。雪中は廊下に萱《かや》で編んだ簾《すだれ》の雪垂《ゆきだれ》をさげ、吹雪を防ぐ。窓にもこれを使う。雪が降らない時には、巻いて明かりをとる。したがって僧堂に在るものはみんな窓の障子のところにいって、書物を広げるのであった。雪と戦う以外に何もすることのない冬も、良寛には好ましかった。僧堂の中は火鉢一つあるわけではなかったが、そのようなことは気にもならない。己《おのれ》の内面とひたすら向きあうのは、まるで坐禅をしている心地である。

雪がさかんに降る時には建物が埋まり、屋根の高い寺の伽藍でさえ、雪と屋根とが等しく平らになることがある。明かりをとるところがなくなり、屋内は夜か昼かわからなくなる。すると燈火を燈しているしかない。ようやく雪がやんだ時、雪を掘ってわずかに小窓を開くと、光が眩《まぶ》しいほどに洩れ入ってきて仏の国に生まれた心地がするものだ。鳥は翼を使って雪のない国に飛んでいくのだが、朝も夕も雪中に籠っているのは人と熊ばかりである。熊になっているこのことが、良寛には気に入っていた。

どんなに雪が降ったところで、寺だけが孤立しているのではない。尼瀬宿も出雲崎宿も、家の前に庇《ひさし》を長く伸ばしている。家の大小にかかわらず、造りはすべて同じだ。雪が降っても、人は行き来するのである。出家する前で良寛が栄蔵と呼ばれていた頃、雪の下で前の季節から一変した町が好きだった。

往来には雪が降り積んでどうせ通ることができない。そこで人家の屋根に積もった雪を往来に積むのである。その雪はしだいに重なっていき、家の間に雪の堤を築いたようになる。ここに雪の洞《ほら》を掘り、庇より庇に通えるようにする。これを胎内潜《くぐ》りと呼ぶ。金掘りの言葉で、間歩《まぶ》ともいう。間歩の本当の意味は夫が姦淫することをいうと栄蔵の時代に良寛は知っていたが、出家をした今では関わりのない言葉である。

庇がつづいていない宿外の家には、高低の差がある雪の堤の上を往来する。時折踏み抜いて転倒するので、踏み固めて道をつくり、階段をつくって通路とする。土地の者は登り下りするにも慣れて一歩も誤らない。他国の旅人は恐る恐る足を運ぶので、かえって落ちて雪の中に身を埋める。見る者はこれを笑い、落ちた者はこれを怒る。こうして難所をつくって他国の旅客に難儀を与えるのも、求めてしたことではない。怒るよりも、この自然条件を楽しむべきなのである。寺の中でも、僧堂と庫裏《くり》とを結ぶのに、雪洞を掘っていた。崩れてくる危険もないわけではないが、住持和尚が頭に手をまわし腰を屈めておっかなびっくりやってくる姿を見ると、なんだか楽しくなってくる。玄乗破了和尚は他国の人で、何年いてもこの雪には慣れる様子はなかったようだ。

雪中に洪水があると聞いたのは、雪掘り作務をしている時だった。魚沼郡からきた雲水が、休暇の時手拭いで顔の汗を拭き拭き語ってくれた。

水揚《みずあが》りといって、初雪の後に大小の川に近い村里は洪水の災いに苦しむことがある。雪は八尺九尺積もっている。夜半に人が騒ぐ声に目が覚め、水揚りなり水揚りなりと叫ぶ声に、そのへんのものをあわてて二階に担ぎ上げた。勝手のほうでは母や姉や祖母が駆けまわり、家財を水に流すまいと運んでいる。水は渦巻きながら低いほうへと押し寄せ、畳をひたし、庭にみなぎった。

雪明かりが流れる水を照らして、恐ろしいことこの上ない。死にもの狂いで高いところに逃げ登れば、多勢の男たちが提灯や松明《たいまつ》を燈して手に手に木鋤《こすき》を持ち、雪を越え水を渡ってこちらに向かっている。水揚がりがしていないところに暮らすものたちが、川筋を開き、水を落とそうとしているのだ。闇夜で姿は見えないのだが、女子供の泣き叫ぶ声が遠く近くに響いて哀れである。燃え残った短い松明を頼りに人も馬も首まで水にひたって流れを渡ってくるのは、馬を助けようとしているのだ。帯もしめていない女が片手に赤ん坊を背負い片手で提燈をさげ、高いところに懸命に逃げ登ってくる。近づくとだらしない姿が露わに見えるのだが、命がつながれば何を恥ずかしいと思うのだろう。おかしなこと、哀れなこと、恐ろしいことが様々に乱れあっている。ようやく東の空が明るくなる頃、ようやく水が落ちたと人々は安堵する。

こんな洪水は大体初冬と仲春にある。その宿には左右の人家の前に一筋ずつの流れがあり、末は魚野川に落ちる。どんな日照りにも乾くことのない清流である。すべての家がこの流れを井戸のかわりとした。水は桶でそのまま汲めるのだから、普段の便利さは井戸よりはるかにまさっている。この流れは初雪以来降り埋められ、雪の下にはいるので、家ごとに雪を掘って水を汲むようにした。こうしても一夜のうちに埋まってしまうので、しばしば再び掘らなければならなかった。人家に近い流れはこのようであったから、水源が雪に埋まったり水揚りの恐れがあるから、人は力をあわせて雪を穿《うが》って水の流れを確保した。しかし、人々が忙しくて手間を惜しんだり、一夜の大雪で水源を塞《ふさ》いだりした時には、水が低いところに流れていった。宿場の中は人の往来があるため雪は踏み固められて低くなっているので、流水がみなぎりあふれて人家にはいり、水難にあう。幾百人の力をつくして水の道を開かなければ、家財を流し、溺死をすることもある。

この話を聞いた良寛は、なんだか悲しい気分になり、僧堂に戻って坐禅をした。この今も雪と闘っている多くの人がいて、闘いに破れて死んでいく人もいる。この世は苦に満ちている。天地一枚の間に生きなければならない人間は、どうあがいてもこの苦しみの世から逃がれることはできないのだ。この苦の認識を持って、自分はどのように生きなければならないか。その問いに答えられずにこのまま修行をつづけている意味はないのではないかと、良寛は思ってしまった。疑問が疑問を呼び、身動きがつかなくなってくる気がしてきた。胸の苦しい思いで坐禅をすませ、道元禅師ならどのようにおっしゃっているのか確かめたくて書庫に走った。

『正法眼蔵』のうち「菩提薩埵四摂法《ぼだいさったししょうぼう》」の巻を手に取った。仏道を究めようとする菩薩の修行には、布施、愛語《あいご》、利行《りぎょう》、同事《どうじ》の四つの大切なことがあると説かれている。

布施とは、貪《むさぼ》らないということである。貪らないとは、世の中にへつらわないことだ。たとえ現世の総領となっても、正しい仏道の教化をほどこすには、必ず貪らないということだけである。

たとえていえば、捨てる宝を知らない人にほどこすようなものだ。遠くの山の花を仏に捧げ、前生の宝を人々にほどこすようなことである。法においても物においても、布施に値するものを誰もが持っている。自分のものでなくても、布施をすることができるということである。

布施するものの軽重より、それが本当に相手のものになるかどうかということが問題なのだ。道を道にまかせれば、道を得ることができる。得道の時は、道は必ず道にまかせられてきたからである。財宝を財宝にまかせ、使うべきところに使うなら、必ず布施となる。自分の身心を自分にほどこし、他人の身心を他人にほどこす。この布施の因縁の力は、遠く天界から人間界におよび、すでにさとりを得た賢者や聖者にまでも通じる。そのゆえは、布施行とは因縁によって結ばれているからである。

お釈迦さまがおっしゃっている。

『布施をする人が説法の道場にきた時には、すべての人がその人を迎ぎ見ますよ』

知るべきである。布施する人の心は目には見えないが、人々の心には通じる。そのようなことであるから、一句一偈《げ》の教えにでも、一銭一草では布施すべきである。どんなに小さな布施であっても、現世や来世を通じて善根を植えることになる。仏法も宝であり、財も仏法になると自覚を持つことができるのは、布施の持つ法悦なのだ。

大切にしていた自分の長い髪を病気になった臣下の薬の材料として与えた国王は、自分の心を整えることができた。ある子供が仏を砂でつくって、その因縁により後に国王となった例もある。その王や子供はただ純粋に布施をしただけに過ぎず、他になんの報謝も求めなかった。自分の力をわかち、分相応のできる分だけの布施をしただけなのである。布施をしたのだからなにかの見返りを求めるというのは、決して布施とはいわない。

人のために舟を岸につないだり、橋を渡すことも、布施の行である。よく布施を体得すれば、お釈迦さまがこの世に生まれて涅槃を示して生死を見せるのも布施であり、政治も産業も布施でないものは何ひとつないということがわかるはずだ。花を風にまかせ、鳥を時にまかせるのも、布施の行でありはたらきなのである。

阿育大王が半箇の菴羅果《あんらか》（マンゴー）を供養したことが、数百の僧への供養になったということだ。布施の功徳の広大なことは、物の多寡《たか》によらないということの証明となっている。この布施の道理をよくよくわきまえて、布施をしたり受けたりするべきである。布施の道理によってますます布施をするよう努力すべきであり、布施をすべき時を逃がしてはならない。

まことに布施の功徳がお互いの身心本来にそなわっているがゆえに、今の身心がこの世に生まれてきたのである。

『正法眼蔵』の「菩提薩埵四摂法《ぼだいさったししょうぼう》」の巻の一字一句を追っていた目を、良寛は宙に上げた。一心不乱に読んでいて、目の奥に小さく鋭く渦巻くような痛みを覚えたからである。「布施とは、貪《むさぼ》らないことである」という最初の言葉に、良寛は魂を掴《つか》まれたように感じた。これから歩んでいくべき道の標《しるべ》が、ここにあると感じたのである。障子が仄明《ほのあか》るい雪明かりを集めていた。不立文字《ふりゅうもんじ》が禅の教えではあるが、この文字の中に生涯の道がつづいているではないか。雪がつくる沈黙さえも、良寛は自分がこの文字と出会う機縁のためだと感じるのだ。

良寛は先を読み進める。

釈尊がおっしゃっている。

「自分自身に対しても布施するべきである。ましてや父母や妻に対して布施しないでいられようか」

そのように知られるように、自分に対する布施も布施の一部であり、父母妻子に与えるのも布施なのだ。もし一塵《いちじん》ほどのささいなものを布施した時、たとえ自分がそれをなした時であっても、心に静かな喜びが湧いてくるものだ。これは諸仏のひとつの功徳をすでに正伝《しょうでん》しているということであって、菩薩の修行の一歩を踏み出したということなのである。

動かしがたいのは衆生の心である。一財を与えて衆生の心を動かしてから、得道《とくどう》に至るまで導くことである。そのはじめは、必ず布施によってするのがよろしい。

そのゆえに布施は、菩薩の修行の六波羅蜜《ろっぱらみつ》、持戒《じかい》、忍辱《にんにく》、精進《しょうじん》、禅定《ぜんじょう》、智慧《ちえ》の最初にある。心の大小ははかることはできない。そうではあっても、心が物を動かし、物が心を動かすというのが、布施の功徳である。

目が開かれたような気がした。本当にその通りだと思うのだ。布施が菩薩の行いの基本である。果てもなく降りつづいて人に難儀を強いる雪も、天からの布施と考えなければならない。冬になると必ず降る雪がもし降らなければ、人が立っているこの地がどのようなことになるか考えればよい。雪とは、水である。雨と同じだ。天から降って地に落ちた水は森を潤し、森の土の中や樹木の内部にたまる。森には多様な植物が生きている。黴《かび》から苔から草から灌木から大木まで、様々な生き方と姿とを持った植物がある。苔や草は土の表面にごく浅く根を張り、樹木は根を横に広げあるいは縦に深く潜らせる。かくして土の中には根が前後から上下左右からあらゆるところから伸びてきて、絡みあい、あるいは反発しあって、全体の森をつくる。人間の社会と同じではないか。

水は草にも木にもたまる。その水はあらゆる生物にとって命の源となる。森は生きとし生けるものすべてに水を布施してくれたのである。樹と草とでできている森は、同時に自分自身に布施しているということになる。かくして自分自身への布施は、釈尊が説かれているとおり、万物への布施となるのである。森の樹木は我が身の一部である葉や実を虫に布施し、その虫はまた我が身すべてを鳥に布施する。秋になって落ち葉を土に布施し、土はその活《はたら》きを肥料として木に布施する。大木は枝と葉とを広げて太陽の光を独り占めにし、多くの樹木や草を日陰の中で生きなければならないようにするのだが、いつまでも同じ状態を保っていることはできない。因縁がたえず変化するので、この世は無常なのだ。

冬は雪が深くて重く風も強いので、老木は倒れやすい。倒れると秋にはその上に実が落ち、芽を出し、若い木が育っていく。老木が捨身し、その身を若いものに布施しているのである。「道を道にまかせれば、道を得ることができる」と道元禅師がおっしゃるとおり、自然のことは自然にまかせていれば、それですべては完璧に循環する。天は森に何か見返りを求めて雨や雪を提供しているのではない。毅然として、ただ一方的にやっているだけなのである。

森は川に水を布施する。川は田んぼに、魚に、人に、あらゆる生きとし生けるものに、その水を布施しているのである。田は土と太陽の助けを借りて稲を育て、米を人間に布施する。ドジョウやフナやタニシや昆虫に、田んぼは水と棲む場所とを布施する。ドジョウやフナやタニシは、その身をサギやコウノトリやトキに布施する。すべては天が大地に水を布施したことからはじまるのである。

川は地中の伏流水に水を布施し、その水はやがて泉となって地上に噴出し、あらゆる生きとし生けるものを養う。川に水が布施されたことで生きられる魚は、やがて人間に丸ごと布施される。こうして人間は生きとし生けるものの一員として生きることができるのである。この水はやがて丸ごと海に布施されるのだ。海中には壮大な生命の宇宙ができるのである。人間は海中そのものに生きているというのではないにせよ、生命の宇宙の中にその一員として生きているのだといえる。一滴の雨として天から布施された水は、地上や水中に生命の大宇宙である曼荼羅を形式し、再び海から天へと布施される。水は一巡りする。これが自然の循環である。これは永遠にくり返される循環だ。貪《むさぼ》らない、へつらわない布施であるからこそ、諸仏の功徳の正伝ということができる。

良寛は障子を開いて降る雪を眺めながら思った。「花を風にまかせ、鳥を時にまかせるのも、布施の行でありはたらきなのである」と道元禅師はおっしゃっている。冬になって雪が降ることを、恐れたり嫌ったりしてはいけない。雪が降れば、雪が降るままにしていなければならないのだ。本来の自然は、それだけで円成《えんじょう》しているものだからである。

誰が仕組んだわけでもないのに、時が来れば雪が降り、花が咲く。やがて雪は解け、川となって流れる。そして、生きとし生けるものを養う。やがて花は散り、実をつける。その実は土に落ち、あるいは鳥が食べて種だけを捨て、雪が変じた水を吸って芽を出す。その芽はぐんぐん育って木となり、花を咲かせる。これが時とともに巡る花の循環ということである。

季節になれば、誰が仕組んだわけでもないのに、そのようになる。自《おのず》から然《しか》るべく、そうなる。葉は緑の色を増し、色付いて散り、やがて雪が降る。毎年毎年、ほぼ同じ時期にくり返される。それが自然である。この自然がまるごと、生きとし生けるものに布施されるのだ。

雪を見ながら、良寛は深く得心した。そう考えると、雪はありがたい。良寛は障子を閉め、書物に再び視線を落とした。四摂事の第二は愛語である。道元禅師はまことの説得力を持って語ってくださる。

愛語というのは、衆生を見るときにまず慈愛の心をおこし、慈悲の言葉をかけることである。一切の暴言や悪言をはいてはならない。世間では安否を問う礼儀がおこなわれる。仏道には珍重《ちんちょう》という言葉がある。珍重とは、御身を大切にとか、お休みなさいとか、自重自愛されますようにとかいう言葉である。不審《ふしん》といい、お早うございますと、目上の人に向かってする挨拶の礼儀がある。

衆生に接するのに、慈悲の気持ちを持ち、赤子に向かいあうようにやさしい気持ちで言葉を交わすことが、愛語である。徳のある人は大いにほめ讃えるべきであり、徳のない人には哀れんでやるべきだ。

愛語を好み、施せば、どんどん愛語は広がっていく。そのようになれば、日頃知られもせず見えもしなかった愛語も、いつしか目の前に現われてくるようになる。

現在の命のある間、人はすすんで愛語の行をすべきである。未来永劫にわたって退くことなく愛語を誓ってすべきなのだ。

愛語の徳行は怨敵を降伏《ごうぶく》させ、相い争う国王たちを和睦《わぼく》させる。こうして平和な世をつくるのは、愛語を根本とする。

お互いに向かいあって愛語を聞くのは、お互いの顔を喜ばせ、心を楽しくする。向かいあわず、陰で愛語を聞くのは、肝に銘じ、魂を打つものだ。
知るべきである。愛語は必ず愛の心から起こる。愛の心は慈悲心を種子《しゅうじ》としている。愛語は天さえもひっくり返す力があることを学ぶべきである。愛語は相手の能力を讃える以上の功徳がある。

良寛は一息でこの文章を読んだ。人と接する時には、相手の人物を差別《しゃべつ》することなく、慈悲の心を持って向かい合わなければならない。傲《おご》り高ぶりを捨て、一言一句に慈悲の気持ちを添えなければならない。その言葉こそが愛語なのである。

師に向ける言葉には当然尊敬の念がなければならないが、農婦にも子供にもその気持ちは同じでなければならない。誰でも仏性を持ち、限りないさとりの智慧を得る可能性があるからだ。あなどってよい人物などこの世に一人もいないのである。

当たり前のことではあるが、日頃の生活で愛語を保ちつづけるには、普段の修行が必要なのだ。いつも自分の立場を考えて言葉遣いを変えるようではいけない。誰に対しても同じ態度で接するなら、つまり愛語の徳行をもってするならば、いちいち考えることはいらない。

良寛は目が開かれる思いがした。愛語によって生涯を貫けるのなら、どんなによいだろう。そのように生きようと良寛は願うのだった。

雪の気配を感じながら、良寛は本の上の視線を先に送っていく。道元禅師の言葉はつづいていた。四摂事の第三は利行《りぎょう》だ。

利行というのは、すべての人々に対して、最善の利益を与えることである。たとえば仏道にとっての利益である学道の道をすすめて、安心解脱の境地に導くことである。

晋の時代、孔愉《こうゆ》が籠の中にとらわれている亀を買いとり、川に放した。後漢の時代、楊宝《ようほう》が少年の頃に、華陰山の麓で病気の雀を救った。亀や雀を救った時、彼らは報謝を求めたわけではなく、哀れだという一念からの行いであった。こうしなければいられないという、利行の心をもよおしたからである。

愚人の考えというものは、他人の利益を先にすれば、自分の利益はなくなるとする。だがそうではない。利行は一法であって、自も他もすべて利するのである。

周公は、一度沐浴していても、客がくれば三度でも髪を結い直した。一度《ひとたび》食事をとりはじめていても、客がくれば三度でも食事を中断して応待した。ただひたすら人を利行しようという心からである。客に対する態度としても、他国の人だから教えないということはなかった。

そうであるから、怨みがあるとか親しみがあるとかの区別もなく、自他ともに等しく利益を得るのだ。もしこの心を会得するなら、草木風水にも利行がそなわっていて、おのずからやむことのない道理があって、まさに利行となるのである。その利行とは、その利行の道理を知らない愚人を救おうとすることである。

良寛は我が意を得て、心の中で快哉《かいさい》を叫んでいた。丸ごと真理の中に生きるということができるのだ。その生き方を体得するなら、救っても救っても救い切れない人々を救いつづけることができる。自身の悩みから仏道にはいった良寛ではあったが、そこには広大な世界があることを知ったのだ。自分が何故仏道修行をしているかといえば、人を救うためである。人を救うことは、自分自身を救うことだ。人を救おうとばかり考えていれば、同様に自分を救うことができる。しかし、自分を救うことを先にするならば、人を救うことはできないだろう。

そんなことも考えず、やることがすべて救いになる。そうなるためには、自分が丸ごと真理の中にはいっていなければならない。行、住、坐、臥、すべての行いに真理があるのなら、そっくりそのまま人生が真理でなければならない。そんな生き方は可能であるだろうか。

良寛は考え込んでしまった。今はどうしたらよいか見当もつかないのだが、きっと可能なのだ。さとりのその先が、ぼんやりとだが良寛にはわかる気がしていた。草木風水にも利行がそなわっていて、おのずからやむことのない道理があることを、利行の道理を会得することによって感じられるのだろう。いや、感じられるというより、あるかないか意識することもないような自然さなのではないだろうか。いちいち意識していたのでは、心から人を救うことはできない。

そんな境地になるためには、まだまだ修行が足りない。遥かに遠い道のりである。そのことがわかっただけでもよかった。そう思ってから、良寛はしばらくの間僧堂で坐禅をした。冷え切った空気がしんとして漲《みなぎ》っている僧堂が、若い良寛の修行の冴えを示しているかのようだった。

どのくらいの時間坐禅をしたのかわからなかったが、良寛は姿勢を解き、書物を開いた。『正法眼蔵』の「菩提薩埵四摂法」の第四は同事《どうじ》である。

同事というのは、違《たが》わないことである。自分にも、他人にも違わないことである。たとえば人間を救うために人間界に現われた釈迦如来は、人間と同じ姿で生まれ、人間と同じ生活をし、この世を生きて見せたのである。人間の世界と同じ姿をとっていることによって、人間以外の世界では、地獄や餓鬼や畜生やそれぞれにあわせた姿をとってその場所のものを救うということがわかる。このようにして同事を知ると、自己と他者とは一体であると知れる。

琴詩酒《きんししゅ》という言葉がある。琴も詩も酒も人ではない。天や神でもないが、人や天や神と一体になるという徳性をそなえているから、人と友となり、天と友となり、神と友となるのだ。だからこそ人は琴を友とし、詩を友とし、酒を友とする。その道理というのはつまり、人は人を友とし、天は天を友とし、神は神を友とするということである。これが同事の参学である。

たとえば、同事の事《じ》というのは、儀であり、威であり、態である。他を自に同じようにしたのちに、自をして他に同じくさせる道理がある。自他との関係は、時とともに窮《きわま》りがない。

『管子《かんし》』にはこう書いてある。

「海は水を無限に呑み込むから大海をなしている。山は土を無限に積み重ねていくから高山となる。明主は人をきらわず、どのような人でもしたがえて治めることができる」

知るべきである。海が水を無限に呑み込むのは海の同事である。さらに知るべきは、水が海を嫌《いと》わないという徳もそなわっているということだ。このために、水がよく集まって海となることができ、土が積み重なって山となることもできる。海が海であることを辞さないからこそ、海となり、大きくなれる。山は山であることを辞さないからこそ、山となり、高くなっている。

明主は人を嫌《いと》わないからこそ、大衆が従ってくる。大衆とは、国のことである。いわゆる明主とは、帝王のことだ。帝王は人をよく受け入れるものだが、決して賞罰というものを無視するわけではない。賞罰は確かにあるのだが、人を嫌うということはない。

昔、世の中が素直だった時代には、国に賞罰はなかった。かの時の賞罰は、今と同じではなかった。そのため今も賞を待たないで、道を求めている人もあるはずである。愚かなものの思慮のおよぶべきことではない。

明主は明らかであるから、人を嫌《いと》わない。人は集まると必ず国をなし、明主を求める心が生じるのである。明主が明主たるべき道理をよく知っている人は稀であるから、明主に嫌われないということを喜ぶのだが、自分が明主を嫌っていないということを知らない。つまり、明主と人とは同事であるということだ。

したがって、このような道理を理解するならば、明主であろうと暗人であろうと、同事の道理がはたらいていて、同事とは菩薩の行願であるということができる。

ただまさに柔らかな容顔をもって、慈悲の心とともに、一切に向かうべきである。

布施、愛語、利行、同事の四摂事が、それぞれに四摂を含みそなえているから、十六摂になる。

自己と他者とは一体であり、少しも違ったことはないという同事の教えは、良寛の心を安らかにした。良寛は自分自身も当たり前の人間として、同事を生き、同事を死んでいきたいものだと願う。同事であればこそ、死は安らかであるといえる。若い良寛にとって死は遥かな未来なのかもしれないのだが、今にも訪れるかもしれないとも思う。出家をした瞬間から、いつでも安らかに死のほうに移行できるとの覚悟はあるつもりだ。そのためには同事の参学がなければならないのである。水は海を嫌わず、海は無限の水を呑み込みつづけるように、誰にでもやってくる死は同事でなければならない。それは人間界で一般的で平凡な人間とまったく同じように死というものを迎え入れた釈尊が、教え示してくださったことである。同事のさとりこそが、あらゆる煩悩をきれいに捨て去って涅槃に入るということであろう。だが同事の参学は、四摂事の中でも簡単なことではない。

苦に満ちたこの世で菩薩として生きるためになすべきことは、布施、愛語、利行、同事の四摂事である。この四つの大切なことは、草木風水の中にまどかに生きて在るということだ。「渓声《けいせい》山色《さんしょく》（渓《たに》の声は釈尊の説法であり、山の姿は釈尊の姿）」なのだから、真理はそこいら中に満ちている。そこいらへんにいくらでもある自然は、高ぶりがあるわけでもなく、当然のこととして同事を生きている。海は水を無限に呑み込み、水は海を嫌わないのは、海も水も同事を生きているからだ。これがまた自然の中の麗《うるわ》しい関係である。

小さなさとりは数知れずと昔から修行者の間でいわれているとおりに、良寛も大きい小さいはともかく一つのさとりを得たようである。ちょうどその時僧堂に他の僧がいなかったことを幸いとして、良寛は障子という障子を開け放った。天が崩れでもしたかのように、大粒の雪が音もなく際限もなく落ちていた。その雪の間をぼんやりとした白い光が透けてきた。明朝になるとどのくらい積もっているかわからない雪が、良寛にはこの上なく美しいと思えた。

あんなにも降りつづけていた雪も、いつかはやみ、降らないでいる日が多くなった。たえずぶ厚い雲に覆われていた空も、しだいに薄くなって、洩れてくるようにして日が射すようになった。冬が去ろうとしているのだ。釈尊はこの世の真理を諸行無常と説いたが、まさにそのようにしてこの世はある。永遠にここに居坐ろうとしているかのように見えていた冬も、その座から腰を上げて去っていく気配を見せている。これが諸法への信頼ということだ。人は何をしたわけではない。そうではあってもおのずか自《おのずか》ら然《しか》るべくそうなっているのを、自然《じねん》というのだろう。

光照寺も越後も、冬から解き放たれようとしていた。雪が地面から消えると同時に、地中から湧き上がるかのように濃い緑色の山菜が芽を出してくる。光照寺の雲水たちは一斉に山野にくり出し、フキノトウやワラビやゼンマイやコゴミやミズを採った。典座《てんぞ》の破勇が修行僧に供養するために苦心惨澹してきた雪のその下から、食膳が一気に解放されたような感じであった。良寛は心躍らせながら毎日の修行をつづけた。

ところどころまだ雪の残っている地面に立つ梅に花が開き、やがて桜が咲いた。海も穏やかな日がつづいている。真理はいたるところ円《まど》かに満ちていて、どこも欠けているところはない。もちろんこの寺の中にも真理は静かに流れている。自分という存在も、真理の流れの中にある以上、真理そのものであるということができる。日々の修行をつづけながら、良寛はひそかに強くそのことを実感するのである。

山から吹いていた寒風が、やがて海からの穏やかな風に変わる。その頃、西の方から一陣の爽やかで豊かな風が吹いてくることになった。光照寺の玄乗破了住持和尚の師円通寺の大忍国仙住持和尚が、備中玉島より遥々と北陸巡錫《じゅんしゃく》にこられ、光照寺にも錫をとどめることになった。その知らせを、玄乗破了和尚は僧たちを法堂《はっとう》に集めて、楽しそうに語るのであった。

「我が師大忍国仙和尚はまことに徳の高い和尚で、武蔵大泉寺の住職をなさっておられた時に、わしは受戒した。只管打坐《しかんたざ》を念《むね》とする古風禅を提唱しておられる。明けても暮れても坐禅という厳しさでな、お祖師さま道元禅師の禅をそのまま受け継いでおられる。道元禅師が師如浄《にょじょう》禅師より正伝《しょうでん》し、その先をたどれば達磨大師、なお溯《さか》っていけば仏祖釈尊へと至る古風禅である。今はお年を召されてさすがにそのようなことはないが、わしが大泉寺で修行しておった時には、深夜まで坐禅をし、なお早朝にも坐禅修行をした。眠くて眠くてなあ。うっかり眠ってしまおうものなら、笏《こつ》でしたたかに打たれた。履物で打たれたこともあった。お祖師さまも大衆《だいしゅ》に師如浄禅師のことをよくお話しになったようだが、師もお祖師さまと如浄禅師の修行のお話を、楽しそうになされた。わし自身も見てきたかのように、その情景がありありと浮かんだものだ。無常迅速《じんそく》、生死事大《しょうじじだい》、時はたちまち過ぎ去るものであるから、生死を考えることが最も大事で、いくら考えたところで短い人の一生では考えが成就するわけではない。だからこそ、一瞬も休まず修行をつづけなければならない。それが如浄禅師の古風禅である。眠る隙もないので疲れ切った弟子が、ある日如浄禅師にせめて眠る時間をもらえないならば病気になってしまうと訴えた。しかし、この修行道場は仏道修行をするところであり、そこまで修行できることを喜ぶべきではないかと退けた。ところがある日、大衆を集めておっしゃった。自分はもう年で、寺の片隅に隠居所でも建てて老いの身を養っていればよいのであるが、お前たちにぜひ修行を一日でも早く成就してもらいたいために、このような厳しい言葉で叱責し、時には履物を脱いで打ったりしていいる。どうか慈悲の心を持って、自分の無礼を許していただきたい。このようにおっしゃると、その場の修行僧はみな泣いたそうだ。もちろんそこに道元禅師もおられた。我が師はまさに如浄禅師のようなお方なのじゃ」

玄乗和尚の話から、良寛には潑剌とした修行の様子が察しられた。光照寺でもちろんそれなりの修行をつづけてきたのであったが、自分の生まれた村ばかりでなく、外に出たいという気持ちが湧き上がってくるのを感じた。もとより物見遊山をするつもりはない。異郷での修行もよいのではないか。師の破了和尚はすぐれた師に違いはないのだが、師の師ならばなお優れた師のはずである。

良寛は二十二歳になっていた。師の師が光照寺にくるのが待ち遠しくなってきたのである。光照寺の全体にそんな気分があふれてきていた。

高僧の北陸巡錫《じゅんしゃく》と聞き知った近郷近在の人たちが、戒を授けてもらおうとたくさん集まってきていた。中にはこれから僧になろうとする人もいたのだが、ほとんどはこれまで通り在家の生活をしながら仏道修行をする、在家得度の人たちであった。遠方より尊き僧が越後の片田舎においでになると聞いたが、御到着になるのはいつの日かと、寺に尋ねにくるものの姿がしばしばあった。しかし、寺のものは日程の詳細についてはまったく知らない。住持和尚のところに、北陸巡錫の折に足を延ばして春頃越後の寺に寄るとの手紙がきただけなのである。

大忍国仙和尚は一人二人の行者《あんじゃ》とともに飄然とやってこられるのだと、良寛はまるで風の使いでもあるかのように勝手に思っていた。だが、前の寺からの申し送りがあり、国仙和尚は僧や在家の多勢の人々を引き連れてきた。鳴り物こそなかったが、村の縁日がそっくり移動してきたかのようなのであった。

　玄乗破了和尚が山門の前に立ってうやうやしく師を迎えた。師大忍国仙和尚も弟子の前に立ち、合掌礼拝した。この世で会い難きを会って同じ道を歩む師弟である。今は師と弟子ではあるのだが、次の世にはこの関係が入れ替わっているかもしれない。そうではあってももちろん、仏の弟子であることになんら変わりがあるわけではない。

「お師匠さま、お久しぶりでございます。お姿を渇仰《かつごう》してお待ち申し上げておりました。遠路の旅、さぞ御難儀であられましたでしょう。どうぞ我が寺の内でごゆるりとお休みください」

　玄乗和尚がこのように挨拶をすると、国仙和尚の年齢にもかかわらず張りのある声が響き渡った。

「おこたることなく修行をなされているようじゃな。山門を一目見ればわかることじゃ。寺門興隆まことにめでたいかぎりじゃ」

　師のありがたい言葉に、まわりにいたもの全員が合掌したまま頭を下げた。そこには親愛の気配が満ちていることを、良寛は感じるのであった。

「お師匠さま、どうか方丈にてお休みください。こうして人がたくさん集まってはいますが、お師匠さまのお姿を見るためにきているのです。授戒会《じゅかいえ》は明日でございます」

　言葉遣いはもちろんていねいではあったが、玄乗和尚は遠慮をしているというような感じでもなかった。おうおうと国仙和尚はいって、弟子の後にごく自然についていく。国仙和尚は墨染めの衣の埃を手拭いで払った。草鞋を脱ぐと、傍らに置いてある雑巾をとって自ら足を拭った。良寛はじっと観察していたのだったが、すべての行動が威儀というものを感じさせた。国仙和尚は老師と呼ぶのにふさわしい人物ではあったが、俗人なら壮年というのにふさわしい年格好である。玄乗和尚とは師と弟子とはいっても年がそう離れているわけでもなく、兄弟弟子とでもいったほうがふさわしい感じであった。

上座に坐った国仙和尚は、この寺ははじめてではないということもあって、ゆったりと寛《くつろ》いでいる雰囲気である。国仙和尚に茶を持っていったのは良寛だった。粗相がないようにと緊張はしながらも、良寛もどこか寛いだような気持ちになっていた。国仙和尚と玄乗和尚とがあまりにも自然体で、まわりのものたちを柔軟に包んでいるからであった。方丈にはいったのは光照寺修行僧の五、六人と、国仙和尚の若い行者の大心という僧ばかりであり、方丈のまわりは二重三重に在家の人たちが取り囲んでいるのだ。

「お師匠さまとこうしてお会いすると、備中玉島のことなどを思い出します。瀬戸内海は冬でも青天がつづき、雪など見たくても見ることはできません。同じ日本でも、大違いです」

「そのかわり、夏は暑い」

「暑いのは、この越後も同じでございます」

こういってから二人は何がおかしいのか、呵呵《かか》と大笑いした。声を上げて笑っているのは、国仙和尚と玄乗和尚だけである。二人には二人だけの共通の思いがあるに違いないと、良寛は思うばかりだ。玄乗和尚に茶を運んだ雲水と二人ならんで、良寛は末席に坐した。この席に連らなることができて、良寛は幸せだった。笑いがやみ、国仙和尚の声が響いた。

「わしは玉島では、相変わらず石を曳《ひ》き、土を搬《はこ》んでおるぞ」

「石臼を曳くのはよいのですが、くれぐれも中心の軸をお動かしになられませんようにお願いいたします」

ここでまた二人は一段と声を上げて笑うのだった。良寛は二人の会話にどうにかついていくことができた。「高僧伝」で読んだことがあるからだ。智栄禅師は廬山《ろざん》帰宗寺の僧であった。ある日、修行僧に今日の作務《さむ》は何かと訊くと、石臼を曳きに出かけるとの答えであった。智栄禅師はすかさずいった。臼を曳くのはよいが、中心の軸を動かしてはならん。どんなに力をいれて修行をしていても、中心軸がずれていたのではなんにもならないということである。

土を運ぶとは、平山善道禅師の故事だ。寺に新しく雲水がやってくると、三荷の土を運ばせたという。善道の真意はこのようである。東西の土地はまちまちで、広い狭いや高い低いがある。そこで土を運び、狭いところは広げ、低いところは埋め立てる。そのためには、まず土を運ばねばならないということだ。修行の道程にも、狭い広いがあり、深い浅いがある。自修自悟の弁道に精進するには、まずせっせと土を運ぶように努力をしなければならない。

もし充分に土を運ばないと、途中でますます手間をかけることになる。悟りの場所は明々白々なのに、修行の途中で行ったり戻ったりするから悟り切ることができず、ますます暗いところにはいり込んでしまう。高い所は高く平らに、低い所は低く平らに、充分に土を盛りつけてならさなければならない。衆生は衆生、仏は仏のそれぞれの境地がある。凡聖一如《ぼんしょういちにょ》であり、迷悟不二であるのだが、土を搬ぶ手間をかけなければ、同じところをただ行ったり戻ったりしているだけなのである。

良寛は二人の問答を、清々しい風に当たるように聞いていた。そして、師のように遊行《ゆぎょう》をし、師の師のもとで弁道をしたいとひそかに思うのであった。

その日はよく晴れ渡り、春らしいのびやかな風が吹いていた。授戒会にふさわしい日である。良寛は国仙和尚のできるだけそばに侍すようにと心掛けた。国仙和尚の身のこなしや一言一言に威儀を感じ、心服していったのである。その人々の中に弟の由之が、法堂《はっとう》の中に緊張して座っているのを良寛は見た。由之は出雲崎名主橘屋を継いだ。

授戒師は法堂にあふれてなお庭にまではみ出している受戒者に向かって、話しかけた。

「梵網経《ぼんもう》に説かれています。ここに集まった新学の菩薩のために、ひとつひとつ戒法をていねいに説いて聞かせ、心を開き意味を理解させた上で戒を授けなさい。こういうわけですから、授戒の前にまず説戒をしなければなりません。戒師たるものは、大乗威儀の経律を学んで大衆に広く戒の意味を理解させなければならないと説かれています。そうではあるのですが、拙僧のごときは仏勅《ぶっちょく》にかなうように仏法の真実を人々に理解させることなど、まったくおよびもつかぬことです。しかし、この場にこうして立った以上、これまで学んだところを皆さんのために強いて説こうと思います」

国仙和尚の説法は、これまで良寛は聞いたこともないものであった。改めて座り直すような気持ちになり、受戒を望む人々とともに同じ説法を聞いて、自分もひそかに心の受戒をしようと良寛は決意したのであった。国仙和尚の説戒はつづいた。まわりはまさに水を打ったようにしんとしている。

「喉が渇いて水を飲みたいというように法を聞きたい人には、説いて聞かせましょう。仏はこのようにおっしゃりました。どうか強い信心を持ち、今日この時ばかりは日々の雑事から離れ、菩薩の大切な意味を聞き取って、尽未来際《じんみらいさい》（永遠）の成仏による果を得られるように努力をしなさい。未来際といっても、それほど遠い未来ということではありません。法華経にはこう説かれています。須臾《しゅゆ》（しばし）これを聞くならば、すなわち究竟を得る。真実を明らかにすることが一言であっても、たちまち大菩提を円成《えんじょう》するということです。一大事の因縁とはこのことです。どうかますます信心に心掛けていただきたいのです。

今授けるところの菩薩戒を、仏祖正伝の大戒《たいかい》と申します。仏とは三世十方の諸仏のことで、諸仏には皆この戒があります。また別しては、仏とは本師釈迦牟尼仏を指します。祖というのは摩《ま》訶迦葉《かかしょう》より西天（天竺）二十八代、東土（中国）六代、嫡々面授《てきてきめんじゅ》して一代も欠けずに相続伝授するのを仏祖正伝と申します。

菩薩というのは、無辺法界《むへんほうかい》の六道の一切衆生に仏心を覚《さと》らしめたいとの心を起こした人のことです。この人の受ける戒であるから、菩薩戒と申すのです。この一念を起こしさえすれば、念には限りがないのですから、無量無数の国土の隅々にある、地獄、餓鬼、修羅、人間、天上ともにこの菩薩の恩をこうむらないものはありません。上は梵王帝釈天《ぼんおうたいしゃくてん》から、下は地獄の釜底までも、その一念の発心によって、ことごとく利益《りやく》を得るのです。

この菩提心を起こした人も、自分の身口意《しんくい》の三業《さんごう》が、先に菩提心を起こして成仏された如来の三学《さんがく》、戒定慧《かいじょうえ》のごとくならなければなりません。諸仏菩薩のごとく、今身《こんじん》より勤《つと》めて仏身に至らん。このように誓うのを、菩薩戒といいます。在家は戒をもって本《もと》となすと説かれているとおり、この戒が成仏道の根本となります。その菩提心を起こすために、まず四弘誓願《しぐぜいがん》を唱えなければなりません」

このように説戒をしてから、国仙和尚は本尊の釈迦牟尼仏に合掌礼拝して四弘誓願を唱え、大衆が従った。

衆生《しゅじょう》無《む》辺《へん》誓願《せいがん》度《ど》　煩悩《ぼんのう》無《む》尽《じん》誓願《せいがん》断《だん》
法門《ほうもん》無《む》量《りょう》誓願《せいがん》学《がく》　仏道《ぶつどう》無《む》上《じょう》誓願《せいがん》成《じょう》

こうして声を合わせると、一体感が生まれてきた。見えるこの場だけの一体感ではなく、天上の菩薩、地上の菩薩、あまねく宇宙に存在する如来、八部衆、鬼神、畜生、ありとあらゆるものと自分は結びついている。そのような思いが湧き上がってきて、良寛はひそかに涙を流した。世界はあらゆるものが因縁で結ばれている。戒を受けて仏と良縁を結ぶとは、世界に遍在するありとあらゆるものと一体となるということである。涙は拭っても拭っても流れてくる。その良寛の耳には、相変わらず国仙和尚の説戒の声が響いていた。

「すべての衆生を済度しようと口にだして唱えるのを誓といい、心の中で念じるのが願です。三毒五欲の悪業煩悩を断つようにと祈り、そのことを実現するには、如来の説かれた法門をよく学んで理解しなければなりません。その三つが揃えば、功徳が積もって、ついには如来のさとりを得て成仏できるということです」

ここで良寛はさとるところがあった。小さなさとりは数知れずというが、そのさとりの片鱗が自分にも訪れたのだ。そのさとりは良寛の中をさり気なく通り過ぎていった。もちろん良寛はそのさとりの前に立ち止まることはない。国仙和尚の説戒がわかりやすくありがたいのは、人々に受戒の意味を理解してもらおうという、まことの師の御心をお持ちだからである。どのような人品であっても、このありがたい菩薩戒の前では皆同じということになる。尽未来際に至るまで、授戒の功徳の心が朽ちることはない。悪心悪行が起こったとしても、心の底から懺悔《さんげ》さえすれば、たとえそれが幾度におよんだとしても、本戒はすたれることはない。金銀でつくった器は、たとえ壊れても、幾度でも修理して用いることができるのと同じことだ。菩薩戒は未来永劫にわたって無くなることはない。発心して受戒することは、人間として生まれて、最も尊く嬉しいことなのだ。良寛はこの道を何処までも何処までも歩いていこうと、ひそかに強く決意した。

国仙和尚の声は明るく澄んでなおその場に響き渡っていた。

「仏法の因縁とは、身分によらず、貧富によらず、老若によらず、有智無智によらず、男女によらず、ただ心によって、今日ただ今の善果を引いてくるのです。たとえ親子や兄弟であっても、心は別です。この世では皆仏の道を歩むというわけにはいきません。信仰はそれぞれの心によるからです。仏道を信じない人が、またとないこの授戒会の縁を失えば、ますます菩提心から遠ざかっていくしかありません。仏縁から遠くなればなるほど、三悪道《さんあくどう》に堕ちます。仏縁をよくよく貴んで、授戒会につくべきなのです。

菩薩戒は誰でも受けられるのですよ。天・竜・夜叉《やしゃ》・乾闥婆《けんだつば》・阿修羅・迦楼羅《かるら》・緊那羅《きんなら》・摩睺羅迦《まごらか》の八部衆でも、鬼神でも、畜生でも、戒師のいうことが理解できるものなら、戒を授けないということはありません。衆生が一度発心してこの戒を受ければ、ただちに諸仏の位にはいるのですよ。受戒した人たちはすべて仏の子となります。十方浄土の諸仏は皆我が子と思《おぼ》し召してくださり、一人一人を憐愍《れんみん》されるので、現世では一切の難をまぬがれ、来世ではたとえ三悪道に堕ちようと願っても、堕ちることはありません。天上なのか、浄土なのか、念願するとおりの往生がかなうのです。たとえ人間に生まれても、富貴の人であっても、生老病死の四苦は誰にも等しく訪れ、臨終は明日をも知れぬと、皆よく御承知のことでしょう。そうであるのに、仏道からはずれ、世間の快楽《けらく》にばかり目を向けて過ごすのはまことに浅ましいと、これもよく御承知のことでしょう。よくよく菩提心を起こして、菩薩戒を受けるのが肝要と、心得なければなりません」

国仙和尚の説戒はまだまだつづき、良寛は背筋を伸ばして端坐しながら、涙が流れて仕方がなかった。その涙が膝《ひざ》の上に落ちる。この師の下で修行したいと、心から願った。旅に出ることを師玄乗破了和尚に願い出ようと、今やはっきり考えていたのだった。

菩薩戒ははじめに三帰戒《さんきかい》、次に三聚浄戒《さんじゅじょうかい》、次に十重禁戒《じゅうじじゅうきんかい》、あわせて十六条戒である。三帰戒とは仏・法・僧の三宝のことで、仏弟子になろうとするものはまず三宝に帰依しなければならない。三聚浄戒はすべての人が本来に持っている三毒、すなわち貪《とん》・瞋《じん》・癡《ち》を滅しつくす。十重禁戒はなくてはならない十のことを戒めとして禁じることだ。この十六禁戒を、授戒師の大忍国仙和尚が力強く読み上げ、次に集まった人々に向かってなお力強く問いかけるのだ。

「汝今身《こんじん》より仏身《ぶっしん》に至るまで、よくたもつやいなやーっ」

光照寺の寺僧があらかじめ説明していたとおり、そこに集まって受戒をする人が声を揃えて返す。

「よくたもつーっ」

良寛も片隅で声を唱和させた。光照寺玄乗破了和尚に良寛も授戒されたので、すでに体験したことである。腹の底から声を絞っていると、しだいに仏の元に引き寄せられていき、仏の室に完全におさまったような気分になる。百人からの人が法堂には集まっているので、「よくたもつーっ」の声ははじめばらばらであったが、しだいに揃ってきた。気持ちが一つになってきたのである。

授戒師国仙和尚の声も一段と高まっていき、高揚感は法堂の全員に伝わった。授戒式が終ると、国仙和尚は檀に立ち、大声を張り上げた。

「さあ兄弟《ひんでい》たちよ、これでここに参集したすべての兄弟は道の友である」

そもそも仏法の真実は本来なにを不足ともせずにそなわり、あらゆるところに流れている。修行してさとらねばならぬというものではない。法は法のまま輪転して自在で、なにも修行には苦労や努力が必要なのではない。すべてが真実なのだから、塵埃《じんあい》を払いようもない。全体の真理というものはどこであろうといつであろうとそこいら中に存在し、誰もが真理に囲まれている。仏法とはこのようなものである。

こうして仏法がなにかわかっている者には、修行をする上の脚や頭を使ってするようなやり方はいらない。そうではあるのだが、我々の現実とは、法はあまねく平等なのに差別《しゃべつ》の見解を持ち、自他の対立をまるで大事のように思い、わずかの差なのに天と地のように隔たり、自分勝手にあれこれ思いめぐらすものだ。そこから、愛憎や怨みや煩悩が起こって、紛然《ふんぜん》として本心を失ってしまう。

すべからく知らねばならないことは、人間が長い歴史上で迷いに迷って生死《しょうじ》の問題に煩悶するのは、本心をなくした一念のためであり、この世の迷いの道は休みなくあれやこれやと雑念をめぐらすことによって起こる。この迷いの世界を超越しようとするならば、自ら体得してさとる道があるものである。

祇園精舎《ぎおんしょうじゃ》の釈迦如来は、生まれながらに知見の開けた御方であったが、さとりの境地に至るまでの六年間の坐禅修行の跡は、今でも見ることができる。達磨《だるま》大師は仏の正法を伝えた御方であり、少林寺で九年間面壁《めんぺき》坐禅をされた名声は、今に伝えられている。古仏でさえもこのように修行された。今の人がどうして修行しないでよいということがあるだろうか。

言葉に頼り理解しようとすることを、まずやめなければならない。とにかくなすべきことは、外に向かっていく心のはたらきの向きを変え、自分の正体を照らしだすための坐禅修行へと向き直るべきである。身心の束縛から自然に解放され、仏である人間の本性が現れてくる。このような境地にはいりたいのなら、急ぎ坐禅修行をはじめるべきなのである。

さあ兄弟たちよ、今から坐禅修行をはじめようではないか。真理というものはどこであろうといつであろうとそこいら中に存在し、誰もが真理に囲まれている。仏法とはそのようなものである。修行道場はどこであろうと、いつであろうと、ここなのだ」

国仙和尚がいうと、さっそく法堂で坐禅の支度がはじめられた。玄乗和尚が率先して動き、良寛も僧堂から僧たちが日頃使っている坐蒲《ざふ》を運んできた。自分の名を書いた白札が貼ってある黒い坐蒲を、片隅でかしこまっている弟の由之に渡した。一瞬戸惑った表情をした由之は、笑顔で受け取った。これだけで血を分けた兄弟の心は通じるのだ。

坐蒲は足りないので、坐布団を出した。坐布団も足りないのだが、敷物がなくても坐禅はできる。良寛は板の床を選んで結跏趺坐《けっかふざ》をする。足を組めないものは半跏趺坐でいいのだし、それもできないものはそれなりにしていればよい。みなが落ち着くまでにはそれなりの時間がかかったのであるが、法堂は大衆《だいしゅ》の坐禅道場となった。このような劇的な変化は良寛にはまことに好ましく思えた。

木版が三度鳴らされて坐禅にはいるや、国仙和尚の説法の声が響いた。良寛にはその内容は道元禅師の「普勧《ふかん》坐禅儀」だということがわかった。和尚の声が人々の身心に染みていく。

「参禅をするには、静かな部屋がよろしい。飲食《おんじき》は節度を守らなければならない。これまでのいろいろな縁を投げ捨て、万事を休息する。善とか悪とか考えず、是非にとりあってはならない。心と意識の動きを停止し、念じたり想ったり観じたりしておしはかるのをやめなければならない。仏になろうとしてはいけない。行住坐臥《ぎょうじゅうざが》とは関係がない。

決まりどおりに坐禅をするところは、厚く敷物を敷き、その上に蒲団を置く。あるいは結跏趺坐、あるいは半跏趺坐をする。結跏趺坐は、まず右の足を左の股《もも》の上に置き、左の足を右の股の上に置く。半跏趺坐は、ただ左の足で右の股を圧《お》すように重ねる。

衣も帯もゆるやかに着け、しかしきちんと整える。

次に右の手を左の足の上にのせ、左の掌《たなごころ》を右の掌の上に置く。両手の親指は爪の面を平らにして向き合わせ、互いに支え合うようにする。

すなわち姿勢を正して端坐《たんざ》し、左に片寄ったり、右に傾いたり、前に屈《かが》んだり、後ろにそっくり返ったりすることのないようにする。必ず耳と肩とが垂直線上にあり、鼻と臍《へそ》とが垂直線上になるようにする。舌は上顎《うわあご》におさめ、唇も歯も上下に合わせる。目はすべからく常に開いている。鼻からの息が静かに通うようにする。

身体の姿勢ができたなら、口で吸って吐く深い息をひとつして、背中を中心にして身体を左右に揺する。山のようにどっしりと静かに坐し、思いはからないことを思いはかる。思いはからないことを、どのように思いはかるのか。人間界の思量を超える、非思量である。これがすなわち坐禅の要点なのである。

ここにいう坐禅は、禅定《ぜんじょう》に習熟することではなく、ただこれ安楽の法門である。菩提を究め尽くす修行であり、実証である。古人の示した規範である公案はそのままで見えてきて、網や籠のように閉じこめたり束縛したりするものではない。もしこの意にかなって坐禅をすれば、竜が水を得たようなものであり、虎が山を背景にうずくまったようなものである。まさに知るべきである。正法は自ら現前し、気持ちがあれこれと散漫になるようなことはなくなってくる。

坐禅から立つ時には徐々に身を動かし、落ち着いてゆっくりと立つ。乱暴にしてはいけない。昔のことを観じてみるに、凡夫を超え聖人を超え、すべてを超越して坐ったままにしろ立ったままにしろ生を終わることとは、ただひたすらこの力ひとつにかかっている。

祖師がたは、指さしたり、払子《ほっす》や拳を振るったり、棒で打ったり、一喝《かつ》をあびせたり、そうしてさとりの境地を招き寄せた。そのはたらきは、人間の思量や分別で判断できることではない。神通力《じんつうりき》や、また修行の修証《しゅしょう》によって知られるものである。耳で聞いたり、目で見たりする相対の世界を超えた、身のあり方というべきものなのだ。知覚や分別以前の不変の法則でなくてなんであろう。こういうことであるから、智慧があっても愚かであっても関係なく、頭がよいとか悪いとか区別してはならない。一所懸命に努力をすれば、これが真実の修行である。真実の修行の実証であるさとりはさとりの上にまったく跡形も残さず、おもむくところは平常の本来のあり方になるだけだ。

おおよそこの世でもあの世でも、天竺《てんじく》でも中国でも、仏と少しの差もなく、身《しん》・口《く》・意《い》に同じ形をとり、ただただ坐禅を専《もっぱ》らにしている仏法者は、山のように不動の姿で坐禅をしているばかりである。人は千差万別であるといっても、ひたすらに坐禅をして真実の道をいくように努力するのである。自分の家の坐牀《ざしょう》をほうりだし、いたずらに他国の埃《ほこり》まみれの地を行き来する必要はない。もし一歩でも誤ると、その場で大道を踏み違える。

すでに人の身という機要を得ているのである。虚《むな》しく月日を送ってはならない。誰もが仏道の肝心要《かんじんかなめ》の機《はたら》きを身につけている。石を打ってでる火花のような危うい月日を、どうして楽しんでいられようか。そうであるばかりでなく、肉や骨は草の露のようで、生命とは稲光りのようにはかないものだ。たちまち虚しく、一瞬のうちに消え去る。

乞い願わくは、参禅修行の立派な方々よ、あなた方は久しく目の見えぬ者が象を撫《な》でさするように、仏法を自分なりに理解しようとしてきたのかもしれない。絵に描いた竜を見るように文字の上の仏法を学んできたのかもしれないが、本物の竜と出会ってそれと認識できないようであってはならない。直接に真実を示す明らかな道に精進し、これ以上学ぶことのない人を貴ぼう。諸仏の菩提に一致し、諸仏の正しい坐禅の後嗣《あとつ》ぎであるように。長いことこのように修行すれば、心はこのようになる。自分の宝蔵は自ら開け、自己にすでにそなわっている真実で生き、自由自在であるように」

雲板《うんぱん》が三度鳴り、坐禅修行は終った。ここに集まった人たちはすべて菩薩となった、まことに貴い日であった。戒を受けた人々は大忍国仙和尚に合掌礼拝すると、法堂を出た。良寛は先に境内に降り、両親や由之を待った。

「たいしたお師家《しけ》さまじゃな。あのような師のもとで修行をすれば、鏡を磨いたような立派なお坊さんになれるじゃろうなあ」

父が感心していう。

「わしのお師匠さんのお師匠さんじゃ。それは立派なお方じゃ」

良寛は心の内の喜びをそのまま現して明るい声でいう。こうして父や母や兄弟や出雲崎の人たちに菩薩戒を受けさせ、禅の奥儀まで示してくれたことが、良寛は自分の手柄のように感じていた。

「坐禅といわれ、兄貴がするからわしもしてみただけだったが、坐禅がいかに大切なものかわしにもようくわかった」

由之が潑剌《はつらつ》とした声を響かせた。出雲崎庄屋橘屋の主《あるじ》となった由之は、髪も衣もそれらしく改めたせいか、どう見ても庄屋の風貌となっていた。それにひきかえ父以南は、蕉風俳句をたしなむ風流人の風体になっていた。庄屋の重圧は一人由之が引きうけ、重厚といえば重厚、暗いといえば暗い雰囲気をまとっていた。聞くところによれば、父は国学者たちと交わり、尊王思想に傾斜しているとのことだ。父は家督をゆずって自由になる時を待っていたようだ。

「栄蔵や、お前もいよいよお坊さまらしくなったねえ。よい修行しておいでのようだ」

母おのぶが墨染めを着た良寛の身体を、上から下までなめるように見ていう。

「わしは国仙和尚のもとで修行をさせてもらうことに決めた。和尚の寺は備中《びっちゅう》国の玉島というところにある。わしは国仙和尚と玉島にいくから、当分会えない」

いくら血を分けた家族といっても出家の身で、しかも寺内にいるので、いつまでも親しく話していることがはばかれる良寛は早口でいった。

「もうお許しがでたのか」

由之が少々うらやましいという口調をまぜていう。

「いや、わしがそう考えているだけじゃ。今はじめて人にいうた。きっとお許しをもらうつもりじゃ。いつ旅立ちになるかわからん。ゆっくり挨拶をする隙もないかもしれんから、これが挨拶じゃ」

息せききって良寛はこういってしまった。出家をした時から肉親の情は断ち切ったのだが、もちろん心の中ではつながっている。だからこうして話しているのだ。

「お前はいつも自分の思ったことを一直線にやるねぇ」

母が母らしい口調でいうのだ。真剣につくっていた顔を良寛はわずかにほころばせた。

「栄蔵はわしの子じゃ。好きにやるより仕方がなかろう」

父は父で思いがあるらしくいう。父は良寛が禅修行を一心につづけているのが誇らしいのだと、良寛にはわかっていた。そのように良寛自身が考えることも、仏道修行のためには邪魔なのである。雲のように水のように何ものにもとらわれず、自由自在でなければならない。そのためにも良寛はこの出雲崎をしばらく離れたいと思うのだ。

「これが今生《こんじょう》の別れになるかもしれん」

良寛はできるだけさり気ない口調でいうのである。

「お前に出家をさせた時からその覚悟はしておるぞ」

父はこういうのだが、強がった感じはぬぐえなかった。良寛を見る母の目はうっすらと濡れている。由之よお前一人に苦労をかけているなと、良寛は声に出していってやりたいのだが、言葉はなかった。良寛が今生の別れといってから、みなは急に感傷的になっていた。

良寛は家族たちを山門のところまで送っていった。光照寺は高台にあるため、足元に黒い甍《いらか》がつづいていた。甍の先には青く光る海がある。その甍と海の間をたどっていくと、陸地が海に向かってわずかに尖っていて、そこが出雲崎であった。


まず直接の師である玄乗破了和尚に願い出るのが筋だろうと思い、良寛は意を決して方丈《ほうじょう》にいった。名のると障子の向こうから、はいりなさいと玄乗和尚の声が響いてきた。良寛は板の床に膝をつき、かしこまって障子を開けた。すると上座に坐っていた国仙和尚と目が合ったのだった。

「なるほど破了のいうとおりじゃ。思い詰めた若い僧がおるということじゃが、わしも気づいておった。良寛というそうじゃな。お前の日頃の修行態度は、それは立派ということじゃ。生まれ故郷というのは便利なこともあるが、何かと気詰まりじゃな」

良寛は両手を床につけたまま、思わず玄乗和尚のほうを眺めた。玄乗和尚はにっこりと笑った。拈華微笑《ねんげみしょう》とはこのことをいうのだろうかと、良寛は思ったほどだった。師の心が一瞬にして良寛の心に伝わってきたのだ。師はいう。

「わしもお前の年頃には、旅に出たくて仕方がなかったぞ。玉島の円通寺は山号が補陀山《ふださん》といってな、まさに観音菩薩のお住まいになられる風光名媚なところじゃ。わしも、わしの師の国仙和尚も、円通寺で修行した。お祖師さま道元禅師正伝《しょうでん》の古風禅がそのままに伝わっておる」

良寛は廊下の床板に坐ったまま両手をついて頭を下げ、そのまま涙を流してしまった。涙の粒が掃除のゆきとどいた床板に落ちて砕け、小さな玉になって転がった。たくさんの数になった玉が透明な光を含んで、命があるかのように動く。

「いつまでもそんなところにいないで、中にはいりなさい」

国仙和尚の穏やかな声を聞き、またしても良寛は涙を流してしまった。玄乗和尚に同じことをいわれ、良寛は膝で歩いて畳の部屋にはいり、入口のところに正坐をした。

「どうしてお師匠さまは私の心がおわかりなのですか」

良寛はどうしてもこれだけは聞かなければならない。

「弟子の感じるところ即ち、師の感じるところである。これを感応道交《かんのうどうこう》と申す」

玄乗和尚の声がして、二人の和尚は声をあわせて笑った。笑いの途中で、国仙和尚がいう。

「仏弟子の感じるところ即ち、仏の感じるところである」

こうしてまた二人の和尚は声を揃えて笑うのだ。良寛も笑い声をあわせたいところだったのだが、我慢した。膝に置いた掌を握り、肩をいからせて感激をこらえようとしたのだが、涙があふれてくるのはとめようがなかった。あいにく手拭いを持っていなかったので、墨染めの衣の袖で横に目を拭ったのだった。

「良寛よ、お前は道心もあり、よい修行をしておる。影日向なく修行に励んでいることは、わしがよく知っておる。なおいっそうの修行に励めよ」

玄乗和尚は父親のようにいう。

「御慈悲、ありがとうございます」

こういう良寛を見て、二人の和尚はそれぞれに頭を前後に振った。笑顔から、この話は玄乗和尚から進めてくれたのだということが良寛にはわかる。まだ見ぬ玉島の風景が、多くの光とともに良寛の前に広がる気がしてきた。その光の中に坐禅をしている国仙和尚と玄乗和尚と自分と、三代にわたる師と弟子との姿が浮かんでいた。故郷から出たことのない良寛にとっては、遥かな旅立ちである。空想に遊んで陶然としている良寛の耳に、玄乗和尚の声が響いてきた。

「備中玉島はよいところだ。越後のように雪も降らず、冬でも微笑むように陽が射しておる。円通寺はこの光照寺と同じように高台にあってな、港が一望できる。その港には千石船がいつも泊っておる。この出雲崎にも寄る船は大坂に向かって、必ず途中で玉島に寄る。それはたいした賑わいじゃ。もっとも寺の中では修行三昧だ。街の人々も信仰心が篤《あつ》く、托鉢をすれば待ち構えていたように多くのものを布施してくれる。この越後から備中にいく道中も、お前には楽しみじゃな。修行は何年になるかわからん。家の人に別れを告げてきたらよかろう」

「すでに別れはしてきました」

良寛がいうと、二人の和尚は顔を見あわせた。出家をした時に俗世間とは別れてきたと、和尚たちは理解したのに違いない。旅の準備といっても何もない。錫杖《しゃくじょう》と鉢《はつ》を持っていけばよいだけのことだ。いよいよ良寛は雲のごとく水のごとく流れゆく自分を自覚するのだった。

# 第三章　托鉢

爽やかな春の朝である。いつもの坐禅修行を終えて僧堂の外に出ると、眼下一帯に玉島の街と港が見えた。街には黒い甍《いらか》がつづいていた。煙突からは煙が立ち、人々が動きはじめたことが窺《うかが》い知れた。自分は朝の修行を無事におさめ、ほぼ同時に人々が眠りから覚めて動きはじめるこの時間が、良寛は好きだった。この時間を数限りなく迎えてきた。

街を取り囲むようにして広がっている海が、刻一刻と輝きを増して光の海のようになってくる。うまく風をとらえることができたのか、帆をいっぱいに張った船が何艘か港から出ていく。帆が眩《まぶ》しいほどに白い。故郷の越後では曇天がつづき、雪が舞い落ちてくる日もある。円通寺のある玉島は瀬戸内海に面し、風景はまったく違う。故郷のことを思った良寛は、束の間、母おのぶのことを考えた。母が亡くなったことを父橘屋山本以南からの手紙で知らされたのは、良寛が玉島円通寺にきて五年目、二十六歳の時であった。良寛は雲水として修行の真最中で、もちろん帰郷するのはかなわぬ夢であった。遠くから菩提《ぼだい》を弔《とむら》うばかりである。母は佐渡の相川で回船問屋を営む山本庄兵衛の長女として生まれ、出雲崎の橘屋の養女となり、二十歳の時に一つ年下の以南を婿《むこ》に迎えた。ものごとにとらわれない懐の深い性格で、俳諧などの道楽に興じる夫を自由にさせて、自らは家業を切り盛りした。いつも上品さを保ち、万事につけおっとりしていて、良寛は幼少の頃に叱られた記憶はない。母としてすべてを許す器量の持ち主であった。どうも父にも母の気質が移ったようで、家業が傾くのも二人ともいっこうに気にしていない風である。良寛が出家してこうして一途に修行をしていられるのも、母の恩なのである。

母の死を告げる父からの手紙を受け取ったのは、六年前のこんなうららかな日であった。その夜、良寛は寂しさを慰める方法もなく、暗がりを手さぐりして、道元禅師の『正法眼蔵』をとり出した。居住《いずま》いをただして香をたき、燈火をつけて、静かに開いて読んでみた。どこを見ても珠玉の名言で、書物の中はいたるところ龍がつかんでいる玉でないものはなかった。

この頃では多くの教義が乱れはびこり、玉と石とを区別できないほどだと気づいた。この書物が五百年来塵《ちり》と埃《ほこり》にまみれてきたのは、この教えを理解する眼力がなかったからではないかとも思えた。この書物に滔滔《とうとう》と流れる文字は、誰のためにあるのか。もちろん修行者のためである。その修行者がこの文字に感応しないとは、何のための修行であるのだろう。こう考えると、燈火の前で涙が止まらなくなったのである。書物を涙で濡らしてしまった。こうして良寛は道元禅師の教えに触れることによって、母の菩提を弔ったのである。

すでにこの世にはいない母のことを考えつつ、良寛は海と街とを眺めていた。時間がたったわけではないのだが、光の量は刻一刻多くなっていく。円通寺は港を見降ろす高台にあり、まことに風光明媚である。円通寺のある白華山では、山骨の露出した巨岩をいたるところに見ることができ、円通寺自体が美景の中にあったのである。

だが良寛は、目の前にひらける玉島の街に、托鉢の他にはいったことがなかった。坐禅修行と作務《さむ》修行とに、ただひたすらに明け暮れていたのである。国仙和尚の家風とは、「一に石を曳《ひ》き、二に土を運ぶ」というとおり、つまらぬ理屈をいうより、只管打坐《しかんたざ》とひたすらなる作務修行にはげむということである。良寛は修行以外のことは何もしなかった。だから市街地の賑《にぎ》わいも山の上の寺から眺めるばかりで、市中をうろつくということもなかった。もちろん街に知り合いなど一人もいなかったのだ。良寛はさとりの境地に向かってまっすぐ進むという気持ちしかなかった。自分自身に他のことをしている余裕などなかったのである。

朝の光を浴びて海と街を眺めている良寛のところに、弟弟子にあたる雲水が急ぎ足でやってきて、声をかけてきた。

「ここにおられましたか。あっちこっちを探しました。お師匠さまがお呼びです。方丈におられるということです」

この弟弟子が自分を尊敬していることを、良寛は感じていた。だが良寛のほうからそれを意識しているとにおわすことはない。良寛はただただ自分の修行をしているだけなのである。他をすることも考えることも、余裕はない。良寛は修行に執着している自分を知ってはいた。そんな自分の態度に和尚から意見をいわれるのかもしれない。だが良寛にすれば、この態度を改めようもないのである。良寛が見返しても、弟弟子は首を横に傾けるばかりである。

「さあ、私にはわかりかねます。すぐ呼んでまいれということです」

怒っておいでだったかどうだったと聞きたいところを、良寛は口にはださずに小走りに足を運んだ。方丈にいき、国仙和尚の居室の障子の前に正座をすると、深く呼吸を整えて良寛は胆《はら》から声を出した。

「お師匠さま、良寛でございます」

「おう、良寛か。こちらにきなさい。遠慮はいらない」

白い障子の向こうから国仙和尚のよく透る声が響いてきた。良寛は合掌礼拝してから障子を開け、膝で歩いて部屋の中にはいり、斜めうしろに身体を向けて障子を閉めた。部屋の中には香が焚《た》き込めてある。ただならぬ雰囲気を良寛は感じ、背すじを伸ばした。

「もう少し近くにきなさい」

和尚はいつもより峻厳な態度に親しみを滲《にじ》ませている。良寛はいわれるまま膝で二歩三歩進んで正座する。

「お前は脇目も振らず、ひたすら一途に修行をしているようじゃな。その態度は見事である。お前がこの円通寺にきて何年になる」

「十一年でございます」

「十一年か。始祖達磨大師でも面壁《めんぺき》坐禅九年だ。お前は十一年間で何がわかったか」

雑談のようにして、だが師はいつになく真剣に問いかけてくる。

「何もわかりません」

良寛は心の中に何も浮かんではいなかったから、言葉にすることはできない。言葉によって得られる心の境域は自他それぞれである。言葉によって得られない心の境域も自他それぞれである。少し前なら師匠にこのような言葉をかけられたら、良寛はどのように対処してよいかわからずに、うろたえてしまったことであろう。今はまったく動じることはない。師匠はつづけた。

「この十一年間、お前は誰ともほとんど口をきかず、坐禅修行と作務修行に三昧精進した。そのことはわしが一番よく知っておる。ここまで熱心に修行をし、修行以外のことをしなかった弟子は、お前を置いて他にはいない。お前は育てにくい弟子だとわしは思っておった。下手にいじると、わしが予測もできないものになってしまうと恐かったぞ」

「はい」

和尚はにこにこ笑って良寛を見るのだ。細くした目から慈悲の光がこぼれてくるようにも思えた。

良寛は自分でも意味不明の返事をしたことがわかっていた。和尚は目を細めたままで話しつづけた。

「お前がもし一生この寺を離れないならば、坐禅して十一年間言葉を発しなくとも、人はお前を無句無言の人と呼ぶことはない。そうであるから、十一年の間叢林《そうりん》に在れば、幾年の霜雪をへることになる。さらに一生のあいだ叢林を離れずに修行し努力することを考えるなら、その坐り切った坐禅こそが、お前の得た言葉である。この寺で過ごした歳月と日常は、誰もお前を無句無言の人と呼ぶことのない、仏も及ばぬ修行努力なのだ。人の一生はこれまでもこの先を行方が知れないとはいえ、寺を離れないならば、寺を離れない一生である。人の一生と寺とのあいだには、向上するためのどのような通路があるのか。ただひたすらに坐禅することを、お前は信じて努めてきた。徹底した坐禅が、お前になにがしかの通路を開示したようだな。お前は言葉を発しないことをいとうてはならない。言葉を発しないことは、言葉をいい得ることとの真骨頂なのだ。お前のこの黙然たる坐禅は、仏の眼もまたうかがい見ることもない。仏の力も及ばず、諸仏もお前を如何ともするなしである」

良寛には和尚のいわんとすることがよくわかっていた。坐禅はもとより黙然とやるしかないのだが、良寛の寝る間も惜しむような厳しい坐禅修行を、師は褒《ほ》め讃《たた》えてくれているのだった。

「お前にとっての十一年の禅道場での生活は、その間に世の中の移り変わりを見ることになるであろうが、一生の間禅道場を離れない決意をしたなら、坐禅によって一切の煩悩を断絶する不動の姿こそが真理の体験の説法なのだ。禅道場は世間のいたるところにあることを、すでにお前は知っているであろう。道場でないところはない。真理を体験した無句無言の人は、真実の無無音の人と真に出会うことができる。

雪峰山の真覚大師雪峰義存の門下に一人の僧があり、山中に庵《いおり》をつくって独居していた。数年間髪を剃らなかった。山中はまことに静かで淋しく、枝で柄杓《ひしゃく》をつくって渓《たにがわ》のほとりで水を汲んで飲んでいた。その風流な暮らしが世に少しずつ伝えられ、他の僧が庵に訪ねて問うた。

『達磨大師が天竺《てんじく》より中国にこられた真意とはいかがなものですか』

すると庵主が答えた。

『渓深ければ柄杓も長い』

その僧は意味もわからず、そのままを雪峰に伝えた。雪峰はいった。

『祖師西来意《そしせいらいい》はそのとおりである。不思議なことだ。拙僧がいって自ら問うてみよう』

雪峰は侍者に剃刀を持たせて草庵を訪ね、庵主に尋ねた。

『お前が真理を体得しているなら、お前の髪は剃るまい』

これはこのように聞こえる。

『頭を剃らないのは、それがお前の得た真理の言葉であるのか』

庵主のさとりの中には雪峰といえども踏み込めないから、庵主が真理を体験しているなら、髪を剃らないことになる。庵主は髪を洗ってきた。それは真理の体験者としてきたのか、真理の体験をも脱落した人としてきたのか。雪峰は庵主の髪をきれいに剃ってしまった。

『お前が真理を体験しているなら、お前の髪は剃るまい』とはどのような意味であるか。いまだかつて真理を体験しない人はこれを聞き、力量のある人は稀に見る仏法と驚き疑い、力量のないものは茫然とするばかりであろう。この問いこそが、真理を説いている。

庵主は真理を体験したさとった人であったので、茫然とはしなかった。いわざる言葉として、出家のあり方がそのまま現れて頭を洗ってきたのである。この無言の行いもまた答えと見えた問いなのだ。仏の広大なる智慧でなければ、辺《ほと》りさえもうかがい知ることのできない度量である。仏性の現身であり、仏性の説法であり、仏性の衆生を救う力である。仏性が頭を洗ってきたのだ。もし雪峰がさとった人でなく、力量のない人であったのなら、剃刀を放り出してからからと大笑いしたであろう。雪峰は無言で庵主の髪を剃った。

まことにこれは雪峰と庵主との仏と仏の出会いの因縁なのである。二仏が一仏となったのだ。竜と竜の出会いでなかったなら、このようにはならなかった。黒竜の顎の下の宝珠は、黒竜が大切にしている玉である。いつもこれを守護して怠ることはないのだが、宝珠はこれを保持することのできる能力のある人の掌の中に自ずと納まる。知るべきである。雪峰は庵主のさとりを確め、庵主は雪峰に覚者を見る明眼を備えていた。言葉と無言との出会いが、さとりの体験と脱落とを引き起こし、髪を剃り髪を剃られたのである。そうであるから、さとりを体験した良友は、予期しないうち、両人の真髄をお互いに認めあう道が開けているのだ。言葉の友にも無語の友にも、お互いに期待もせずとも知己《ちき》となる場を見い出すことができた。自己と他とが知己となるとはどういうことか学ぶなら、さとりは現成《げんじょう》する」

こういってから国仙和尚は言葉を切り、一瞬真剣な目で良寛を見詰め、間を置いてから破顔して微笑をひろげた。拈華微笑《ねんげみしょう》だということが良寛にはわかった。和尚は穏やかな口調でつづけた。

「良寛や、お前はいつも平常心で修行をつづけているが、とうにさとりの境地にはいっていることがわしにはわかっておった。これを竜と竜の出会いと考えよう。道を得ようが得まいがいつも同じ態度で修行をつづけるさとりもある。お前は雲水の修行を成就した。ここに印可《いんか》を与える」

和尚が急に重厚な口調でいったので、良寛は身体の自然な流れで合掌礼拝した。国仙和尚は良寛の前に小さな巻物を置いた。頂相《ちんぞう》であることが良寛にはわかる。師の法を受け継ぐ時、そのしるしとして伝えられる師僧の肖像画である。もちろん師は少し前から弟子良寛の悟道《ごどう》を認め、頂相を準備していたことになる。良寛は一度顔を上げてから頂相を恭《うやうや》しくおしいただき、再び合掌礼拝して、目の前の畳の上に広げたのであった。

そこには良寛のための印可の偈頌《げじゅ》が、国仙大忍和尚の筆で書いてあった。

附良寛庵主
良也如愚道転寛
騰騰任運得誰看
為附山形爛藤杖
到処壁間午睡閑
寛政二庚戌冬　水月老衲仙大忍〔花押〕

（良寛庵主に付す
良は愚《まこと》のごとく道　うたた寛《ひろ》し
騰々《とうとう》　任運《にんうん》　誰か看《み》ることを得ん
ために付す　山形爛藤《さんぎょうらんとう》の杖
いたる処の　壁間　午睡《ごすい》の閑《かん》なり

寛政二（一七八九）年庚戌《かのえいぬ》 冬）

（良寛庵主に付す
良寛は法号に大愚とあるとおり、愚人のごとくふるまってはいるが、暗黙のうちに道を修めている。道は広く、愚の偉大さは、誰もおよぶものではない。

身の処し方は運命の自然にまかせ、技巧を弄《ろう》さない。これこそ道を求めるものの真髄であるが、これを知るのは私一人である。

そうであるから、日頃愛用している山形の藤の杖を与えよう。

この杖は私の分身となり、いたるところ、家の中でも昼寝の間でも、いつもよき友となるであろう）

良寛が熱心に偈頌を熟読している間に、和尚は曲がりくねった藤の木の杖を持ってきて良寛の前に置いた。確かに和尚が日頃使っている杖であった。和尚のいわんとすることは、沈黙の坐禅修行はもう充分にしたから、杖を持って遊行《ゆぎょう》の旅に出たらどうかということであった。師の親身で暖かい心が身に染み、良寛は再び合掌礼拝をしていうのであった。まるで泉のように身の内から湧き出してきた言葉であった。

「和尚さま、感謝をいたします。この御恩は来世に至っても忘れません」

すると和尚も合掌礼拝して言葉を戻してきたのだ。

「今は師と弟子の関係だが、来世に至ればお前が師になり私が弟子になる。この僧院でともに修行ができるのは、限りなく幸運だといわねばならない」

この日から良寛には覚樹庵《かくじゅあん》という草庵が与えられた。庭園の蓮池の畔《ほと》りである。蓮池と覚樹庵に接して孟宗竹《もうそうちく》の竹林がある。覚樹庵は円通寺の境内地にありながら、隠居をするのにふさわしいところである。実際に円通寺の代々の住持和尚が隠居の身を養っていたところで、先々代の円通寺住持和尚が昨年の示寂《じじゃく》の時まで起居していて、その後は空《あ》いていたのである。良寛は三十三歳で若く、住職でもない。その良寛に国仙和尚は特別に庵を与えてくださったのである。

竹林と池の畔の間をいくと石段がつくってあり、正面が白雲閣と名づけられた坐禅堂で、その右手に法堂《はっとう》と庫裡《くり》があり、左手はこれまで良寛が衆僧とともに寝起きしていた衆寮があった。国仙和尚より印可をいただいた良寛は、庵主であり、日々衆僧がくり返す日課には従わなくてもよい立場になった。だが良寛はこれまでの日課を改めようとはしなかった。雲水とともに坐禅の単《たん》で眠り、木版の音で起き、坐禅をし、単に坐って応量器で食事をとった。作務修行は雲水のように割り当てられることもなかったので、覚樹庵の掃除をし、庵のまわりの草むしりをした。草むしりは池の周囲にも広がっていった。

陽差しが日毎に強くなる季節であった。円通寺のたいていどこからでも、玉島の市街地と瀬戸内海が眺められた。陽に照らされたこんな明るい空気の中にいるので、気分も明るくならないはずはなかった。修行がなんら緩んだわけではなかったが、良寛は気になって寺の裏手にある菜園のほうに向かった。白華山の斜面にある菜園はよく陽が当たり、菜の育ちも早いと同時に、草もよく育った。

良寛は手拭いで汗を拭き拭き坂を登っていく。衆寮の裏手に赤松の林があり、そこを過ぎたところに、茄子《なす》や胡瓜《きゅうり》や菜をつくっている菜園があった。寺の境内地にこんな菜園があるのかと一目見て感心するくらいの、よく手入れされた見事な畑である。眩《まぶ》しいほどの緑の中で灰色の作務衣を着てたった一人で働いている人物は、すぐにわかった。

仙桂《せんけい》という修行僧である。自分と同様に国仙和尚の会下《えか》に参じた仙桂について、良寛は気になっていたのだが、親しく言葉を交わすこともなくここまできたのである。仙桂は国仙和尚の会下に三十年いるにもかかわらず、参禅せず、読経せず、宗文の一句もいわず、修行僧と気のきいた言葉のやり取りもせずにただただ黙していた。仙桂のしてきたのは、いつも畑にあって園菜《えんさい》をつくり、一途に修行する大衆《だいしゅ》に供養してきたことだ。仙桂がいたからこそ、良寛も食《じき》を得て、安心して修行に専念することができたのだ。黙々と畑をつくる姿は、故郷越後国出雲崎光照寺の万秀を思い起こさせた。黙して作《な》す人こそ、真の道者《どうしゃ》なのである。

良寛は畑の端の遠くの位置から仙桂に合掌礼拝すると、仙桂から遠くの場所にしゃがんで草むしりをはじめた。抜くと、草の白い根が土を噛んでいる。その土を指でしごいて落とす。草は畝《うね》と畝の間に積み上げていく。しばらく作務をしてから気がついたのだが、そこは大豆畑であった。仙桂がこうして土から大豆をつくり、典座《てんぞ》が豆腐にする。こうして供養された食を摂《と》ることにより、良寛は国仙和尚より印可をいただいたのだ。果たして自分はそれに足る修行をしたのかと、良寛はすでに顔から汗の粒をしたたらせながら考えないわけにはいかなかった。

良寛に印可を授けてくれたほぼ一年後、国仙和尚は病臥の果てに六十九歳で遷化《せんげ》された。誰でも諸行無常を生きてやがてこの世を去る。例外なく誰も同じなのだ。そのことを同事《どうじ》という。国仙和尚も、釈尊も、等しく同事を示している。同事とは、諸仏は必ず諸仏に仏法を嗣《つ》ぎ、諸祖は必ず諸祖に仏法を嗣ぐということだ。一人の師から一人の弟子に嗣がれた仏法は、師のものと弟子のものと寸部も違わない。師のさとりがそのまま弟子のさとりということは、釈尊が厳しい修行の果てに得られたさとりとまったく変わらないということである。

師のさとりを器になみなみと蓄えられた水とたとえれば、弟子が法を嗣ぐとは、師の器から弟子の器へとその水を移すことである。それでいて師の器から水が一滴も失われることはない。良寛は今、国仙和尚から伝えられた水が、自分の身体に充分に行きわたっていることを感じる。国仙和尚の肉体は滅んでも、その教えは清冽な水となってありとあらゆるところに流れつづけているのである。良寛はそのことを実感するのであった。

国仙和尚は次の世でこの世でしたと同じように法を説いておられる。和尚は遷化を逃がれられないものとしてはっきり自覚した時、良寛を円通寺の首座《しゅそ》に任じてくれた。首座とは修行僧の最高位で、僧堂で座中の首位につく。良寛の修行をそれほどに認めてくれたのである。

国仙和尚の後を継いで、円通寺十一世住職として玄透《げんとう》和尚がやってきた。良寛は覚樹庵か円通寺僧堂にしかいず、玄透和尚は僧堂にきて坐禅をするということもなかったので、良寛は住職と顔を合わせるということもめったになかった。良寛は日々の修行にしか興味を持っていなかった。そんな良寛の耳にどうしても聞こえてくることがあった。円通寺はこのまま峻烈《しゅんれつ》な禅修行の道場であるべきと良寛は願っていたが、新任の住持はどうもそう思ってはいないようである。円通寺はかつては栄えていて、現在は衰微している。その円通寺を復興しなければならないと考えた新住持は、権門の家に出向いていって結びつき、富豪の家に出入りすることを喜んでいるという。

どうも良寛には理解できることではなく、堕落した住持と会えば我慢ならなくなることがわかっていたので、つとめて良寛は住持との接触を避けてきた。そうしていながらも、修行道場はこの寺だけではないとも思うのだ。いたるところが道場である。雲をたのみ、水をたのみとして修行をつづけることこそ、禅修行者の生き方なのである。すでに印可を受けている以上、良寛にはどのような生き方も可能なのだ。空寺《あきでら》の住職におさまることも、諸国遍歴をすることも、良寛の心のままということである。

ある日良寛は住持和尚の許可を得て、諸国遍歴の旅に出た。持ち物は、托鉢をする鉢《はつ》と、食器である応量器、国仙和尚からいただいた山形の藤の杖、それに少しの紙と筆だけである。墨染の衣は釈尊が身にまとわれた糞掃衣《ふんぞうえ》で、釈尊と同じくとらわれもなく自由である。右にいっても左にいっても勝手自在で、道のままにいこうが道からはずれようが、心のままである。だが吹きくる風は心細くもあった。

往来の白く眩《まぶ》しい道がまっすぐ東に向かっていた。十六年前、大忍国仙和尚とともにやってきた道であった。修行をしている間、良寛が外に出るのは托鉢のために玉島の市街地を歩くだけであった。娑婆世界にこのように自由に放たれるのははじめてである。市街地を抜け、とりあえず海岸線を東へ東へと進んでみるつもりだ。名知識としてつとに名の高い京都紫野《むらさきの》大徳寺の江雪宗龍禅師に会ってみたいと思ったのである。霧の中をいけば衣が湿るというとおり、すぐれた人物と交われればよき影響がある。円通寺内でひたすら禅修行をしてきた良寛にとって、足りないのは世間の広さだ。まだ会ってはいない名僧名知識のことを考えると、良寛の胸は躍る。

梅の花がちらほらと咲きだす、まだ寒い頃であった。見るもの聞くもの珍しく、歩いている人を見れば良寛はついそちらについていきそうになる。心中が真面目な良寛は、それでも前へ前へとただひたすらに足を動かし、岡山を過ぎた。物見遊山の旅ではないので、良寛はひたすらに京都をめざす。正午を過ぎると何も食べてはいけないという釈尊の決めた戒を守っている良寛は、旅をしていると午後には生活上のことでやることがなくなる。海は穏やかでも、砂浜には波が寄せては返している。

赤穂《あこう》で陽が傾いてきた。火気のあるところで柔らかな蒲団にくるまってという気持ちは最初からないが、身を横たえる仮寝の場所を探さねばならなかった。寺にいればこのような孤独を味わうことはないのだが、この淋しさも旅の途上にあるからである。墨染の衣で身を包み、枯葉を集めた褥《しとね》の上に身を横たえていると、波の音が響いてくる。夜になって寒い風が吹き、嵐さながらになった。砂が飛んできて、息をする鼻や胸の中にはいってくるので、横になっていることができない。たまらず良寛は起き上がった。精神が研《と》がれるようにして和歌が湧き上がってきて、良寛は紙と筆とを出してさらさらと書いた。どうも感情が先に立つと和歌が生まれるようである。

山《やま》おろしよいたくな吹《ふ》きそ白妙《しろたえ》の
　衣片敷《ころもかたし》き旅寝《たびね》せし夜《よ》は
（山が吹きおろす風よ、そんなに強く吹いてくれるな。私は墨染めの衣を敷いて、旅の途
上でひとり寝しているのだから）

感情をあまりにも直接的に歌ったようである。自分ながらよい歌だとも思えなかったが、気持ちは落ち着いた。遅くなってから風がやんだので、少し眠った。

朝起きると身支度を整え、人々が起きるのを待ってまた坐禅をした。すでに表戸を開けた商家をまわり、托鉢をした。各戸に般若心経を誦《しょう》することが功徳である。維摩経にはこう説かれている。ある時迦葉《かしょう》があわれみの心をおこし、ことさら貧しい村ばかりを選んで托鉢をした。すると維摩が叱った。どこでも平等に托鉢をしなければならない。食に平等であるがゆえに、法も平等に受けられる。

ならんだすべての家を順々に托鉢をしていくと、木製の鉢の中にはたちまち食物が満ちた。一日の食に充分なだけ集まるや、托鉢はやめなければならない。良寛は再び天神の森に戻り、そこで食事をいただくのである。釈尊の作法のとおりの托鉢をしたつもりであった。遊行のはじまりの日だったが、良寛はこのやり方が自分にあっていると感じる。海も空も輝いていた。天地一枚の間に自分が存在していることを感じた。茫漠として広いこの天地こそ、修行道場である。天地に真理は円《まど》かに満ちている。ここに加えることも、ここから引くことも何もない。気分が高じてきて、良寛はしばらくの間その場で坐禅をした。

先を急ぐ旅でもない。どうしてもいかなければならない場所もない。海を眺め、松林を観賞した。いたるところが真理なのだから、なんの道具がいるわけではない。松風や波の音に眠りに誘われ眠りを醒まし、月を友とし、この世に究め来《きた》り、またこの世から究め去るのである。古人のいっていることが、良寛には身をもって実感された。気が向けば坐禅をする。人里はいくらでもあったが、砂浜もつづいているので、坐禅の場所を探すことにも苦労はない。韓津《からつ》（福泊《ふくどまり》）というところで日が暮れ、福泊神社の境内に野宿をすることにした。

松風と波の音がたえず聞こえていた。松の梢の上に、わずかに満月に足りない月が皓皓《こうこう》と照っていた。月と対坐していると、良寛はかの道元禅師の説法を間近で聞いているようなしみじみとした気分になってくるのであった。円通寺で折にふれ心読した『正法眼蔵』の言葉が甦《よみがえ》ってきて、良寛は道元禅師が直接語りかけてくださっているようにも感じた。

「良寛や、人がさとりを得るということは、水に月が宿るようなものなのだよ。月は濡れず、水は破れない。月は広く大きな光だが、小さな水にも宿り、月の全体も宇宙全体も、草の露にも宿り、一滴の水にも宿るのだ。さとりが人を破らないことは、月が水に穴をあけないことと同じなのだよ。人がさとりのさまたげにならないことは、一滴の露が天の月を写すさまたげにならないと同じことだ。水が深く見えることは、月が空高くにあるということである。さとりがどんな時節に得られたかということは、大きな水か小さな水かを点検し、天の月が広いか狭いかを考えてみればよいのだよ」

円通寺でも明月を見ながら何度も何度もこの言葉を味わったものだが、一人漂泊をして眺める月も、良寛に多くを語りかけてくる。朗月を友とするとはこのことである。『正法眼蔵』で道元禅師が語りかけてくれた言葉が、今の良寛にはよくわかる。心を澄ませると、道元禅師の声が虚空に響いてくる。

「良寛や、修行によって仏道が身心の隅々にまでゆき渡らない時には、逆に仏法はこれで充分だと思ってしまうものだよ。もし仏道が身心の隅々にまでゆき渡っていると、どこか一面が足りないと思われてくるものだ。

たとえば船に乗って岸も見えない大海にでて、四方を眺めると、海はただ丸く見えるばかりでそのほかのものは見えない。しかしながら、海は丸いのでもなく、四角形なのでもない。海のあり方はいい尽くせるものではないのだ。海は魚が見れば宮殿であり、天人が見れば玉の飾りである。人間は自分の目で見る限り、ただ丸く見えるというばかりだ。

万法にも同じことがいえるのだよ。世俗の上からも、仏法の上からも、数限りないあり方があるのだが、人は自分の立場や経験や能力の範囲の内でしか理解することができない。万法のあり方を知るには、海や山が丸いとか四角いとか見えるほかに、そのほかの形もきわまりがなく、四方に無限の世界があると知るべきなのだよ。自分の身のまわりがそうであるというだけではなく、足のすぐ下も、一滴の水も、そのようであると知るべきなのだ。

魚が水を泳いでいくと、いけどもいけども限りがなく、鳥が空を飛んでいくと、いけどもいけども限りはない。魚は水を離れず、鳥は空を離れないのだ。魚も鳥も広く大きく用いる必要があれば広く大きく使い、狭く小さく用いる必要があれば狭く小さく使う。そのように、その時その時で全存在を尽くしているのであり、そのところどころで精一杯生きているものの、鳥が空を離れれば、たちまち死んでしまう。魚が水を離れれば、たちまち死んでしまう。

良寛や、ここからさらに進めて話してみよう。生きているところに絶対の修行があって、その実証があり、そこに寿命という連続したものが実現されるということなのだよ。そうであるのに、水を究め尽くし、空を究め尽くしてから、水や空をいこうとする魚や鳥がいたとしたら、水にも空にもいくべき道は得られず、安住するところも得られないであろう。自分の生きているところが自分のものになれば、毎日暮らしているこの場所が、絶対真実の実現の場所となる。こうして生きているこの道が自分のものになれば、この日常生活がすぐさま絶対真実の実現ということになるであろう。なぜかというと、真理を実現するためのこの道や場所は、大きなものでもなく小さなものでもなく、自分でもなく自分以外でもなく、前からあるものでもなく今初めて現れたのでもないから、このように実現されているのだよ。

このように人が仏道を行じてさとりを得るということは、ひとつのことに会えばひとつのことを究め、一行《いちぎょう》に出会ってその一行を修行するということなのだよ。そこに自分の生きるところがある。その道は全体の真実につながっているので、むしろ修行してどのあたりまでいけるかはっきりしないのは、知るということが、仏道の究極を知るということにほかならないからだ。その専らの修行の上に、仏道が全部露現しているということなのだ。

良寛や、修行して得たところが、必ず自分の知るところとなって、自分の意識でとらえられると思ってはならない。さとりの究極は修行すればすぐさま体験できるのだが、それが自分によって気づくことができるとは限らないのだよ。現前したさとりの真実は、表面的な理解を超えている」

お祖師さま道元禅師の実在をはっきり感じて、良寛は月に向かい五体投地の礼拝《らいはい》をした。冷たい砂が心地よい。しばらく坐禅をして眠ろうとした時、今夜も宿がなくて野宿をしている自分がおかしく思われ、一首を詠んだ。

　思ひきや道の芝草《しばくさ》打ち敷きて
　　今宵《こよい》も同じ仮寝《かりね》せむとは

（道端の草を寝床にして敷き、今夜も前夜と同じように野宿をするとは、まさか思わなかった）

明けると托鉢をして食を得、海岸伝いに歩いていく。釈尊をはじめ幾多の聖《ひじり》がこのような旅をしたのかと思うと、良寛は楽しくなった。高砂の松などを見物し、明石の柿本神社に野宿をした。明けるとまた附近の村で托鉢をしてから海岸を歩き、風光を楽しみつつ須磨《すま》に至る。かつて故郷にあった時に『源氏物語』を読んだことなどを思い出しつつ、ゆっくり須磨寺に詣でたところで、日が暮れた。野宿を厭《いと》うたわけではなかったが、里に人家や小さな寺などがあったので、試みに一夜の宿を乞うてみた。良寛の風体はどのように見ても裏ぶれた乞食僧だったからか、簡単に断られた。水の如くに流れゆきて、よる処もなきをこそ僧というなりということだが、現実にはなかなか世間に受け入れられないことが身に染みた。

そこで良寛は里を去り、敷天神と呼ばれる森にいった。そこには綱敷天神があり、運よく社殿の屋根の下に墨染の衣を敷くことができた。須磨の波枕も風流だと思いを決めれば、夜風の中に梅の花の香りが感じられた。誰かが灯した石燈籠の火が、木の間に輝いて美しい。浜に打ち寄せる波もいつもより静かである。落着いた心持ちで横たわると、日中に歩いた疲れが滲み出してきて、良寛は眠りの中にわけもなくはいっていった。

良寛は夢を見た。古《いにしえ》の雲上人《うんじょうびと》かと思えるゆかしい人が紅梅の一枝を持って何処からともなく現れ、近くに寄ってきていった。

「今宵はまことによろしい。静かに物語でもいたしましょう」

さやかな気配に包まれた人で、以前に出会った人だろうかと思い、昔のことや今のことを心ゆくまで語り明かそうとしたところで、夢は醒めた。海上には有明の月が輝いているばかりで、海風の吹く音が蕭々《しょうしょう》と聞こえていた。梅の香が相変わらず漂っている。

良寛は清々しい感動を覚えていた。『正法眼蔵』のうち、「嗣書《ししょ》」の巻に書いてあった通りの夢だった。

道元禅師は本当の先生、すなわち正師《しょうし》を求めて大宋国の諸山遊歴をしていた。ある時、天台山平田《へいでん》の万年寺《まんねんじ》にいた。隋代に創建された古刹で、かの栄西禅師が修行を積んだ由緒がある。平田精舎と呼ばれ、天台教学が盛んな天台山にあり、禅宗興隆の中心となった寺である。万年寺の住持は福州の元鼒《げんし》和尚であった。

元鼒和尚は挨拶ののち様々な門流の嗣法の話をしてから、道元禅師の心の中を見透したようにして、自分の手許にある嗣書を御覧になるかといった。道元がぜひ拝見させていただきたいというと、和尚は表紙が錦でつくられた幅九寸余りの軸を恭《うやうや》しく持ってきて、道元禅師にいった。

「これはたとえ親であろうと、たとえ長いこと侍僧として仕えてくれて年を経たものであろうと、見せるものではありません。これすなわち仏祖の教えです。私は住持として日頃よく外にでるのですが、知事に会うために城に居た時、ひとつの夢を感じました。大梅法常《だいばいほうじょう》禅師とおぼしき高僧が現れ、梅花の一枝を持ってこうおっしゃるのです。もしすでに船に乗ってきた真実の人に会ったならば、花を惜しんではいけません。こうおっしゃりながら、私に梅花を与えてくださったのです。私は思わず夢の中に念じて申し上げました。まだ船縁《ふなべり》をまたいできた人はおりませんが、こられたら精一杯もてなしましょう。それから五日もたたないうちに、あなたにお会いしたのですよ。あなたは日本から船に乗ってこられた。この嗣書は地に梅花の綾が織ってあります。これは大梅法常禅師が夢に示したことなのでしょう。夢草と符合しますので、こうして持ってまいったのです。あなたはもしかして私に嗣法する気がおありですか。もしあなたにそのお心がおありなら、私は花を惜しむものではありませんよ」

元鼒和尚ははじめて見《まみ》える道元禅師に、法を授けようといったのだ。道元禅師は感動はしたものの、焼香礼拝して、ただ恭敬《くぎょう》供養するにとどめた。和尚の仏法がいかなるものであるか、まだ修行をしているわけではないのでわからないのである。

道元禅師はひそかに思った。この出来事は、仏祖の隠れた御加護がなければあり得ないことだ。辺地に生まれ育った愚かな者にとって、なんの幸運があって嗣書を見ることができるのか。元鼒和尚の嗣書は地に落ちた梅花を綾に織りこんだ白地に書かれていた。広げた長さは六尺あった。巻子《かんす》の軸は黄玉でできていた。

梅花を持った人物が夢中に出てくるとは、道元禅師を迎える平田山万年寺元鼒和尚が見た夢と同じである。これは吉祥といわなければならない。先の見通しをまったく持たずに諸国行脚をはじめた良寛にとっては、まことに頼もしい徴候といえる。

草を枕に波を枕にの旅は、幾多の聖《ひじり》がやってきた当然のことである。何事にもとらわれない漂泊の旅が、良寛には我が身にあっていると感じられてきた。鉢一個と杖一本、筆と紙しか身に帯びていない旅は、なんと身軽なことであろう。これならば天地一枚の大地を大きく使うことができる。

有馬をへて、三輪（三田《さんだ》）の廃寺に一泊した。猪名川を溯《さかのぼ》り、高代寺山の麓の真言宗の名刹高代寺を訪ねると、一宿一飯を与えられた。乞食行脚《こつじきあんぎゃ》の修行を受け入れてくれる寺があることが、良寛には大いに励みとなったのである。高代寺は土地の人からは摂津の高野山と呼ばれ、人々の信仰を集めている寺だ。夜半雨が降り、眠れぬままに良寛は一首を詠じた。

津《つ》の国の高野《たかの》の奥の古寺《ふるでら》に
　杉のしずくを聞きあかしつつ
（津の国の高野山からは遠く離れた古寺にやってきて、杉の葉からしたたる雨音を聞きながら眠れぬ夜を明かした）

ここから箕面《みのお》の山奥にはいり、目ざす京都へと至った。わずかな旅ではあったが、良寛には得るところが大きかった。

京都にはいると、これまで見たどの街とも違う風格というものがあった。しかし、良寛はすでに物見遊山の気持ちは捨てていた。徳の高いことで世間に知られていた宗龍禅師に会うため、良寛はまっしぐらに大徳寺に向かった。もとより良寛は大徳寺への道は知らなかったが、通りすがりの人に聞くと簡単に教えてくれた。

二十余の塔頭《たっちゅう》寺院に囲まれた七堂伽藍が、雲に向かって堂々と建っていた。それが紫野《むらさきの》大徳寺である。良寛は大徳寺については多少の知識しか持ちあわせていなかった。開山の大燈《だいとう》国師は鎌倉時代に播州龍野《たつの》に生をうけ、十一歳にして西の比叡山と呼ばれる書写山《しょしゃざん》に登った。生まれたところの近くにあったのが書写山だったのだ。十七歳にして学を捨て、「直指人心《じきしにんしん》・見性成《けんしょうじょう》仏《ぶつ》」の行にはいった。教理やたとえなど一切用いず、日頃の行住坐臥の人心こそが仏性そのものであると直接指摘し、自分の心性を徹底して見詰めてそれこそが仏にほかならないと自覚する修行である。人間存在そのものは無常であるが、はかない無常こそが仏性の顕現なのだ。無常にさらされた己《おのれ》を離れて仏はないのである。だがその道は遠く厳しい。東山の五条あたりに雲居庵《うんごあん》を結び、昼は五条橋の下で乞食の群に身を投じ、夜は庵で坐禅三昧をした。二十四流の禅が滅尽したのだが、大燈国師の禅流は今日も生きているのである。後に大燈国師は三十四歳の時、紫野の小庵に移り住んだ。これが大徳寺となっていったのである。

大徳寺は千利休ゆかりの寺として後世に名を残している。応仁の乱で焼けた大徳寺はその後順次復興されていったが、山門の金毛閣は下層しかできていなかった。それを檀越《だんのつ》として二層に完成されたのが、千利休であった。その徳に報いるため、大徳寺古溪和尚は等身大の利休像を楼上に安置した。そのことが不敬不遜と秀吉の怒りをかい、大徳寺に罪を問うために秀吉から派遣された武将がやってきた。その時古溪和尚は匕首《あいくち》を懐中に死を覚悟して利休を弁護したという。しかし、利休を救うことはできなかった。秀吉は利休を堺に蟄居《ちっきょ》させ、十日余後に死を賜った。公《おおやけ》にされた利休の罪状は、大徳寺山門に自らの木像を安置したことと、売僧《まいす》の振舞いをしたということだった。売僧とは新しい道具に法外な高値をつけて売買したことである。木像は一条戻橋《もどりばし》の畔で磔刑《たっけい》にされ、その木像の足元に利休の首がさらされた。

おもねったかどうかはともかく、権力に近づいた結果がこのようになる。禅の人は国王大臣に近づくなというのが道元禅師の教えである。良寛は総門をはいり、朱塗りの重層造の豪壮華麗な山門の前に立って思う。上層に「金毛閣」の扁額がかかっていた。ここに利休が大徳寺に雪見に訪れた時の姿を彫った木像があるということだ。だがこの門はぴったりと鎖《とざ》され、山内に立ち入ることはできない。高塀のその向こうには、松の緑の色に堂塔伽藍がならんでいた。普段寺僧が正面の門から出入りするとも思えないので、裏門のほうにまわった。そこにいた僧に、良寛は名をなのり、宗龍禅師への取り次ぎを頼んだ。その僧は乞食僧良寛の風体をひとわたり眺め、顔色を変えず冷たそうな表情でいった。

「禅師は今は隠居なさり、別所にお住まいです。人と会うことはなさいませんから、みだりにいくことはかないません」

こういい放つと、僧は何処かにいってしまった。別の僧が通りかかったので頼んでみても、同じことだった。

仕方なく良寛は近くに小さな神社の社《やしろ》を見つけ、その夜は明かした。大寺は野宿をすると、たちまち追い出されることがわかっていた。朝人が動き出す時刻に寺にいき、通りかかる寺僧らしき人に宗龍禅師の所在を尋ね、取り次ぎを依頼するのだが、らちはまったくあかなかった。翌日も、そのまた翌日も試みる。結果は同じことである。いたずらに日を過ごしたのでは、せっかくきた甲斐もない。人に頼っていては物事は進まず、直接頼んでみようと決意した。

趣意書をしたため、深夜に寺内に忍び込んでいき、隠寮の裏のほうにまわってみるのだが、高塀が巡らされていて越えることができない。どうしたらよいだろうとまわりを巡ってみると、庭の中の松の枝が塀を越えて外に低くたれている。これ幸いと松にとり付いてやっと塀を越え、庭の中にはいった。しかし、雨戸が固く鎖されて建物の中にはいることができない。ここまできて空しく帰るのも残念だ、どうしたらよいだろうと、立ってしばらくの間考えた。あちこち見渡すと、雨戸の外に手水鉢《ちょうずばち》があった。夜明けには必ず手水をなさるだろうから、これを利用しない手はないと良寛はひらめいたのだ。その時に禅師の目にとまるようにと、良寛は手水鉢の蓋の上に趣意書をのせておき、松の枝がかかっている先程の塀のところまで戻った。そこでふと考えた。もし風が吹いていたら吹き飛ばされてしまう。また手水鉢のところに戻り、趣意書の上に石を置いてきた。

そうこうしているうちに朝の勤行《ごんぎょう》がはじまった。法華経観世音菩薩普門品第二十五の中ほどを読誦する声が響き出し、良寛もその場の土の上に結跏趺坐をして観音経に小声を合わせた。すると間もなく、隠寮の廊下のほうから提灯を照らしてくる僧があった。僧は廊下の端に立ち、まだ暗い庭のほうに提灯をさしかざしてよく透る声でいった。

「良寛と申される御坊はおられますか」

自分の名が呼ばれて良寛は嬉しかった。良寛は背筋を伸ばした坐禅の姿勢のままいうのである。

「こちらに参じおります」

良寛の声に驚いたように僧は提灯を向け、坐禅をする良寛の姿を目でとらえたのかもう一度驚いた表情をつくった。

「禅師がお呼びです。どうぞお上がりくだされ」

良寛は立ち上がって合掌をすると、墨染めの衣についた土を払った。廊下の提灯に誘導され、泥だらけの足をていねいに洗って衆寮に上がった。それから法堂《はっとう》にいき、朝の勤行の一端に加わったのである。勤行が終ると良寛はまた名を呼ばれ、侍僧に一室に案内された。しばらく待っていると、墨染めの衣を着た質素な物腰の僧が現われた。良寛は勤行をする僧たちの中にこの僧の姿を見ていた。坐禅三昧の修行をやりとげてきたことがよくわかる、威儀に満ちた僧である。

「あなたが良寛どのか。わしが宗龍じゃ。寺のものに失礼があったようじゃな」

老師は静かにいう。するとここが満ち足りた場所になるような気がしてくる。

「失礼なのは私のほうでございます。乞食坊主の風体でおりますれば、用心するのは当然のことでございます」

「乞食こそ雲水ではないか。衲子《のっす》とは、ぼろを着て遊行する僧をいう。あなたのことを見抜けんとは、わしの恥でもある」

それから宗龍禅師は開山大燈国師の故事を話してくれた。後醍醐天皇が今日最もすぐれた禅者は大燈であると聞き、ぜひ会って教えを乞いたいと願ったが、肝心の大燈は乞食の群にはいって探すのも困難である。大燈が甜瓜《まくわうり》が好きだということを教えられ、御所の役人が五条橋の下にいって甜瓜の布施をした。その際に役人は群をなす乞食たちに向かっていった。

「脚なくして来るものにこれを与えん」

そのようなことは不可能で、その場に集まっていた乞食たちはどうしたらよいかわからず茫然とした。その群の中から、むしろを着て髪がぼうぼうの、特段に汚れ切った一人の乞食が現われ、鋭い目で役人をにらみつけていった。

「手なくしてこれを渡せ」

こうして大燈は見破られ、朝廷に連れていかれたということである。こんな話を楽しそうにしてから、宗龍禅師は居住《いずま》いをただして良寛にいうのであった。

「良寛どの、あなたは見事な字を書かれる。あの書を見れば、あなたがどれほどの修行を積んできたのかはわかる。今よりは案内におよばず、何時にても勝手次第においでなされや」

これより良寛は大徳寺にたびたび参って勤行に参加し、参禅をし、宗龍禅師の法話を聴聞した。円通寺とは違う宗風の中で修行することが、良寛には大いに楽しかったのだ。衆僧が毎朝声を合わせて唱える「興禅大燈国師遺誡《こうぜんだいとうこくしゆいかい》」は良寛がそらんじるところとなった。

汝等諸人《なんじらしよにん》、此《こ》の山中《さんちゆう》に来《きた》って、道《どう》の為《ため》に頭《こうべ》を聚《あつ》む。
衣食《えじき》の為《ため》にする事莫《ことなか》れ。
肩《かた》あって着《き》ずと云《い》う事《こと》なく、口《くち》あって食《く》らわずと云《い》う事《こと》なし。
只《た》だ須《すべか》らく十二時中《じゆうにじちゆう》、無理会《むりえ》の處《ところ》に向《む》かって、究《きわ》め来《きた》り究《きわ》め去《さ》るべし。
光陰箭《こういんや》の如《ごと》し、謹《つつ》しんで雑用心《ぞうようじん》すること莫《なか》れ。
看取《かんしゆ》せよ看取《かんしゆ》せよ。
老僧行脚《ろうそうあんぎや》の後《のち》、或《ある》いは寺門繁興《じもんはんこう》、仏閣経巻《ぶつかくきようかん》、金銀《きんぎん》を鏤《ちりば》め、
多衆閙熱《たしゆにようねつ》、或《ある》いは誦経諷咒《じゆきようふうじゆ》、長坐不臥《ちようざふが》、一食卯齋《いちじきぼうさい》、六時行道《ろくじぎようどう》。
直饒恁麼《たとえいんも》にし去《さ》ると雖《いえど》も、
仏祖不伝《ぶつそふでん》の妙道《みようどう》を以《もつ》て、胸間《きようかん》に掛在《かざい》せずんば、忽《たちま》ち因果《いんが》を撥無《はつむ》し、
真風地《しんぷうち》に墜《お》つ、皆《み》な是《こ》れ邪魔《じやま》の種族《しゆぞく》なり。
老僧世《ろうそうよ》を去《さ》ること久《ひさ》しくとも、児孫《じそん》と称《しよう》することを許《ゆる》さじ。

或《ある》いは一人《いちにん》あり、野外《やがい》に綿絶《めんぜつ》し、
一把茅底折脚鐺内《いっぱぼうていせっきゃくしょうない》に野菜根《やさいこん》を煮《に》て、喫《きつ》して日《ひ》を過《すご》すとも、
専一《せんいつ》に己事《こじ》を究明《きゅうめい》する底《てい》は、老僧《ろうそう》と日々相見報恩底《にちにちしょうけんほうおんてい》の人《ひと》なり。
誰《たれ》か敢《あ》えて軽忽《きょうこつ》せんや。
勉旃勉旃《べんせんべんせん》。

（お前たちがこの山にくるのは、仏道のために頭を集めたからなのだ。

着るものや食べるもののために集まったのではない。

真面目になっていれば、肩があるのだから着るものも、口があるのだから食べるものも、必ずついてくる。

ただただすべての時間を、無理会のところに向かって、究め来たってこの世の生を終りなさい。（無理会のところとは、生きてきたこの方後生大事に学んできた学問や知識や常識など一切通じない、無心の境涯である。）

時はたちまち矢のように過ぎ去るのであるから、雑事など余計なことをする暇はない。

ここのところをよく考えなさい、よく考えなさい。

この大燈が死んだ後、あるいは寺門が興隆し、仏閣や経巻に金銀をちりばめ、
修行者が多数集まってにぎやかに、お経をしっかり読み、坐禅を熱心におこない、一日に一度だけの粗末な食事をし、日中三度夜三度の勤行をして戒律を綿密に守ってもだ。

たとえそのようにして去っていっても、
仏祖伝来の妙道を胸の中におさめ持《たも》たなければ、たちまち出家をしたという因果を断ち切る

ことになり、
真の仏法、祖師の家風は地に落ちてしまう。これらはみな修行をさまたげるものである。
私が世を去ってどんなに時代がたっても、子孫と称すことは許さない。
もし一人あって、野外にて単独で離れて修禅し、
小さなあばらやに住し、足の折れた割れ鍋で野菜を煮て食べて日を過ごす質素な生活をしていても、
ただ真の自己の仏心と仏性を究め体得するものは、我が子孫であり、日々私と相い見《まみ》え、ともに仏祖の恩に報いる底《てい》の人である。
誰もあだやおろそかにはできないであろう。
これつとめよ。これつとめよ。)

良寛はこの「興禅大燈国師遺誡」を胸の中に大切にいれ、大徳寺をあとにした。何処にいくとも決まっていず、いつまでという期限のない旅である。京都を出で、大坂に向かった。日の暮れたところに、その晩のねぐらを見つける。雨さえ降らなければ樹の下でよいのだが、夜更けに雨粒でも落ちてくれば眠れなくなる。どんな町でも村でも鎮守の神社があり、その場所が最も手取り早いその晩の宿だ。宗龍禅師に聞いた大燈国師の甜瓜《まくわうり》の話を思い出し、草の茵《しとね》に身を横たえ星空を眺めながら、良寛はふっと笑った。大好物の甜瓜におびき出されることも、とらわれのなさである。そんな暮らしを故郷に帰ってできたらよいなと思っていると、良寛の胸に一首が湧き上がってきた。

草枕夜ごとに変わる宿りにも
　結ぶは同じふるさとの夢
（旅の空で毎晩変わる泊まり場所だが、いつもふるさとの夢を見ているよ。）

朝になると歩きだす。途中托鉢をしてその日の食を得ると、大坂の市中を歩き、西行法師の眠る南河内の弘川寺にいったのだった。大徳寺とくらべれば大寺というのではないが、西行法師の墓所があるというだけで特別の場所になる。それが歌の力だ。
西行法師に供養するためか、参道や境内にはたくさんの桜が植えてあった。桜は咲いてはいたのだが、まだ一分咲きか二分咲きといったところである。良寛は目立たない位置の桜の枝を一本手折り、西行の墓所に捧げたのだ。

手折り来し花の色香はうすくとも
　あはれみたまえ心ばかりは
（季節が早いので花の咲くのが充分ではなく、手折って捧げます。桜の色香はまだうすいのだが、私の心ばかりのことをあわれんでほしい。）

一気に南下して和歌山に向かった。季節はどんどん走っていくのがわかる。和歌の浦は海に向かって岩が切り立ち、瀬戸内海の風光とはまったく趣きを異にするのだが、明媚なところには違いない。人のやってこない岩陰を見つけ、うららかな春の海と対面して坐禅をした。このような美しいところでの坐禅は、何か気持ちがうきうきしてしまうものだが、良寛はすべてを受け入れて楽しむことにしたのだ。

坐禅を解くと、波打ち際に降りていった。透明な波が黒い岩にぶつかり、白く砕ける。寄せてくる波の中に海草が揺れ、小魚の影が走る。良寛は心の底からのびやかな気分になる。こんな日があってもよいのだ。歌が湧き上がってきた。

眺むれば名は面白《おもしろ》し和歌の浦
　心なぎさの春に遊ばむ

(海を眺めていると、和歌の浦という名にふさわしい風流な思いがする。波が寄せては返すなぎさは心がなごむ。この春に遊ぼう。)

ひさかたの春日《はるひ》に芽出《めで》る藻塩草《もしほぐさ》
　かきぞ集《あつ》むる和歌《わか》の浦《うら》わは

(春のうららかな春日に芽が出る藻塩草を掻き集めるように、和歌の浦では古来より和歌が書き集められてきたことだ。)

何処にいこうかと思った。ここまでくれば高野山も吉野も近い。そこから熊野古道を通って、熊野大社をはじめ熊野三山にお参りし、伊勢に出る。そのような旅程が良寛の頭に浮かんできた。雲をたのみ水をたのみの暮らしは、衣も笠も破れるのだが、安住をしようと思わなければ心は安楽自在だ。風光の中にこの身を溶かしていく。玉島円通寺での修行を終えた今、良寛にはこれからの生き方の道筋がぼんやり見えはじめていた。

和歌山から西の山中にはいれば、弘法大師の高野山はさほど遠いところではない。道をいくと、たちまち山になる。木の葉のさやぎや鳥の声を聞いているのが、良寛は好きだった。良寛は健脚であった。標石を一つ一つたどっていくと、山の中に大伽藍が現われた。金剛峯寺の山門はひときわ大きい。その夜数ある塔頭《たっちゅう》寺院の一つの門を叩くと、一夜の宿りは簡単に得られた。

夜更に静かな部屋で一人端坐している時、歌が生まれてくる。

きの国の高野のおくの古寺に
　杉のしづくをききあかしつつ
（紀の国の高山の奥の古寺で、雨が降っているのか杉の葉から落ちるしずくの音を一人で聞いている。）

良寛にはこれからの行く末を考える沈思の旅である。熊野三山を巡り、吉野に出た時には、桜はちょうど見頃であった。そこからは伊勢に出た。伊勢神宮には僧形《そうぎょう》であるから参拝は許されず、近くまでいって天照大神《あまてらすおおみかみ》を遥拝《ようはい》した。明るい伊勢の海を眺めていた。松阪に出て青山峠を越え、生駒の竜田山を過ぎて玉島の円通寺に帰ると、季節は夏の気配を感じる頃になっていた。

円通寺では規則正しい修道生活が行われていて、何も変わりはなかった。良寛に与えられた覚樹庵も、雲水たちが掃除をし草むしりをしてくれていて、つい先程まで良寛が庵住していたかのようである。

良寛は旅の塵を拭うと、身のまわりを整えて、以前の通りの修道生活にはいった。このたびの諸国巡歴も、よい修行であった。どの道を歩いていったらよいか、修道の方向が見究められてきた。良寛は釈迦がまさに涅槃にはいろうとする時、弟子たちに日頃の生き方を示した「遺教経《ゆいきょうぎょう》」をくり返し読み、座右の銘を得た。良寛は「仏説遺教経に云う」として謹書した。

一、心を摂《おさ》める
心は毒蛇、悪獣、怨賊《おんぞく》よりも畏ろしい。手綱のない狂象のようで、樹木を跳びはねる猿猴《えんこう》のようであり、おさめるのは困難だ。だから気持ちを強く持ち、放逸に流れるのを戒めよう。

二、食を節する
飲食《おんじき》を食するのは、薬を服するようにする。うまいまずいで、多くしたり少なくしたりしてはならない。身を支え、飢渇《きかつ》を免れるなら充分である。

三、恥を知る
恥を知るには、まず心を荘厳《しょうごん》することだ。恥を知れば、非法に走らない。恥がなければ、禽獣に等しい。

四、堪忍《かんにん》する
忍の徳は、持戒《じかい》と苦行も及ばない。忍べば大人《たいじん》である。

五、独処する
静かな安楽を求めるなら、独処閑居《かんご》するがよい。
六、口を守る
議論は心を乱す。沈黙は金であるから、言葉を慎み、寡黙にしているのがよい。

良寛は生涯守るべきことを定めたのである。もちろんこれらすべては心の中におさめておく。人に語って聞かせるほどのことではない。

良寛の実弟　橘　香《たちばなかおる》は京都にあり、文章《もんじょう》博士高辻家《たかつじけ》の儒官として、すでに名をなしていた。玉島円通寺の覚樹庵にいる良寛のもとに、その香より手紙が届いた。

手紙を読んで良寛は驚いた。寛政七（一七九五）年七月二十五日、父橘以南が京都桂川に身を捨てたというのである。香は以南から遺書というべき手紙をもらい、その中に「天真仏のおほせによりて以南を桂川の流れにすつる」という文章があったとのことだ。香はこの手紙を読んで動転し、さっそく人を手伝わせて桂川に遺骸をさがしたのだが、見つからなかった。香の手紙には、以南の辞世というべき歌が書かれていた。

蘇迷盧《そめいろ》の山をしるしに立ておけば
　我が亡き跡はいつのむかしぞ

良寛はこの歌を何度も何度も熟読した。わかりにくい歌であったが、そのうちに良寛の内に以南の精神がありありと浮かんできた。蘇迷盧とは、宇宙の中心にあって帝釈天が山頂に住んでいる須弥山《しゅみせん》である。以南は勤皇思想を説いた「天真録」という書物を著わし、そのことによって自分の立場を危うくしたということだ。その「天真録」は入水《じゅすい》の時に懐中にでもいれていったのか、杳《よう》として行方は知れない。「我が亡き跡はいつのむかしぞ」は、自分が死んだという跡もどんどん昔になっていくだろうということだが、「出づらむかしぞ」とも解釈でき、自分が死んだ後に尊王思想の名も世に出るだろうという意味になる。

世事のことにはすっかり疎《うと》くなっていた良寛であるが、風流人の以南が尊王思想を高揚するため自憤にかられて入水自殺するとは、どうしても思えない。良寛は忘れていたわけではなかったが、故郷や家族のことを改めて強く思い出すのであった。

良寛が出家して七年目の時である。次男由之《ゆうし》もどうやら一人前に成長したので、五十一歳になった以南は家業橘屋のすべてを譲った。養子の以南は自分なりに頑張ってきたのだが、人を治める資質がなかったのか、失敗つづきであった。名主として出雲崎の経営がうまくいかず、尼瀬の京屋の力が伸びてきた。出雲崎でも敦賀屋が勢力をつけてきた。その根底にあるのは、天領出雲崎では代官の力が絶対ということで、京屋と結んだ代官によって手ひどい仕打ちを受けてきたのである。幕府への批判から、そこで以南はしだいに尊王思想に近づいていったのかもしれないと、良寛は考えた。

由之にすべてを譲った以南は、自由の身となり、家族に見送られて雲を友とする旅にでた。高田のほうに向かっていき、その先は行方が知れない。消息を断ったと故郷からの手紙で良寛は知らされていたのだが、父は風流人の生活をしているのだろうというぐらいしか考えていなかった。蕉風の俳人たちと交わり、俳句三昧の暮らしをしているのに違いないとなんとなく考えていたのだ。それが京都にいたとは、香も知らせてくれてもよさそうなものだと思いもしたが、良寛にとってはすでに詮ないことである。

良寛は円通寺の玄透《げんとう》住持和尚に断りをいれ、旅の支度をした。玉島から、岡山、赤穂、明石と、以前と同じ道をたどっていく。はじめての遊行《ゆぎょう》の旅とは心構えがまったく違い、先へ先へとただひたすらに歩を進めていく。今回は同じ曹洞宗の寺に宿と食とを乞うていった。玉島円通寺の良寛と名のって、一宿を断る寺はなかった。

京都にはいり、まっすぐ香の家に向かった。故郷を離れてから、良寛には係累の家を訪ねるのははじめてである。文章博士高辻家の儒官澹斎《たんさい》と道ゆく人に問い、香の家はすぐにわかった。質素だが堅実な雰囲気の家で、香がどのような暮らしをしているかよくわかった。

幸い香は存宅していた。良寛は取るものも取りあえずという勢いで座敷に通され、香と向かいあった。下座についた香は憔悴《しょうすい》した様子で口を開く。

「大変なことになりました」

何をいったらよいかわからず、良寛は大きく頷《うなず》いた。しばらくぶりで会う兄弟だったが、重苦しい沈黙が支配していた。その沈黙を振り払うようにして香はいう。

「手紙に書いたとおりで、それ以上の進展はありません。桂川沿いを人に探させておりますが、遺体は見つかりません。川に沿って探せば、見つからないはずはないのです。父上は本当に入水したのだろうかと、私は疑うようになりました」

「どういうことだ」

良寛は世の無常を感じている最中で、思わず顔を上げて問うた。

「はい。私は父上の辞世の句をしみじみと眺めているうちに、はたと気づいたのです。〝蘇迷盧の山をしるしに立ておけば我が亡き跡はいつのむかしぞ〟。この蘇迷盧とは、高野山のことではないか。そうであるなら、父上は入水したと見せかけて高野山にはいったということです」

「父上は御存命であるということか」

目をつむっていた良寛は、思わず目蓋を開いて顔を上げた。

「あるいは……」

「天真録はまだ見つからないのか」

ここまでいった時、家人が茶を運んできたので良寛は黙った。はじめて見る香の妻である。その場の深刻な様子を察した香の妻は、簡単な挨拶をしただけでその場を辞した。香は間を置いてつづけた。

「詞書《ことばがき》には天真仏とありますが、天真録という書物がはたして存在したのかどうか、私は疑っております」

「天真録は勤皇《きんのう》の書ということで、御公儀の詮索でお前は迷惑したのではないのか」

俗の中に生きて死んだ父の苦悩が、良寛にはふとしのばれた。香も目に涙をため、少しでも顔を動かせばふくらんだ涙がこぼれてきそうであった。

「高辻家の御威光がありますから、私はそれほど迷惑をこうむってはおりません。そのようなことは、問題ではありません」

香は父思い母思いである。良寛は自分がどれほど父を思っているのかよくわからない。母もとうにこの世を去った。玉島円通寺に修行に出て十七年も父と会っていない良寛にくらべ、香は死の直前の父を知っているのだ。そのことを良寛は問う。

「父上の御様子はどうだったのだ」

「はい。やることなすこと失敗ばかりの人生だったとくり返され、覇気というものは感じませんでした。私のまわりの公家《くげ》とも交流していましたが、尊王論を唱えていたことは間違いありません。皇家がすたれていくことの詠嘆はありましたが、悲憤を抱いて天真録を書いたなどという元気はなかったはずです。世捨て人と自称しながら、この世で生きることに疲れ果てておられたように私には感じられました。ですからやはり入水してお果てになったかとも思います」

こういって香は袖口を目に当てるのであった。香の言葉があまりに悲しいので、良寛も涙を禁じ得ない。そのような状態だったなら、高野山に逃がれる力などとてもなかったろうとも思う。

「父上が兄上へと残しておいたものがあります。父上のことがしみじみと思い出されて、つい忘れるところでした」

立ち上がった香は、後ろの戸棚から薄っぺらの紙包みを出して良寛の前に置いた。良寛が紙包みを解くと、中から見覚えのある父以南の字体で書かれた短冊《たんざく》が出てきた。

朝靄《あさもや》に一段低し合歓《ねむ》の花　　以南

良寛は短冊をじっと見詰めた。禅修行に没頭してついに師より印可《いんか》をいただいた息子にくらべ、いつまでも迷いの中にいる自分は、一段と低いところにいるという意味である。父は父自身をそのように見ていたのかと思うと、良寛の目にはまた再び涙が滲んできた。父は生涯自分の心を置く場所が見つからなかったのだ。世捨て人として漂泊をしながら、世間を強く求めていたのだ。改めてその父を思うと悲しくなってきた。良寛は顔を上げ、やはり涙ぐんでいる香にいう。

「すまんが、筆と墨を所望《しょもう》したいのじゃが」

言葉はたちまち逃げる。現れたとたんに消滅するのである。香が持ってきた細筆の先に墨を滲《にじ》ませ、短冊の父の俳句の横に小さな字でていねいに書いていった。

みづぐきの跡もなみだにかすみけり
　ありし昔のことを想ひて　良寛

良寛の率直な感想であった。この短冊をじっと見つめていると、父上の筆跡も涙にかすんでぼんやりとしてくる。父上の生きておられた時のいろいろなことを思い出す。

すると香も新しい短冊を出し、無言で筆を走らせた。

きのふまで夢にもなどかしらざりき
　かかるかなしき門出せむとは　橘香

こんなに悲しい父子の別れをするとは、昨日まで夢にも考えなかった。こう書き、香は良寛のほうに顔を向けた。香の目は涙で白く光っていた。その顔も良寛の視界の中で揺れていたのだった。

四十九日の法要には間にあった。良寛は法要をすませると、香が引きとめるのを振り切り、玉島円通寺に戻った。きた時と同じ道を足早やに戻りながら、良寛の目から涙がとまらない。良寛は故郷を出て十七年、自らの修行に没頭する余り、故郷を顧みることもなかった。上求菩提《じょうぐぼだい》のことばかり頭にあり、下化衆生《げけしゅじょう》が念頭になかった。人々のことを考えることもしてこなかったのだ。饅頭笠で顔を隠してはいるものの、涙が光の糸を引いてひっきりなしに足元にこぼれる。父以南の死によって、良寛は心の中に深刻な打撃を受けている自分を知る。望郷の念というのとは少し違う。救われるべき人を救わず、自らの修行ばかりをして、どうして釈尊の弟子といえるのかと、くり返し自問した。

自問しているうちに、自ずと結論が出ていた。故郷に帰るのである。法華経如来神力品《じんりきほん》第二十一を読誦《どくじゅ》しながら、良寛は山陽道に足を運んでいく。

「若於園中《にゃくおおんじゅう》　若於林中《にゃくおりんじゅう》　若於樹下《にゃくおじゅげ》　若於僧坊《にゃくおそうぼう》
若白衣舎《にゃくびゃくえしゃ》　若在殿堂《にゃくざいでんどう》　若山谷曠野《にゃくさんごくこうや》……」

そこが遊園であれ、林の中であれ、樹下であれ、僧房であれ、俗人の家であれ、殿堂であれ、山や谷や曠野であれ、そこに塔を建てて法華経を供養しなさい。その理由はといえば、その場所はすべて道場であって、すべての如来はここでこの上ないさとりの境地にはいったのである。すべての如来はここで教えの輪を回し、すべての如来はここで完全な平安の境地にはいったからなのだ。修行道場は何処にでもある。

故郷に帰り、人々の間で暮らそうと心が定まった頃、玉島円通寺に着いた。ひとまず覚樹庵に落ち着き、とりあえず身の回りを整理した。持っていくのは鉢と応量器《おうりょうき》と袈裟と、あとはわずかばかりの書物と筆と硯と紙である。国仙和尚に随い二十二歳でこの円通寺にきて、良寛は三十九歳になっていた。形ばかりは印可をもらいながら、まだまだ修行ができていないことを知った。

良寛は心を落ち着けようと、庵の中で坐禅をした。この世の実体はすべて空なのだと知ったはずではないのか。それなら何事にも一切執着せず、この世のすべてに慈悲の心で接しなければならない。どんな辱《はずかし》めを受けてもそれに耐える忍辱《にんにく》の衣を身につけ、何事にも自然な態度で接し、何事をも恐れず獅子のように仏法を説くべきである。辱めに対しても、怒りの心を起こしてはならない。この十七年間は、そのための鍛練であったことが今わかったのである。

このような心境になると、良寛は自分がやってきたことながら、厳しい修行に明け暮れている円通寺の若い修行僧たちが愛《いと》しいものに見えてきた。そして、その雲水たちにまじって坐禅修行や作務《さむ》修行をすることが、楽しくて楽しくてならなかった。

間もなく良寛は、玄透《げんとう》住持和尚に故郷越後に帰ることを申し出た。寺を紹介するともいわれたのだが、庵居をすると答えた。玄透住持和尚は禅僧としての本領を歩むべしといって、了解をしてくれた。

玉島円通寺を良寛が出たのは、冬と春と夏を越して、次の年の九月であった。決意は固くても、何も持たず、世間的な地位もなく、無位の乞食僧《こつじきそう》である。不安のほうに傾けば何処までも不安になるが、良寛の決意は固い。これまでの修行のなんたるかを問われるのは、当然ではないかと思えた。

日が暮れて、空いている堂を見つけて横になる。ありったけの布で身をくるんで眠るのだが、秋に近い九月の寒さは身にこたえた。朝になると里にいって托鉢をし、食を乞う。前故郷を出る時、橘屋の息子であるのだからそのことを忘れるなと父にはいわれていた。出家は出自を問わない。それだからこそ、名門橘屋から出家をするのはしがいがあるはずだというのである。父のいうことは、良寛にはよくわかる。僧としての位を得て、寺の住持となることを、父は望んでいたのだ。それが世間の出家のしがいである。こうして帰郷する良寛は、無階位で、小庵ひとつ持っているわけではない。父も母もいない故郷で、弟由之が庄屋橘屋を構えているとはいってもかばってくれる人の誰もいない故郷で、良寛は自分が故郷に受け入れられるかどうかはなはだこころもとなくなってきた。

越中の国にきている。海に沿った街道をいくと、風が強く、海が吠えている。横なぐりに吹いてくる風の中に、礫《つぶて》のような波飛沫が混じっていた。波と風とに、十七年間という人生で短いとはいえない時間お前は何をしてきたのだと問われているような気さえした。横から体当たりされるようで、時折身体がぐらついた。海のほうに迫った山が、雪ではないのだが白く霞んで幾重にもなり、しだいに高く大きくなってずっと先までつづいていた。雄大といえば雄大だが、人を威圧する風景である。

気持ちはすでに故郷に飛んでいるのだが、思ったように身体が動かない。どうも体調がすぐれないと、良寛は感じていた。悪寒《おかん》がして、熱がでてきたようである。温暖な瀬戸内から苛烈な日本海にはいり、心身ともに風景に負けてきたようだ。身体を横たえたいのだが、そんな場所もなさそうだ。風の吹いてくるその方角に、故郷はある。

越後への国境を越え、糸魚川にはいって安堵《あんど》した。それとともに激しい悪寒が襲ってきた。街道の両脇に空庵でもないかと見回すのだが、そう都合のよい具合にあるはずもない。杉や松の大木はいくらでもあるにせよ、その根元に横たわることはとてもできない。おまけに雨が降ってきて、みるみる本降りになる勢いである。雨は冷たかった。

その時、良寛の目に鳥居が目にはいった。社殿《しゃでん》の棟下ででも雨露を防がせてもらおうと思い、良寛はよろめきながら鳥居をくぐった。神社の名をよく見てこなかったのだが、大きくはなくても立派な風格をそなえた神社であった。

誰もいない暗い境内を横切り、社殿に向かって二礼二拍手一礼の礼拝をする。すべての人には生まれながらに持っている徳分があり、衣食《えじき》はどこにあろうとついてまわるのだという、道元禅師の言葉を思い出した。

隣りの社務所に明かりが灯っている。どうやら神主はいるようである。捨てる神あれば拾う神があると昔からいうではないかと思い、良寛は社務所に向かう。威儀をただして背筋を伸ばし、声を張り上げようとするのだが、腹の底からでてくるというようには声に力がない。

「お頼み申します。旅の僧、良寛と申します。この雨と風に難儀しております。どうも風邪など引いたようで、進退が極まってしまいました。一夜の宿を所望したいのです」

良寛は自分の立場はわかりながらも、僧としての威儀は欠いてはならないと自らにいいきかせる。帰郷して、これが第一歩なのである。弱音をはいたのでは、これからの上求菩提、下化衆生など絵空事にすぎないということになる。合掌し、低頭して立っている良寛の全身を、普段着の中年の神官は値踏みでもするように一瞥《いちべつ》した。それから小さく頷いていう。

「お坊さま、どうぞお上がりください。なんのおもてなしもできませんが……」

神官の言葉を全身で受けとめたが表情も変えず、良寛は合掌したまま深く一礼した。確かに道元禅師のおっしゃる通りである。良寛のことを深く詮索するわけでもなく、神官は奥の座敷に通してくれた。玉島を出て間もなく、破れ衣というわけでもない。威儀即仏法というが、神官は一瞬にして良寛の威儀を認めたということであろうか。

廊下が裸足で歩くには冷たかった。上がる際に草鞋を脱いで雑巾で足をよく拭いてきたつもりであるが、これが瀬戸内とは違う故郷越後の実感なのだった。座敷の襖《ふすま》を開いて神官はいう。

「夜具などはこちらに備えてありますので、どうぞ御自由にお使いください。ところでおなかのほうはお空《す》きでしょうか」

神官は良寛がどこにきてどこにいこうとするのか聞きもせず、懇《ねんご》ろにいう。人の情に、思わず良寛は涙をこぼしそうになった。

「いささか疲れました。早々に休みますから、どうかおかまいなさいませんように」

「そうなされたほうがよろしいでしょう。お顔の色がすぐれません。この雨で、さぞ御難儀でございましたでしょう。御不浄はその奥にあります。薬湯なども後で運んでおきましょう。もうおかまいしませんから、どうかごゆるりとしてください」

こういって神官は去っていった。いっそう強くなった雨の音に包まれている。部屋の隅に積み上げてある蒲団を、良寛は手早く敷いた。良寛がくるのを予想したということもないだろうが、まさにそのように用意がしてあった。神官の女房らしい女が、盆に土壜《どびん》と茶碗とをのせてやってきた。

「これをお飲みになると、身体が温まってよく休めます」

温かな声でこういって女が去っていくと、再び強い雨の音に包まれた。香をたいて坐禅をし、気持ちがほぐれてさあ寝るかと思ったとたん、良寛の中に詩が湧いてきた。それが消えないうちにと硯を出して土壜の薬湯をほんの少しそそぎ、墨をすった。手持ちの紙に筆を走らせる。

一衣《いちえ》一鉢《いっぱつ》わずかに身に随《したが》う
強《し》いて病身を扶《たす》け坐して香を焼《た》く
一夜蕭々《しょうしょう》たり幽窓《ゆうそう》の雨
惹《ひ》き得たり二十年逆旅《げきりょ》の情

わずかに身につけるものは、袈裟と鉢のみである。病身を無理に起こして坐禅をし香をたく。夜の雨がわびしく聞こえ、二十年にもわたる旅の暮らしが思い出される。

こう書きつけてから、良寛は蒲団にはいった。越後は人情の濃いところである。運を天にまかす暮らしは、すでにはじまっていた。

薬湯が効いたのか、ぐっすりと眠った。ろくな食事もとらず、気持ちばかりが前にのめるような具合で足を急がせたので、疲れてしまったのである。一晩熟睡した良寛は、いつものようにまだ暗いうちに起きた。それから蒲団の端を尻の下に敷いて坐蒲《ざふ》がわりにし、坐禅をした。長年峻烈なる修行をしてきた良寛は、身体が坐禅の中にすうっとはいっていく。坐禅と思いはかることもなく、坐禅をしている。坐禅をしさえすれば、すべての器官が働いて平常に戻っていくとの自信があった。良寛の耳元に、まるで道元禅師が語りかけてきてくれたような気がした。響いてくるのは、何度も読んでほとんど暗記している「普勧坐禅儀《ふかんざぜんぎ》」の言葉であった。

〈坐禅をするには、静かな部屋がよろしい。飲食《おんじき》は節度を守らなければならない。これまでのいろいろな縁を投げ捨て、万事を休息する。善とか悪とか考えず、是非にとりあってはならない。心と意識の動きを停止し、念じたり想ったり観じたりしておしはかるのをやめなければならない。仏になろうとしてはいけない。行住坐臥《ぎょうじゅうざが》とは関係がない。

厚く敷物を敷き、その上に蒲団を置く。あるいは結跏趺坐《けっかふざ》、半跏趺坐をする。結跏趺坐は、まず右の足を左の股《もも》の上に置き、左の足を右の股の上に置く。半跏趺坐は、ただ左の足で右の股を圧《お》すように重ねる。

　衣も帯もゆるやかに着け、しかしきちんと整える。

次に右の手を左の足の上にのせ、左の掌《たなごころ》を右の掌の上に置く。両手の親指は爪の面を平らにして向き合わせ、互いに支え合うようにする。

　すなわち姿勢を正して端坐し、左に片寄ったり、右に傾いたり、前に屈《かが》んだり、後ろにそっくり返ったりすることのないようにする。必ず耳と肩とが垂直線上にあり、鼻と臍《へそ》とが垂直線上になるようにする。舌は上顎《うわあご》におさめ、唇も歯も上下に合わせる。目はすべからく常に開いている。鼻からの息が静かに通うようにする。

　身体の姿勢ができたなら、口で吸って吐く深い息をひとつして、背中を中心にして身体を左右に揺する。山のようにどっしりと静かに坐し、思いはからないことを思いはかる。思いはからないことを、どのように思いはかるのか。人間界の思量を超える、非思量である。これがすなわち坐禅の要点なのである。

ここにいう坐禅は、禅定《ぜんじょう》に習熟することではなく、ただこれ安楽の法門である。菩提を究め尽くす修行であり、実証である。公案はそのままで見えてきて、網《あみ》や籠のように閉じこめたり束縛したりするものではない。もしこの意にかなって坐禅をすれば、竜が水を得たようなものであり、虎が山を背景にうずくまったようなものである。まさに知るべきである。正法は自ら現前し、気持ちがあれこれと散漫になるようなことはなくなってくる〉

いつもながらの道元禅師の導きの言葉である。坐禅はなんのためにするわけではないのだが、こうして背筋を伸ばし顎を引いて坐っていると、仏法の真実は本来何を不足ともせずにそなわり、あらゆるところに流れていることがわかる。修行してさとらねばならないというものではないと、長年玉島円通寺で修行をしてきた良寛の実感である。法は法のまま輪転して自在で、なにも修行には苦労や努力が必要なのではない。まして真実の全体は迷いの世界をでて清らかで、穢《けが》すべき塵埃《じんあい》も、穢されるべき明鏡があるわけではない。すべてが真実なのだから、塵埃を払いようもない。全体の真理というものはどこであろうといつであろうとそこいら中に存在し、誰もが真理に囲まれている。仏法とはこのようなものである。

良寛は坐禅をしながら考えたのではなく、身と心とがそのように自然のうちに認識している。良寛は徐々に身体を動かし、落ち着いてゆっくりと立った。

その時ちょうど、襖《ふすま》の向こうからゆうべ薬湯をくれた女の声がした。

「お坊さま、まだお休みですか」

神官の女房である。相手を気遣う慈悲の声だった。良寛の心も明るくなった。

「はい、朝の坐禅修行をしておりました」

「開けてもよろしいですか」

「もちろんです」

良寛が襖を開けようとして近づく前に、襖は滑らかに動いた。廊下には質素ながら端整な中年女が正座をしていた。

「まあ、すっかりお元気になられて。顔色もよろしいようです」

我がことのように喜んでくれる女の顔を、良寛はゆうべほとんど見ていないことに気づいた。

良寛は合掌していう。

「薬湯がことのほか効いたようです」

「それではお坊さま、さっそく朝餉《あさげ》をお持ちいたします」

女は衣擦《きぬず》れの音をさせて立ち上がると、廊下を小走りに遠ざかっていく。その足音がしだいに小さくなり、やがて消えると、良寛の顔には微笑が浮かんできた。故郷の越後に帰ってきたのである。


浜街道をただひたすらに歩いていく。街道に近い海岸には、波が高く盛り上がっては幾重にもなり、力に満ちて寄せてくる。波がひっきりなしに浜を打つ音が、どーんどーんと響いた。そんな浜にも、わかめ拾いの人たちがいた。波が打ち寄せる先の沖には、漁夫たちの船が浮かんでいる。もっと沖には白い帆を大きく広げた船も航行していた。左手の彼方に波に沈みそうに見えていた能登半島も、波の底に沈むようにして見えなくなった。それからひたすらに歩を進めていくと、あの懐かしい佐渡が海から湧き上がるようにして見えはじめた。いよいよ故郷の出雲崎も近くなることを意識すると、自死をした父以南や傾いた家督を継いだ弟由之の苦闘が身に迫ってきて、苦しい思いになった。

この日はどんなに急いでも直江津までしかいけない。海岸に網小屋を見つけた。浜で坐禅をしてから、小屋の片隅で眠った。朝起きると、人が動き出すのを待って、直江津で托鉢をした。門構えが立派とそうでないとにかかわらず門口に立ち、般若心経を唱えていると、その日必要な食はたちまちに得ることができた。網小屋に戻って、鉢にいただいた飯と少々の菜を食べると、川で鉢を洗って水を飲んだ。それから良寛は再び歩き出すのである。

一歩ごとに佐渡が大きくはっきりとしてきた。そのことに元気づけられ、良寛はいちだんと歩みを強くする。街道から浜に降り、波打ち際を歩いた。波が引いていったばかりの砂は黒く湿っていて、歩きにくいということはない。ほんの少し傾斜のついた黒砂の上をすべってきた白い波が、あぶくを残して砂の中に吸い込まれて消える。花が咲いたように黒砂の上に残った白い泡が、一つ二つと弾《はじ》けて消えた。こんなはかない泡までが、切ないほどに懐かしい。人の命もこの泡のようならば、先の見えない人生だが、思いのままに過ごしていくよりしようがない。

空には薄衣のような雲が広がってきて、太陽の光を遮《さえぎ》っていた。秋はまだ深いというわけではないが、風景からは輝きが失われ、淡彩になってきた。佐渡は黒い固まりになり、目の前に迫ってくる。風景はまるで良寛の心の中のようだった。父以南をはじめ、母おのぶ、弟由之、その他橘屋の人たちが良寛に出家を許す時も、また大忍国仙和尚とともに遠国の備中玉島円通寺に雲水として掛搭《かた》する時も、故郷に錦を飾って欲しいという願いを持っていたことはわかっている。僧の位を得て紫色の衣を着て、大寺の住職になることを願っていたのだ。だがそんな望みは、良寛はまったくかなえていない。一衣一鉢《いちえいっぱつ》の乞食《こつじき》僧でしかないのだ。この姿が理解されないことは、良寛自身がよくわかっていた。出家のしがいがないと世間の人はいうだろう。名門橘屋もおちぶれたものだ。もちろん良寛はどんな侮辱をも耐える心構えはできている。忍辱《にんにく》こそが、限りないさとりの境地に至るために菩薩が修行する六種の道、布施・持戒・忍辱・精進・禅《ぜん》定《じょう》・智慧の六波羅蜜《ろくはらみつ》の一つなのだ。これは修行なのである。

そのように心を決めながらも、実際にその場所で生きている故郷の人たちのことを考えると、みんなの願いに背いて帰郷する自分自身の姿に暗澹としないわけではない。良寛の姿を見た時の故郷の人々の反応は、良寛の想像を絶していた。心は臆しながらも、足はなんら遅滞するわけでもなく、前へ前へと進んでいく。一歩前にいった分だけ、故郷出雲崎は近づいてくるのだった。

良寛の心が動じたのはそこまでである。ここまでと同じように饅頭笠を深くかぶり、歩調を変えるでもなく、良寛はすたすたと歩いていく。市街地にはいると、さすがに良寛の知っている顔があった。その人たちは家の中にいたり、路上ですれちがったりした。だが誰も行雲流水の旅僧がかつての栄蔵だということは知らない。良寛は若き栄蔵とは外観ばかりでなく中身もまったく別の人格になっているのだ。たとえ笠を取っても、正面で向かい合っても、気がつかないかもしれない。栄蔵は遠くに見たりすれちがったりするたび、心の中で合掌した。良寛は二十二歳で大忍国仙和尚に随行して円通寺にいき、三十九歳になって帰郷した。十七年の歳月がたっているのである。十七年分の歳月は誰の上にも降りそそいでいる。子供は青年になって見分けがつかなくなり、青年は壮年に、壮年は老年になっている。もちろん良寛にも歳月は等しく降りかかり、街の人には風のように見えない存在になって通り過ぎていくのだ。古い建物はなお古くなり、記憶にない新しい建物もあった。失われかけた記憶を掘り返すようにして、その一つ一つの建物の前を過ぎていき、街の中心にある橘屋の門の前に立った。幸いにして人はいなかった。屋敷の佇《たたず》まいは元のとおりなのだが、そこだけ歳月が強風となって当たったかのようである。門は心なしか傾き、籬《まがき》は破れ、植木は手入れをされた様子もない。良寛は笠の下で涙を流し、静かに合掌礼拝してその場を去った。庭のほうから風が吹いてきて、落葉が足元に絡まるような気がした。立ち止まって確かめてみると、何もない。

良寛はどこにいったらよいかわからず、急に道に迷ったかのようになった。生家に身を寄せるつもりはなかったが、この零落ぶりはあまりに痛々しい。当主を継いだ由之のためにも、顔を出さないことのほうが慈悲心というものだろうと良寛は考えた。

人々の消息を知るために、良寛は近くの寺をそっと訪ねてみることにした。良寛が得度した尼瀬の光照寺住持である師玄乗破了和尚は、他所の寺に移ったという噂を聞いたが、現在の住持和尚の名は知らない。得度の寺なら裏口からそっとはいって墓碑を見るというわけにもいかない。また出雲崎の北にある浄玄寺は、妹のみかの婚家先であり、裏口からはいって見咎《とが》められでもすれば問題が起こる。そこで橘屋の菩提寺の円明院にそっといくことにした。子供の頃によく遊んだ墓所である。どこにいようと子供の声が響き渡っていたものだが、橘屋だけではなく出雲崎全体が没落したかのように静かであった。敦賀屋の手引きで代官所が尼瀬に移ったのも原因しているのだろう。

良寛はよく知った家の墓を見て歩いた。すると墓碑銘には、かつて幾度も顔を合わせたことのある人の俗名と戒名とが、刻まれている。刻み跡は古いのもあれば、ごく最近のものもある。

郷《きょう》に還《かえ》る
出家《しゅっけ》して国《くに》を離《はな》れ知識《ちしき》を尋《たず》ぬ
一衲一鉢《いちのういっぱつ》凡《およ》そ幾春《いくはる》ぞ
今日郷《こんにちきょう》に還《かえ》って旧友《きゅうゆう》を問《と》えば
多《おお》くは是《こ》れ名《な》を　苔下《たいか》に残すの塵《ちり》

出家して国を離れ、多くの名僧を訪ね、修行を積んできた。一衣一鉢《いちえいっぱつ》しかない清貧の僧の歳月を幾つも重ねてきた。今日故郷に帰って旧友の消息を探してみると、多くは名は残っているのだが、土の下に埋められ、墓石には苔が生《む》している。

その一つ一つに良寛は合掌礼拝し、小声で経文を読誦《どくじゅ》した。読誦しながら、一人一人の顔を思い浮かべる。諸行無常は釈尊の説いた真理なのだからこそ、誰の身の上にも訪れる。もちろん良寛の身の上にもである。それならば自分はあと何年生きられるのかわからないのだが、まず布施の人になり、戒律を保ち、忍辱に耐える。世間の人がどのように見ようと、それで動じることもない。日々精進し、禅定すなわち瞑想を欠かさぬ生活をしているならば、仏も悪いようにはなさるまい。いずれは仏教徒の究極の理想である智慧に至るかもしれない。仏はそのように導いてくださる。自分はいつの間にか六波羅蜜を修行していることに気づいた。

お前は思うがままに生きていけばよい。真実は何を不足ともせずにそなわり、あらゆるところに流れているのである。この道をいけばよいのだ。

道元禅師の声と、その先におられる釈尊の声を、良寛は同時に聞いたように思った。胆《はら》は決まったのだが、次に考えたのは、今夜の宿はどうしようかということだ。橘屋を訪ねれば、いくら零落したといっても泊めてくれないということもないだろう。旧友の家もいくらでもあった。だがそれでは六波羅蜜の修行にならない。ことさら忍辱を求めるわけではないにしてもである。とにかく出雲崎を離れようと、良寛は浜通りを北に向かって進んだ。

天地一枚の風景である。その中を歩いているうち、自分は何にとらわれていたのだろうと良寛には思えてきた。この風景の中に生きて在る。それだけで充分ではないかと良寛は考えた。

寺泊《てらどまり》から新潟へとつづく浜街道は景色のよいところであった。左手の海の彼方には佐渡が手を伸ばせば届く位置にあり、前方右手には弥彦《やひこ》山も見えた。風が強くなってきた。饅頭笠の端をおさえて傾け、風に飛ばされないようにする。袂《たもと》や裾《すそ》から風が吹き込み、衣がふくらんだ。天地一枚の底の波が白く泡立っている。まるでこれからの良寛を待ち構えている風景のようなのだが、心は平明であった。

三里もきただろうか。釈尊も説かれているとおり、僧が居住するところは、人が暮らす市より遠からず近からずのところがよい。市から離れて林の中にいれば静かで心落ち着くのだが、托鉢をしなければ食は得られない。また人々に仏法を説くこともできない。何事にも便利な市の中に住めば、人々の喧騒のために心の平安が得られない。そう考えると、海辺に小さな集落はいくらでもあった。人が暮らしているにもかかわらず、風の音波の音しか聞こえない。

十軒ほどの家が、海岸に沿った道路の両側に身を寄せるようにならんでいた。東西南北どの方向からやってくる風も、自由に吹き通っていく。托鉢をするわけではなかったが、住める空庵はないかと、良寛は一軒一軒をていねいに見ていった。どの家も粗末で、板屋根の上に石をのせておさえていた。冬になればことに風が強いのである。家から離れたところに、物置小屋があった。もちろん誰かが住んでいる気配もないし、幸いなことに荷物もはいってない。冬になると薪炭をいれるのだろうが、たとえそうしたとしても、身体を横たえるくらいの空間はありそうだ。

ここに庵居しようと決めた。勝手に住み込むわけにもいかず、持ち主に断らなければならない。良寛はとりあえずまわりを見回すのだが、人影はなかった。海岸を見ても、白波がくり返し砕けて寄せているばかりである。良寛は自分からは動かず、誰かが姿を見せてくれるのを待った。すると風の中からやってくるかのようにして、背中に大きな竹籠をかついだ老女が、籠が風に吹き飛ばされるのを身体を斜めにして防ぎつつ、砂浜をやってきた。わかめやあらめを拾っているのだ。良寛は合掌して柔らかな身のこなしで前に立った。

「旅の僧でございます。この物置はどちら様のものでございましょうか」

墨染めを着た僧がいきなり前に立ったので驚いた老女は、籠から先に風にあおられそうになった。

「藪《やぶ》から棒に、どうしたんだね」

老女は髪を風に乱して物置の陰まで移動し、口を開いた。

「これは失礼しました。こちらの物置を庵《いおり》にできないかと思いまして、お尋ねしているのです」

良寛は伏目がちにしていう。

「うちのだがね。どちらのお坊さんだかわからないが、こんなぼろ小屋に住まおうっていうのかね。これから冬になるのに、隙間風がはいって、それは寒いがね」

老女は良寛を値踏みするように猜疑《さいぎ》の目で上から下まで眺め渡していう。良寛は坐禅をするようにして背筋を伸ばす。故郷に腰を落ち着けられるかどうかの第一関門である。

「風露さえしのげればよいのです。風のはいってくる隙間は直しましょう」

「倅《せがれ》の身上だがね。倅に聞かなければならねえな。お坊さまがそばにいれば、何かと便利だから、わしはかまわねえがね。わしにはお迎えがそろそろくるから」

老女はにこにこしていう。

「息子さんはどちらにおいでですか」

「家だろうなあ。今日は風が強くて、漁にはいけなかったからなあ」

いいながら老女はすぐ隣りの家にはいっていった。物置にくらべればいかにも人の住む家だが、いずれ貧しそうな佇《たたず》まいである。屋根の板の上には古い漁網がかぶせてあり、石が置かれていた。良寛は外で待っていた。物置は風が少しでも強く吹けば飛ばされてしまいそうだ。いつまでこの形を残せているかわからない。

戸が開き、中から老女が手招きした。

「お坊さま、お坊さま」

「はいっ」

良寛はそのほうに走っていく。三歩ほどだが走りながら高い声を出してしまった。

「伜がいうんだが、うちの仏壇にお経を上げてもらえねえかいって。親父が新仏《にいぼとけ》なんだ。ありがたいお経を聞かせてください」

いきなり物置小屋に住みたいといってきた乞食僧を、試してみようというのである。良寛にとっても願ったりのことだ。物置小屋を貸すのも、仏壇に経を詠むのも、同じ布施なのである。

家に上がると中年の息子と、その嫁らしい女と、三人の子供たちが正座をして、良寛に頭を下げてきた。

「お経を上げさせてもらいますよ」

良寛は彼らに背を向けて袈裟を着け、向き直っていった。仏壇に向かって正座をすると、彼らは後ろに整列した。粗末な部屋に不釣り合いな、金箔の張ってある立派な仏壇であった。浄土真宗の仏壇に違いないのだが、良寛にとらわれはまったくない。

海に面した炭小屋がここしばらくの良寛の庵となることが決まった。板と板との間には隙間があり、軒下から空が見えた。もちろん角度によってなのだが、寝ながら星が見えるのも風流である。地の底から湧き上がり、天上から轟いてくる波の音が一晩中良寛の身体を包んでいた。何度かその音に目覚めたのだが、最初の晩はぐっすり眠ることができた。

薄明に起き、庵の前の砂の上に莫蓙《ござ》を敷いて坐禅をした。海が目の前に横たわっていた。

空はしだいに明けてきて、寄せきては浜で仄《ほの》白く砕ける波が見えた。寄せては返すことを、波は飽くことなくくり返している。北のほうの海には、ほんの少し沖に岩が突き立って杭のようにならんでいる。その岩に波が砕け散る。岩は微動だにしない。岩のその向こうには陸つづきの山が見えた。

海は生きていた。断え間なく動きまわっては、盛り上がって浜に寄せてくる。なんともすさまじい力を蓄えている海は、風と波飛沫を送りつつ、良寛にこれからどうやって生きていくつもりかと問うていた。忍辱《にんにく》はもとより覚悟の上だ。どんな屈辱をも忍ぶつもりである。それなら故郷に帰らず、どの土地でも生きられたはずではないか。こうして故郷に帰ってきたことの心の奥の奥にある理由を、故郷の土を踏んでからだが良寛は気づいていた。良寛は父を捨てたのだ。もちろん父には父の生き方があったのだが、良寛は円通寺で自分自身の修行に明け暮れ、上求菩提《じょうぐぼだい》ばかりを一心に追い求めていた。何故父一人を救えなかったのか。下化衆生《げけしゅじょう》をまったくしてこなかったからではないのか。

迷いのままに故郷を出奔《しゅっぽん》し、迷いの果てに京都の桂川に身投げした父は、息子の自分に向かって救いを求めていたのだと良寛には思えて仕方がない。その父になんら報いることなく、救いの手を伸ばそうともせず、見捨てたのである。その思いが日毎に良寛を苦しめていた。

「朝霧に一段ひくし合歓《ねむ》の花」

父以南が自分に残した短冊を、良寛はごく少量の荷物の中に持ってきた。昨晩も、寝る前に見た。朝霧という迷いの中に一段ひくく咲いている合歓の花は、誰にも理解されない孤独の中で、痛切に救いを求めていた。良寛が本当の求道者ならば、父の苦悩を感じてやらなければならなかったのだ。そんな思いを胸の底に抱きつつ故郷に帰ってきた良寛は、父への懺悔《さんげ》の思いを拭い去ることができない。

海も明るくなってきた。今日の食を求める時がきたのだと、良寛は海に向かって合掌してから、結跏趺坐の足組みをほどいて立ち上がった。莫蓙を巻き、砂を払って庵の中に仕舞い、袈裟を着けて正装した。鉢を持ち、錫杖《しゃくじょう》をとって歩きだす。

昨日、家主には読経のお礼にと大麦をいささかもらったので、その先の家からはじめる。家主の家の前を通る時、この郷本《ごうもと》にきて最初に会った老女に深々と合掌礼拝され、良寛も同じように挨拶を送った。昨日老女はこれでいつお迎えがきても平気だと良寛に向かってあからさまに喜び、息子にたしなめられていた。自分に足りない下化衆生を、さっそく良寛は試されているということになる。つまり、良寛は仏に導かれてここにやってきたのである。それならば、迷わずこの道を歩いていかなければならない。すべて釈迦が自ら歩かれ、後世の人たちを教え導いた道なのだ。

十軒ばかりの集落の間を、浜街道がつづいていた。湿った潮風が昨夜来道路を清め、相変わらず海から吹いてくる風が錫杖の金環を揺らして微かな音を立てている。漁師たちの朝はさすがに早く、沖に向かっていく船も見える。漁師たちが獲ってくる魚は僧侶である自分が食べてはいけないものだが、人々の活計《たつき》までは否定することはできない。漁師は漁《すなど》り、農夫は耕し、商人は品物のないところに運んで人々の暮らしを豊かにする。僧は道を説く。こうして世間は円満に回っていくのである。まわりの家は朝早くから戸を開け、竈《かまど》にはすでに火がはいっている。屋根に石をのせた小さな家の向こう側の海は少しずつ明るくなっていき、土の道は白く光り、わずかながら庭木もあり、絵に描いたように美しい風景である。良寛は饅頭笠を目深くかぶり直すと、門口に立ち、低い声で般若心経を読誦《どくじゅ》しはじめた。波の激しい音の中を突き抜ける、良寛のよく鍛えられた読経の声である。家の中でばたばたと足音がして、中年の女が髪を振り乱して現われた。女は時間を長くかけて頭を下げ、袋から麦を良寛の持つ鉢の中にいれてくれた。少なくない量だ。心経を最初から唱え直しながら、心の中で礼をいい、同時に自分は雲水としての生き方を衆生に見せているのだと感じるのである。女も良寛の読経の声に耳を傾けてその場から去らない。

隣の家に移動しながら良寛は経典に書かれていることを思った。目連尊者は亡者の群れの中に落ちた母を尋ねて地獄の各所を順々にめぐっていき、その歩みはまったくゆっくりしていた。目連尊者が刀山地獄にいった時に、念力によって刀山を見た。するとその剣樹はすべて折れたというではないか。その歩みによって、地獄の釜の湯も乾いてしまうのだ。目連尊者にとって地獄をめぐるのは修行であった。良寛にとっても托鉢はまず修行であり、念力によって世界をどのようにでも変えることができる。目連は餓鬼の群れの中で苦しんでいる母を見つけ、その母の苦しみを救うために施餓鬼《せがき》をしたのである。鉢に飯を盛り、母のところに持っていった。喜んだ母は鉢の飯を受けとった。左手で鉢を持ち、右手で飯を握り、口に持っていこうとした。だが口に近づくと飯は火になり、食べることができない。何度やっても同じことであった。目連は母のために大いに叫び悲しみ、大声で泣きながら駆けて帰っていき、師の釈尊に地獄で見たことを申し上げた。

釈尊はおっしゃった。

「お前の母は生きている時に悪いことをたくさんして、罪の根が深く張っているから、お前一人の力ではどうすることもできない。お前が親孝行の叫びによって天地を動かそうとしても、天神や地神や悪魔や四天王であっても、どうしようもない。十方にいる僧たちの優れた力をもちいることによってはじめて、その境界《きょうがい》から脱出することができるのだ。私はこれから、お前の母を救う方法を説こう。すべての苦難、すべての憂いや苦しみから、解き放ってやろう」

釈尊は目連にこのように告げておっしゃった。

「すべての僧は、雨期の三ヵ月間精舎《しょうじゃ》や洞窟にとどまって夏安居《げあんご》をする。夏安居の修行が終わる七月十五日には、夏安居中に罪を犯した者は告白し懺悔《さんげ》する自恣《じし》の作法をする。この時、七代の父母、および生みの父母の中で、災難を受けている者のために、さまざまな食べもの、五種の果物、水を汲んだ器、香油、燭台、敷物、寝具など、すべて世に甘美なるものを盂蘭盆《うらぼん》の法会《ほうえ》に供え、すべての僧に供養すべきである。さまざまに修行した僧や、僧の姿をしてまじっている菩薩たちが心を一つにしてこの食物を食べれば、現在の父母や七代にわたる父母、父方母方の兄弟姉妹や親属たちは、三途《さんず》の苦から逃れることができ、時に応じてさとりを開き、衣食もおのずからそなわるであろう。もし父母が健在ならば、福楽は百年つづく。あるいは七代にわたる父母も天上に生まれ、自由自在に姿を変えて天の華の光の中にはかり知れない楽しみを受けるであろう」

その時、釈尊はすべての僧に命じ、すべての僧とともに施主の家のために七代にわたる父母の幸せを祈願し、禅定を行じて心をしずめ、そうしてから食事を受けさせた。初めに食を受ける前に祈願の言葉を唱え、それから僧たちは食事をとった。

この時、目連は大いなる喜びに包まれ、悲しみ嘆く声も消えて、苦しみもきれいさっぱりと消滅した。目連の母もこの日から餓鬼の苦しみから逃がれたのである。

これが「盂蘭盆経」にある施餓鬼の起源であるが、いつもの朝のように家々を托鉢してまわりながら、僧である自分がこうして食を得ることには、深い意味があることに気づいた。現在の父母や七代にわたる父母、父方母方の兄弟姉妹や親属たちが三途の苦から逃がれ、時に応じてさとりを開き、来世にても衣食がおのずからそなわるという福楽を与えることなのだ。盂蘭盆の法要は年に一度しかないが、僧は毎朝托鉢をしてこの福楽をあまねく衆生に与えている。そのことを良寛はまた麦を鉢の中に供養されながら思う。麦は頭陀袋《ずだぶくろ》に移し、次の家に向かう。

穀物商がきたばかりなのか、良寛は生の麦ばかりを充分すぎるほどに供養された。供養されるものは、どんなものでも無言で受けなければならない。食物を乞うた分だけ、施主に仏法を施すのが乞食《こつじき》の精神である。そうではあるのだが、生麦はそのままでは食べられないので、良寛は正直のところ困ってしまった。

食は充分に得ることができたのだから、これ以上の托鉢行は無用で、良寛は庵に戻った。頭陀袋はずっしりと重く、炊けば五日分の食にはなりそうだった。思いあまって生麦でも食べようかと良寛が考えているところに、家主の老女が顔を出した。

「お坊さま、どうしていなさるだね」

老女は察した様子でこういう。ほんの少し前に家の横を通った時、中から老女が見ていたことがわかっていた。良寛の姿が悄然《しょうぜん》としていたことに、老女は何かを感じたのだろう。わざわざ様子を見にきてくれたのである。人の情を知る人ばかりだと、良寛はほっとしていう。

「生麦をたくさん供養されてきたんですが、これをどうやって食しようかと思いましてなあ」

「それは炊いて食べるしかないがね。問屋が魚の代金に麦をたくさん置いていったばかりだから、どの家にも麦はたんとあるがね。そのおすそ分けだがね」

老女はにこにこ笑っていい、そのままいってしまった。良寛が麦を頭陀袋から布袋にあけていると、老女が再び現れた。老女は焜炉《こんろ》とその上に土鍋をのせて持ってきてくれたのだ。

「うちには焜炉も土鍋ももう一つある。これは古いものだが、まだ使える。ずっと使っていいがね」

こういい残すと、老女はさっさといってしまう。押しつけがましくはない。良寛は自分が僧侶として充分に敬意を払われていることが感じられ、襟を正す思いであった。ここは炭小屋で、冬の蓄えとして薄《すすき》で編んだ炭俵が積んであったのだが、まさか黙って使うわけにはいかない。海岸にいくらでもある流木を拾ってきた。海中で長いこと揉まれてきた流木は、うまい具合にすり減り、簡単に折れるので手頃な長さになった。

良寛が流木拾いをするのを見ていたらしく、ちょうどよい時刻を見はからって、老女が種火《たねび》を持ってきてくれた。もちろんありがたかったのだが、良寛は一挙手一投足を観察されていると感じた。良寛はするべきことをしているだけで、人の目がないところで態度を変えるということはない。どんなことでも作務《さむ》修行なのである。寺での厳格に決められた修行ではなく、次に何が起こるかわからない娑婆世界でのその日その日の修行は、まことにおもしろいと感じられた。

麦粥が煮えてきた。海水を少々加えるだけで、味は充分である。良寛は土鍋を焜炉からおろすと、食作法《じきさほう》の通り五観之偈《ごかんのげ》を唱えた。もちろん今朝の食事が特別というのではないが、乞食《こつじき》僧として生きようとする願いを込めて唱えたのだ。五観之偈はこれまで数限りなく唱えてきたのだが、良寛にとってはこれほどまでに身心に響いたことはなかった。もちろんこれまで決められたことをただくり返していたというわけではない。しかし、乞食僧としての生き方のすべてが、ここに込められていると感じた。

何度も合掌礼拝してから、良寛はしみじみとした思いで麦粥を啜《すす》った。

粉雪が舞い、遠くの山が白く染まる。冬は確実な歩みでやってきた。怯《おび》えても、そうでなくても、逃げる場所はない。それなりの備えをして、誰もがその場所でじっと待機しているしかない。良寛は板切れや杉皮などをたくさん拾ってきて、庵の内部から隙間風を防ぐ算段をした。海に真向かっていて、風景が美しい分、風は強烈である。良寛が炭俵をいったん外に出し、板の隙間をふさぐ作業をしていると、いつしか村人が十人ばかり集まってきて手伝ってくれた。着古したものではあったが、綿入れの着物を布施しにきてくれるものもいた。蒲団さえも供養されたのだ。

「村にお坊さんがいることは、ありがたいことだがね」

村人に良寛は同じような言葉をかけられた。道を説くものが何よりも求められている。良寛は改めて説法をするわけでもなかったが、こうしてこの場所で一衣一鉢の暮らしをすることが、法を説くことなのだという実感があった。

村人が男も女も十人も集まって手伝ってくれ、たちまち冬支度は終った。長い夜に書物を読んで過ごせるようにとの配慮をしてくれるものもあり、燈火も備わった。まわりの家には暗くなれば眠り、燈火などまったくないにもかかわらずである。

良寛は郷本ばかりでなく、少し足をのばして近隣の里へも托鉢に出かけた。こうして人々の中に生きることが楽しく感じられてきた。打ち溶けてなんでも話すというところまではいかなったが、これから生きていくべき道筋が見えてくる気がしたのである。浜街道からはずれると、冬枯れの田が茫漠《ぼうばく》として広がる。稲が実れば稲架《はさ》掛けをして稲の衣を着たようになるタモの木が、痩せ細った杭棒のように一列にならんで、冬枯れの田んぼに立っている。その脇の道を、良寛は衣の中に風がはいらないよう身体をすぼめ背を丸めて歩いていく。

遠くの山も近くの山も白く染まっていた。この風景の中に溶けていくにしては、良寛にはまだまだ自分自身にこだわるところがある。いましばらく、名もない乞食僧としてこの場所で修行したいものだと思う。

幾つかの里を托鉢に歩いた。はじめて足をいれる里である。托鉢行の作法はいつでもどこでも同じなのだが、雑念が雑草のようにはびこっているせいか、その日はうまくいかなかった。先方でも感じることがあるのだろう。因果というものは、微妙なことにこんなところにも現われるのだ。

昨日《さくじつ》　城肆《じょうし》に出《い》でて　乞食《こつじき》すること西又東《にしまたひがし》
肩《かた》は痩《や》せて嚢《ふくろ》の重きを知り
衣《ころも》は単《ひとえ》にして霜《しも》の濃《こ》きを知る
旧友《きゅうゆう》　何処《いずこ》にか去《さ》れる
新知《しんち》　相逢《あいあ》ふ少し
行《ゆ》きて行楽《こうらく》の地《ち》に到《いた》れば
松柏悲風《しょうはくひふう》多し

昨日、人の住む街に出かけ、托鉢を西に東にとして歩いた。肩が痩せてしまったせいか、頭陀袋は重い。墨染めの衣は単《ひとえ》なので、霜の寒さが身に染みる。旧友はどこにいってしまったのだろう。新しい友人にも会うことはほとんどない。歩いていって盛り場のあたりにいくと、烈しい海風に松柏などの樹木が悲鳴を上げている。

昨日良寛は近くの大きな街の寺泊《てらどまり》まで、托鉢の足を伸ばしたのである。冬になってさすがに盛り場を歩いている人影も少なく、人々は内に籠もりがちで、托鉢僧にも関心がなさそうだ。鉢の中は食物で満たされることもない。良寛は心淋しい思いで郷本の庵に帰ったのである。もちろんこんな日もある。

見慣れている庵の前の海を見て心が落ち着いた。蓄えというほどでもないのだが、袋の中に少し残っている麦で粥を炊いた。いつもの朝餉《あさげ》である。熱い粥にふうふうと息をかけて食べている時、良寛には思うところがあったのだった。

いくらわずかばかりだといっても蓄えがあると、どうしてもそれに頼ることになってしまう。僧に蓄えは必要のないものだ。道元禅師もおっしゃっているではないか。着るものや食べるものについて、あれこれ思い煩《わずら》ってはいけない。もし食べるものがなくなったら、その時にはまた托鉢により食を得ればよいのである。水のように流れて寄る辺《べ》のないものを、僧という。たとえ墨染めの衣と鉢しか持っていなくても、檀那や親族にすがって生きているなら、それは自分も他人も束縛をすることで、不浄食《ふじょうじき》ということになる。

良寛はようやく気がついた。麦を蓄えてある袋を持って立ち上がった。外にでると、砂浜も屋根もすべて雪に覆われている。そこここに雀の群が疳《かん》高い声でちゅんちゅんと鳴いて飛びまわっている。良寛は雪の上に麦の粒を撒きながら、石ののった杉皮揖きの屋根の上の雀に向かっていう。

「お前たち、冬がきてひもじかろう。こっちにおいで、さあ、お食べ」

良寛の声が心に届いたのか、屋根から雀が十羽ほど翼を軋《きし》ませて雪の上に降り、麦を食べはじめた。雀は恐れる様子もなく、良寛の足元まできた。雀が食べやすいように、雀の身体に当たらないようにと、良寛はまた一掴《つか》み麦を撒いた。

静かな日がつづいていた。毎朝方向を決めて托鉢に出かけ、得たもので食事をして満足し、晴れれば砂の上に莫蓙《ござ》を敷き、海に向かって坐禅をする。憂いといえばいくらでもあるのだが、そのことも忘れていることができる。もちろん良寛はどうしたいという具体的な望みがあるわけでもない。無常の中を日が流れていく。それが良寛にはまことに尊く思われるのであった。この静かな暮らしが良寛には気にいっていたのだ。

ある朝、海辺の村を托鉢で一巡りして、郷本の炭小屋に帰った。すると炭小屋の主の母親が、良寛を待っていたようにしていうのであった。

「お坊さま、あなたは出雲崎の橘屋の良寛さんではないかね。そういって訪ねてきた立派な旦那さんがあったがね」

老女は恐る恐る尋ねてくる。誰が広めたのかわからないが、良寛自身が知らないうちに噂が伝わっていたのだ。どこまでも狭く住みにくい世の中である。

「私は世を捨てた僧です」

こういってはみたのだが、良寛には老女が納得しないのがわかる。

「やっぱりそうかね」

「その旦那さんは何をしていったのですか」

「うちに訪ねてきて、あの小屋の持ち主は誰かとお聞きなさった。ちょうど倅《せがれ》がおって、持ち主というならうちだと答えたがね。そうしたら、中にはいって確かめてもいいかとおっしゃる。駄目だともいえねえで、中を見なさったがね」

扉はあっても錠もないので、庵の中にはいるのは簡単なことだ。庵の中には板で簡単につくった文机があり、硯と筆が一つずつ置いてある。詩想はたえず湧き上がってくるのだが、紙が充分にないのでよほどのことがないかぎり書き留めない。他には焜炉《こんろ》と土鍋があるばかりである。これだけなら誰かはわからないが、壁には風除けのために、漢詩を書いて貼っていたのだ。書きつけた漢詩は、良寛の夢の世界を歌ったものだ。ここに歌われているような宴は、まったくなかったのである。

　春夜《しゅんや》の宴《うたげ》
此《こ》の夕《ゆう》べ風光《ふうこう》稍《やや》和調《わちょう》し
梅花《ばいか》簾《すだれ》に当《あ》たり月《つき》半規《はんき》
主人《しゅじん》興《きょう》に乗《じょう》じて瑶席《ようせき》を開《ひら》き
坐客《ざかく》毫《ふで》を含《ふく》んで清池《せいち》に臨《のぞ》む
十年《じゅうねん》の孤舟《こしゅう》江湖《こうこ》の夢《ゆめ》

一夜洞房琴酒《いちやとうぼうきんしゅ》の期《とき》
他日相思《たじつそうし》して能《よ》く記得《きとく》するや
十字街頭《じゅうじがいとう》の窮乞児《きゅうこつじ》を

今宵の風光はおだやかな春で、簾の外の梅花に半月の光が当たっている。当家の主人は興に乗って楽しい宴を開き、客たちは筆をとって詩をひねりだす。私は十年間の孤独な旅をつづけてきたのだが、今夜は同行の文人と豊かな交わりをしている。ここに集まった人たちは記憶していつか思い出してくれるだろうか、この街の乞食坊主のことを。

夢の中の詩なのである。梅花の宴の主人は誰なのかよくわからないが、ここには父の以南も弟の由之もいる。その素晴らしい宴席にはふさわしくない、貧しい身なりの自分がいる。そんな情景を思い描いて書いた漢詩であった。現実はどうあれ、詩の世界は自由自在なのだった。

誰なのかはわからないが、ここにやってきたのが詩のわかる人物ならば、良寛の心の内がわかるはずである。もし昔から良寛を知る人物ならば、筆跡を見ただけですべてを理解することであろう。

「お坊さまは出雲崎の橘屋の良寛さまなのかね」

一つのことしか聞いてこない老女に向かって、良寛ははぐらかすことはできずに大きく頷いた。老女も何度も頷きをくり返す。

「やっぱりそうかね」

ほんの一瞬のことだが、老女に良寛は蔑《さげす》んだ目で見られたような気がした。紫衣《しえ》を着ず、衣鉢のほかに一物も持たず、明らかに乞食僧の風体である。そのように見られたと感じるのも、自分の心から出てきたことだと良寛にはわかっていた。すべての忍辱に耐えてこそ、般若波羅蜜の境地に至ることができる。よい修行をさせてもらっているということだ。

「やっぱりそうかね」

老女はもう一度良寛を上から下まで見詰めて同じことをくり返しいった。それから倅《せがれ》にでもいいつけにいくのか、母屋のほうに小走りで去った。

騒然たる気配とともに由之がやってきたのは、その日の夕刻であった。海の色が闇の色を呑んでいた。由之がくるのはわかっていたので、良寛も心が落ち着かず、その心をしずめるためいつもの浜に莫蓙を敷いて坐禅をしていたのだった。こんな時こそ、安楽の法門である坐禅はふさわしい。良寛にはもちろん自分の生き方として確固たるものはあるのだが、由之の気持ちもわからないではなかった。兄を家に迎えいれたいという気持ちとともに、乞食僧として帰郷してきた兄についての、世間への見栄のようなものもまったくないとはいえないだろう。だが良寛とすればこのような生き方がすでにはじまっているのである。

「兄《あに》さん」

坐禅する良寛のすぐ前に立った由之は、泣き声をまぜたようないい方をした。それにくらべて良寛は冷静だった。結跏趺坐の脚を解いてあぐらをかき、手を膝の上に置いて、全身をゆるやかに保つ。それから笑顔をつくっていう。

「由之かあ。久しぶりだな」

「兄さん、帰ってたのか。どうして家に寄らなかった」

「家には寄った。合掌礼拝して通り過ぎた。心の中でお前たちが無事にやっていることを祈ったぞ」

良寛のいっていることはすべて嘘偽りではなかった。故郷に残って人一倍苦労している弟の無事を祈らないことはできない。由之は不服そうな心の内をあからさまに見せる。

「兄さん、わしにはどうしてもわからん。兄さんが遠い玉島の円通寺にいって自分が納得するまで修行をしたのはわかる。その修行が終って故郷に帰ってきて、立派な家があるのにそこを素通りして、どうしてこのようなみすぼらしいところで暮らしているのか、わしにはどうしてもわからんのだ」

由之は怒りを含んだ目で良寛を見詰めていた。言葉にならないこともあるのか、唇の端が小さく震えていた。だが本当のところでは由之はわかっているのだと良寛は思う。

「修行は終っておらん」

「兄さんは円通寺の国仙和尚から修行が終了した証明の印可《いんか》を授かり、立派な和尚になったと聞いておるぞ」

「印可は確かに授けられたが、修行は終ってはおらん」

違う道を歩いている由之には、どのように説明しても理解されないのかもしれないと良寛は悲しく思う。自分にとっては明らかな白道《びゃくどう》なのだが、誰にも理解されることはないかもしれない。

「兄さんのいうことはわからんでもないが、わしの外聞も考えてくれ。親父の時代からくらべればおちぶれたかもしれんが、橘屋の土台はまだまだびくともせん。その橘屋の惣領息子である兄さんが、出雲崎のそばで乞食の真似をしておる。わしは世間になんと説明したらいい。兄さん、頼むからわしのことも考えてくれ」

こういって由之は砂の上に正座をしたのだった。頭を砂にすりつけて土下座までしそうな身振りである。由之は橘屋を守ろうとして一生懸命なのだということが、良寛にもよくわかった。ここで我を通し、弟を傷つけることは良寛の本意ではない。良寛はその場で由之に深々と頭を下げた。

「悪かった、由之よ。故郷に帰ってきたのならきたなりに、わしはお前にきちんと挨拶をするべきであった。苦労して家を守っているのはお前だからな。許してくれ。修行修行と自分ばかりのことをいいつのり、お前にとってはさぞ腹が立つことであろう」

いいながら、良寛は涙ぐみそうになった。人の立場に立ってものを考えるのは、難しいことである。何もかもが水の流れのように自然でなければならない。我をつらぬき通す修行など、はたから見れば迷惑なだけだろう。やっと笑顔をつくって由之はいう。

「それじゃ兄さん、家にきてくれるか」

「それはならん」

「それでは今いったことと違うではないか」

「違うか」

「違うとも。昔から勝手なことばかりしている兄さんと、なんにも変わらん」

確かに由之のいうとおりだと、良寛も思うのだ。良寛は出家をしたいから光照寺に逃げ込み、自分が惣領息子ながら由之に生家橘屋を押しつけ、玉島の円通寺まで逃げていったのである。故郷に帰ってきたのに、生家からまだ逃げようとしている。とうとう良寛ははげ頭に手をやっていった。

「由之よ、お前のいうとおりだな。わしの肚《はら》は決まっているつもりだが、まだまだ迷いがあるようだ」

すべてを捨て一衣一鉢で生きる覚悟はついているが、世間とどのように付き合っていったらよいかわからない。釈尊は世間から近からず遠からずのところに住むようにとおっしゃった。世間に近すぎれば俗塵に染まらないわけにはいかず、遠く離れすぎれば托鉢はできない。その上で詩歌を語り合える友も欲しい。孤独にはどのようにでも耐えるにせよ、清遊できる友も必要なのである。そのような条件を満たす草庵が欲しいというのが、良寛の本心なのである。

「それでは兄上、これから家に帰ろう。わしも積もる話をしたいのだ」

由之は立ち上がり、着物の裾の砂を払った。良寛はすぐには立てなかった。郷本のこの炭小屋にこれ以上暮らすことができないのなら、空寺か神社の祠《ほこら》か庵になりそうなものを探したい。だが由之は良寛の手首を掴んで引っぱった。立ち上がった良寛の前に、顔見知りになった漁師やその女房たちがいて、その中に炭小屋の持ち主と母親がいた。彼らは良寛に向かって善良そうな表情で両掌を合わせ、頭を下げていたのだった。

一冬を過ごした庵には、まわりの人に布施された蒲団や着物などがあり、意外に荷物が増えていた。いずれ庵居をするつもりなので、必要なものは持っていくことにした。老女に布施された焜炉《こんろ》も土鍋も、必要なものである。幸い由之は当座の食糧を担がせて人を連れてきたので、運んでいく人手は足りた。短い期間過ごし、しかも必要最小限しか求めなかったのに、いつの間にかこんなにも荷物が増えていることに、良寛自身が驚いた。人が暮らすと、知らないうちに塵が積もっているものだ。

ふらりとやってきた名も知らぬ乞食僧にこんなにも親切にしてくれたことを、良寛は漁師とその母親に感謝した。すると母親はまたもや良寛に合掌礼拝していった。

「わしはお坊さまがそばにいるので、いつ死んでも安心だと思ってたがね。いってしまわれるのなら、死ねないがね」

「それなら死なんでよろしい。死にたくなくても、死ぬ時には死ぬ」

良寛がいうと、まわりで笑いが弾けた。提燈の明かりで足元を照らさなければ、歩けないほどに暗くなっていた。だが実際に歩きだすと、白い道が見えていた。海から月が登ってきたのである。半分に欠けた月だったが、それまで暗いばかりで見えなかった波に黄金色の光が走り、その光が足元の道に届いたのであった。波の上の月光は砕けたような光の集まりだったが、海をまさに生きもののように照らした。

「見えるぞ。提燈の火を消したらどうだ」

良寛は自分のほうに提燈を差し出して足元を照らしてくれている由之に、血を分けた兄弟らしい親近感を覚えていった。良寛が炭小屋にいるとわかったとたん、駆けつけてくれたのである。由之は無言で提燈の中に息を吹きかけ、火を消した。後ろから若い使用人が荷を担いでついてきたにせよ、良寛は幼い頃のように弟と二人で夜道を歩いている気分になった。いつまでも遊んでいて、怒った母親に迎えにこられたようである。

「わしの庵に誰かが見にきたということだが、誰がきた」

良寛はなんとなく胸に突っかえていたことを問う。

「橘彦山《げんざん》だ。郷本に兄さんらしい僧がいると噂が流れてな。あのあたりを托鉢したのだから、人目にも触れたじゃろ」

「彦山か」

儒者大森子陽《しよう》先生の塾である三峰館が地蔵堂にあり、彦山とはそこでともに学んだ。彦山ならば良寛の書体をよく知っているはずである。良寛は十三歳で三峰館にはいった。地蔵堂は出雲崎から子供の脚で通えるような距離ではない。だが地蔵堂には父以南の生家新木家の親戚の酒造業を営む中村家があり、良寛はそこに寄宿させてもらって塾に通ったのだ。そこで学んでいた同輩には真木山《まぎやま》の庄屋の子の原田鵲斎《じゃくさい》などがいて、良寛にとっては六年間四書五経を学び、詩作を学んで、青春ともいうべき楽しい時間を送った。良寛は父に出雲崎に呼び返され、名主見習役になったのである。その後子陽は出羽国鶴岡に出て私塾を開いたと聞いている。三峰館の同門の橘彦山がきたと聞いて、良寛には胸の奥に火が点《とも》るような感じがあった。良寛が漢詩を自在につくれるのも、塾で学んだおかげだ。

「鶴岡にいかれた子陽先生はどうなさっているか、お前は知っているか」

良寛は由之に向かってこう聞かなければ気がすまない。月光で由之の横顔を見ながら、由之も自分もすっかり中年の風貌になっていることに気付く。由之は自分の足元に視線を落として話した。

「三年前になるかのう。鶴岡で客死された。享年五十四歳でいらっしゃった。墓は寺泊の万福寺の大森家墓地にある」

「学問の楽しみを教えてくださったよき先生であったなあ」

土の道に規則的に足を運びながら、良寛は心の中で師の菩提を願った。良寛は自分の少年時代を思い出していた。誰もいない部屋でよく書物を開き、何度も何度も燈火に油を足して読書をつづけたが、それでも冬の夜長が長いとは思わなかった。家に帰ると、読書ばかりしている栄蔵(良寛)を心配した母が、涼しい夕暮れになると散歩をすすめた。だが栄蔵は散歩の先でもすぐ立ち止まり、月光やよその家の窓明かりでもあれば吸い寄せられていき、読書をした。夜半裏木戸の石燈籠の明かりで読書をしていると、泥棒と間違えた母が薙刀《なぎなた》を引っさげてやってきたことがあった。父も母も学問にいそしむ栄蔵にどんなにか期待をかけたであろうが、名主見習役をなげうって父の跡を継ぐことを拒否し、突然出家して親を悲しませた。その上、まるで消息を断つかのように遠い異国にいって修行をした。親をどんなに悲しませたのか、今になって実感するのである。長い遍歴を重ねて帰郷すれば、父も母も墓の下で眠っている。師子陽先生の消息をたずねてみれば、とうに泉下の人ということだ。ここでも良寛は忍辱《にんにく》と懺悔《さんげ》の思いにならないわけにはいかない。

海には相変わらず月が照っていた。月は斜めに曲線を描きながら空に登っていき、空を明るく染めていた。良寛には友をしのぶ気持ちがしだいに高まってくるのを感じた。庵居生活でとにかく冬をやり過ごすことができたため、気持ちに余裕が生まれたのであろう。幼馴染みの同窓の友の消息を聞いてみようという気になった。

「求古はどうしてる。子陽先生の息で、大変に優秀な男であった。子陽先生の後継ぎの器量と誰もが思っておった」

由之は一瞬沈黙した。そのことで良寛はおおよその意味を知る。静かに溜息をついてから、由之は話しはじめた。

「彼の才気は誰もが認めるところだった。一番認めておったのは子陽先生で、期待もしておられたであろう。求古は京都に遊学し、そこでも才を認められ、当代一流の学者などとも交っていたという話だ。ところがその才を鼻にかけるところがあった。京都は誘惑も多かろう。生活も乱れておったと聞いた。そのため志は得られず、帰郷した。しかし頼みの父はこの世におらず、相変わらず人を見下すところがあったので相手にする人もなく、塾を開こうにも人望がないから弟子は集まらない。貧苦の果てに病いになり、一日中戸を閉め切って伏せっているそうだ」

「母親はいるのか」

「父親と同じ黄泉《よみ》の客だ」

「妻は」

「京都ではよほど楽しいことがあったとみえ、妻は娶《めと》っていない」

「うむ」

良寛は溜息をつく。未来の自分の姿といえばそうである。旅に出て何処で寝ても、他人でも一日か二日なら助けてくれるであろう。この世のどこかに身を寄せたとして、一日か二日ぐらいなら辛抱できるだろう。たとえ寝具が揃っていたとしても、この長い人生をどうやって暮らしていったらいいのだろう。もちろんこれは良寛自身の問題でもあるのだ。雲のように水のように流れ流れてきて、何事にもとらわれがないため眷属《けんぞく》もなく友もなく弟子もなく、道が尽きたところに果てる。それが良寛自身の運命であることは明らかだ。そのようなことを今さら嘆いたところで仕方がない。気を取り直して良寛は尋ねる。

「原田鵲斎《じゃくさい》は元気であろうな」

三峰館では五歳下の男であった。少年の頃に五歳違うといえば相当な違いだが、子供の頃から年上のものに敗けまいという元気にあふれていた。

「鵲斎は元気じゃ。江戸に遊学して医者となり、中島におる。あれは変わった御仁じゃ。野積の西生寺の梅樹がなかなか見事で、これを盗もうとした。一枝や半枝を盗むのが普通だが、鵲斎は丁夫を連れていって根から掘り起こし、全部を盗もうとした。人に知られることも恐れない御仁じゃ。さすがに和尚が見咎めて、梅の樹の幹にしばった。鵲斎にすればあまりにもいい梅の香に包まれたので、絶叫した。その心根を思って、後日和尚は鵲斎にその梅樹を根ごと掘って送ったそうじゃ。これが風流なのかどうかわしにはわからん」

「風流じゃろう」

腹の底から笑いながら良寛はいう。どうやら弟由之と心打ちとけて話せるようになったようである。

「もしかすると兄さんのことを一番理解しているのは鵲斎かもしれん。兄さんが帰ってきたとの噂が流れて、兄さんが修行するのに最もふさわしい庵が、国上山《くがみやま》の中にあるという話をしておったそうじゃ」

# 第四章　月光

出雲崎の生家橘屋にきてみると、良寛には家運が衰退していることが痛いほどにわかった。建物も家財道具も古いままで、植木も整えられていなかった。だが良寛が改めて口に出すことではない。良寛は家の人に食事を供せられながらも、もちろん修行をやめたわけではなくて、正午を過ぎると食物は一切口にしない。精進潔斎の料理をつくるのも大変な手間だから自分がつくると良寛がいうと、由之に大声でたしなめられた。由之は兄を邪魔にしているわけではないというのだ。良寛が修行のために托鉢にでるといえば、橘屋主人の顔を潰すのかと由之はいうに決まっていた。

良寛はおとなしくしているのだが、心は漂泊している。部屋で坐禅をしていると、由之の子供たちが好奇心あふれる目で見にきた。荒れた庭は見通しがきかないので、ひそかに坐禅をするには好都合だと思っていると、必ず子供に見つけられた。

良寛は和歌をつくり、短冊に書き留めた。

越《こし》に来《き》てまだ越《こ》しなれぬ我《われ》なれや
　うたて寒さの肌にせちなる

故郷の越後に帰ってきたものの、自分はまだこの土地に慣れず、うまく時を過ごすことができない。ますます寒さが肌に迫ってくるというような意味である。

このまま生家にいたのでは、修行にはならない。安逸を貪るだけである。家を出なければならないのだが、このまま行方をくらましたのでは、由之が傷つく。面子《めんつ》をかけて、どこまでもどこまでも良寛を探してくるだろう。そこまで我を通すことはできない。中道をいくのが、仏の教えなのである。

「そのへんを散歩してきますよ」

聞こえたのか聞こえなかったのか、悩める良寛は大きな声でいい、家を出た。袈裟は着けていたものの、鉢は持っていなかった。橘屋の門を出ると、晴ればれと自由になった気がした。天地一枚の間に生きているのに、何を好んで窮屈な暮らしをすることがあろう。

良寛はかつて慣れ親しんだ出雲崎の街をぶらりぶらりと歩いていた。新しい家も建ってはいたが、よく見知っている古い家もあった。僧形の良寛が橘屋主人の兄だということはすでに街中に知れわたっていて、人々は良寛の姿を見ると挨拶をしてきた。良寛も微笑んで会釈を返す。この街では、今は托鉢行はできない。食物をもらっても、由之はそれを食べることは許さないだろう。良寛にとってはいつものやり方で人々と触れあうことを禁じられていると同じだった。

表の街道には商店や旅籠屋がならんでいた。街道から海のほうに向かっていく。両側の家にそって先にいくほど狭くなった道のその先に、海が見えた。出雲崎の港である。この港の周辺も、北前船が寄り、佐渡への航路も開けているので、大いに賑わっていた。良寛は接岸してある船を寛《くつろ》いだ気分で眺めた。荷をたくさん積む北前船は、さすがに大きかった。中には下関を越えて瀬戸内海にはいっていき、円通寺のある備中国玉島までいく船もある。

束の間、師国仙和尚をはじめ修行をともにした僧たちの顔が浮かんだ。一に石を曳き、二に土を運ぶの家風のもとに修行をしたからこそ、良寛は今日の境地があるのは確かだった。血縁の濃い人間関係になどまどわされず、そろそろここを旅立つ算段をしなければならないなと、まだきたばかりなのに良寛は思うのであった。

「お坊さま、一休みしていきませんか」

「いらっしゃいよ」

「お坊さまは何かお悩みの御様子ですよ」

頭上から声がするので顔を上げると、若い女たち五人ばかりが二階の張出しから笑いながら手招きしている。昼間の遊女たちである。よく見れば船乗りたちがはいっていく遊廓であった。僧形の良寛は明らかにからかわれている。

「茶を一杯いただきますかな」

見上げて良寛は返事をした。太陽が目にはいってまぶしかった。

「茶なりと、なんなりとしんぜましょう」

一人がこういって、遊女たちは屈託のない様子でけらけらと笑う。心の内が沈んでいた良寛は、それでいっぺんに明るさを取り戻したのだ。遊女たちの白い腕が揺れながら招き寄せるのに誘われ、良寛はまだ暖簾《のれん》がかかっていない玄関にはいった。がらんとした家の中に向かって良寛は小声を出す。すると遊廓の屋号を染め抜いてある半纏《はんてん》を着た男が跳び出してきて、良寛の姿を見て立ち止まった。

「おや、橘屋の良寛さまではありませんか。何か御用で」

男には猜疑心《さいぎしん》がありありと表情に浮かんでいた。そのことを良寛は感じないわけではなかったが、それも呑み込んでいう。

「上の女郎衆が茶を一杯布施してくださるとおっしゃるのでな。仏につかえる身としては、布施は受けなければなりません」

「はあ」

なおも男が怪訝《けげん》な顔をしていると、階段を女たちがどやどやと降りてきた。女たちは口々にいう。

「良寛さま、こちらですよ」

「二階にいらっしゃい」

女たちに手招きされ、良寛の顔には微笑がひろがった。

「それじゃ御免なさい」

良寛は男に頭を下げると、草履を脱いで上がった。そのとたん女たちに囲まれ、手を取られて階段を上がった。女たちは化粧をしているわけではなかったが、脂粉《おしろい》のにおいが濃かった。

「おいおい、乱暴はいかんぞ」

良寛はいうのだが、途中から笑い声になった。良寛は女たちに無垢なものを感じていたのだった。

二階は宴会をする大広間だった。そこで女たちはおはじき遊びをしていた。女たちは畳の上に散らばったおはじきを片付けようとした。

「片付けんでいいよ。わしもおはじき遊びにまぜてもらおう」

良寛は畳の上に坐り、散らばっているおはじきを掌にとった。

「良寛さま、遊び方を御存知ですか」

女たちは良寛を基点にして輪になってならんだ。

「わしはな、子供の頃はよく女の子と遊んだものじゃよ。出家をしてからは、女の子からはとんと遠くなったがな」

良寛がこういうと、輪の中で笑いがはじけた。良寛は女の一人と向き合って、勝負をする。全部のおはじきを掌の中にいれてかきまぜ、畳の上に散らばせる。適度な距離のあるおはじきとおはじきの間を指で線を引き、指ではじいておはじきとおはじきを当て、できた間隔にまた指が通る幅がなくてはならない。うまくいったら、先のことを考えて当たったどちらか一個をとる。そうやっておはじきを自分のものにしていく遊びなのだが、良寛は指でおはじきをはじいても狙いどおりに当たらず、たちまち番が相手のほうにいってしまう。

「良寛さま、この世に仏さまは本当にいらっしゃるのですか」

良寛がおはじき遊びに興じている時も、ただ見ている時も、女たちは問うてくる。どんな時でも良寛はにこにこして答える。

「おられると思う人のところにはおられるのじゃよ。思っても思わなくても、仏さまはどこにでもおられる。仏さまは月のようなものじゃ。地上に降りそそぐ月の光は、誰を包むとも誰を包まないともなく、誰でも平等に包んでいる。月光の外にいこうと思っても、それは不可能じゃ。仏さまとはそのようなものじゃよ。月光はそこにあっても感じられんこともあるじゃろ」

女たちは頭を振って頷く。その間もおはじき遊びが止まることはない。女の一人が顔を上げた。

「それでは観音さまとはなんですか」

「うむ。わしが聞きたいくらいじゃがな。法華経観世音菩薩普門品にはこう説かれておる。観音の名を聞き、南無観世音菩薩と心の中で強く念じたなら、あらゆる生存の苦しみを観音は滅してくださる。悪意あるものが誰かを殺そうとして火の燃える穴に落としても、観音の力を念ずれば、火の穴は変じて池となる。海の難所で漂流し、竜や魚やいろいろな鬼に襲いかかられたとしても、観音の力を念ずれば、波浪の間に沈むことはない。崖から誰かに突き落とされても、観音の力を念ずれば、太陽のように空中に浮かぶであろう。悪人に追われて山から落ちようとする時、観音の力を念ずれば、髪の毛一本すら失われない。刀を手にして危害を加えようとする敵に囲まれても、観音の力を念ずれば、敵もただちに慈《いつく》しみの心をおこす。王難《おうなん》の苦しみにあい、処刑場で命が終りそうになっても、観音の力を念ずれば、たちまち刀は粉々に砕けよう。枷《かせ》や鎖に捕えられても、観音の力を念ずれば、枷も鎖も砕けて脱出することができる。呪文やら毒薬によって身を破壊しようとするものも、観音の力を念ずれば、それらを使おうとするもののほうに戻っていく……」

世尊《せそん》妙相具《みょうそうぐ》　我今重問彼《がこんじゅうもんぴ》　仏子何因縁《ぶっしがいんねん》　名為観世音《みょういかんぜおん》（この仏の子は、どのような因縁によって観世音と呼ばれるのか）と、良寛はおはじき遊びをしながらも観音経を読誦《どくじゅ》しているような気分になっていた。良寛はおはじき遊びに興じながら、口の中で妙法蓮華経従地涌出品《じゅうじゆじゅつほん》第十五の一節を微音で口の中に唱えた。

「善学菩薩道《ぜんがくぼさつどう》　不染世間法《ふぜんせけんほう》　如蓮華在水《にょれんげざいすい》　従地而涌出《じゅうじにゆじゅつ》　皆起恭敬心《かいきくぎょうしん》　住於世尊前《じゅうおせそんぜん》（よく菩薩の道を学んで、世間の汚れに染まらないことは、蓮の花が泥の中に生きながら泥に染まらない美しい花を咲かせるようです。その蓮の花のように汚れることなく、大地の中より涌き出して、世尊の前に恭敬《くぎょう》の心を起こし、堂々と坐っています）」

良寛は女たちと夢中になっておはじき遊びに興じた。女たちに遊んでもらったのである。遊んでいる時には童心そのものだったのだが、良寛は無心になっていたというのではない。遊女たちと子供のように遊ぶ意味というようなことを考えてしまった。そのようなことを考えなくなったら本当の僧になれるのにと思いながら、良寛は遊廓を後にした。そろそろ今夜の客を迎える準備をしなくてはならないと男にいわれ、良寛は女たちから引き剝《は》がされたといってもよいのだった。

港は何艘かの船がはいってきて大賑わいである。船から降りてくる客に向かって、旅籠屋の旗を持った連中が勧誘に寄っていく。黄昏《たそがれ》に向かって、港はいちだんと賑やかになってきた。良寛はしばらく港の様子を眺めてから、橘屋への道をたどっていくのだ。歩きながら考えた。これから生きていくためには、自分にふさわしい庵を見つけるか、旅に出るかしかないであろう。肉親の情愛は、修行者を腐らせるだけだ。人が生活するただ中を通って、いつの間にか橘屋の門の前に着いた。いこか戻ろかと、良寛は心の中で何度か逡巡した。着のみ着のままではあったが、このまま雲をたのみ水をたのみの旅に出てしまってもよかったのである。

とりあえず橘屋の門の中にはいった。良寛は由之に勝手口ではなく玄関から上がるようにといわれていた。玄関にはいるとそこに由之が憮然とした表情で立っていて、さっそく短冊を渡されたのだった。

そこにはこう書いてあった。

墨染めの衣着ながら浮かれ女と
　うかうか遊ぶ君が心は　　　由之

読んでいるうちに、由之は良寛の前から消えていた。良寛が遊廓にはいっていったのを誰かが見ていて、由之に知らせたのだろう。世間のことは気にはならないにせよ、目がどこについているのかわからないものである。

墨染めの衣を身にまとった僧侶でありながら、人生で大事なことをするわけでもなく浮かれ女と遊んでいる君は、どんな心持ちでいるのか。そんな意味である。世間の人間は良寛をこのように見ているということだ。もちろん良寛には耐えることは簡単である。むしろ良寛は、あの屈託のない子供のような遊女たちが、世間からどのような目で見られているのかよくわかった。誰も自らすすんで遊女となったものはいないであろうに……。

良寛は与えられた部屋にいき、墨をすって、返歌を短冊にしたためた。

うかうかと浮世を渡る身にしあれば
　よしやいふとも人はうきゆめ

この世をぼんやりとして大切なこともせずに過ごす身であってみれば、人がよくないと嫌う遊女であっても、同じ世を過ごす同じ人間なのだと考えますよ。名主におさまってこのあたりに君臨している由之には理解できないことだろうと案じながら、良寛は下女を呼んで短冊をこの家の主人に届けるようにと頼んだ。すると、おっつけ新しい短冊が届けられた。

良寛が遊廓にいったことを、由之はよほど腹に据えかねたようだ。もしかすると、知らせにきた他人にさんざんに悪口をいわれたのかもしれない。短冊にはこう書かれていた。

うかうかと渡るもよしや世の中は
来ぬ世のことを何と思はむ　由之

この世をぼんやりとして大切なこともせずに過ごしてもかまいませんが、人はやがて死ぬのですから、死んだ後のことも考えてきちんとしておかなければなりません。由之は僧である兄の良寛に向かって、このように説教をしているのだ。弟の俗人ぶりが、むしろ良寛には好ましく思えた。良寛はまた短冊に和歌を書き、下女に届けてもらった。

この世さえうからうからと渡る身は
来ぬ世の事を何思ふらむ

苦しみばかりのこの世でさえも、何も考えずぼんやりと渡る身であれば、死んだ後の来世のことなどどうして心配する必要があるでしょうか。世間の体裁にとらわれず、もっと由之らしく生きればよいのにと良寛は思う。良寛のように、父以南のようにである。だが根が生真面な由之には、そのことは理解できないようである。

良寛は部屋で道元の『正法眼蔵』のうち「諸法実相《しょほうじっそう》」の巻を静かに読んでいた。道元の修行した大宋国の天童寺での、禅刹らしい潑剌とした情景が描かれていて、良寛が好きな巻であった。

もちろん何度も読んだ。

　春三月の夜中の四更（午前一時から三時頃）、山の上のほうから鼓を打つ音が三度響いた。道元は寝具の中で身を起こした。如浄住持和尚がこれから説法をするから、修行僧は集まりきたれという合図である。道元は坐具をとり、袈裟を着けて、雲堂の前門からでた。衆僧にしたがって法堂《はっとう》の西壁を経て、寂光堂の西の階段を登った。寂光堂の西壁の前を過ぎ、如浄和尚の方丈である大光明蔵の西の階段を登った。西の屏風の南から、香台の前にいって焼香礼拝する。良寛は道元禅師とともに天童寺を歩いているような気分になっていた。これはありがたいことである。師如浄和尚の法音が聞こえた。法堂の内には満衆が立ち重なっていた。道元は隅に座を見つけた。

　師は大梅法常《だいばいほうじょう》禅師が大梅山にはいった因縁を語っていた。「仏とはどのようなものか」と、法常は馬祖道一《ばそどういつ》の道場に参じて問うた。「即心是仏《そくしんぜぶつ》（仏は心である）」これが馬祖の答えである。この言葉によって、法常は大悟した。

　法常は大梅山に移って粗末な草庵を建て、誰とも交わらずに一人暮らしをした。松の実を食べ、衣は蓮の葉であった。こうして三十余年間坐禅修行をしたのである。坐禅は一基の鉄塔を頭の上に置いてやるので、身体を横にすることがなかった。塔を落とさないように注意していれば、眠らないからである。その塔が寺宝として大梅山護聖寺《ごしょうじ》にあるのを、道元禅師は実際に見ているということだ。

　法常はすでにさとった人であったが、さらにさらに修行をつづけていたのだ。ある時ある僧が杖になる木を探しに山にはいってきて、法常の姿を見つけた。報告を受けた馬祖は僧を使いにやり、どのような道理でこの山の中に住んでいるのかと問う。法常はいった。

「馬祖は私に向かって、即心是仏といったのです。それを聞いたからこの山に住んでいるのです」

「近頃の仏法にはまた別の言葉があります。馬祖はいいました。非心非仏（心に非《あら》ず仏に非《あら》ず）と」

僧がいうと、法常はこう返した。

「あの老人は人を惑乱して始末が悪い。心に非ず仏に非ずといっても、私はただひたすら仏は心だとしますよ」

法常の言葉を受けた僧は、そのまま馬祖に告げた。

「大梅山の実が熟したな」

さとりの上にさとりを重ねるということである。修行はここまででよいということはない。法常が大梅山にはいって庵をつくり、松の実を食べ、蓮の葉の衣を着たと如浄和尚が語ると、大《だい》衆《しゅ》の多くは涙を流したと道元禅師は書きとめている。また霊鷲山《りょうじゅせん》に釈迦が安居《あんご》（共同の修行生活）をした因縁を聞き、大衆はまた涙を流した。

この時、如浄和尚は坐禅の椅子の右側を一度強く打っていった。

「時はまさに春だ。寒からず暑からず、坐禅にはよい季節である。兄弟《ひんでい》たちよ、どうして坐禅修行をしないでいられようか。入室しなさい（僧堂で坐禅をはじめなさい）」

大衆が一斉に動き出そうとした時、如浄和尚は鋭くいわれた。

「杜鵑啼《とけんめい》、山竹裂《さんちくれつ》（ほととぎすが啼《な》き、山竹は裂ける）」

如浄和尚はさとりのきっかけをそれとなく示されたのである。まだ明けない孤雲の彼方に、ほととぎすが鋭く啼きながら飛んでいく。その一声の激しさに、山竹さえ裂ける。静かに坐禅をしながら、大衆はほととぎすの鋭い声を脳裏に響かせつづけるのだ。これをさとりの契機とする僧がいるかもしれないのだ。どのような機縁で、人はさとりの境地に至るのかわからない。

良寛が自分自身も苛烈にやっていた過ぎ去った時代に思いを馳せている時、家の中を荒々しい足音が近づいてきた。そのような乱暴な足音を立てるものは、橘屋にはいない。足音がすぐそばで止まった瞬間、栄蔵いるかと大声が響き、障子が勢いよく開かれた。そこに立っていたのは、撫《な》でつけ頭をした原田鵲斎《じゃくさい》であった。久しぶりだが、顔に特徴があるのですぐわかった。鵲斎は勢いを失わずに呼んだ。

「栄蔵よ、お前の心がわしにはよくわかる。お前は庵を探してるのだろう。いい庵が見つかったぞ。国上山《くがみやま》の五合庵だ。これからすぐ見にいかんか」

人には持って生まれた食分《じきぶん》というものがあるので、暮らし向きのことについてあれこれ思い煩《わずら》うことはない。そんなことよりも、この世に生まれてなすべきことがある。最も大事なのは、生き死にを究めることだ。仏道修行者とすれば、それ以外にまったくすることはない。

道元禅師のお言葉である。庭にちょうどよい石があったのでその上で坐禅をすませ、朝餉《あさげ》をいただいてから、良寛は思った。本当におっしゃる通りである。道元禅師御自身の人生を通した実感のお言葉なのである。

沢庵を噛みながら、この沢庵がどのような道を通ってここまでやってきたのかを考えなさいと、道元禅師はおっしゃった。土を耕して種を蒔き大根を育てた人が、これは自分がつくったのだといえばその通りだが、それだけではない。土の恵み、水の恵み、太陽の恵みがあってはじめて、大根はできる。大根を洗い、塩に漬けた人がいる。それを切って膳にのせた人がいる。その膳を良寛の前まで運んだ人がいる。数えて数えられないほどの無限の来歴があって、ようやく良寛の滋養となるのである。一枚の沢庵であってもさとりの境地にはいるため、つまり生死を究めるために食べるのだ。

応量器で作法通りに食事をいただくのではなく、この場では世間一般の人と同じやり方でいただく。もちろん作法を通したいのだが、あまりそのことにこだわると、我《が》になる。自由自在に、融通無碍《ゆうづうむげ》に生きていきたいものである。

そんなことを考えるともなく考えていると、昨夜と同じ足音が響いて近づいてきた。原田鵲斎である。鵲斎は歩きながら声を投げてきた。

「栄蔵おるか」

「おう。おるぞ」

良寛は膳を横にどかしながら少年時代のように返事をする。いきなり障子が開き、そこに立っているのはもちろん壮年になった鵲斎である。

「国上山《くがみやま》にいくぞ。国上寺《こくじょうじ》とは大体話をつけてきた」

豪快なばかりにも見えるが、友思いの繊細な心を持った男だ。鵲斎がやってくると、良寛は暴風が吹き込んできたのではなく、清風が吹いてきたようにも感じた。

「これからいくのか」

すでに腰を浮かしかけながら良寛は応じるのだ。

「そうだ。お前も早く落ち着くべきところに落ち着いたほうがよかろう」

鵲斎には世間体のことなど関わりなく、良寛の気持ちがよくわかるようだ。それは良寛と同じように道心を持っているからである。親の後を継いで医師として生きなければならない道をたどらざるを得なかった自分自身が、心の葛藤を抱えているからかもしれない。

墨衣を着て袈裟をかける良寛を、鵲斎はうらやましそうに見ている。良寛と同じ道を歩みたいという心がありありと現われていた。壮年になってからの出家は、少年の時とは違って並大抵ではない。捨てなければならないものがあまりに多過ぎるのだ。

玄関で二人ならんで屈《かが》み草鞋《わらじ》の紐を結びながら、良寛はいう。

「宗四郎、国上山の国上寺はお前の家の菩提寺か」

「そうだ。だから話は早い」

いくら菩提寺でも、わざわざいかなければ話にはならない。いったところで、良寛とは宗門の違う真言宗の住職を説得できるとは限らない。鵲斎はよほどの熱意を、しばらく会ってもいない良寛のために傾けてくれたのである。しかも、良寛の気持ちをとことん理解してくれた上にである。

原田鵲斎は名は有則《ありのり》、通称宗四郎という。国上村真木山《まぎやま》の庄屋原田仁左衛門の三男で、大森子陽先生の三峰館ではいつも良寛を慕って後をついてきた。良寛が出家をした後、鵲斎は江戸に上がって峯丘駱《みねきゅうかく》という先生の門にはいって医学をおさめた。二十二歳の時に真木山に戻って医家として立った。これが鵲斎について良寛が知っているすべてである。

二人は出雲崎の街を歩いた。この男と連れ立って歩いていると、良寛は心安らかになった。

国上山は寺泊《てらどまり》の先で、出雲崎とはずいぶん離れているのが好都合であった。鵲斎は昨夜もきて今朝もきたということは、夜通し歩いていたことになる。うかつにもそのことに良寛はやっと気づいて、問うた。

「善は急げというじゃろう。とにかく早く決めたほうがよい。お前の返事を聞いて国上山にとって返し、朝のつとめに起きてきた和尚に頼んだ。本堂前での立話じゃったが、五合庵が空いているうちなら使ってもよいということじゃった。その返事さえ聞けばこちらのもんじゃ。善は急げとばかり、こうしてまた取って返してきた」

鵲斎は事もなげにいった。気力も横溢《おういつ》なら、身体も壮健な男である。何よりも友を思うやさしさが嬉しい。街をはずれ、田園にでた。水田に稲は育ち、歩くごとに株の間の水に太陽が写っている。稲架木《はさぎ》が畦に一列にならんでいる。秋になれば稲架木と稲架木の間の枝に竹竿が横に幾列にも渡され、黄金の稲束が架けられる。季節の流れは、田んぼの色を見ればわかった。人も行き交う田んぼの間の道に歩を進めながら、鵲斎は疲れを見せることもなくぽつりぽつりと話した。あの時間に姿を見せるためには、鵲斎は歩くというよりもほとんど走ったはずである。

「国上寺は和銅年間創建と伝えられる古刹じゃ。本堂は無量寿閣といってな、別名阿弥陀堂ともいう。かつては七堂伽藍と十六坊を擁していたということじゃ。無量寿閣の再建に力を尽くした万《まん》元《げん》という客僧が、貫主《かんす》和尚から一日五合の扶持米《ふちまい》を受けて住んだから、五合庵といわれる。万元の没後は歴代の貫主和尚の隠居所として使われてきた。今は空いているが、貫主和尚が空いているうちなら使ってよいというのは、自分が隠居したらそこを使うからどいてもらわなければならないということじゃ」

鵲斎は気が急《せ》いていると見え、早口で話した。良寛は中腹にあるという五合庵そのものは知らないが、国上山には登ったことがあるから、おおよその見当はついた。貫主の隠居所だというし、鵲斎が熱心にすすめるので、悪いことにはなるまいと思っていけばよいのである。良寛とすれば雨風が防げ、世間の雑音がはいり込まなければそれでよいのだ。しかし、世間から完全に隔絶されていてもいけない。托鉢をする家々がなければ、たちまち飢えてしまうからだ。山を中腹まで登り降りする距離が、世間とを隔てるのにちょうどよいはずだった。

「わしもな、お前に真木山のそばにいてもらえると楽しい。朋《とも》あり遠方よりきたるとあるが、友はできるだけ近くにおったほうがよい。お前を世話するのは、わしのためでもあるんじゃ」

弾むように歩を運びながら、鵲斎は楽しそうにいった。行く手に弥彦山が望まれ、その前方に重なって横に裾を長くひろげた山が、国上山である。良寛には見慣れた山である。このあたりにも水田がつづいている。稲株の間の水面に、空の青が写っていた。弥彦山に抱擁された国上山も水に写っている。このあたりに住む人々の勤勉さが感じられる。いい風景である。その風景を胸の奥に吸い込むがごとくに、良寛は深く呼吸をした。


山麓から五合庵までは、深い森の中の小道を抜けていく。登りはじめてすぐ右手に宝珠院があり、なお少しいくと左手に本覚院がある。かつて国上寺には十六坊あったとされるが、かろうじて残ったのがこの二坊である。良寛は胸踊らせながら山道をいった。森は深かった。時折鳥の声が聞こえる。庵居をするとなると、鳥の声や花の色は慰めになる。鵲斎は黙っていたので、静寂の中に聞こえるのは自分たちの足音ばかりであった。

そもそもが棚地なのか人の手によって馴らされたのか、平らな土地があり、そこに二間半四方、六坪ほどの小さな庵が建っていた。ならべた土台石の上に、そっと建物を置いたような風情である。都合によっては、建物ごとまた持っていくことができるような感じだ。一目見て良寛は気に入った。

「いいところじゃないか」

先に口を開いたのは良寛のほうであった。自然に言葉が口をついて出たのである。杉の根が縦横に浮き上がった庭には、よく見れば箒《ほうき》の目の跡がついていた。誰かが掃いてくれたらしい。良寛が箒の跡を指さすと、鵲斎がいった。

「国上寺の僧がやってくれたんじゃろ。貫主和尚が気を遣ってくださったんじゃ」

庵に近づくと板戸が開かれ、風が通してある。これも貫主和尚の気遣いであろう。鵲斎に配慮してくれたのだ。障子の紙は黄ばみ、ところどころ破れてはいたが、それは仕方がない。張り替えればよいことである。建物は全体的にしっかりしているようだが、雨漏りがするらしく、床板が腐っているところがあった。

「四、五日時間をくれ。わしが職人をよこして直させる」

鵲斎が屋根を内側から見上げていう。天井はなかった。壁など崩れてはいず、住むのになんの不自由もない。

「わしが自分で直す」

良寛がいうと、鵲斎がすぐに声を返してきた。

「それは無理じゃ。屋根は職人の仕事じゃ」

「屋根以外はわしが気長に直す」

「大工を一人よこせばよいだけのことじゃ。一日二日ですっかりきれいにしてくれるぞ。わしにまかせてくれ」

「今から住みたいものじゃ」

良寛がいうと、鵲斎の顔がぱっと明るくなった。

「気にいってくれたか」

「もちろんじゃ。わしが思い描いたのとぴったりの立住居じゃ。それも夢の中に思い描いたことじゃ」

良寛は小躍りしたい気持ちでいう。鵲斎はどうしてこんなにも良寛の心の中がわかるのだろうか。鵲斎も喜びを隠さない表情でいった。

「わしが思っていた通りじゃ。ここまでやったんじゃから、最後までわしにまかせろ。二三日じゃあまりに忙《せわ》しい。せめて五日間くれ。住めるようにしておく」

「のお、宗四郎、お前はなんでもかんでも揃えようとしとるじゃろ。蒲団はわしが今使っているのを、出雲崎から運ばせる。鍋も釜もいらんぞ。一つあれば充分で、一つはある。茶碗もあるし、なんもいらんぞ」

良寛にも鵲斎の心の中がわかる。

「わしの家で使っているものを持ってくるだけじゃ。布施を受けとらんのは、僧ではあるまい」

鵲斎も負けずにいう。

「それではわしの修行にならん。この庵があれば、なんもいらんぞ。いたるところ修行道場ではないか。山の風に睡りを醒まし、月光をしたたかに浴びて、究め来《きた》り、究め去る。それがわしの修行じゃ。こんなによい庵を世話してくれて、それで充分なんじゃ。どうかわしの好きにさせてくれ。宗四郎ならわかるじゃろう」

良寛がていねいに頭を下げると、わかったという声とともに鵲斎に肩を軽くぽんとたたかれた。

国上寺に挨拶にいくと、折から貫主の義苗《ぎみょう》和尚がいて、良寛が無一物で故郷に帰ってきたことをしきりに誉めたたえた。良寛のことはすでに知る人ぞ知るところとなっていたのだ。

出雲崎に戻り、弟の由之にいい庵が見つかったから五日後に越すと伝えた。

「兄《あに》さんはわしに不満があるのか。それならそれできちんといってくれ」

その時に由之はこんな風にいったのだ。良寛は由之が橘屋の経営のことで大いに屈託を抱えているのがわかっていたが、よりによってこんなことをいい出したので良寛にはしばらく言葉もなかった。

「わしは出家ではないか。一度家を出た身なのだ。いつまでもこの家にいるわけにはいかんのじゃよ」

良寛はようやくこれだけをいう。すると由之は涙ぐんだのである。

「兄さんはいいのう。自分のことだけを考えていればいいんじゃから」

「自分のことだけを考えているわけではないがのう。山川草木悉皆成仏《さんせんそうもくしっかいじょうぶつ》をめざして生きているのだからな、生きとし生けるものすべてのことを考えておるんじゃが……」

こう話しはじめた良寛は、途中から言葉がふにゃふにゃとなった。大上段の話し方は、どうも苦手である。

「そうか、兄さんはこの世に生きているすべてのもののことを考えていて、その片隅に自分のことがはいってるんだな。わしのことも勘定にはいっておるのか」

由之は皮肉っぽいいい方をする。由之に何かあったのは確かである。それを兄として根掘り葉掘りほじるより、由之が自分から自然に話すようになるのを待つのがよい。良寛はもともと落着いている気持ちを、なおのこと落ち着かせた。

「由之よ、わしは出家じゃ。この世とあの世の中間にある存在でな、だからこの世の世間体なども考えない。そのためほしいままに生きているように見えるかもしれんが、これでもいつも衆生のことを考えているつもりなんじゃ。わしはわしだけのことを考えて勝手な振る舞いをしてるんではない」

思わず良寛は真剣な口調でいってしまった。こうして良寛が話している間も、由之の目は右に逃げ左に傾く。由之の身にはよほどの苦しいことがあったのに違いない。事と次第によっては五合庵への庵居を先延ばししてもかまわないと、良寛は考えはじめていた。目の前にいるのは弟だが、たとえ弟でなくても苦しんでいる人を見捨ててはおけない。それは菩薩の行いではないのだ。

「由之よ、当分わしは五合庵にいくのをやめた。お前を見捨ててはいかれん」

良寛は顔に満面の微笑をたたえていった。すると由之は急に改まった顔をつくる。

「かまわん。いってくれ」

「そう冷たくいうな。わしにも何かできることがあるかもしれん」

「それはない」

由之はきっぱりといい、それから先につづけた。

「わしのまわりにあるのは世間の汚ないことばかりで、そんなものの前にいったら、兄さんはただおろおろするばかりじゃろ。なんの役にも立たんのは、火を見るより明らかじゃ」

「話してくれ」

「話せんよ。いくら兄弟とはいえ、わしはな、恥を話すことになる。もともと兄さんが継ぐはずの家だったんだ。こんなことは、その兄さんにはとても話すわけにはいかん」

由之の屈託とは、もちろんこの橘屋のことである。祖父の代には佐渡金山で精製された金銀の陸揚げ港を経営して栄えたが、父山本以南の代に傾きはじめた衰運は、由之の代になってますます厳しくなったようである。良寛自身は在家としてあったとしても橘屋主人でいることなど考えられないが、もしそうなっていたとしたら、もうどうしてよいかわからない。由之の屈託の現実の内容など聞かないほうがよいのである。由之と自分とが入れ替わっていた可能性が充分にあると思うと、良寛は不思議の念に打たれる。

「世間のことでは、わしは無力な人間じゃ。なんの力にもなってやることができんじゃろう。世間の人々の世話にならなければ生きていくこともできん。そんなわしじゃが、もし何か力になることがあったら、いってくれ。できることはなんでもしよう」

良寛は自分が本当に無力な人間だなと感じ、そのことを強く噛みしめながらいった。良寛が人のためにできることといったら、読経と説法だけだ。今の由之のように聞く耳を持っていない人間にとっては、それはどんな力にもならない。

この五日間で片付くことは片付いたのか、良寛が五合庵にいく日、由之の気持ちはそれほどさくれてはいなかった。蒲団を奉公人に担がせ、ほんの少しの荷物を由之と良寛と分け持って、出雲崎の橘屋を出た。空は雲一片もない晴天で、海は凪《なぎ》である。まるで世逃げでもする風体なのか、街の人々が怪訝な顔をして三人を見送った。

街をはずれ、田んぼの中の道をいく。原田鵲斎ときた時よりも天気はよく、稲が青あおとして立っている水田の水に、一列になった稲架木の姿がくっきりと写っていた。やがて稲が育つとともに、水面は緑の葉の下に隠れるのだ。良寛が庵居することを告げた際の反応とはまったく違う明るい声で、由之はいう。

「兄さんのように汗水流さずに生きる道があったんだなあ」

「汗水を流さんこともないが、心の涙はたくさん流すぞ」

稲の葉を揺すって風が吹いてくる。こちらに向かってくる風の通り道がよくわかった。今日の由之は良寛のどんな言葉でも受けとめてくれるようだ。

「わしはな、心の涙もたくさん流すが、悔しみの涙ももっといっぱい流す。お父上もわしよりもっともっと流された。名主としてつらいことがあると、わしはお父上のことを思い出す。名主などを捨てて、お父上は兄さんのように自由に生きたかったたんじゃ。もともと金品への執着はほとんどなかった人じゃったからな」

由之もわかっていたのだ。父山本以南は名主としての小さな権力者の生活がとことん嫌になり、そこから逃がれるため風流人と交わり、俳諧にいそしみ、やがて勤王思想にかぶれて出雲崎から出奔《しゅっぽん》した。その時、父の目の先にあったのが、この良寛だったのである。良寛には今にしてわかることがある。俳諧や勤王志士としての教養といっても、他のすべてを捨ててまで全身全霊で打ち込んだものではない。だからこそいざという時にはどれも頼みにならなかった。父は仏道修行中の良寛に救いを求めたのである。一体お前は何をしているのか。坐禅をして人は救われるのか。直接そう問われたのではないが、もし良寛がていねいに応えてやったら、父は他人にもわけのわからない理由で自死することはなかったのである。息子の良寛とすれば、父に向かってこちらから手を差しのべてやるべきだったのだ。心の何処かで父に許しを乞い懺悔《さんげ》をすることが、良寛のこれから歩む道である。そのためにはどんな忍辱《にんにく》にも耐えようと、すでに良寛は心に決めていた。出家し、こだわりを捨てたといっても、肉身へのこだわりを完全に捨てたわけではなかった。父に懺悔しなければならない分を、いつか由之に返すようにしようと、良寛は無言のうちに考えていた。

「晴れたいい日でよかったな、兄さん」

突然由之が朗らかな大声を上げた。

「そうだな。よかったな」

良寛も屈託もなくいうことができた。

改めて登ってみると、国上山《くがみやま》の道は険しかった。国上寺《こくじょうじ》や塔頭《たっちゅう》寺院への行き来にしか使われない道である。杉の根がいたるところ盛り上がって道路を横切っている。杉の枝が両側から鬱蒼《うっそう》として道を覆《おお》い、昼なお暗き風情であった。その杉は国上寺の持ち物なのかよく手入れがされていて、根元は風通しがよく、枝葉の勢いがよくてなお上へ上へと伸びていく気配であった。

杉の森を過ぎると、楢《なら》や櫟《くぬぎ》の雑木林になり、ところどころに赤松の大木があった。道には岩や木の根が浮き上がっているので、上にばかり気を取られていると、今度は足元をすくわれるようなことにもなった。最初に歩いた時には無我夢中で感じなかったのだが、今度歩いて良寛はこの道が好きになった。これからは何事につけ何度も何度も歩くことになるだろう。森が途切れると陽が当たり、そこに野の花が咲いていた。これからいよいよ花盛りの季節になるが、この道をいくたびに楽しませてくれると良寛は嬉しかった。

木立ちの間に甍《いらか》が見えた。長い石段が築かれ、その奥にあるのが宝珠院だ。それからすぐ向かいの右側に本覚院が建っていた。いずれも国上寺の塔頭寺院である。本覚院を越えると道は少々迂回し、その先にあるのが五合庵である。五合庵の庭には人がたくさんいた。よく見ると草むしりをしている。その人たちの姿を見るや、良寛は駆けだしていた。気持ちばかりは焦《あせ》って、もちろん速度はでない。まだ距離はあったのだが、良寛は大声をあげたのだった。

「草はむしらんでいいよ。虫の声が聞かれんじゃろ」

必死な感じのする良寛の声が響き、十人ほどの人の手の動きが止まった。驚いたような顔を上げて良寛に目を向ける。

「草をむしらんでくだされ。お願いじゃ」

良寛のいったことがわからなかったのか、その場にいたものたちは立ち上がった。杉の枝に登っているものもいる。

た。

「危いぞ。どけっ、どけっ」

枝の上から大声で叫ぶ声が聞こえた。男が危険を知らせているのか盛んに腕を振っている。そのとたん大枝がゆらりと傾き、影が地面に吸い込まれるように枝が落ちてどすんと鈍い音がした。

「どうした」

五合庵からのっそりと顔を出し、まわりを睥睨《へいげい》した男がいた。襷《たすき》をかけた原田鵲斎《じゃくさい》であった。鵲斎は良寛に向かってようっという感じで顎の先を突き上げてきた。

「鵲斎、わしはこのままでいい。雨漏りがしなければそれで充分じゃ。頼むから、この人たちに帰ってもらうよう頼んでくれんじゃろうか」

良寛がいうと、鵲斎は急におろおろしはじめた。

「やっぱりそうか。明るくて風通しのよいほうが、しばらくは暮らしやすいかと思ったんじゃが。枝も草もないほうがよいかと思ったんじゃがな」

「鳥も虫も啼《な》かんでは、淋しくてしょうがなかろう」

良寛は強い口調ではなくいった。鳥も啼かない森は森といわず、虫も啼かない庭は庭とはいわない。道元禅師も『正法眼蔵』でおっしゃっているではないか。「花を風にまかせ、鳥を時にまかするも布施の功業なるべし」花を風のままに散らせ、鳥を時にまかせて啼かせることも、仏心の布施の真心の恵みである。街の中の禅寺ならいざ知らず、五合庵のような山中の庵では、伸びる枝や繁る草と争う必要はないのである。枝も草も伸びるにまかせれば、鳥も虫も適度に啼いてくれる。あまりに伸びすぎたならば、その時におよんで適度に刈るのも庵主のつとめである。最初からきれいに枝払いされ草刈りされた庵にはいるのは、良寛にはどうも気がすすまないのであった。

「わかったぞ、栄蔵。悪いが、みなの衆帰ってくれ。約束のものはあとでわしの家に取りにきてくれればよい」

鵲斎が両腕を振り上げて大音声を発した。木に登っていた者は飛び降り、草を刈っていたものは鎌を持ってぞろぞろと散りはじめた。まわりはずいぶんと明るくなり、草もあらかた刈り終っていたようである。尻っぱしょりをした鵲斎はふんどしをまともに見せてその場に坐り、頬かぶりの手拭いの上から頭を掻いた。

「栄蔵よ、悪かったな。雨漏りを直したところで、つい力がはいってな。村人を雇ってしまった。腐った床板は張り替えたぞ。あとは戸をつくるだけじゃ」

良寛はできるだけぶっきらぼうにいった。鵲斎は驚いてのけぞるような格好をした。

「戸はいらん」

「戸がなくてどうする」

「筵《むしろ》を下げればよい」

良寛がいうと、由之が奉公人の若者に命じた。

「重い蒲団をいつまで持たされてもかなわん。庵に置かせてもらいなさい」

若者は前屈みのまま頷くと、背中に二枚重ねて負うていた蒲団を庵の中に置いた。ふざけて鵲斎が蒲団に掌をあてて押した。

「ほう、なかなか上等な蒲団じゃ」

「いくら変わり者の兄《あに》さんじゃとて、蒲団がなければ風邪を引くし、眠れんじゃろ」

横から由之が救いの手をだしてくれる。鵲斎は気のいい男だとわかっているが、やることなすことどこまで正気であるかわからないところがある。鵲斎がまぜっ返すようにしていった。

「いくら変わり者の良寛和尚だとて、雨降る庵の中では眠れんじゃろ。五合庵に毎日通ってここまでに仕上げたわしのことをもちっと考えてくれてもよかろう」

鵲斎が柄《がら》にもなくすねたようないい方をした。

「わかった、悪かった」

良寛は鵲斎に向かって合掌礼拝をした。鵲斎は風流を好み、根はよいのだが、どうも抑制のきかないところがある。


皆が引き上げる夕刻になると、五合庵は静寂に包まれた。風もやみ、木の葉のさやぎも聞こえない。暑くもなく、寒くもなく、坐禅をするにはまことによい季節である。良寛は筵の戸を巻き取り、五合庵の真中で坐禅をした。坐蒲《ざふ》があったわけではなかったが、何の道具もいらないのが坐禅である。

玉島円通寺の国仙和尚の会下《えか》での坐禅修行は、大宋国天童寺の如浄《にょじょう》和尚会下における道元禅師の坐禅修行もかくやとばかりに峻厳であった。禅刹全体に凛冽の気が満ちるかどうかということは、僧堂にどのような空気がみなぎっているかどうかで決まるものだ。如浄禅師の故事にならい、夜には二更《こう》の三点（夜十一時頃）まで坐禅をし、暁《あかつき》には四更の二点から三点（午前二時半から三時頃）に起きる。何故そのように厳しい修行をしたかといえば、如浄禅師と道元禅師が実際になさったからである。道元禅師の時代にくらべれば禅機が著しく劣っている現在、せめて同じ修行をしなければとてもさとりの境地には至らないというのであった。だがそれは人にとって限界に近い修行であった。国仙和尚自身は一夜も欠かさず大衆とともに坐禅修行をつづけた。

道元禅師と同じ修行をするというのが国仙和尚のやり方なので、時折良寛は『正法眼蔵』で読んだ如浄禅師の修行道場に自分がいると錯覚したものだった。睡眠時間が少ないため、僧たちは僧堂でよく居眠りをした。気力を保っているつもりでも、いつの間にか眠りの中に吸い込まれてしまうのである。眠る僧があると和尚は鉦を鳴らし、行者《あんじゃ》を呼んで蝋燭《ろうそく》を灯し、故人にならって皆に説いた。

「如浄禅師はこのように説かれた。せっかく出家をし修行道場にはいり、こうして僧堂に集っているのに、惰眠をむさぼってどうするのか。世間の領主や役人などを見ても、誰が身を安楽にしているか。主は道を修め、臣下は忠節を尽くし、農民は田を開くため鍬をとって苦労している。身を安楽にして世を過ごしているものが何処におる。せっかく世俗を逃がれて修行道場にはいったのに、虚しく時を過ごして、どうするつもりなのだ。生き死にを究めるのが人生の一大目的であり、にもかかわらず時はたちまち過ぎ去っていく。今晩、あるいは明日の晩、どんな病気にかかるかわからず、死んでしまうかもしれない。せっかく修行道場にいるのだ。命のある間に仏法の修行をしないで、横になりたがったり、眠りたがったりして虚しく時を過ごすのは、愚かなことである。その愚かさゆえに、仏法は衰えていくということを考えてみなさい」

諄諄《じゅんじゅん》と道理をもって国仙和尚は修行のなんたるかを修行僧に説いた。その時はみな深く納得するのだったが、身体がつらくなると、修行僧は和尚に訴えた。

「修行僧たちは寝不足のために疲れております。病気になれば、一度は起こしかけた道心も後戻りしてしまいます。どうして疲れているかといえば、坐禅の時間が長すぎるからでございます」

修行僧は代表して和尚に坐禅の時間を短くするようにと頼んだのだ。和尚は大いに諫《いさ》めていった。

「眠るのは、道心が足りないからである。いくら僧堂で坐禅をしていても、無道心ならばどんなにわずかの時間でも眠るであろう。修行の志があれば、坐禅の時間が長ければ長いほど喜ぶものだ。かつてのわしは、僧堂で眠る僧があったなら、拳が割れるほどに打ちのめしたものだ。わしは今は老年になり、思い切って人を打つことができないから、よい僧ができないのである。このことが残念でならない」

国仙和尚のいうことが、良寛にはよくわかった。その道理を聞いてからは、昼も夜もよく坐禅をした。国仙和尚が本当の老年になる前に円通寺にくることができてよかったと思ったものである。極熱の日も極寒の日もあったのだが、多くの僧が病気になるといってやめてしまっても、良寛は発病してもたとえ死んでも、ただひたすらに坐禅修行をつづけるつもりであった。せっかくすぐれた師のもとで修行し、坐禅をして死んだとしても、よき僧たちに葬ってもらえば、仏法に縁を結び、未来に道を得るという縁を結ぶことができる。まして身体をいたわって病いも起こらず、安心していても、思いもかけぬ事故に遭って死んだりすれば、どれほど後悔しても遅いのである。このように考えて良寛は昼夜に坐禅をしたのだが、まったく病いは起こらなかった。あれこれと考えず、修行は一途にすべきである。

良寛は師に大いに学んだのであった。たくさんのことを同時に学んでどれもよくできないよりは、ただひとつのことを充分に究め、世間に通用するようにすべきではないか。人々のなす俗事を超えた仏法は、無限の過去からはじまって、このかたごく少数の人以外誰も究めたこともなければ習ったこともない真理なのである。だから何もわからないと思っていたほうがよい。この時代に生きて仏法を学ぼうとしている自分は、機根がそもそも劣っている。高くて広くて深い仏法のことを、あっちを齧《かじ》りこっちに手をつけていれば、たったひとつのことも成しとげることはできない。たとえひとつのことを専らにやったところで、生まれつき劣っている者が一生のうちに究めるのは、困難である。必ずひとつのことを専らにすべきなのだ。良寛が専らにすべきことは、坐禅である。

昔のことを思い出しつつ、徐々に身を動かして、良寛はゆっくりと坐禅から立った。そして、良寛は思った。自分は長いこと目の見えぬ者が象を撫でさするように、仏法を自分なりに理解しようとしてきたのかもしれない。そうではあるのだが、本物の竜と出会ってそれと認識できないようであってはならない。仏法はいたるところに満ちていて、ここにないというところはない。本物の竜は何処にでもいるということである。真実を示す明らかな道に精進し、これ以上学ぶことのない人を貴ぼう。自分の宝蔵は自ら開け、自己にすでにそなわっている真実で生き、自由自在であるように。

月が照っていて、軒端から庵の中に月光が差し込んでいた。草を刈った地面も、枝をおろした松も、遠く近くにあるその他の樹木も、すべてが月光に照らされ、濡れているかのように見えた。月の美しい夜だった。月光を見て、良寛には感じるところがあった。月光はまんべんなく降りそそぎ、何処を照らさないということはない。仏法もこのようである。月光を浴びていると肌に感じなくても、月光はいたるところにあってすべてを包んでいる。仏もこのように存在しているのだ。

庵にはいってしまえば、六畳一間きりなので、何処にいくということもない。窓は東と南と西側にあり、入口は南側で、そこには筵《むしろ》が下がっていた。月光が差し込んでくるので、雨戸を開け放しにする。良寛は円通寺の修行の日々を思い出しつつ、今夜は月光とともに眠るつもりであった。良寛は由之が運ばせてきた蒲団をのべた。上等な蒲団はたっぷりと綿が使ってあり、持ち上げると重い。掛け蒲団まで敷くと、ほとんど六畳間いっぱいとなる。さっそく良寛は蒲団に潜り込んで横になった。これからどのくらいの年月ここに暮らせるかわからないが、良寛はこの五合庵が気にいっていた。心配した虫の声も聞こえていた。眠る時には眠ることに集中する。これが良寛が円通寺の修行で得た生きるための心構えだ。目蓋《まぶた》を重ねたとたん、良寛は眠りの中にはいっていった。

どのくらい眠ったのかわからない。人の気配を感じ、ここは何処だろうと良寛は思った。人の気配は同じ部屋の中にある。五合庵にいるのだと思い出した良寛は、寝たふりをつづけていた。

誰かわからないのだが、室内を物色しているようである。どうも盗人のようだ。ここには鍋と擂《す》り鉢、机や硯や紙しかない。盗んで金になるようなものはないのに、この空庵に誰かが住みつくようになったと聞きつけたのか、わざわざ夜道をやってきたのである。何処の誰かわからない盗人の呼吸と自分の息があってくるのを感じ、良寛は相手に気付かれないように息をずらした。

室内をひとわたり物色したらしい盗人は、息を良寛に近づけてきた。良寛の心臓は早く鼓動を打ちはじめる。盗人は良寛の上に屈み、息がかかるところまで近づいてきたのだった。良寛は恐怖のあまり起き上がりそうになったのだが、なんとか身じろぎもせずに寝たふりをつづけていた。盗人はそろそろとした動きで、良寛の掛け蒲団をはぎはじめた。確かに庵の中で一番金目のものは蒲団であった。とうとう掛け蒲団がとられて軽くなり、同時に寒くなってきた。それでも良寛は身じろぎひとつしないでいたのだ。

掛け蒲団を部屋の隅に持っていった様子の盗人は、今度は敷き蒲団をとろうとする意思を良寛に伝えてきた。良寛の身体には触れないにせよ、敷き蒲団を引っぱった。良寛は寝ぞうが悪いふりをしてごろりと転がり、蒲団の外に出た。それでもまだ寝たふりをしていた。

しばらく衣擦《きぬず》れの音がしていたが、盗人の足音は遠ざかっていく。足音は本覚院や宝珠院の方向にいき、山坂を降りていくのがわかった。それからもしばらくの間、良寛は板の間の上で寝たふりをしていたのだった。

目蓋を開き、次に首だけを突き上げ、良寛はまわりに誰もいないことを確かめた。それからゆっくりと身を起こした。相変わらず月が照っていて、変わったところは何もなかった。静かな静かな夜であった。

盗人《ぬすびと》に取り残されし窓の月

良寛はさっそく墨をすり短冊を取り出すと、できたばかりの発句を書きとめた。盗人も風流の心を知っているとみえる。墨も筆も短冊も盗っていかなかったからだ。改めて見ると、月はなお皓皓と照っていた。見れば見るほどよい月である。

それから三日間、良寛がよくよくいい含めておいたので、鵲斎は顔を出さなかった。誰も五合庵に姿を見せない。夜は夜具もなくなったので、坐禅をしていた。坐禅とはまったく道具もいらないので、なるほど便利なものだと改めて気づいた。明け方、横になった。夏とはいえ山の気がさすがに寒くて、眠ることができなかった。それが三日間つづき、おかげで風邪をひいた。蒲団もなくて再び夜を迎えるのはたまらないと、良寛は明るくなるのを待って五合庵を出た。自然とはたいしたものである。太陽が出たとたん、世界はまったく変わる。昨日と同じ今日ではない。

三日前盗人が蒲団を担いで降りていったに違いない山道を、わずかな時間を置いて良寛も降りていく。盗人の顔はあえて見なかったのだが、この貧しい修行僧のもとに盗みにはいるとは、よほど困窮していたとみえる。貧しいものに布施をして、よいことをしたのだと良寛は思い、心が晴れ晴れとしてきた。太陽が昇るにつれ、葉の一枚一枚が照り輝きはじめた。気分が明るくなると風景も明るくなるから不思議だ。

寺泊の街に出て、海岸沿いの街道をいく。晴天でさほど高くない波の色も青く鮮かである。漁師たちはその海に船を漕ぎ出していた。気分が溌剌とした良寛の足は軽かった。沖合いに佐渡の島影がくっきりと見えた。良寛がかつて住んでいた郷本の漁師の家の前も過ぎた。人影はなかったので、誰にも見られなかった。

住む場所があるのは安心だ。出雲崎の橘屋の門前に立った時、良寛ははっきりとそう思った。天地一枚の間にいるとはいえ、今日寝る場所がないのがつらく感じる年齢になったのだ。

良寛はいつもの玄関にはいり、大声を上げた。良寛だと知った奉公人が手桶に水を汲んできてくれた。足をその水で洗い、手拭いで拭くと、良寛は家の中にはいって由之の居室に向かった。障子を開けると、正座をして朝の茶を飲んでいた由之が顔を上げ、落ち着き払った声を出した。

「兄さん、まさか逃げ帰ってきたのではなかろうな」

良寛は由之の正面に正座をし、ゆったりと身構えてからいった。

「由之、ちと所望したいものがある」

「ほう、今度は何が望みじゃ」

良寛に鍛えられているとでもいうように、由之は動じずにいう。

「うむ、蒲団を所望したいのじゃ」

「誰か添い寝をするものでもできたか」

「誰かわからん者に蒲団を布施をした」

「わしもよくわからんが、蒲団の一組や二組はどれでも持っていったらよかろう」

由之は顔色一つ変えずにいうのだった。

朝起きると木立ちの間から青空が見えた。気持ちがよい日なので、良寛は杖を持って五合庵を出て散歩をはじめた。頭上に茂る樹木の一本一本が、地面近くにある草の一本一本が、生きようというハッキリとした意思を見せてそこにある。地面には蟻が歩きはじめていた。その蟻を踏み潰さないようにと、良寛は気をつけて一歩一歩を進めたのだった。

山道を降りると、道が幾本にも分かれていて、どちらに向かって歩いていってもよいのだった。どの道の先にも、藁屋根の家が見えた。どの家にも勤勉な人が住んでいるとみえ、そのまわりに手入れのよい野菜畑がつくってあった。なんとなくの気品を感じ、良寛は気持ちよく傍らを通っていった。

道は少し登りになった。良寛は衣の裾《すそ》をからげ、東のほうにいき、岡の上を歩いた。岡には麦がつくってあり、そろそろ黄熟しはじめていたのだ。あるかなきかの風が吹いていて、麦のいい香りがしていた。

農作業のための道は、畑の中でしだいに細くなり、やがて消えてしまった。麦の畝《うね》の間をそろそろと歩いていくと、孟宗竹《もうそうだけ》の竹藪があった。凛とした輪郭を持った緑の竹がまっすぐに生えている。良寛はその竹藪に吸い込まれるようにはいっていった。根が密に張っていて、その上に枯葉が部厚くたまっている。踏むとぶわぶわなのだが、足の裏には固い感触があった。

足元を探りつつ、竹につかまり、そろそろと進んでいく。竹の子の季節ではないので、どこを歩いてもよかった。竹の子はていねいに掘っているとみえ、育っている竹と竹とはほどよい間隔ができていた。こんなところにも、落ち着いた人の暮らしぶりが感じられた。

その時、良寛は足元に木の塊まりを見つけた。立ちどまって見ると、どうも木椀のようである。杖の先で掘り起こすと、やはり縁の欠けた古い木椀だった。良寛は破れた木椀を抱き取るようにして掌の中にいれ、指で枯葉や泥を落とした。三分の一ほど縁が欠けているが、まだ十分に使える。ちょうど椀がなかったのである。良寛はそれを持って竹藪をでた。あたかもこの木椀を拾うのが目的だったとでもいうように満足し、良寛は麦畑の間の道を戻っていった。

石の頭から頭へと跳んでいき、谷に降りていった。石の間を流れ下ってくる谷川の水につけ、木椀を洗った。漆は剝がれ、下塗りの塗装がすっかり出ていた。色取りは鮮やかだとはいい難かったが、この木椀の出どころは高尚で、粗末に扱われたものではないと良寛は思う。だが長年使い込まれているうちに壊れてしまい、あの竹藪に捨てられたのだ。その因縁は、良寛の手元にくるためのものであったかもしれない。

早々に散歩を切り上げると、良寛は破れ木椀を懐中にいれて五合庵への山道を登りはじめた。宝物を掘り当てたような弾む気持ちになっていた。道の途中で立ち止まり、木の間から洩れてくる陽にかざして改めて見た。破れる前の気品に満ちた姿が良寛の目にはありありと浮かんできて、なお見つめると、欠けた後でも気品はなんら劣るものではない。それが不思議だった。

庵に戻るや、木椀を念持仏の石の地蔵尊の前に置いた。香を焚き、木椀と念持仏に礼拝すると、これまでの木椀の来歴を供養するため、般若心経一巻を読誦《どくじゅ》した。

円満なものばかりが尊いのではない。こうして破れてもなお椀として存在することが尊いのである。この木椀もかつてはどこも欠点のない姿をしていたのだろうが、何らかの事があって破れ、竹藪に捨てられた。それからまた何年も過ぎ、その間椀は椀なりに修行をつづけ、今こうして良寛のもとへとやってきたのである。そしていつしか得難い気品を身に付けたのだ。これを尊ばなくてどうするのだと良寛は思う。

朝粥を炊き、破れ椀に盛りつけた。注意して使えば、椀としてなんら劣るということもない。粥の米は先日里に降りて托鉢をし、それで得たものである。この米も、ここまでやってきた来歴を思わないわけにはいかない。すべてこのありがたいもの、即ち仏に囲まれて、良寛はここに存在しているのである。良寛は食作法《じきさほう》通り五観之偈《ごかんのげ》を唱え、それから朝粥をいただいた。

薄暮まで坐禅を組んだ後、暗くなったので燈火を点《つ》け、良寛は木魚を叩きながら読経をしていた。読経はいつも、父と母の菩提を弔《とむら》う心持ちでする。母が亡くなってからいつの間にか時が流れ、父もまた亡くなった。両親の死はまことに傷ましく、この身をさいなむ。去年は帰郷のおりに京都の桂川で父をしのんで泣き、今年もまた故郷で父をしのんでしばしば泣いた。この故郷では、住むところを決めず、点々と暮らしていた。それでは悲しみが増すばかりで、しばらくは放浪をやめて五合庵で身をつつしんでいることにした。五合庵では父の亡魂をていねいに供養し、遠く桂川に向かって泣いた。やっと静かな暮らしを手にいれたのだったが、狭いこの庵には時どき涼風が吹き渡り、憂き世の塵を掃き清めてくれる。雨の晴れ間など木立ちの影が揺れて、父の亡霊がやってきたのかと、思わずその淡い影を見ることもあった。自分はこうして父の供養をつづけている。それだからいつまでも苦界に沈んでいず、どうか清浄な因を結び、早く川舟を用意して仏の彼岸にお渡りください。良寛は木魚をひとつ叩くたび、経の一言片句を読むたび、父に向かってこう祈ってきたのだった。

五合庵に誰かがやってきて、そっと上がり込むのがわかった。父の亡霊かとも思うが、そうではない。こんなにずかずかと庵にはいってくるのは、原田鵲斎《じゃくさい》をおいて他にない。鵲斎なら用心をすることもなく、良寛は父母の供養の読経をつづけた。鵲斎は良寛の文机の前に坐り、何やら書きものをしている様子だった。

読経をすませて良寛が振り返ると、そこににこにこ微笑をたたえた鵲斎がいた。目があうと同時に、鵲斎はいつもの声を響かせてきた。

「おい栄蔵、お前の読経の声は、音吐朗朗《おんとろうろう》としてしかも低音が輝いておる。柔らかいのだが、岩をもつらぬき通す力があるな。わしはな、聞きながら詩想をふくらませたぞ。紙を一枚いただき、その机で書かせてもらった。これだ」

鵲斎はまだ墨跡も乾かない紙を渡してくれた。良寛はそれを両手でていねいに押しいただき、目を通した。

　良寛上人を尋《たず》ねる
苔《こけ》の径《こみち》は渓水《けいすい》に傍《そ》い
来たり尋ねる丘岳《きゅうがく》の陰
雲は深し燈火の影
鳥は和す木魚の音
数《しばしば》聴《き》く無常の偈《げ》
灰《はい》を難《うれ》う一片の心
嫌《うたが》い驚《おそ》れず趺坐《ふざ》し
重ねて問う古禅林《こぜんりん》

儒学者大森子陽先生の三峰館でともに学んだ間柄だとはいえ、鵲斎が詩心を持った男だとは良寛も知らなかった。友の真情が感じられて、良寛は何度も目で読んだ。沈黙している良寛に不安になったのか、鵲斎は身を乗り出して問うてきた。

「詩は初心者だ。まだまだじゃろう」

「うむ。お主のまっすぐな心情がでていて、よい詩じゃ。お主はよい友じゃの」

良寛も思ったことをいいながらまた読み返し、自然に笑みが洩れてきた。確かに渓《たに》に沿った小道をいくと、丘と山の陰に五合庵はある。雲は深く垂れ込めていてなお暗く、小さな燈火だが眩しいほどに瞬《またた》いていて、日暮とともに啼く鳥の声が木魚の音と共鳴している。ここは確かに世俗から遠く離れた幽明境だ。ここでは仏の教えである無常の偈がいつも響いている。一片の心が死を愁えている。仏の教えを信じて疑い恐れることなく坐禅をし、達磨の問いを究めようとしている。

鵲斎は一見豪快な男だが、人の繊細な機微をも感じることができる。その上に詩心を持っているのだ。

「わかるか」

思わず良寛はこのような問いを放ってしまう。お互いに手を伸ばせば届くところに端座している。

「何もわからん。わからんのだが、お主が父上の菩提を懸命に弔っていることだけは感じる。そのことがわしはいたわしく思われるのじゃ。だから気になってやってきた。お主と智慧の水を飲み明かそうと思ってな」

微笑してこういいながら、鵲斎は貧乏徳利《びんぼうどくり》を差し出した。般若湯である。友の情が良寛の心に染みた。

「おう、ちょうどよい器があるぞ」

良寛は庵の片端から反古紙《ほご》に包んだ破れ椀を持ってきた。反古紙は文字をくり返し書いて真黒である。鵲斎は反古紙をとり、高雅な茶碗を見る手つきで破れ椀を掌の中にいれて眺めた。

「なかなかよいものではないか」

目を上げて鵲斎はいう。その目が和《なご》んでいた。

「すべては心が決めるものじゃ。他に椀はないから、交互にいただこう」

良寛が椀を渡すと、鵲斎はそこになみなみと般若湯をついで戻してくれた。良寛は椀の縁にそっと唇をあて、静かに椀を傾けて般若湯を口にいれた。ほんのわずかしか飲んでいないのに、腹の中に染みていく。椀は欠けているので、飲み過ぎることなくちょうどよい。味わいつつ、良寛は少しずつ時間をかけて飲んだ。朝まで友と語り合うと腹を決めれば、夜は長いのだ。僧らしくなく般若湯を飲む良寛の姿を目を細めて見て、鵲斎は再び問うてくるのだった。

「どうじゃ、庵の住み心地は」

「ようやく落ち着くべきところに落ち着くことができた」

ふと孤独の淋しさを感じることもあったが、これが良寛の望む暮らしである。時折こうして心の清らかな友が訪ねてきてくれればよい。

「それはよかった。和尚は修行の後に印可を得た良寛上人じゃが、ある深い迷いを持っていることが、わしには感じられる。どんな寺でもはいることができるのじゃろうが。何故そうなされぬ。世間の人におとしめられてまで、何故そこまで自分を苦しめなさる」

鵲斎の言葉を聞きながら、良寛は静かに椀の中の酒を飲み干した。口を当てたところを指先で拭い、良寛は椀を鵲斎に渡した。

「わしも一杯、お主も一杯」

こういって良寛は鵲斎の掌の中の破れ茶碗に向かい貧乏徳利を傾けた。徳利は持ち重りがし、酒がいっぱいはいっていることがわかった。良寛はもちろん自分の心のありかはよくわかってい た。鵲斎が静かに般若湯を飲むのを見て、良寛は坐から立ち上がり、書を持ってきて鵲斎の膝の前に広げた。このところ良寛は法華経を讃える讃頌《さんじゅ》を書いていて、その『法華讃《ほっけさん》』のうちの「法《ほっ》師品《しぼん》」である。

空《くう》を座《ざ》となし、慈《じ》を室《しつ》となす
運《うん》に任《まか》せて忍辱《にんにく》の衣《ころも》を挂著《けいじゃく》す
従容《しょうよう》として哮吼《こうく》し、畏《おそ》るることなく説《と》くは
栴檀林中《せんだんりんちゅう》の獅子児《ししじ》なり
大いなる野にして、涼風颯々《りょうふうさつさつ》たり

この世は空《くう》なのだからすべてに執着を持たず、すべてのものに慈しみの心を持つ。運や縁にまかせて忍辱の衣を身にまとい、ゆったりと咆哮《ほうこう》して何ものも畏れずに説くのは、修行道場の獅子の児である釈尊だ。大いなる野にあり、清らかな涼風が吹き渡っているではないか。

「相変わらずお主の字は見事だな。流れ流れて清流のごとく澱《よど》むところがない」

鵲斎は良寛の書を見て感心したふうにいうのだった。

「文字の形にこだわってはいかん」

「そうじゃったな。忍辱の衣か……。あらゆる辱《はずかし》めを忍び、迫害に耐え、決して怒りの心を起こさない。父上のことじゃな」

鵲斎はよき友だ。よく書物を読み、友を思う心が深い。

「父上の菩提をとむらうために、わしが耐えねばならんことじゃ。乞食僧としてあるとは、よい修行道場にいることなのじゃ」

「お主の心が、ほんの少しだがわかった」

「法華経の法師品にはこう説かれておる。法華経を説く時には、如来の部屋にはいり、如来の衣を着て、如来の座に坐り、畏れることなく説くべきである。大慈悲を室とし、柔和忍辱を衣となし、諸法の空を座となして、法華経を説くのだ。もし法華経を説いている時に、人がやってきて悪口で罵《ののし》られ、瓦や石が投げつけられ、刀で斬りつけられ、棒で叩かれようとも、仏を念じて耐え忍ぶのだ」

どんなに迫害を受け、人に辱めを受けようと、仏を念じて、まさに耐え忍ぶべきなのである。貧しい庵居の暮らしを、どうして耐え忍べないことがあるだろうか。鵲斎は無言で何度も頷き、良寛もすでに無言でいた。沈黙の中を破れ椀の盃ばかりが行ったり来たりした。良寛も鵲斎も言葉を交わすことはなかったのだが、雄弁に語り合っていたのだ。良寛はこの場に父の以南もきて、どこかそのあたりに安座しているような気がしていた。


木立ちはすっかり葉を落としていた。良寛は托鉢をし、淡々と庵の暮らしをつづけていた。托鉢にいってその日の糧をなんとか得て五合庵に戻り、朝粥を煮てさて食事をしようかと思っているところに、珍しく弟の由之がやってきた。由之は伴の者も連れず、単身であわてている様子だった。庵の中から由之の姿を見ていた良寛は、不吉なものを感じた。良寛は破れ椀に朝粥を盛りつける手を休めず、まだ距離はあったのだが由之に大声を掛けた。

「朝から何をあわてておる」

由之の様子がおかしいとばかりに、良寛はくっくっと喉の奥で笑った。由之は濡れ縁のところにたどり着きはしたが、もたれたままでしばらく声を出せなかった。良寛は朝粥を盛った破れ椀を念持仏の前に置き、いつものお勤めをしようとした時、由之が喉の奥から絞り出すようにして苦しそうな声を出した。

「香《かおる》が死んだと、ゆうべ京より報《しら》せがあった。桂川に身を投じたらしい」

「桂川じゃと」

思わず良寛は叫んでいた。香の死も衝撃であったが、桂川というところがなお良寛の心を揺さぶった。

「とにかく兄《あに》さんに報せようと思って、明るくなるのを待ってやってきたんじゃ」

「本当か」

「本当かどうかわしも知りたい。これがその文じゃ」

弟に渡された文を、良寛はたぐるようにして読んだ。「澹斎《たんさい》、世を厭《いと》いて桂川に投ず」と確かに書いてあった。命日は寛政十（一七九八）年三月二十七日、文の差し出し人は禁中学師菅原長親《ながちか》とあり、花押《かおう》があった。これは間違いのないところである。良寛は茫然として文を傍に置いた。

香は父山本以南と母おのぶとの間の子のうち、良寛を長子とする七人兄弟の六番目であった。こうして思う存分漂泊の人生を送っている自分より下のものより死んでいくのが、良寛にはまことに不合理に感じられた。香は二十七歳であった。

橘香が本名で、澹斎は字《あざな》である。香は子供の頃からぬきん出た秀才で、悩みばかり多い良寛とはそもそも出来が違った。博学多才の誉れが高く、若くして京都に上り、僧になって五山の一つの東福寺に僧となって逃れた。香の心の中にどんなことが起こったのか、良寛は知らない。宗門は違うにせよ、同じ禅門にはいったのだから何らかの交流があってもよかったのだが、まったくなかった。良寛のほうから世を鎖《とざ》していたのだが、香も鎖していたのだ。良寛と香とは十四歳離れていた。それでも音信ぐらいあってもよさそうなものであった。

洩れ聞くところによると、ある時光格《こうかく》天皇が東福寺に行幸になり、帝が所望して僧たちが和歌を詠んだ。その時、香の歌に天皇は感応され、篤い御感をお持ちになり、香を宮廷に招されたというのだ。その時、還俗《げんぞく》をしたのだろうか。香は禁中学師菅原長親卿の学館に学頭として勤め、文章博士《もんじょうはかせ》高辻家の儒官となり、そのあげく世を厭って桂川に身を投げたというのである。

父以南の影響があまりに強いと良寛には感じられた。父の自死が香にも深刻な影響を与えていたのだ。京都にあって、父の薫陶を最も強く受けていたのが香だったのだ。そうでなければ、父とまったく同じように桂川に身を投げるはずもない。香は父に呼ばれていったのである。その一方で、父を無視し、父から逃げて逃げてできるだけ遠くにきたのだと思う。だからこそ良寛は今になって懺悔《さんげ》の気持ちがますます強くなり、忍辱の中に自らの身の処し方を見つけなければならなくなっている。

「兄さん、わしは香の死をどのように受けとめていいかわからん。兄さんにお教えいただこうと思って、朝からこうして足を急がせてまいった」

由之はこういうと、良寛の瞳の奥まで見透すような目つきでじっと見詰めた。由之の瞳が責めているようにも感じ、良寛は目をそらしたかったのだが、これも忍辱だと思って見返した。自分は逃げて逃げてばかりいると良寛は思った。この先も逃げつづけて、いったいどこまでいくのだろう。この五合庵が行き着く先だと思われたのだが、もっと先もあるのだろう。それは行ってみなければわからない。

良寛は沈黙しているよりほかになかった。由之はくり返した。

「兄さん、教えてくれ」

「わしにもわからん。いや、本当はわしもお前もようくわかっておる」

良寛はようやくこれだけをいった。わかってはいるのだが、言葉にしてはいえなかった。由之が少し頷《うなず》きつつ沈黙しているので、良寛は探るようにして先をつづけた。

「父上はな、勤王の思想を本当に持っていたのかどうかわからんが、あらゆるしがらみから自分を解き放ちたかったのだとわしは思うんじゃ。由之よ、お前ならよくわかるじゃろ。俳諧を突きつめれば、大名も百姓もなくて、まったく自由な境地にはいれる。だが父上の力ではとてもそこまではいけん。それですべてを捨てて故郷から出奔《しゅっぽん》した。故郷のしがらみから逃れたとて、新たな可能性があるわけでもない。新たなしがらみがしがらみを呼ぶばかりだ。そんなことは、父上もお前もわしも香も、充分に経験してきたではないか。いくところもなくなれば、この世を厭うしかない。父上の歩いた道に最も近いところを歩いたのが香ではないかと、わしは思うんじゃ。わしらも似たようなところを歩いているから、気をつけねばならんぞ。わしはな、世を捨てたが、世を厭うてそうしたのではない」

良寛は思わずここまで話してしまい、話しすぎたとばかり口を結んだ。

自分がどんな心持ちでいようと、時は流れていく。冬が過ぎ、夏がきて、秋が通り過ぎていき、また再び冬がやってきて、春がきたのである。人がどんなに都合をいいたてたところで、時は流れていく。それなら自分の都合などさらりと捨て、時の流れにあるがままに乗っていけばよい。

山の中の五合庵にはいった良寛には、ことさら主張しなければならない自分の都合などまったくなかった。咲く花を求めているうちここまできましたという言葉があるが、一つ一つ捨てていくうち、ここまでやってきた。衣食《えじき》について思い煩《わずら》うことなどまったくない。道元禅師がおっしゃる通りである。仏道をひたすらに求めていけば、仏は悪いようにはなさらないものだ。着るもの食べるものなど、ことさら意識しなくても、自然についてくるものである。本当にその通りだと、良寛はしみじみと思う。

暗いうちに起きた良寛は、蒲団を畳み、手探りで身仕度を整えた。このような時には、庵は狭いほうが便利だ。裙子《くんす》を身に着ける。裙子は下半身を袴のように覆《おお》う僧衣である。下から風がはいってすうすうと寒い。どうも丈が短いらしい。上半身を覆うのは褊衫《へんさん》で、どうも長いようだ。良寛自身の持ち物なのだが、由之がどこからかもらってきたものだ。よく洗ってあって清潔だった。破れもていねいに繕《つくろ》ってある。もちろん良寛はありがたくいただき、はじめてこうして身に着けるのであった。立ち上がるとどうもちぐはぐな感じがしたが、仕方のないことだ。ここにもみんなの心が詰まっているのである。

良寛は庵の戸閉まりをせず、出かけた。留守中に誰かがきて、戸を開かず中にはいれなければ困ると思うからだ。

夜明けを迎えつつある空は、わずかに白い。星の輝きも鈍くなってきているようだ。足元にも光が落ちていて、どこに足を出してよいかわからないというほどではなかったが、杉の根につまづかないようにと良寛はそろそろと歩いた。一人で庵居をしていると、怪我をしたり病気をしたりするのが一番恐い。自分をさしおいても、多くの人に迷惑がかかるのだ。

五合庵のまわりは空にむかってひらけていたので、足元もはっきりしていた。だが木立ちの間の径《こみち》にはいると、とたんに足元は覚束《おぼつか》なくなってきた。いくら通い慣れた道とはいっても、安々と足を運んではつまづくかもしれなかった。そのため注意深くゆっくりと進んでいく。明るくなって足元がはっきりしてから出かけても同じかとも思えたが、良寛は気が急《せ》くのであった。

托鉢は時につらいこともあった。その際にはこれは忍辱《にんにく》であり、ここここそ道場であると思えばよいのである。門口に立って般若心経を読誦《どくじゅ》し、やがてやってきた衆生と真向かう。みんな早起きである。農民たちも、商人たちも、たとえ領主であっても、楽をして世渡りしようとするものはいない。誰もが渾身の生を紡《つむ》いでいるのである。道を問うものが、どうして安逸をむさぼってよいものだろうか。托鉢も渾身の行をするべきである。そうはいっても、無駄な力をいれてはいけない。

今朝は少し遠い里にいくつもりだ。一箇所に片寄るのではなく、広く衆生を済度しなければならない。布施とは、するほうもされるほうも、貪らないことであり、諂《へつら》わないことである。門口に立って経を読誦することも、食を喜捨することも、どちらも布施なのだ。良寛とすれば一軒一軒をていねいにまわり、一人一人の衆生に法を説くのである。そのための托鉢だ。

田の中の道を歩いている時、夜が白々《しらじら》と明けてきた。もちろんなんの物音もしなかったのだが、天地一枚の間で、良寛は荘厳な音楽を聴いているような気もしてきた。すたすた、すたすたと足を運んでいると、湿った土を踏む自分の足音が自分を追いかけてくる。こうして孤独を噛みしめているのもよいものである。

春の気配に満ちているといっても、蒲原平野はまだ一面の枯野であった。ところどころに藁が積んであった。ひょろひょろとした姿で列をつくっている稲架《はさ》木が、近いところより順番に朝靄《あさもや》の中から現われてくる。これはタモ木で、枝を伐った幹を高く長く伸ばし、棒を横に渡して、刈り取った稲をかけて干す。もちろん今は稲は農家の倉庫に仕舞ってある。

湿った土の道を歩きながら、良寛の目には一面冬枯れの田が黄金の色に染まるのが見えた。百姓たちが一年を辛苦して、実りの秋を迎えたのである。仏が現成《げんじょう》したのである。人々が生を紡いでいる現実の世界に、仏が現実の姿を現わしてくださったのだ。仏は見えるものにとって、いたるところに姿を現わしておられる。いたるところ仏でないものはない。

良寛は歩きつづける。歩くことは瞑想である。しばらくの間、良寛は歩くことに集中し、ただ歩いていた。自分が今どこでなにをしているかさえ忘れた。それから自然の流れでふと考え、良寛の頭に浮かんできたのは維摩経の文言であった。

一時《あるとき》、迦葉《かしよう》憐愍《れんみん》の為《ため》の故《ゆえ》に貧里《ひんり》を乞食《こつじき》す。維摩之《ゆいまこれ》を呵嘖《かしゃく》して曰く、平等《びょうどう》に乞食《こつじき》す可《べ》し、食《じき》に平等《びょうどう》なるが故《ゆえ》に法《ほう》に平等《びょうどう》なりと。

維摩経にはこう書かれている。あるとき迦葉があわれみの心をおこし、わざと貧しい家々を選んで托鉢したところ、維摩がこれを叱りつけて、〝どこも平等に托鉢せよ。食も平等であるがゆえに法も平等に受けることができるのだ〟と諭《さと》した。

行くのに楽だからといって、近くばかりを托鉢していたのでは、法の平等ではない。また貧しい家ばかりにいってはならないし、托鉢に楽だからといって富んだ家だけを選んでいってはいけない。貧富などはこの世の仮りの姿で、そんなことに惑わされず、法の前での大いなる平等をまっしぐらに進めなければならないのだ。

良寛はある集落にはいった。勤勉な人たちが暮らしているとみえ、それぞれの家の竈《かまど》から烟が立っている。飯を炊《た》くいい香りが伝わってくる。良寛は心を落ち着け、一番端の家の門口に立ち、般若心経を読誦しはじめた。この経を唱えるたび、良寛は空《くう》を観じた。自分が観じたことがこの経を聞く人に伝わっていくのかどうかもどかしさも覚えながら、良寛は人々に布施をしなければ気がすまない。いちいち説くことはできないのだが、このような意味なのだよと、噛んで含めるように説いてやりたかった。

摩訶般若波羅蜜多心経《まかはんにゃはらみたしんぎょう》

この上なき智慧の完成について示そう

観自在（観世音）菩薩が、深遠でこの上ない智慧の完成を実践されていた時、この世の成り立ちとはすべて空《くう》であると見きわめられ、あらゆる苦しみを取り除かれた。

舎利子《しゃりし》よ。形あるものは空であり、空であるからこそ形をつくっている。形ある存在とは実体がないのであって、実体がないからこそ形ある存在となる。感じたり、思ったり、意志を持ったり、知ったりする心の働きも、実体がないのだ。

舎利子よ。この世においては存在するすべてに実体がないのだから、生じもせず、滅しもせず、汚《けが》れもせず、浄《きよ》らかにもならず、増えもせず、減ることもない。それゆえに、空には形ある存在はない。

感じたり、想ったり、意志を持ったり、知ったりすることもない。目で感じることもなく、耳で感じることもなく、鼻で感じることもなく、舌で感じることもなく、身体で感じることもなく、心で感じることもない。形もなく、声もなく、香りもなく、味もなく、触感もなく、心が向かう対象もない。眼が見える世界から、意識される世界まで、すべては存在しない。

人の苦しみの根源である無明《むみょう》もなく、また無明がなくなるということもない。こうして老いも死もなく、また老いと死がなくなるということもない、というところに至る。

苦しみも、苦しみがやってくるところも、苦しみをなくしてしまう道も、すべてない。苦しみを知ることもないし、苦しみを得ることもない。苦しみを得ることがないからこそ、もろもろの菩薩の智慧の完成の中に安心していることができて、心がこだわることがない。心がこだわらないからこそ、恐怖もない。

ものごとを正しく見ることのできない迷いから遠く離れ、この上ない永遠の平安に満たされている。

過去、現在、未来におられる無数の仏たちは、知慧の完成の中に安心しておられることができて、この上ない正しいさとりの境地にはいられた。

知るべきである。智慧の完成とは、大いなる真言なのだ。さとりに至る真言であり、無上の真言であって、ほかにくらべることのできない真言なのである。

あらゆる苦しみを取り除いてくれる。これこそ真実であって、偽りではない。無上の真言は、智慧の完成によってこのように説かれた。

羯諦《ぎゃてい》　羯諦《ぎゃてい》　波羅羯諦《はらぎゃてい》　波羅僧羯諦《はらそうぎゃてい》　菩提薩婆訶《ぼうじそわか》

ゆこう、ゆこう、苦しみのまったくないところへ。みんな幸せになろう。さあ、ゆこう。

般若心経《はんにゃしんぎょう》

ここに智慧は完成した。

どうも漢語の響きに酔うようなところがあり、漢訳された般若心経の耳に心地のよい響きにとらわれる傾向があるのだが、良寛は托鉢の時には会う人ごとにこういっている。もし苦しみや悲しみの中にあったとしても、身に起こっていることのすべては空であり、縁も果もたえず移ろっていく。苦難の時はたちまちに過ぎてしまう。だからなんの心配もすることはない。

たとえ幸福の絶頂にあっても、そのことがいつまでもつづくと考えてはならない。心を整えていないと幸せはたちまち過ぎ去り、悪い因縁が次から次へと押し寄せるようになる。世の中の移ろいに耐えていなければならない。若さに執着してもいけない。今持っているものを両手でしっかり握っていれば、それ以上はもう何も掴《つか》めなくなる。もっと何かを欲しいのなら、まず捨てなければならない。

もちろん良寛はいちいち語りかけるわけではなかったが、経の読誦をもって目の前に立っている人に語りかけたのであった。良寛の読経の声が聞こえると、誰かが家の中から走り出てきて、袋の中の米や麦や大豆を鉢の中にいれてくれる。良寛は感謝の気持ちで相手の瞳の奥に自分の目の光を注ぎ込み、軽く一礼をして歩きだす。歩きながら、ぐっと重くなった鉢を頭陀袋《ずだぶくろ》の中に向かって傾ける。この村の豊かさは、肩にかかる重量でわかるのであった。

一軒目でこの日の食は充分になり、三軒目であり余るほどになった。余分に米や豆があっても仕方がないので、帰ろうとして往来にでた。すると次の家の主婦が良寛に向かって深々と頭を下げてきた。自分の家にもきてほしいということだ。まわりに子供たちが走り回っていて、その何人かがこっちにくるようにと手招きをしている。乞食僧がきたことを、家々に子供たちが知らせてまわったのだろう。良寛はほっとして心が暖かくなるように感じた。托鉢とは時として耐えねばならない忍辱《にんにく》の修行となるものだが、国上山からやや離れたこの里は、だがどうも違うようである。

良寛はにこにこして合掌をしながら近づいていく。主人もでてきて、その二人と二、三人の子供のそばにいった時、温かな空気にふわっと包まれたような気がした。良寛は微音で般若心経を唱えている。

「熱い御飯がちょうど炊き上がりましたよ、良寛さま。どうか召し上がっていってください」

どう見ても日焼けした無骨な印象の女が、思いもかけないやさしい言葉をいう。読経がすんでないので、良寛は頷《うなず》いて同意を示した。同時に女が微笑をたたえ、まわりの子供たちが両手を上げてわーいといった。

主婦の後に良寛はついていく。通されたのは勝手口ではなく、表玄関だった。萱《かや》の屋根がうず高い山のように見える大農家である。玄関では主人が正座をして迎えてくれた。

「これはこれは、ただの乞食坊主でございますに。勝手口で結構ですに」

「良寛さま、どうぞお上がりくださいい。昨年もこの里に托鉢にいらっしゃいましたな。その時は良寛さまだとは露知らず、まことに御無礼をいたしました」

主人はあまりにていねいな物腰でいう。名まで呼ばれた良寛は思わず用心をしたくなるのだが、この乞食坊主を騙《だま》したところで取るものは何もないのだと思い、何ら用心はしないことにした。どうせこの身一枚しかないのだ。

「何も無礼なことはありませんぞ。どうして私の名を御存知ですか」

女が汲んできてくれた小桶の水で足を洗いながら、良寛はいった。

「よく聞こえております。良寛さまのお姿がお見えになるのを、心待ちにしていたのでございます」

主人はこういうのだが、良寛は全面的に信じるわけにはいかなかった。門口に立って般若心経を読みはじめ、一巻読み二巻読んでもまったく無視されることはしばしばだった。戸の向こうに誰かがいるのはわかっていて、早く去れと念じているに違いないこともあった。もちろんこれも忍辱修行で、自分に向けての態度としてはむしろ快かった。だがもちろん人はいろいろいるのである。主人が先に立ち、奥の座敷に通された。庭は手入れがよいとはいえなかったが、それでも紅梅と白梅が咲いていていた。良寛は静かな心で庭を眺めていた。梅が咲いたからには、次々と花が咲いていくことであろう。梅花から世界ははじまる。

まず主婦が茶を持ってきて、次に主人が硯箱と紙とを持ってくる。良寛は身構えないわけにはいかない。座卓を間に置いて正面に坐った主人は、硯箱と紙とを座卓の端のほうに寄せ、背筋を伸ばして微笑んだ。

「良寛さまは大変な書家だと聞いております。食事の後にでも一筆所望いたしたいのですが、よろしゅうございますか」

「わしは書家ではなく、ただの乞食坊主じゃ。それにつくり上げられた書家の書は大嫌いですでな」

いいながら良寛の胸には、布施というは貪らず、諂《へつら》わずとの道元禅師の言葉が浮かんだ。道元禅師の教えそのままに生きようと、その時良寛は念じた。

「御揮毫《ごきごう》なされるのは、食事の前がよろしいでございますか、後がよろしいでございますか」

慇懃《いんぎん》無礼な感じで主人はいう。一杯の飯のために諂うことはできない。貪ることもできない。

「練習して、もっとうまくなってから書かせていただきましょう」

こういいながら良寛は立った。諂ってまで、良寛は書を残したくはない。そうかといって、必要以上に我を通したくもない。良寛は怒りを見せないよう、ゆるやかな身のこなしで歩いていく。だが思いがけず速度がでているのがわかった。すぐ脇を主人が走っていたからである。

「良寛さま、お気を悪くなされましたか」

すがるようにしていう主人が気の毒ではないということはない。それでも良寛には、貪らず諂わずという教えのほうが大切であった。

「いやいや、わしの字はあまりにへたじゃから、もうちょっとうまくなってから出直しましょう」

「それはいつでございます」

「明日かもしれんし、十年後かもしれん」

こういいながら、良寛は玄関口で草履をはいた。すぐそばで主人はなおも訴えかける声で呼びつづける。悪い人間ではないことが、良寛にもわかった。

「お待ちください、良寛さま。女房が今結びを握っております。熱いのですぐには握れません。どうか、今しばらくお待ちください。今しばらく…」

声に悲痛な思いが込もっていて、良寛は二、三歩いったところで立ち止まった。振り返った良寛の様子を見て深く安堵した様子で主人は肩から息を抜き、何度もぺこぺこと頭を下げながらいった。

「きっとまたきてください。十年でも二十年でもお待ちいたします」

「うんと練習して、うまくなってまいりますよ」

悪い気分ではなくなった良寛は、忘れなければだが、そうするつもりであった。良寛がいい終ったところで、家の奥から女房が竹皮の包みを持って駆けてきた。痛痛しいほどに手が赤く、湯気を立てている。女房から包みを渡された主人は、裸足で家の中から走り出てきた。平身低頭して渡された包みを掴んだ時、掌に届いたと同じざらっとした感触を良寛は心の中に感じた。一筆書いたほうがよかったのかもしれない。これからまた座敷に戻るのも変で、またいつかこの家に寄ろうと心にとめた。

「南無釈迦如来、南無釈迦如来」

良寛はこの家族に幸いあれと釈迦如来に祈ると、頭陀袋の中に竹皮の包みをいれた。それから背中を向け、ゆっくりと歩き出したのだった。布施ということは難しい。人々の中でどうしたらよいのか、良寛にはまだわからないことが多かった。

往来に出た。家はまだつづいていたものの、今日の食は充分に得たので、托鉢をつづけても仕方がない。明日その次の家から托鉢をはじめればよいのだが、それはどの家か覚えているのは良寛には無理だった。方向がよくわからない。この里を突き抜け、ぐるっと迂回をすると、国上山が見えるはずだ。見えなければ、誰かに方向を尋ねる。そうして国上山に向かっていけば、途中から五合庵への道がわかるのである。

小さな里だった。固まりあった家から、それぞれに自分の田畑に出ていくのだろう。夏取りの野菜の種を蒔く季節にもうなるはずだが、まだみんなはのんびりしていた。のんびりついでに、良寛は里のはずれで朝食の握り飯を食べるための土手を探していた。

良寛から少し距離を置き、里から十人余りの子供たちがついてきているのがわかった。子供たちは良寛のことが気になっている様子だ。良寛が立ち止まると、子供たちも立ち止まる。天真仏がたくさんやってくるとふと良寛は思い、近くの土手に上がり、枯草の上に腰をおろした。子供たちは遠まきにして良寛の様子を窺《うかが》っている。

良寛は頭陀袋から竹皮の包みを出す。温かい竹皮を開くと、銀色の握り飯から銀色の湯気が立っているのが見えた。大きな握り飯は二個だった。一個を手に持ってかぶりついてから、良寛は子供たちを手招きした。すると天真仏たちはそろそろと近づいてきたのである。天真仏の中に父以南の姿があるような気もした。

突然地面から湧き出してきたような小さな天真仏たちに、良寛は囲まれていた。その時、良寛は心の底に知らず識らずにあった強張《こわば》りのようなものがとれ、心の中に暖かく、同時に清々しい風が吹き渡るように感じた。

「お坊さまのお名前はなんと申されるのですか」

一番年長らしい女の子が一歩前に出て聞いてきた。育ってくる身体が、裾《すそ》の短い子供の着物では覆《おお》い切れないかのような女の子だ。自分がこんなにも娘のにおいを放っていることを、本人はとんと自覚していないようだ。心はまだまだ子供なのである。

「うむ、わしは良寛と申します」

「良寛さま、毬《まり》つきをしましょう」

かの女の子がいい、他の年少の女の子たちが口真似をした。良寛の近くにいるのは女の子たちばかりで、男の子たちは照れ臭そうに遠まきにしている。

「やってみたいものじゃが、できるかのう」

良寛は微笑を浮かべながら、心に浮かんだ本心をいう。

「できますよ。ただ一生懸命にやればいいんですよ」

最年長の女の子がいいながら腕に抱いていた毬を渡してくれた。ずいぶん遊んだようで、毬は泥だらけだ。糸もほつれている。つかんだ毬は思ったよりも軽く、突然のことだが良寛は竜の持つ宝珠を手にいれたような気がした。

〈苦労して竜の玉を手にいれてみれば、いたるところ玉でないものはなし〉

良寛は『正法眼蔵』の道元禅師の言葉を思い出していた。竜の玉は真理ということで、ふと気がついてみればいたるところ真理でないことはないということだ。この天真仏たちも、無心の様子で真理の玉をもたらしてくれようとしているのだ。良寛にはそんな思いがあった。

毬はこうやってつくのだろうという予断が、良寛にはあった。これまで人がつくのを見たのは何度もあるのだが、自分でやったことはない。道路の端は、子供たちが遊ぶ場所なのか土が固まっていた。

「こうやるのか」

良寛は毬を持って半身になり、これからつくぞとばかりに腰を沈めていった。子供たちは一斉に頷《うなず》く。

「やるぞ。やるぞ」

決意の言葉はでるのだが、実のところどうやったらいいのかまったくわからない。

「良寛さま、早く、早く」

子供たちにせかされ、崖から跳び降りるような気持ちになって良寛は毬を地面に落とした。弾み上がってきた毬を掌で打ち返せばいいと思い、掌を毬に向かって叩きつけた。だがそこに毬はなくて、空振りした。良寛は身体の重心を崩して転びそうになり、かろうじて踏みこらえた。子供たちが大笑いする声が聞こえた。思ったよりも毬の弾む力が弱かったのだ。

「良寛さま、こうするのよ」

先程の女の子が良寛の手から毬を取ると同時に、腰を沈めて掌を地面に近づけた。毬を地面に強く叩きつける。毬はよく弾まないので、掌は地面に近くしなければならない。それがこつであると良寛には理解ができた。良寛がつくのにあわせ、子供たちが歌いはじめた。良寛は調子にのってくる。自分でもこんなにうまくできるとは思わず、良寛は得意であった。

「良寛さま、良寛さま」

子供たちが手をはたきながら声をあわせた。まだまだうまくいくと思った瞬間、毬は掌の端に当たって横に飛んでいった。心の中の慢心が外に現われてしまった。

次に子供が二人つき、良寛がついた。また子供が二人ついて、良寛がついた。子供たちはみな五十回ずつついた。良寛は五回をつくのがやっとだったが、それでも少しずつ回数は増えていった。良寛は決して手をゆるめず、全身全霊を込めて毬つきをしたのである。子供たちとの親和の気持ちに、少しずつ少しずつ包まれていくのがわかった。自分も天真仏に近づいたのかもしれないと、良寛は思いたかった。

子供たちがつき、良寛がつく。こんっ、こんっと音を立てて毬は弾み上がる。その音にあわせて、子供たちが歌いはじめたのである。

ひとつ
ひとつついたら　一人こい
道の地蔵さま
つきにこい

ふたつ
ふたつついたら　二人こい
道祖神さま
つきにこい
みっつ
みっつついたら　みんなこい
とびもすずめも
つきにこい

子供たちの歌に聞き惚《ほ》れていたら、毬は横のほうに飛んでいってしまった。良寛はあわてて毬を拾い、その先の歌が知りたいのでまたつきはじめた。毬の動きにあわせて、またはじめから子供たちは歌ってくれた。良寛はやっと三番までつき、四番目にはいった。

よっつ
よっつついたら　夜がきた
空のお月も
つきにこい
いつつ
いつつついたら　いつの世も

毬は天地をゆききする

難しい歌詩を歌っているなと良寛が思ったとたん、毬は曲がって横に転がった。仏の奥義《おうぎ》を歌っているかのようではないか。なぜこんな歌を歌っているかといえば、子供たちは天真仏だからである。

「この毬つき歌を誰に習ったのかの」

思わず良寛は尋ねてしまった。地蔵菩薩か観音菩薩が霊験し、子供たちと毬つきをしながら教えている光景を、良寛は空想していたのだ。

「誰にも教えてもらわないよ。みんな昔から歌っているよ」

これが子供たちの答えであった。何人かが重ねていう声を聞き、良寛は苦笑した。良寛に仏教の奥義を教えてくれる子供たちこそ、まさに菩薩ではないか。

夢中になってわからなくなっていたが、太陽は中天に昇っている。いつしか昼近くになっていたのである。良寛はことに何をしなくてはならないということもないのだが、いくら子供たちでもやらねばならないことがあるはずだ。親の仕事の手伝いをしなければならない子もいるだろう。良寛は名残り惜しい気持ちを残しながら子供たちにいう。

「わしもそろそろ帰らねばならん」

「良寛さまともっと遊んでいたい」

子供たちは声を揃えるのだ。良寛は切ないような気持ちになり、十人余りにも増えた子供たち一人一人の頭を撫《な》ぜてやる。いつの間にか男の子もまじっている。親から子へ、兄や姉から弟や妹へと、代々着ている着物はたいていぼろで、継ぎが当てられていないところはないほどだ。豊かな暮らしをしていそうな子供も見るからに貧しそうな子供も、みんないっしょに遊んでいる。それが菩薩の世界ではないか。良寛の身に着けているものも、上半身を覆う褊衫《へんさん》は長すぎ、下半身に袴のように身に着ける裙子《くんす》は短い。どうもおかしな具合なのだが、そう考えるのは大人の自分だけで、子供たちは何もいわない。その時その場をただ一生懸命に生きているだけである。

「良寛さま、もっと遊ぼうよ。隠れんぼをしよう」

子供たちに引きとめられるのだが、良寛はどうしても帰らなければならないこともないなと思い直す。これからどうしてもしなければならないということもないのである。

「それじゃあ、もう少し遊びましょうかな」

良寛がいうと、最初に声を掛けてくれた年上の女の子がいった。

「それじゃあ、みんなお昼を食べておいで。わしはここで待っている」

「お昼を食べてこなくちゃいけませんよ」

「良寛さまは」

子供たちが心配そうに顔を寄せてくる。

「心配はいらん。わしのこの袋の中におむすびがある」

良寛は頭陀袋の中に手をいれ、先程もらったばかりの握り飯をつかんで見せると、一様に子供たちは安心したような顔をした。

「それじゃいっておいで。わしはここにおるよ」

良寛の言葉に、子供たちは振り返り振り返りしつつ、それぞれの家に向かって走っていった。

小川の土手の上に坐り、良寛は握り飯を頬張っていた。炊きたての熱い飯を急いで握ったわりには、力が中まで通っていて、固く握られていた。あれからずいぶん時間がたっているのに、おむすびの芯のほうにはほんのりと温みが残っていた。中に梅干しが一個はいっていて、周辺の飯粒に梅酢が染みている。良寛は米粒一粒一粒を味わう気持ちで食べ、最後に梅干しを口にいれた。

自分はこの握り飯を食べるに、果たしてふさわしい人物かどうかを良寛は考えなければならない。百姓たちが全身全霊を込め、辛苦の果てにつくった米である。毎日空を見上げては雨の降るのを待ち、雨が降ればいつまでも降りやまないのではないかと太陽を待つ。太陽が顔を出すと、今度は日照りがつづくのではないかと不安になる。気持ちが休まる時は一刻もないのである。一日たりと安逸な日を送らず、百姓たちがつくった米である。

米は百姓たちの辛苦の労働だけで育てたのではない。籾《もみ》という因があって、土を耕し水を引いて籾を蒔き、苗をつくる。本田は深く耕し、山の木の葉でつくった堆肥《たいひ》をたっぷりといれ、水を引いて代掻《しろか》きをする。そこに苗を一本一本植える。この因である苗を、縁となり慈しんで育てるのが土であり水であり太陽なのだ。数え切れないほどの縁がはたらいて、果である米が実る。これはすべて仏がなさることである。天と地のはたらきであり、人間のすることはごくわずかだ。こうして仏が布施してくれた握り飯を、果たして自分には食べる価値があるのだろうかと、良寛は自問しないわけにはいかない。着るものや食べるものはことさら求めなくても得られるというのが道元禅師の教えではあるにせよ、それを使うに値《あた》いしてはじめて得られるのである。仏はそのように差配されるのだ。

良寛は一個の握り飯を一粒の米も無駄にせずに食べてしまうと、天地のいたるところにおられる仏に向かって合掌し頭を下げなければいられない。この見える範囲でも見えないところでも、仏のおられないところはない。空にあって自由自在に動いている雲にも、土手の枯草の間にも、仏は実相されておられるのだ。枯草の下の湿った黒い土を割って、鮮かな緑の草が頭を出していた。その草も衣を湿らさない程度に茂っている。背後の土手の向こうには小川が澄んだ水音を立てて流れている。耳に心地よいこの音は、仏の説法の声なのである。

心をこらして眺めれば、目の前には一面に薄桃色の蓮華草が咲いている。田植えをする前に犂《すき》込むと、蓮華草の根が肥料になるのである。うららかで、なんと美しい景色だろう。ここごそ浄土ではないだろうか。子供の頃から見慣れている風景なのに、こんなことにどうして気付かなかったのだろうかと、良寛は今さらながらに思うのだ。

道元禅師はまっ先に梅の花が咲き、そこから次々にいろんな花が咲くのだとおっしゃった。梅花が世界を開いていくのだ。そうして仏によって開かれた世界が、今ここに実相している。良寛は自分にそのことが見える境地に至ったのだということを知るのだ。そのことを知ったとたんに、良寛は眠くなってきた。自分は天地の間に加不足もなく満ち足りて存在するという安心があった。身体を枯草の上に横倒しにしたとたん、良寛は心地よい眠りの中にはいっていた。

天真仏たちが再び集まってきたことに気づいていたが、良寛はあまりに気持ちよかったので眠りの浅瀬をうつらうつらと漂ったままでいた。

「良寛さまにお花のお蒲団をおかけしましょう」

身のまわりで天真仏たちの声がして、良寛の身体の上にはらはらと花がかけられる。

「良寛さまはぐっすりお休みですよ」

良寛は蓮華のにおいに包まれている。香りを吸って気持ちよくなり、良寛はなお身じろぎもしない。

「まさかお亡くなりになったんじゃないでしょうねえ」

女の子の声を聞いて、良寛は笑いだしたくなるのを堪えていた。子供たちと遊ぶために、こうなったらいつまでもじっとしていようと良寛は思う。こうしている間にもどんどん蓮華は身体にかけられ、胸のあたりに重みを感じるようになっていた。良寛は起きようとも思うのだが、もうしばらくじっとしていようと決めた。

「お亡くなりになったのなら、良寛さまのお葬式をしなければなりませんねえ」

天真仏の声に良寛はどきっとしたのだが、それでも動かないでいた。これから天真仏たちがどうするか、興味があったのだ。目をつぶったままで感じるところによれば、息の数によって六、七人の天真仏に囲まれていることがわかる。せっせと花を摘んできては、良寛の身体を覆っていく。これは花の布施である。

この時、良寛は息が苦しくなった。鼻に小さな指の感触があった。鼻を摘まれたのだ。口で呼吸をすればできたのだが、それでは胸が大きく上下する。生きていることを天真仏にさとられてしまうと困ることになると、良寛は妙な思いにとらわれたのだった。息が苦しくなり、口を結んだままで上体を起こした瞬間、うぷっと大きく息をついた。胸の上から花がすべり落ちた。

「良寛さまが生き返った。良寛さまが生き返った」

目を開くと、まわりで小さな天真仏たちが跳びはねていた。思わず良寛は満面に微笑をたたえた。最初に声をかけてきた年長の女の子が、すぐ目近かに心配そうに顔を寄せてくる。

「良寛さま、大丈夫」

「大丈夫、大丈夫。生き返ったからもう大丈夫じゃ。何をして遊ぼうか」

良寛は天真仏たちを見回していった。男の子をまじえて七人いた。まぎれもなく天真仏である。この中に父の以南もひそかにまじっていると良寛は感じていた。遊行僧良寛をここに導いてくれたのは父かもしれない。きっとそうだ。仏の遊ぶ浄土はこの娑婆世界にあるのだ。この認識を得ただけでも、今日は得難い日だ。忍辱行《にんにくぎょう》をつづける自分を、そんなに苦しまなくていいのだと天真仏たちが励ましにきてくれたのだと感じた。もう少しいっしょにいたくて、良寛はまわりで目を輝かせている天真仏たちにいう。

「何をして遊ぼうか」

「毬つきをしましょう」

「おはじきをしましょう」

「鬼ごっこをしましょう」

「隠れんぼをしましょう」

思い思いにいう天真仏たちに向かって、良寛は口を開いた。

「わしはなんでもいいよ」

「良寛さまが隠れたら、すぐに見つけられるよ。だから隠れんぼをしよう」

男の子が誰よりも大きな声でいい、他の天真仏たちも同意した。すぐに良寛は反応を示した。

「わしは隠れんぼが得意じゃぞ。わしが隠れたら、誰にも見つからん」

腕のあたりをさすりながら良寛はいう。

「良寛さまは身体が大きいから、すぐに見つかるよ」

「見つからん。見つからん。わしは隠れんぼの名人だといっとるじゃろう。最初はわしが鬼になる。十《とお》数えるから、みんな隠れなさい。一、二、三、四……」

良寛は立ち上がって自分の顔を両手で覆《おお》うと、大声で数えはじめた。天真仏たちはわあっといって散っていく。数の途中だったが、良寛は顔を覆ったまま大声を出した。

「川のほうにいってはいかんぞ。水にはまったら大変じゃ。五、六、七、八、九、十。もういいかい」

良寛は自分の子供の時代を思い出して、虚空に大声を出した。

「まあだだよ」

天真仏から声が返ってくる。良寛は二度三度深呼吸をしてからいう。

「もういいかい」

「まあだだよ」

「もういいかい」

「もういいよ」

良寛が顔から両手を放すと、蓮華草が咲き乱れる春の浄土があった。良寛は花を踏まないようにと、畦《あぜ》の上をそろそろと歩き出す。畦の向こう側や積み藁の陰に隠れている子供たちの背中が、ちらほらと見えた。仏はこの世のいたるところにおられるのだ。

「さあさあ、みんなはどこにいるのやら。さっぱり見えんなあ」

良寛は野に向かって大声でつぶやきながら、そろそろと歩き出す。良寛の背後に走って素早く土手にはいつくばる子供たちもいた。良寛がゆっくり歩いていくその先に、土手の向こうからひょいと顔を上げ、目をあわせてあわてて顔を引っ込める子供もいた。良寛は見なかったことにしてよそを向き、速度を落として歩きつづける。草の中に横たわり、畦の盛り上がりに身を隠しているつもりの子供が、草の中に腹這いになって良寛の足元にいた。もう逃げるに逃げられない。良寛はそこにいる天真仏を見つけたのである。顔に自然に微笑を染み上がらせて、良寛は口を開く。

「見つけましたよ」

最も小さな子だった。子供は両掌で顔を覆い、自分の目をふさいでいる。自分では何も見えないから、この世界は消滅したと思っているのかもしれない。良寛は子供の背中を指先でそっと触れていう。

「もう隠れても駄目じゃよ」

子供は驚いたようにして立ち上がり、目を丸く見開いて良寛の顔をまじまじと見た。たった今、世界の成り立ちについて気がついたというふうであった。もちろんそれは良寛の心の中の出来事なのである。

# 第五章　手毬

たくさんの天真仏と遊び、五合庵に戻った良寛は、身も心も浄化されたような気がした。壁に向かって坐禅をした。静かに流れる時間に、ここでもまた浄化される。すべてのはからいを捨て、ただここにいる。夕闇が音もなく水のように染みてきて、それがしだいに濃くなってくる。父や母に対する忍辱行《にんにくぎょう》も、別の段階に進んできたことを感じ、良寛は心の底からの静かな喜びを感じるのであった。風が出てきたようだ。木の葉のさやぎを聞いていた。その音の中から近づいてくる足が耳の奥に、さくっ、さくっと響いていた。

「お、和尚」

原田鵲斎《じゃくさい》である。鵲斎は良寛が坐禅中だと知って、途中から言葉を呑み込んだ。縁先に腰を下ろし、坐禅がすむのを待とうという腹づもりだ。また再び静かになり、風の音が染みてきた。良寛は手足をゆるめ、立ち上がって燈火を点《つ》けた。気がつかないうちにあたりは真暗になっていた。小さな燈火が眩《まぶ》しい。

「わしはいつも修行の邪魔ばかりしておるな」

燈火に横顔を照らされた鵲斎がいう。いつも変わらぬ微笑をたたえている。自分の人生に自信があるからなのだろう。

「お主といることも修行じゃ」

「それはよい修行じゃ」

こういいながら鵲斎は縁側のほうから上がり込んできた。鵲斎は貧乏徳利と軸を持っていた。今夜は酒を飲み明かすつもりらしい。葷酒山門《くんしゅさんもん》に入るべからずであるが、五合庵には山門はない。葱《ねぎ》も酒も大いに結構である。客がきたところで、坐蒲団があるわけではない。今坐禅に使った坐蒲《ざふ》が一つと、寝るための蒲団があるばかりだ。鵲斎は遠慮をするわけでもなく、持ってきた軸を壁に掛けた。

「子陽先生の墓を訪《とむら》う」と題した良寛の詩で、良寛自身の筆である。春の草が埋めつくしている子陽先生の墓を、最近良寛は学友の鵲斎とともに参ったのであった。その時に詩をつくり同窓の鵲斎に渡しておいたら、それを表装したというわけだ。

　子陽先生の墓を訪《と》う
古き墓は何《いづ》れの処《ところ》か是《これ》なる
春日《しゅんじつ》　草萋々《せんせん》たり
これ昔　狭河《せばがわ》の側《ほとり》
子《し》を慕《した》いて苦《ねんごろ》に往還《おうかん》せり
旧友　漸《ようや》く零落《れいらく》し
市朝《しちょう》　幾《ほとん》ど変遷《へんせん》す
一世《いっせい》　真《まこと》に夢の如し
首《こうべ》を回《めぐ》らせば三十年

（子陽先生の古い墓は何処にあったか
春の穏やかな日に墓は草で覆《おお》われていた
思えばその昔、狭川のほとりにある三峰館に
先生を慕って熱心に通ったものだ

当時若かった学友たちは老いたり亡くなったり
街の様子もすっかり変わった
振り返ってみると、三十年もたったのだ）

自分の詩ながら良寛は何度も頷《うなず》いて眺めた。草は繁り、また枯れて、三十年の歳月が流れたのだ。良寛はこの豪放な旧友も、自分と同じことを考えていると感じていた。一枚一枚捨てていき、苦労して育ててきた牛も放ち捨てなければならない。その時が近づいてきたことを、良寛は感じる。実際にその時がくるのが楽しみだった。良寛は、旧友のほうに顔を向けていった。

「鵲斎よ、わしは先生から習った論語の言葉が、思い出されてならんのだ。子曰く、父母在《いま》せば、遠くに遊ばず、遊ぶに必ず方《ほう》あり。どうじゃ」

「うむ」

こういったきり鵲斎は遠くを見るような感じで黙った。父や母がおられる間は、遠くに旅をしてはならない。旅をするには、必ずその方向を示していなければならない。良寛はまたいった。

「子曰く、父母の年は知らざるべからず。一つは則《すなわ》ち以《もっ》て喜び、一つは則ち以て懼《おそ》る」

先生はおっしゃった。父母の年齢は知っていなければならない。一つには長寿を喜び、一つには衰えるのを恐れる。鵲斎は良寛の顔をまっすぐに見ていう。

「確かに子陽先生が御講義をしてくださった。わしもよく覚えておる。和尚はずっとこの教えを胸に抱いていたのか」

「そうじゃ」

「それは苦しかったであろう」

「わかるか」

「うむ」

これで二人の会話は成り立っていた。良寛は父母の許しを得ていたとはいえ、遠くに旅に出た。備中国玉島の円通寺で十七年間にわたる修行中、故郷をかえりみることもなく、その間母を失い、父を亡くした。友は友の心をよく知っている。良寛と鵲斎の間には重い沈黙が横たわっていた。良寛が長いこと苦しんできたことであったが、良寛の忍辱行もあり、時もたったので、苦しみは少しずつ和らいでくるような気も一方ではするのだった。

「孟武伯《もうぶはく》、孝《こう》を問《と》う。子曰《しいわ》く、父母にはただその疾《やまい》を、これを憂《うれ》えしめよ」

鵲斎がぽつりといい、良寛が深く頷く。孟武伯が孝とは何かと問うた。先生はおっしゃった。父母にはその病気をただ心配するようにしなさい。まことにその通りである。考えてみるなら、子のない良寛には、孝を受けるということはない。すでに初老の身で、父母に与えられた我が身の上の時の流れは、自分のところで止まっている。父母の意思を未来へと受け継いでいくものではない。しかしながら、仏の教えは父母を救済する。祖先には福報を与える。そうではあるのだが、良寛は生涯忍辱行をつづけるしかないであろう。一生涯である。良寛の胸の中に論語を基につくった自分の詩文が響いてきた。

〈少小より文を学べども儒《じゅ》となるに懶《ものう》く／少年より禅に参ずれども燈を伝えず〉

子供の頃から儒学を学んだが経世済民の儒者となることもできず、少年の頃から参禅し放浪もしたが仏法を伝える禅者となることもできない。こう思うと懺悔の心が湧き上がってきて、良寛は目にうっすらと涙を浮かべた。それを見た鵲斎は貧乏徳利を持ち上げて大声を上げた。

「和尚と歌の唱和しようと思って酒を持ってきたのじゃ。一杯飲んで、歌をつくり、今度は返盃をして一杯飲んで、返歌をする。よいか」

「望むところじゃ」

さっそく良寛は暗い気持ちを吹き飛ばし、盃をとりに立った。鵲斎は貧乏徳利に一個しか茶碗を持っていないのが見えたからだ。良寛にも托鉢に使う鉢《はつ》の外には、先日国上山麓の竹藪で見つけた破れ木椀しかなかった。良寛は木椀を掴《つか》み、息を強く吹きかけ、掌で拭《ふ》いて持ってきた。良寛があぐらをかいてすぐ前に置いた破れ木椀に向かって、鵲斎は両手で貧乏徳利を重そうに持って傾ける。微かに黄味を含んだ酒がこぼれ出し、勢いが余って木椀の破れた端から少しこぼれた。

「おおもったいない」

良寛は床にたまった酒に指をあて、その指を口に運んでなめた。間違いなく酒の味と香りとが届いた。

「おおよい酒じゃ」

「そうであろう。きがけに、阿部造酒右衛門《みきえもん》のところから求めてきた。そんなに楽しそうにして何処にいくかと問うから、五合庵にいくといったら、わしも連れていってくれとせがむのじゃ。今日はもう遅いから駄目じゃと引導を渡しておいた。そのうち駆けつけてくるじゃろう」

鵲斎は明るくいう。造酒右衛門こと定珍は国上山に近い渡部《わたべ》村の庄屋で、造り酒屋をやっていた。良寛より二十一歳年少のまだ若者である。良寛が五合庵にはいるにあたってたいへん世話になった。

「酒を持ってきてくれれば大いによろしい」

酒好きの良寛は、酒のことを考えただけでしばし機嫌を直した。

「さて掛け合いじゃ。一首を詠んだら、一杯飲んでよろしい。つくれなければ飲んではいかん」

鵲斎が妙に真剣な顔をしていうので、少々茶化したくなって良寛はいった。

「飲まねばつくれん。どうだ、飲んでから一首詠むことにしよう。そのほうがよい歌ができるぞ」

「うむ、ではそうしよう」

鵲斎が話している最中に、良寛は破れ茶椀の酒を少しずつ口の中に啜《すす》り込んだ。至福の感触が口の中に広がり、ゆっくりと喉を下りてきて腹におさまった。良寛はすぐ前の鵲斎に向かって笑顔をつくった。頭の回転が滑《なめ》らかになる。すぐにできそうだと思うそばから歌が浮かんできたので、短冊に書いた。

あしひきの山の桜は移ろひぬ
　次《つ》ぎて咲きこせ山吹の花　　良寛
（あんなにも美しく咲いた山桜の花は移ろい散ってしまいました。次に咲くのは山吹の花の番なので、早く咲いておくれ）

良寛にしては軽い歌である。短冊を見ていた鵲斎は感想をいうでもなく、空になった良寛の破れ木椀に新しい酒をついだ。破れ椀を掴んで口に運ぼうとした良寛の手を止めさせ、鵲斎はいかにもうまそうに酒を飲んだ。良寛の口の中に唾がたまってきたほどだった。ほどなく鵲斎は筆をとり、硯の墨をたっぷり染み込ませ、鵲斎がたくさん持ってきた新しい短冊を一枚取り上げた。

花の根《ね》に鳥は雲井《くもゐ》に立ち帰る
　頃にや君をいかに待ち見む　　有則《ありのり》（鵲斎）

（花は散って根に帰り、鳥は飛んで雲の上に帰る。その頃にあなたの姿をどこで見ることでしょうか）

有則が本名で、鵲斎は号である。良寛にとって鵲斎は詩を詠む友だ。良寛は鵲斎の茶碗に酒を汲んでやりながら次の歌を考えている。そのまま少し時間がたった。次の句が浮かびかけたところで、鵲斎は茶碗の酒を無言で飲みはじめた。

おほよその花も散るめる世の中の
　憂《う》きに堪《た》えでや山に入るらむ　　有則

（ほとんどの花は時がくれば散ってしまいます。そんな世の中の無常に耐えかねて、あなたは山で庵居をしているのですか）

今度は良寛が飲む。貧乏徳利は大きいので、歌はたくさんできそうである。

あだ人の心は知らずおほよその
　花に遅れて散りやしぬると　　　　　　　　良寛
（人の心は変わりやすいということですが、ほとんどの花に遅れて最後に咲く山桜の花が散ってしまうと心配なので、山に帰るのですよ）

あだ人と言ふもむべなり春は花
　夜はすがらに月を眺めて　　　　　　　　有則
（人の心が変わりやすいのも仕方のないことです。ですから春は大いに花を楽しみ、夜は一晩中月を眺めて過ごしましょう）

いざさらば我《わ》れはこれより帰らまし
　ただ白雲のあるに任せて　　　　　　　　良寛
（それではここでお別れして、私はこれから山に帰ります。思いのままに行き来する白い雲に身をまかせて、花鳥風月を眺めて暮らしましょう）

酒を飲んでは歌をつくり、酒を飲んでは歌をつくる。酒と歌と、どちらが主なのかわからなくなってきた。酒は歌であり、歌は酒なのだ。良寛にははやる気持ちはなく、自分が飲んだ後には友が飲むのを待った。良寛は待ち、鵲斎が盃を持つ。

世の中の花を袂《たもと》に掻《こ》き入れて
　立ち帰るらむ白雲の山　　有則
（それでは世の中にある花を掻き集めて袂にいれ、あの白雲の立つ山に帰っていきましょうか）

世を厭《いと》ふ墨の衣の狭《せば》ければ
　包みかねたり賤《しづ》が身をさへ　　良寛
（世の中の煩わしさを嫌って墨染めの衣を着る身になっていますが、その衣が狭く小さいのはどうも修行が足りないからです。花を包むことができず、この劣っている我が身さえも包むことができません）

歌もできたが、酒も相当に飲み、身体に酔いがまわってきた。歌を詠む友がいるとはよいことだ。このような清らかな交わりは、山中の庵にあってからこそできる。鵲斎がぐっと顔を上げて良寛の瞳の奥を窺《のぞ》き込むようにして見た。すでに酔眼であった。

「どうも同じところばかり巡っているなあ。どうかね和尚、漢詩をつくってくれんかね。漢詩ならば気分も変わるじゃろう」

鵲斎がこういうのはもっともである。良寛は自分自身に圧力をかけ、漢詩をつくろうと思う。酒を飲むと頭が冴えてくるか、空っぽになるかだが、その時は空っぽだった。

鵲斎が盃を掴み、微笑をたたえながら酒を啜《すす》った。

菊を把《と》る東籬《とうり》の下《もと》
対酌《たいしゃく》して残盃《ざんぱい》を尽くす
問う、君は幾たび詩成ると
我答う、一たび陶回《とうめぐ》ると
（陶淵明《とうえんめい》が菊を采《と》る東籬の下と歌ったように
我々は今向かい合って酒を酌み交わしながら歌を詠んでいる
私は問う、君は幾たび詩をつくったか。私は答える。酒徳利は一回りした）

陶淵明は「飲酒二十首」を詠じたのだが、良寛と鵲斎は「飲酒五首」である。しかも、胸を張れるような出来ではない。才が乏しいのだから仕方のないことである。そんな思いが強くあり、鵲斎はへたな漢詩をつくってしまったのだ。だがそれもまた楽しいではないか。良寛が帰ったのが故郷の越後ではなく、何処か知らない土地に庵を結んだのなら、人の目も険しくはなくて気持ちは楽であったろう。だがその分忍辱行もできず、竹馬の友とこのように心おきない交流をすることもできない。とにかく今はこの故郷に住んでいるのだ。酔ってはいたのだが、良寛は改めて強くそう思った。

良寛はすでになみなみとついである破れ椀を掴んで一気に飲み、また鵲斎に突き出して汲んでもらった酒を、今度は少しずつ静かに飲んだのだった。二首つくったという意思表示であった。鵲斎は当然漢詩ができたのだと思って期待したことが、目の光でわかる。

良寛は短冊を掴むと、いつもより早くさらさらと筆を走らせた。

漢詩《からうた》を作れ作れと君は言へど
　御酒《みき》し飲まねば出来ずぞありける　良寛
（漢詩をつくれと君はいうけれども、酒を飲まなければとてもできるものではありません）

大御酒《おおみき》を三杯五杯《みつきいつつき》飲《た》べ酔《ゑ》ひぬ
　酔《ゑ》ひての後《のち》はまた出来ずけり　良寛
（三杯五杯と大酒を飲んでしまった後では、酔っ払ってしまって漢詩はまたできません）

ここまで歌を交わしていい気分になり、良寛は何度も油を継ぎ足してもたせてきた燈火を、吹き消した。寒くもなく暑くもなく、二人は気持ちよくなってそのまま眠ってしまった。清遊の果ては、こんな酔態である。良寛は蒲団をかけているのかかけていないのかわからない鵲斎のことが気になってはいたのだが、睡気が襲ってきて起き上がることができず、そのまま眠りの中にはいってしまった。もちろん鵲斎だけが蒲団を使っているなどということはなかった。

目が覚めた時、まだまわりは暗かった。板の間に横になっていたので、身体の節々が痛かった。昨夜は何をしていたのだったか、記憶はありありと甦ってきた。胃のあたりがむかむかして苦しく、いたたまれない。こんな時には身を起こして坐蒲をとり、その場で坐禅をするのがよい。

時がゆっくりと流れていき、良寛の身心が落ち着いてくるにつれ、木々が目覚め、鳥たちが騒ぎだす。玉島の円通寺の僧堂にいた時も、今も、この時間が最も好きだった。夜ではなく昼ではなく、僧ともいえず俗ともいえず、自然な流れのうち戒は時に忘れる。起きてきた鵲斎が良寛とならび、壁に向かって坐禅をはじめた。明るくなると鵲斎は坐禅の足を解いて硯で墨をすり、白い紙に文字を書きはじめた。

坐禅をやめた良寛がまず見たのは、板の間に広げてある紙に書かれた漢詩だった。

良寛法師の破木椀《やれもくわん》に題す
何処《いづこ》にて此《こ》の器《うつわ》を得《う》るや
云《い》はく竹林《ちくりん》より拾い来《きた》る
これ寒拾《かんじゅう》の物にあらず
必ず　林《りん》の盃《はい》なるべし

（この椀を何処から拾ってきたのか。竹林で拾ってきたという。それなら寒山拾得《かんざんじっとく》のものではなく、きっと陶淵明《とうえんめい》の盃であろう）

良寛は無言で頷きながら読んだ。もちろん誘うようにであったが、その横に真っ白い紙が広げてあり、硯には墨がたっぷりとすってあって、傍らには筆が置いてある。良寛は筆をとると、墨を含ませて紙の上に置いた。筆をとどめて置くと、白い紙に筆の黒が滲《にじ》んでいく。そこで筆を走らせる。

## 良寛

破木椀に題すに答える
良き晨《あした》に独り逍遥し
衣を褰《かか》げて東皐《とうこう》を歩《ほ》す
杖《つえ》を以《もっ》て幽篁《ゆうこう》より挑《ほりおこ》し
谷を下って清泉《せいせん》に淘《あら》う
香《こう》を焼《た》いて朝粥《ちょうしゅく》を盛り
羹《あつもの》を和《あ》えて夕餐《ゆうさん》に充《あ》つ
文彩《ぶんさい》全《まった》からずと雖《いえど》も
良《まこと》に出処《しゅしょ》の高きを知る
（清々しい朝に散歩に出て
衣の裾《すそ》をからげて東の丘を歩いた
奥の深い竹藪から杖で掘り起こし
谷に下りて清らかな泉で洗った
香を焼いて朝の粥を盛り
熱い汁をかけて夕食とした
模様や彩色は完全とはいえないが
その出所は高貴であることがわかる）

良寛は一気に書き上げた。推敲《すいこう》は書きはじめる前に肚《はら》の中でしただけである。二人はしばらくの間、良寛の書を無言で眺めていた。鵲斎が先に目をあげ、良寛を見て頷いた。良寛も頷き返す。昨夕から友と二人で取りかかったことが、ようやく仕上げに至ったのである。

静かな雨の音は心を落ち着かせる。托鉢に出ることができず、良寛は五合庵にいた。やることは坐禅と手持ちの書籍を読むことぐらいしかなかった。天地の間を自在に往来している時には、帰ってくる五合庵は狭いとも感じなかったが、ここに閉じ込められてみると窮屈な感じがしないわけではない。

「一即一切《いっそくいっさい》　一切即一《いっさいそくいつ》」

良寛は華厳経を開いて、思わずこうつぶやいてみた。部分とは全体であり、全体はすなわち部分でもある。庵を狭いと思うのは、まだまだ修行が足りないからだと良寛は考える。一滴の中には世界も全宇宙も含まれる。水滴は月の全体を呑み込み、なお余りある。良寛が五合庵に閉じ込められていたからといって、世間は滅んだわけではないのだ。そうは思うのだが、もう四日間も雨に降り込められているのだ。その日その日を托鉢で生きている身であるから、当然貯えなどあるはずもない。壺の中にたまり醬油がいれてあって、茄子や胡瓜などをもらうとひとまずそこに漬けておいた。少しずつ食べてきたのだが、その貯えも尽きんとしていた。

竹藪を打つ雨の音は静かである。風も吹かず、ただ雨の音しか耳には届かない。良寛にはしだいに寂寥《せきりょう》感がつのってきた。人恋しい思いも噴き上がってくる。山麓の渡部《わたべ》村庄屋の阿部造酒右衛門定珍《さだよし》を訪ねようかとも考えてみるのだが、四日間誰にも会わないくらいで寂寥に沈むとは、己への執着が強いからだと思い直す。

こうしてまた雨の音を聞いている。庵の中に何かを探ろうとしてみても、何もないことはわかっている。がらんとした庵が、今度は荒野のように広く感じられた。こうしているうち、水が満ちてくるように闇が染みてくるのだ。たちまち庵の中は真暗である。淋しさが吹きつのってきて、とうとう良寛は立ったり坐ったりをくり返し、庵の中を歩きはじめたのだった。そうするとますます寂寥感は苦しいほどに良寛の身をさいなむ。

良寛は貴重な燈火を点《とも》した。これまで何度読んだかわからない道元禅師の『正法眼蔵』を改めて開いた。与板の徳昌寺の虎斑《こはん》という僧が『正法眼蔵』を蔵していた。虎斑は『正法眼蔵』を出版するに際し、費用を拠出した一人であり、しかも父以南の生家新木《あらき》家を通して親しい間柄であった。そこで良寛が一目見たいと願い出ると、この貴重な『正法眼蔵』をこころよく貸してくれたのだ。心乱れたこんな時にこそ読むべき書物である。道元禅師にすがる書物である。『正法眼蔵』のうち「行持《ぎょうじ》」の巻の中から、道元禅師は良寛にこう語りかけてくれた。

「仏祖の修行には、必ず一生を通して一日も切れ目のない修行の持続がいる。それは環のように切れ目がなく、発心と修行と菩提と涅槃との間には、隙間はまったくない。そして、これらは別のものではないのである。日々の修行とは自ら強いてするものではなく、他から強いられるものでもなくて、なにものにもさまたげられない心からの修行の持続なのである。

日々の修行の本質とは、自分を保ち、他をも保つことだ。何故かというと、自分の日々の修行は、そのまま全大地と全宇宙を覆うものであって、皆がその功徳をこうむるからなのである。他がそのことに気づかず、自分も気づかないとしても、そういうものなのである。そうであるからこそ、諸祖師たちの日々の修行によって我々の日々の修行は実現し、我々の修行の大道は一方に開かれるのだ。また我々の日々の修行によって、諸仏の日々の修行は実現し、諸仏の修行の大道は十方に開かれる。我々の日々の修行によって、環のように隙間のない仏の徳性は世に実現する。こうして仏々祖々は過去現在未来にさとったものとして存在しつづけ、そのさとりは真理としてさとりを超越し、誰にでもわかる真理として十方世界に伝わり、さらに次々とさとった者が現れて、そのさとりは断絶することがない。この日々の修行によって、太陽も月も星もあり、大地も虚空もあり、人間も人間として保たれるのだ。日々の修行によって自分の身と心と、まわりを取り囲む真理を知る。日々の修行は世間一般の人が好むものではないのだが、どのような姿で世間に存在しようと、結局は身のまわりを取り囲んでいる真理の中に帰っていく」

日々の修行の本質とは、自分を保ち、他をも保つことだという言葉が、身に染みた。修行の姿がどのような形で世間に存在しようと、結局は身のまわりを取り囲んでいる真理の中に帰っていくというところで、良寛の心の中にすとーんと落ちるものがあった。真理は身のまわりのいたるところにあり、真理でないものはないといってよい。つまり、修行をつづける我が身は、真理そのものだということである。雨が降りつづいたからといって、身も世もないほどの寂寥感に苦しむ自分を、いったいなんといったらよいのだろうと良寛は自問する。

道元禅師はなおも語りつづけてくれた。

「自分を知るのが仏道修行なのであるから、修行とはいかなるものであるかは、自分にもはっきりしない。なにかの原因があって発心したり仏道修行したりするのだろうと考えるのは、修行が人にとって特別のものではないと理解されていないからである。修行は自分から離れてあるのではなく、やってきたり出ていったりするものではない。今の連続なのである。日々の修行をこうしてやりとげているのを、今という。

我らの慈父である釈迦牟尼仏は、十九歳の時から深山にはいって修行され、三十歳の年に、その修行によって自然世界と人間世界をすべて含んださとりを成就された。八十歳になってもなお山林で修行され、また精舎や道場で修行されたのである。自分の王宮には帰らず、自分の国の富を使わず、布でつくった袈裟をその身にまとい、生きている間に着替えることはなく、人間界や天上界を教えさとすために俗な供養も受け、外道が誹謗《ひぼう》するのにも耐えてこられた。その一生は修行の日々であった。糞掃衣《ふんぞうえ》をまとい、乞食《こつじき》するのも、すべて修行でないということはなかった。

第八祖の摩訶迦葉《まかかしょう》尊者は、釈尊の嫡嗣《ちゃくし》である。生前には専ら十二頭陀《ずだ》を修行して、まったく怠ることはなかった。

十二頭陀とは次のようなことである。

一は、人の招きを受けず、日々乞食をし、修行僧の一食分も金銭では受け取らない。

二は、山上に止宿《ししゅく》して、村や町には泊まらない。

三は、人に衣服を乞わず、人の与える衣服を受けない。ただ墓地にいき、死人が着ていて捨てられた衣を繕《つくろ》って着る。

四は、野田の中の樹下に止宿する。

五は、一日一食。

六は、昼夜とも横になって眠らず、坐って眠り、経行《きんひん》をする。

七は、大中小の三枚の衣、三領衣《りょうえ》しか持たない。僧団や王宮や村で托鉢したり説法する時に着る大衣《だいえ》、礼拝や聴法や懺悔などの集まりの時に着る中衣《ちゅうえ》、日々の作務や就寝の時に着る小衣《しょうえ》を、三領衣という。

八は、寺に住まず、在家の人と住まず、死人や骸骨を見て、坐禅し、求道する。

九は、一人で住み、人と会いたいと思わず、人と共に眠ることを望まない。

十は、先に木の実や草の実を食べ、それを食べ終わってから飯を食べること。飯を食べた後には、木の実や草の実を食べないこと。

十一は、ただ露宿をして、樹の下や家には泊まらないこと。

十二は、肉を食べず、醍醐《だいご》（チーズのような乳製品）を食べず、麻油を身に塗らぬこと。

これらを十二頭陀という。摩訶迦葉尊者は一生の間、この十二頭陀を守ってきた。釈迦如来から正法を伝えられてからも、この頭陀行をやめることはなかった。

ある時、釈尊がおっしゃった。お前も年老いたのだから、僧堂の食事をとったらどうか。すると、摩訶迦葉尊者はこのように申された。

もし釈迦如来が、この世にでるのにお会いしなかったなら、私は師も友もなく一人で修行して一人でさとりを得て、人々を救うなど無縁の辟支仏《びゃくしぶつ》となったでしょう。一生を一人で山林に過ごしたでしょう。幸いに釈迦如来の出世に出会い、仏法の潤いに出会ったのです。私は修行を楽しんでいるのですから、僧食することはできません。

このように摩訶迦葉が環のように切れ目のない修行をなされたからこそ、仏法が我々の前に成就しているのだ」

仏道のはじまりはこのように峻烈だったのである。十二頭陀行に近いものはできても、自分にはこれはとてもできないと、良寛は思う。仏祖伝来の行いを思えば、良寛の胸に熱いものがこみ上げてくる。それなのに数日間雨に降り込められただけで寂寥に愁殺されそうになる自分とは一体何者なのかと、良寛は情ない思いになってくる。

迦葉は年老いても頭陀行をつづけたので、身体が痩せ衰えた。大衆はそれを見て軽んじた。その時釈迦如来はねんごろに迦葉を招き、自分が坐っている如来の座を半分譲られた。迦葉は如来の座に坐ったのだ。迦葉尊者は仏教教団の第一座である。迦葉尊者のなされた修行のいちいちをすべて挙げることはできないほどである。

良寛にはまだまだしなければならないことが多い。良寛は『正法眼蔵』を静かに閉じ、燈火を吹き消した。暗闇の中で、坐蒲《ざふ》を引き寄せて坐禅をした。つい先程までこの身を苦しめていた騒然とした気持ちはおさまっていた。坐禅に深く深く没入していくのだった。

静かに思ってみなければならない。一生というのはいくばくもない。仏祖たる語句を、たとえ二つでも三つでも言葉として語れるならば、仏祖としての道を得たということなのである。何故なら、仏祖は身と心はひとつであるから、一言二言は皆仏祖の温かな身心なのである。仏祖の身と心とが、その言葉によって、我々の身と心に道を得させてくれる。まさにこのようにいい表わされた時、仏祖の言葉は我々の身と心の真実をそのようなものとして語り尽くす。今ここに生きているということは、来世に生まれ変わるための仮りの生などでは絶対にない。我々が日々修行している今の今こそが、すべてなのだ。ということはつまり、今をいい尽くす言葉は、来世についてもいい尽くすのである。今生の生は来世の生をもあわせるのだから、今生にあって仏となり仏祖となるなら、来世の仏をも超え仏祖をも超える。

二言三言で日々の修行について語り尽くそうとするなら、こういうことである。今生のこの世を、世俗の価値に煩わせ、名利を求めていたずらに過ごしてしまってはいけない。世俗の価値やら名利を超えるのが、代々の仏祖が教え伝えてきた日々の修行なのである。世俗のすべてのことやすべての縁を投げ捨て、自分の日々の修行を仏祖としての日々の修行としなければならない。この毎日の修行こそが、仏祖へと至る唯一の道なのである。

良寛は道元禅師の声を聞いたように思った。生涯に大きなさとりは一度二度、小さなさとりは数知らずと禅僧の間ではよくいうが、間違いなく小さなさとりを得たようだと、良寛は嬉しくなった。気がつくと、身をさいなんでいた苦しみはまったくなくなっていた。まさに坐禅は安楽の法門であった。

深夜、心が穏やかになっていたので、良寛は眠ることができた。いつもの朝のように鳥の声で目覚めた。雨戸を開くと五日ぶりに雨は上がっていて、空は晴れ渡っていた。純度の高い青である。その青が良寛の心に染みた。人にいえることではなかったが、あれほど取り乱したことは自分でも体験した記憶はない。あの錯乱も、道元禅師に救われたのである。それはまた清々しい思いであった。

良寛は道元禅師によって浄化された心の中に詩が湧き上がってくるのを感じ、墨をすりはじめた。墨がすり上がるのももどかしく、床に白い紙を広げた。墨をたっぷりと染み込ませた筆を、一気に走らせる。

## 良寛

### 夜永平録を読む

蒼茫《そうぼう》たり　草庵の夜
寒雨《かんう》　杉竹《さんちく》に灑《そそ》ぐ
寂寥《せきりょう》を慰《なぐさ》めんと欲するも　良《まこと》に由無《よしな》く
暗裏模索《あんりもさく》す　永平録
幽窓《ゆうそう》の下《もと》　書案《しょあん》の上
香を焼《た》き燈を点じて　正《まさ》に拝読す
身心脱落《しんじんだつらく》は唯だ一実《いちじつ》のみ
千態万状《せんたいばんじょう》　龍玉《りゅうたま》を　弄《もてあそ》ぶ
出格《しゅっかく》の機　太白に過ぎ
老大《ろうだい》の風　乾竺《かんじく》に像《かたど》る
憶《おも》ひ得たり　疇昔円通《ちゅうせきえんつう》に在《あ》りし時
参じ去り参じ来りて　己が躬《み》を窮《きわ》む
時有りて　忽然として省《せい》する所《ところ》有《あ》り
謂《い》ふを得ば　逸鶴蒼穹《いっかくそうきゅう》を凌《しの》ぎ
事を経て　漸《ようや》く罣碍《けいげ》有るを覚る
更に精彩《せいさい》莫《な》し　春又冬
実地《じっち》に到らずんば誓って休せず
大丈夫の児《じ》　豈《あ》に労を止《とど》めんや

中秋八月《ちゅうしゅうはちがつ》　三五《さんご》の夜
先師開示《かいじ》す　正法眼《しょうぼうげん》
我も亦《ま》た衆に従《したが》ひて聴を偕《とも》にする者
始めて知る　従来自滿《じまん》を被《こうむ》りしを
是《こ》れ自《よ》り師を辞し　遠く往返《おうへん》す
我永平《われえいへい》と何の因縁ぞ
到る処《ところ》奉行《ぶぎょう》す　正法眼
爾《それ》従《よ》り以降《いこう》　知んぬ幾歳《いくさい》なるを
参ずるを罷《や》め　帰来して疎懶《そらん》に住す
今此の録を把《と》りて　静かに商量《しょうりょう》し
迴《はる》かに　諸方の調べと混《こん》ぜず
五百年来　埃塵《あいじん》に委《ゆだ》ねしは
玉石《ぎょくせき》　人の弁ずる無し　人の弁ずる無きは
職《もと》より　是れ法を択《えら》ぶの眼無《がんな》きに由《よ》る
滔滔《とうとう》皆是れなり　誰と与《とも》にか論《ろん》ぜん
古《いにしえ》を懐《おも》ひ今に感じて心曲《しんきょく》を労す
一夜燈前《とうぜん》　涙留《なみだとど》まらず
湿《うるお》ひ尽くす　永平古仏録《こぶつろく》
翌日《よくじつ》　人有り草庵に来《きた》り

吾に問ふ　此の書如何《いかん》ぞ湿《うるお》ふと
頭《こうべ》を低《た》れ　良久《ややひさ》しくて一語を得《え》たり
夜来の屋漏《おくろう》　書笈《しょきゅう》を湿《うるお》すと

（夜、永平録を読む／山深い草庵の夜、闇は深く淋しくてたまらない／冷たい雨が杉木立や竹藪に降りそそぐ音がして、なお淋しい／淋しさ虚しさを慰めようとするのだが、どうしたらよいかわからない／暗がりを手探りして永平録に触った／暗く静かな窓の下で机の上に置き／香をたき燈火を点けて、姿勢をただして読みはじめた／道元禅師が説かれる身心脱落こそがただ一つの真実である／先師たちが龍が玉をもてあそぶように真理を究める様子は／なみはずれた心のはたらきによってであり、金星が毎日輝く場所を変える以上に自由自在で／先師たちの大きな風格は天竺の釈尊にならっている／思い返せば私が昔円通寺にあった時／幾度も禅の修行道場に通って自分自身を究め／時が至って忽然と反省した／たとえていえば勇み立つ鶴が青空を飛び回っていても／ある事があってようやく妨げのあることを知り／しだいに精彩をなくしつつ春から冬へと時をへていくようなものだ／私は修行が身に付かなければ得られるまで誓ってやめない／一人前の男であるからには労苦だからといってやめるわけにはいかない／秋も半ばの八月十五日の夜／先師国仙和尚から正法眼蔵の教えを受けた／私もまた大衆《だいしゅ》とともに聞かせていただいた／私ははじめて自分がもだえ苦しんでいたことの内容を知った／それから師のもとを離れて遠くの先師を訪ね歩いた／私は道元禅師とどんな因縁で結ばれているのか／いたるところで正法眼蔵の教えを受けた／それからどれほどの歳月がたったのかわからない／諸国行脚をやめて故郷に帰り気儘《きまま》な暮らしにはいった／今この正法眼蔵を手にとって静かに思いをこらす／他の教えとはまったく家風が違う／正法眼蔵という書物が五百年間塵や埃にまみれていたのは／玉石を見分ける人物がなかったからだ／もとよりこれは仏法を選びぬく眼力がなかったということである／世の中は水が流れていくようにこの有様で、誰と真理を論じたらいいのだろうか／道元禅師の昔を思い、この世を嘆き、心が痛んだ／この夜燈火の前で涙が流れるのを止めることができず／道元禅師の著作を濡らしてしまった／翌日我が草庵にきた人がいた／この書物はどうして濡れたのかと私に問うた／私は頭を垂れて熟考し、しばらくして一言を得た／昨夜からの雨漏りで本箱が濡れてしまったのだと）

このような詩を書きはしたが、実際には誰が尋ねてきたわけではなかった。相変わらず良寛は一人であった。広げた紙の横に正座をし、書き上げたばかりの漢詩をしみじみとした思いで眺めていた。自分はこのようにして生きてきた。『正法眼蔵』に救われたのは、玉島円通寺時代から数えれば何度もある。今は晴れ晴れとした気持ちである。

二日間は何も口にいれていない。それでも良寛は空腹を覚えていたわけではなかった。このような修行はずいぶんとやってきた。食べものがなくなることなど、なんら恐ろしいことではないのである。道元禅師も『正法眼蔵』の中でおっしゃっている。古仏の言葉として、米が足りなければ粥にすればよい、粥にも足りなければ重湯にすればよいとおっしゃっているのである。重湯にも足りなければ、湯を飲んで坐禅していればよいだけのことだ。仏道修行するものにはおのずから食分《じきぶん》というものが供わっていて、衣食《えじき》のことに心を煩わされてはならないのである。

そうではあるのだが、今日こそ良寛は托鉢にでなければならない。また子供たちと遊ぶことができるかもしれないのだ。良寛は衣を整え、足元を整えた。鉢《はつ》を持って外に出る。昨夜まで陰気な雨の音を立てて良寛の心を滅入らせていた竹の葉も、一枚一枚が磨かれたように陽に輝いている。すべての樹木の葉が鮮やかな緑色に光っているのであった。竹や樹木の根元の暗がりでさえ、黒や紫色に輝いているように見えた。

降りつづいた雨を吸って土はぬかるんでいた。その泥も輝いている。敷石にしている石も濡れて光を放っていた。この目で見ると、あるかなきかに吹き渡っている風も光っているではないか。目に触れるものはすべて美しい。この中で生きられるのは、なんと幸せなことではないか。すべりやすい泥に注意して、良寛はそろそろと歩き出した。あの長雨の下でどうやって過ごしたのか、鳴き交わしながら梢から梢へと飛びまわっている小鳥たちの姿がいたるところに見え、かまびすしいほどに声が聞こえた。青空の下にいることができて、小鳥たちも嬉しいのである。

木影には冷んやりとした空気がたまっていたが、太陽の下に出ると温かな掌で頬を撫でられたように感じ、また影に包まれた。歩幅を狭くし、良寛はすべって転ばないよう注意して山道を降りていく。そろそろ人里である。長い雨の下で修行をして得たことを、人々にどうやって伝えようかと、良寛は考えていた。

どうもこの頃、心浮かないことが多いようだ。いつしか冬が過ぎ、春も過ぎて、夏になろうとしている。時が素早く走り過ぎているせいか、ひとしお無常を感じるのである。その理由が、良寛にははっきりとわかっていた。托鉢のために村にいくと、あの子がいないこの子が去ったと、死んでこの世からいなくなった子供たちのことを知らされるのであった。そのたびに良寛は心の奥に衝撃を受けるのだ。疱瘡《ほうそう》が大流行して、たくさんの子供を連れ去っていったのだ。

この世の汚れも知らず、世間に対してなんの悪いこともしていない天真仏が、どうして死ななければいけないのか、良寛には理解できない。原田鵲斎《じゃくさい》もこのところ五合庵に顔を出さないと思ったら、幼子を二人つづけて失くしたそうだ。あの豪放磊落《らいらく》で度量の大きな鵲斎にしても、その落胆ぶりは良寛にしても容易に察しがつく。

良寛は何もしてやれないのだが、哀傷歌をつくり、人に頼んで届けてもらった。文を自分で届けようかとも思わないこともなかったにせよ、顔を見合わせれば鵲斎の心を煩わせると心配したのである。遠くから見守っているよという気持ちを、ただ示しておきたかったのだった。

何度も良寛は推敲し、これでよいと決めて贈ったのである。もちろん子のない良寛ではあったが、世の中の親の心に代わって詠んだ。

あづさゆみ春も春とも思《おも》ほえず
　過ぎにし子らがことを思えば
(春になったのに、とても春とも思えない。この世から去っていった子供たちのことを思えば)

もの思ひ術《すべ》なき時はうち出《い》でて
　古野《ふるの》に生《お》ふる薺《なづな》をぞ摘《つ》む

（死んだ子供たちのことが思い出され悲しくてどうしようもなくなると、子供たちと遊んだいつもの野に出て薺を摘み、自分を慰めよう）

いつまでか何嘆《なげ》くらむ嘆けども
　尽きせぬものを心惑《まど》ひに
（自分はどうしていつまでもこんなに嘆いているのだろう。どんなに嘆いたところで悲しみが尽きるものでもないのに、どうも心が惑っているようだ）

緑がすっかり濃くなった野を歩いていく良寛の心の中に、いつまでもこれらの歌の感触が残っていた。哀れにも病いに連れ去られた子供たちは自分自身のように思われ、良寛は痛いほどに強い悲しみに襲われるのだ。

今日托鉢をしようと考えていた村が見えてきた。まわりの田んぼの稲は勢いよく育ち、麦も黄熟して刈り入れを待つばかりなのに、村に元気がなく感じられてしまうのは、明らかに良寛の心の中の問題なのである。それは充分にわかっている。野に出て働いている人の姿が見えると、良寛は立ち止まり、遠くても合掌礼拝した。野で働いている人が仏に見えた。良寛が合掌礼拝するのに気付いた人は、同じように合掌礼拝する。気付かない人は、もちろん彼らの仕事の中にいる。

向こうから先に道ゆく良寛に気付いて礼拝し、良寛が同じ仏の姿を返すと、若い夫婦が転びそうなまでに急いで畦を走ってくる。良寛は先にいくこともできず、その場でじっとし、二人が近づいてくるのを頭を下げたまま合掌して待った。

息が弾んでいるというより、苦しそうにあえいでいた。それほどに二人は急いでいたのだ。そんなにあわてんでもよい。わしは何処にもいかん。良寛はそういいたかったのだが、その場で無言で同じ姿勢をとっていた。二人の間の距離はずいぶんと開き、先に良寛の前に立ったのは夫だった。

「りょ、う、か、ん、さ、まっ。お目に、か、か、り、と、う、ご、ざ、い、ま、し、たっ。ほ、ん、と、う、に、お目に、かかりとうございい、ました」

男が腰を曲げ頭を低くして息を切らせながらいうので、良寛はもっと頭を低くした。道端の草に額が触れそうなほどであった。そうしていながら、良寛はいつものように低い声で般若心経を唱えた。読経が終る頃には、夫婦二人が良寛の前で前屈みになり両掌を合わせているのだった。

二人の前が尋常ではないと見てとった良寛はいう。

「どうなされましたかな」

良寛がいうとしばらく沈黙が横たわり、間を置いてから男の声が染みてきた。

「長男が亡くなりました。良寛さまに遊んでもらうのを何より楽しみにしておりました。五歳になったばかりでした」

夫が話している最中に、妻が嗚咽《おえつ》を洩らしていた。その声がいよいよ悲しみを誘い、良寛も目に涙を溜めた。死んだのがどんな子だったのかにわかには思い出せなかったのだが、悲しみには違いない。

「仏になられて、仏壇におられるのかな」

「はい」

夫婦は同時にいってまた崩れそうな姿勢で頭を下げた。

「その仏壇に案内してくだされ。よくよくその子に話して聞かせましょう」

良寛がこういうと、また二人同時に嗚咽するのであった。子を亡くした親の悲しみほど切ないものはない。

「疱瘡が大流行いたしまして、村で子を亡くさない家はないほどでございます。我が子のことばかりを悲しんでいることはできないほどでございます」

夫が声を振り絞るようにしていい、良寛は小さく何度も頭を振りながら聞いた。村には寺もあるだろう。乞食僧の自分が死んだ子の菩提を葬えば、寺僧はどのように思うかという考えもないではなかったが、良寛は自分のできることをひとまずしようと思った。良寛は円通寺にあって、大蔵経の中に納められた地蔵経を読んだ時のことを思い出した。玄奘《げんじょう》三蔵訳「大乗大集《だいじゅう》地蔵十輪経」は、もともと失われた部分が多くて、玄奘三蔵自身が大幅に増広して欠を補ったという。どの部分を補ったのかはわからないが、地蔵は母親が地獄に堕《お》ちたのを知ってその苦しみを救うために、七日間断食をして祈請《きしょう》していると、七日目に仏が室内に身を現わしてこういった。

「善《よ》い哉《かな》、善い哉。悲母の極苦を救いたいと願うならば、まさに無上大菩提心を発して、三世一切の父母を救い、無仏世界の衆生《しゅじょう》を救いなさい。地獄の悲母たちを救うために、お前を地蔵と名づけよう」

こうして地蔵は仏勅によってはじめて善心を発し、はじめて無上菩提心を発して、母の苦を救い、自分も解脱した。釈迦の死後、弥勒菩薩が成仏するまでの期間この世に現われ、人々を救う菩薩が地蔵である。地蔵は釈迦の命を受けた弟子であるから、髪の毛もかぶりものもない修行僧の姿をしている。地蔵は仏にもなれるのだが、自ら菩薩を志願して地獄にとどまり、救っても救っても救い切れない衆生を救いつづける。無仏の地獄ではあるにせよ、地蔵菩薩にまかせれば、なんの心配もいらない。禅修行をつづけてきた良寛ではあるが、地蔵菩薩の誓願の尊さに胸を打たれたことがあった。そういえば人々は地蔵菩薩が大好きで、街でも田舎でもどこにいっても石の地蔵菩薩がおられるではないか。

夫婦は泥だらけの着物の裾を、畦の小川にはいって洗っていた。世間に対して何も悪いことをしているとも思えないこんな夫婦にも、子を失うという悲しみがやってくるのだ。すでにたいして失うものもない自分ではあるが、上求菩提《じょうぐぼだい》として自分自身の修行ばかりしていないで、下化《げけ》衆生《しゅじょう》として苦しんでいる人々を救わなければならない。救っても救いきれない人々を、地蔵菩薩のように救って救って救いつづけるのだ。良寛は心の奥の奥でこのように思ったのである。

若い夫婦の家はひとかたまりになった集落の真中あたりにあった。大きくもなく小さくもなく、中くらいの家である。生垣が整然と刈り込まれ、庭には家で使うための小さな菜園がつくられていた。草もよくとってあり、全体として清潔で手入れのよい庭と家であった。集落全体が正直に生きる人々の暮らしぶりを感じさせる。

妻が良寛を家の中に案内してくれた。家の中にはつつましいといってよいほど余分なものはなく、よく片付けられていた。家の規模からいうと不釣り合いなほどに仏間は広く、仏壇は金色の金具や金箔で飾られている。良寛が修行してきた禅宗とは違う宗門であったが、そのようなことはどうでもよいのだった。

妻が仏壇の扉を開けると、真新しい小さな位牌が正面に置いてあるのが良寛の目にはいった。「童子」という文字が読めた。読経をはじめようとすると、人がどんどん集まってくる気配なので、良寛はしばらく待つことにした。

野良着を身に着けたままの老若男女が、たちまちその仏間にあふれるほどになった。子供も少なからずいたので、良寛は心楽しくなっていた。良寛は仏壇に向かって三礼三拝をすると、鉦《かね》を打って読経をはじめた。法華経如来寿量品のうち自我偈《じがげ》を読誦《どくじゅ》してから、四弘誓願文《しぐせいがんもん》をみなで声を揃えて唱えた。まず良寛が一言を発し、みながそれをくり返すのである。

衆生《しゅじょう》無《む》辺《へん》誓願《せいがん》度《ど》（迷っている人々は数限りがないのだが、誓って救いつづけることを願う）
煩悩《ぼんのう》無《む》尽《じん》誓願《せいがん》断《だん》（煩悩は尽きることがないのだが、誓って断つことを願う）
法門《ほうもん》無量《むりょう》誓願《せいがん》学《がく》（仏の教えは無量なのだが、誓って学ばんことを願う）
仏道《ぶつどう》無上《むじょう》誓願《せいがん》成《じょう》（仏道はこの上ないものなのだが、誓って成就せんことを願う）

改めて唱えてみて、仏道のすべてはここにいい尽くされていると良寛は感じるのだ。いい尽くされてはいるのだが、もちろん成就できるということはあまりにも隔りがある。果て遠い道を、一歩一歩と進んでいくしかないのであろう。

良寛は座蒲団の上で坐ったまま身体を反転させた。広いと思っていた六畳の仏間は人がいっぱいで、次の間にはみ出していた。子を失った人がこんなに多いということだろうか。これでは後ろの人が見えないので、良寛は座蒲団の上に立ち上がった。集まってきた人が、悲しみを立ち昇らせているように感じられてきた。良寛は説法をはじめた。

「子供たちが何処にいったか、御心配の親子さんもあろう。わしが説明してしんぜよう」

良寛がこう語り出すと、その場のほとんどのものが身を前に乗り出してきた。

「生老病死は世の定めであるが、子供たちは四つの苦しみのうち老を苦しまなかった。その分幸福だったといっていえないこともなかろう。地蔵経にはこう書いてある。死んだものは三途《さんず》の川という大河を渡らねばならん。三途の川が大きく屈曲しているところ、最初の入江のあたりに官庁が連らなっている。その国の王は釈迦如来の化身じゃ。渡すところは三か所ある。一つは山合いの水が急流をなしているところで、二つは入江が深い淵をなしているところ、三つには橋の渡しがある。官庁舎の前には衣領樹《えりょうじゅ》と呼ばれる大木があって、木陰には二人の鬼が住んでおるのじゃ。一人を奪衣婆《だつえば》といい、いま一人を懸衣翁《けんえおう》という。婆の鬼が衣を脱がせ、翁の鬼はその衣を樹の枝に引っ掛けて罪の軽重を明らかにするといわれておる。

　子供たちは大人と違ってなんの罪も犯してないから、橋の渡しを通る。だから安心してよい。むしろ心配なのはお前たち大人のほうじゃ。牛を苦しめたものは、頭が牛の形をした鬼、牛頭羅《ごずら》刹《せつ》に追われる。馬を苦しめたものは、頭が馬の形をした鬼、馬頭羅刹《めずらせつ》に追われる。この鬼は閻魔《えんま》王の獄卒《ごくそつ》じゃ。子供たちは橋を渡って、地蔵菩薩のもとにいく。子安《こやす》地蔵という、子供を救う専門の六地蔵のひとつがおられ、暖かな慈悲の光に包まれる。だからなんの心配もせんでよい。子供はそもそもが仏じゃ。閻魔王も裁きようがない。

　ついでに話しておこうかの。問題は大人たちのほうじゃ。庁舎の中には高台があって、台の上に罪の量をはかる幢《はた》が立っている。ここで身体と口で犯す七つの罪の軽重をはかる。秤《はかり》の前に立つと、分銅がおのずから動き、自然に上下するんじゃ。獄卒がお前のつくった罪は定めし重いだろうというと、亡者はあなどって、自分はまだ秤に上がってもいないのに、どうしてわかる、お前のいうことなど信じないという。獄卒が亡者を秤の上に引っぱり上げると、秤の目盛りはそのままで、亡者は自分の犯した罪の重さに顔色を変えるんじゃ。誰も自分の犯した罪の大きさなど考えてはおらん」

こういって良寛がまわりを見回すと、みんな黙ってはいたのだが心の中が騒然とした気配が立ち昇った。良寛は自分自身の心に向かって語りつづける。閻魔王の国は人間の住むところから五百由旬《ゆじゅん》、一由旬は帝王が一日に行軍する距離とされ、人が行き着かないほどの遠方ではない。それでも良寛には閻魔王の国は人間界のすぐ隣り、あるいは人間界の内側にあるような気がしていた。そんな気持ちをいよいよ強くさせて良寛は話しつづける。

「閻魔王の化身は地蔵菩薩でしてな。閻魔の国は仏のいない世界と呼ばれているのだが、国王が実は地蔵菩薩なのじゃな。だから根底には慈悲の光が満ちておる。多くの人には出生と同時に生まれた神が二人つく。左の神は人の悪事を記録する。羅刹のような姿をして、いつもつき従って離れず、どんな小さな悪も洩らさずすべて記録する。右の神は少しばかりの善でもすべて記録し、善事を書き留めておく。二人の神によって生前につくった福徳も罪もすべて提出してあり、閻魔王はそれによって死者の善悪を計算し、どちらかに分けるんじゃ。光まばゆい立派な鏡があって、死者が生前に行った福徳や悪行の一切を写しだすんじゃ。ここまでくれば、もう逃げられん」

話しながら、良寛自身が恐ろしくなってきたのだった。この後、地蔵経には地獄の詳細な描写と獄卒による責め苦が語られている。だが子を亡くした善良な人たちに、重ねて苦しみを語ることもないであろう。地獄にも浄土がある。この世の中にも浄土があると同じようにである。このことを説かなければならない。

「善名称院のことを話そう。ここは特にすぐれたところであって、仏のおられないところに別の浄土として建てられたのじゃ。黄金《こがね》の砂が地に満ち、銀《しろがね》の玉が道に重なり、いたるところに宝玉が積み上げてある。黄金の樹木は七宝に分かれ、枝には美しい花が咲いて、房ごとに小さな実をつける。花からまた花が開き、長くつづく春の間、散ることもない。実からまた実がなって、長くつづく秋の間、落ちることもない。池には七宝の蓮が花を咲かせ、青や黄や赤や白の色はそれぞれに鮮かで、水際には六種の鳥が美しい声で囀《さえず》っておる。なんともいいようがないほど美しいところなんじゃよ。この中央に五種の宝珠で飾られた座がつくられている。それこそが地蔵菩薩が禅定《ぜんじょう》にはいる尊い場所なんじゃ。地蔵菩薩は早朝に禅定から立ち上がると、十方の国々を巡り、人々の家や門口に立ち止まる。いつも微笑を浮かべておいでじゃ。不浄の行いがあると聞くと、左の中指を自分の胸に突き立て、悲しんで泣く。ある時は地獄にはいっていって苦しみもがく人々の苦を除き、そのほかの悪の世界にはいっていっていって命あるものを残すところなく救う。救いの誓いを果たして怠るところがない。冥界にいってしまった子供たちは、地蔵菩薩におまかせするしかないんじゃ。冥界ばかりでなくこの世の何処にでも地蔵菩薩がおられる」

ここまで話すと、良寛の前にいるものたちは、あるいは嗚咽を洩らし、あるいは声を上げて泣いた。その涙によって子供たちも救われるであろうと、良寛には思えた。一番救われたのは、ずいぶん昔に読んだ地蔵経を思い出し思い出し話した、良寛自身に違いなかった。

この世の地獄が目の前に出現する予感が良寛はしていたのだが、とうとうそれが現実のものとなった。出雲崎町の名主橘屋新左衛門、すなわち良寛の弟由之とその倅《せがれ》馬之介が、出雲崎町の百姓八十四人により、奉行に駈込訴訟の訴状を提出されたのである。出家者の良寛のもとにも、この噂はたちまちに届けられた。出雲崎の橘屋と尼瀬の敦賀屋との確執が、訴訟の形となって噴出してきたのだった。訴状にはこう書かれているという。

「当町名主新左衛門ならびに同人倅馬之介儀、年中不用の人集めいたし、乗馬も二匹まで飼ひ置き、御武家方《ぶけかた》同様の身持ちいたし、権威を振《ふる》ひ、奢《おご》り増長仕り候ふにつき、近年借金相嵩《あひかさ》み、町方《まちかた》へは無躰《むたい》の出金割懸《わりか》け（割当て）、小前《こまえ》百姓（小百姓）困難いたさせ……」

これまで由之は代官所にはたびたび訴状が提出され呼び出されていたが、何がどう変わったわけではなかった。そのためついに上級の奉行所に駈込訴訟を起こされたのであった。代官所なら由之も何かと顔をきかせることもできたのだが、奉行所ならただ判決が出るのを待っているより仕方がない。由之は自分と息子とを切り離し、自分が隠居して最終的に橘屋を守ろうとしたのだろうが、二人とも連名で訴えられたのならば、その目論見ははずれてしまった。あとは何年かかるかわからない判決を待っているより仕方がないのである。どのような判決が出るにせよ、由之には苦しい日々がつづくのだ。

五合庵にも風の便りが届き、由之の苦しみが伝わってくる。町費を万雑《まんぞう》（町内会費）として町民から取ってきたのは、父以南の代からである。由之は家の長い因縁を一人で引き受けたことになる。どうも由之は不器用な男だが、良寛のほうがもっと不器用であった。良寛はいつもこの隣りにある地獄を感じながら、弟には手紙でも書いて送るぐらいしかできないのであった。

人も三十、四十を越えては衰へ行くものなれば、随分御養生遊ばさるべく候。大酒、飽淫《ほういん》は実に命を切る斧なり。ゆめゆめ過ごさぬ様に遊ばさるべく候。

由之は良寛と四歳違いである。由之四十四歳、良寛四十八歳になっていた。この頃由之は遊郭に入りびたり、昼間から酒を飲んでいるようであった。由之はこの世の地獄を見ていることであろう。良寛はこの世の業をすべて由之に負わせ、自分は苦しいことを捨ててきた。捨てたからこそ人に道を説くこともできるのだが、由之に対する負い目はますます強く意識するようになっていた。

たびたび托鉢で村を回る良寛は、時折水の底に沈んだように静かで寂しい村があることを感じていた。大流行した疱瘡《ほうそう》が幾人もの子供を連れ去っていったのだ。沈痛なおももちで野辺送りをしている人たちを見ることもあった。村の家を出てきた行列が白い幟《のぼり》を幾本も立て、棺桶を担いで野の道を通っていく。その棺は子供用で可哀相なほど小さい。行列は野のはずれの墓地にいくと、丸い固まりになった。

良寛は遠くから合掌礼拝するにとどめた。担がれた棺の前には必ず僧侶がいたからだ。その僧たちと軋轢《あつれき》を起こすのは本意ではなく、後で誰もいなくなった墓地にいって読経し弔えばよいことである。俗名から、どの子が死んだのか顔が浮かぶこともあった。これまで良寛はあっちこっちの天真仏である子供たちと遊んできたのだった。良寛が考えている以上にこの流行病《はやりやまい》は猛威をふるっているようである。天真仏がいなければ、野はとたんに淋しくなる。

炎熱の夏である。良寛は汗を流しながら里から里へと回っていた。どの里もいかにも元気がなく、鉢にいれられる供養のものも少なかった。良寛はこんな時こそこちらからの供養と思い、一軒一軒の門口に立ち、ていねいに般若心経を読誦《どくじゅ》する。反応がないので隣の家に回ろうとすると、中から主婦が急いで走り出てきて、茶碗に一杯の生米を大切そうに鉢にあけてくれたりした。そんな時にいつも良寛は思うのだ。人々からのこの供養を、果たして自分は受ける価値があるのだろうか。自分は本当に人々と悲しみをともにしているだろうか。

里を出ようとする時、空地で子供たちが地面に線を刻んで跳んでいる姿が目についた。久しぶりに遊ぶ姿を見る子供たちだ。かつて手毬をついたことのある十人余りの子供たちは、良寛の姿を認めるやわあーっと声を上げて駆けてきた。たちまち子供たちに囲まれた良寛は、思わず顔を笑いで緩めていた。

「良寛さま、毬つきをしましょう」

「良寛さま、隠れんぼしましょう」

子供たちは口々にいう。

「よしよし。何をして遊びましょうかな」

良寛は一人一人の子供たちの顔を笑顔で見ていう。お前も無事だったか、お前も無事だったかと、いちいち声に出していうわけではなかったが、心の中で確かめた。良寛は嬉しくなっていうのだ。

「お前たちといつ会ってもいいように、わしはこれを持ち歩いてるんじゃ」

良寛は袂《たもと》から手毬を出した。色の糸で紋様がつくってある美しい毬だった。幼子を二人つづけて失った畏友の原田鵲斎《じゃくさい》が、良寛の贈った哀傷歌の返礼としてくれたものだ。良寛はいつも袂にいれて持って歩き、ようやく使う機会を得たのである。

真新しい毬が、子供たちの持っている泥だらけの毬とくらべて輝いて見えた。鵲斎の二人の幼子の魂であるとさえ、良寛には感じられたことであった。良寛は子供たちがいつもの手毬歌を歌い出すとともに、毬をつく。良寛がつき損じると、子供が代《かわ》ってつく。その子が失敗すると、次の子がつく。そうやって順々に毬が回されていくのだった。こうして天真仏たちと遊んでいることが、この世の憂いからも離れ、良寛には心の底から楽しいのである。

子供の中に、十二歳から十三歳になったのか、ひときわ身体の大きな女の子がいた。育っていく身体をもて余すというように、袖から手が、裾から脚がはみ出している。胸もふくらんでいた。良寛から見ても、きつくなった着物の中から女の色香があふれ出してきてしまっているようである。良寛も視線のやり場に困ったりした。

「明日、新潟の古町に奉公にいきます。いったら帰ってくることはできないかもしれません」

その子は涙を盛り上げた目で良寛をじっと見た。遊郭に売られるのだと良寛にはわかった。どの家の子かはわからなかったが、よほどの事情があって困窮してしまったのだろう。子供を売りたい親などこの世にいるわけもない。良寛の力ではこの子を遊郭から救い出すことはできないが、魂を救済することはできる。良寛は草の上に坐り、子供たちを手招きして前に坐るようにといった。一人一人の顔をじっと見つめ、良寛は話し出す。

「わしがこれから物語をしてやろう。お前たちのまわりでは疱瘡で死んだ子もいるかもしれん。新潟に奉公にいくのも、不安で仕方ないであろう。親にはよほどの事情があるのじゃな。この世は苦しみでいっぱいじゃ。お前たちはそのほんの一端を見たのであろうな」

これから長い苦しい人生を送らなければならない子供たちを見ていると、良寛の目には涙が滲《にじ》んでくる。良寛が語ろうとするのは、釈尊の前世の物語の本生経《ほんじょうきょう》である。今昔物語でも読み、良寛は深く心が打たれたのだ。その物語を、良寛は子供たちに向かって静かに語りはじめた。

「ずっとずっと昔の大昔のことじゃ。猿と兎と狐とが、それは仲良く暮らしておった。朝《あした》には野山に遊び、夕べになると林に帰った。そうして長いこと暮らしていることが天の帝《みかど》の耳にはいり、それは本当のことかと確かめたくなった。天の帝は翁《おきな》に身をやつし、三匹のところに出かけていっていったんじゃよ。

お前たちは種族が違うのに、同じ心で遊んでいると聞いた。まことに感心なことじゃ。わしは飢えて死にそうじゃ。どうか助けておくれ。こういって杖を投げて倒れ伏した。

それは簡単なことだと、猿はすぐ後ろの林の木に登り、木の実をとってきた。狐はすぐ前の川にはいって、魚をくわえてきて翁に与えた。兎はあたりを跳びまわったが、何も持ってくることができなかった。翁はこうののしったんじゃ。兎はいっていることと心の中が違うではないか。

兎は悲しくなった。

兎はしばらく考えて申し上げた。お猿さん、どうか柴を刈ってきてください。狐さんはその木にどうか火を点《つ》けてください。猿と狐がその通りにすると、兎は突然火の中に飛び込んで、見知らぬ翁に我が身を与えたんじゃ。翁はこれを見て兎が可哀相で仕方がなくなり、遠い天を仰ぎ見て打ち泣き、地に身を投げ出し転がり泣いた。それからしばらくして、翁は胸を叩いていった。お前たち三匹の友は、いずれ劣ることなく素晴らしい。兎はことに心がやさしい。こういって翁は兎の骸《なきがら》を胸に抱き、遠い天の宮に帰って葬ったということじゃ」

話しながら良寛は何度も泣いて言葉をつまらせ、そのたび話がつかえた。良寛が泣くと、子供たちも泣いた。我欲を消した果ての究極の自己犠牲は釈迦の説いた教えの根本であるが、子供たちにもその意味がわかってもらえたようだ。良寛は自分もこの兎のように捨身したいものだと願っていた。この兎のようになれば、この世に生きる苦しみも消えていく。

「この兎のようにはなかなか生きられん。もちろんわしもそうじゃ。わしもな、うまいものを食べたいし、暑さ寒さにはからきし弱い。きれいな女人《おなご》を見れば、ふらふらとそちらのほうにいきたくもなる」

良寛がこういうと、子供たちは声を上げて笑った。新潟に奉公にいく娘も、からからと朗らかな声で笑っていた。みんな天真仏の心を忘れず、すこやかに生きるのだぞと、良寛は声には出さず心の内で思う。良寛は子供たちを見渡して改めていう。

「さてさて、遊びをつづけようか。隠れんぼをつづけようかな」

立ち上がって良寛は身体の草を払った。子供たちも、わあっーといって立つ。

「良寛さまが鬼だ」

「良寛さまが鬼だ」

子供たちが口々にいって駆けていく。良寛は子供たちに背中を向けて両掌で顔を覆い、一、

二、三、四、五と大声で十まで数えた。この数字には深い意味があることに、唱えながら気づいた。大宋国にあった道元禅師は、文字や修行を学ぶ者はその真実の意味を知らなければならないと説いた老典座《ろうてんぞ》に、文字とはいったいどんなものかと問うた。

「如何《いか》にあらんか、是れ文字」

典座は答えた。

「一、二、三、四、五」

どんなに意味を持った文字でも、突きつめてみれば、この数字のように意味を持たない。

道元はまた問うた。

「如何にあらんか、これ弁道」

修行とはいったいどのような意味なのかということである。典座は答えた。

「偏界曽て蔵さず《へんがいかつ かく》」

すべてのこの世界は何も隠れていず、何もかもが完全に現れている。

真理は何も隠れていず、すっかり露《あら》わなのだから、子供たちの上にも、この野にも、家の中にも、あまねく真理は流れているのだ。良寛は真理と戯れ、真理に向かって修行していることになる。一字や七字や、三字や五字でものごとをいいあらわすのだが、あらゆるものごとも本質を究めてみれば、すべてよりどころとなるものではない。

夜も深まるにつれ月は皓皓《こうこう》と輝き、その光は大海に降りそそぎ、あたり一面月一色の世界となるように、真理はすべての世界にまんべんなく降りそそいでいる。竜の顎の下の素晴らしい玉は真理の象徴であるが、探し求めていた竜の玉を苦労して手にいれてみれば、そこいらじゅう玉でないものはない。

良寛は十まで数えたのだが子供たちから返事はなく、もう一度最初から数え直した。

「一、二、三、四、五、六、七、八、九、十」

やや間を置いて、もういいよと子供たちから声が戻されてきた。良寛は顔を覆っていた手をどけ、子供たちのほうを向いた。子供たちの衣の背や袖や裾の一部が草の中のあっちこっちに見えた。探し求めていた竜の玉も、苦労して手にいれてみればそこいらじゅう玉でないものはない。

「さあさあ、いきますよ。わしからは、みんな丸見えじゃよ」

良寛はこういいながら、天真仏たちにそろそろと近づいていくのだった。


一番最初に見つかった順に鬼になっていき、良寛にとっては三度目の鬼であった。良寛は遊びに夢中になって本気になり、今度こそ見つからないぞと気負いがあった。少し離れたところにいくと、丈の高い草が繁っていた。距離があるかなと不安な気分もあったのだが、良寛は草の中に潜り込んだ。草を倒して地面に敷き、空を眺めた。幸い近くに筵《むしろ》が落ちていたので、腹の上に掛けた。まるで蒲団のようである。晴れ渡っていた空も、少しずつ影に染まってきた。照りつけていた太陽もしずまり、よい風も吹いている。こうして空を見ていると、心が落ち着いてくる。袂の中には手毬がはいっている。

こうして疱瘡が流行する前、良寛がいくとたいていどこでも子供たちが列をなしてついてきたものである。その様子を見て、ある大人が良寛に問うた。こんなに子供を引き連れていて、うるさくありませんか。よく我慢できますね。良寛は答えた。

「子供たちの心は大人と違って清浄なんじゃ。嘘がない。天真爛漫な姿が好ましいので、うるさいなどとは思わんよ。子供はわしの師なんじゃよ」

またある人は、いい大人がどうしてそんなに子供と遊びたいのかと問うた。良寛は答えた。

「わしはな、子供が楽しんでいるのを見ることが楽しい。子供が楽しみ、わしが楽しむ。同時にどちらも楽しむことができて、こんなに大きな楽しみはあるまい。わしはな、子供と遊べる自分が楽しいんじゃよ」

こんなことを思い出しているうち、気分のよくなった良寛はふわっと眠ってしまった。目蓋《まぶた》を上げるとまわりは暗い。子供たちはもうそれぞれの家に帰っていったことだろう。せっかくはじめた隠れんぼなのだから、このまま明日まで待つことに良寛は決めた。幸いに筵のおかげで腹のあたりが暖かい。子供たちがやってきたら、また隠れんぼをすればよいのだ。

降るかのように星が輝いていた。目が醒めるほどの星の輝きである。粉を撒いたような星雲を眺めながら良寛は思い出していた。父以南は幼友達の樗楽《ちょらく》が亡くなった時、その息子の胖鵡《はんむ》のもとに哀傷歌を京都から送ってきた。

知る人もなき古里《ふるさと》となりにけり
　身は草枕露と消《け》ならむ
(故郷に知る人もいなくなってしまった。やがて私の身も旅の枕の露と消えるのだ)

胖鵡はその後京都に以南を訪ねたと良寛に語ったことがあった。だが以南は長崎か何処かに旅立って不在だったという。ところがその後以南は桂川に身を投げてしまった。以南の残した辞世の歌「蘇迷盧《そめいろ》の山をしるしに立て置けば我《わ》が亡《な》き跡はいつの昔ぞ」を読むに至り、「身は草枕露と消ならむ」と直前に読んだ以南の心がわかり、涙が止まらなくなったと、畔鵡は良寛にしみじみと語ったことがあった。そして、畔鵡は涙とともに以南に一句をたむけると、良寛に短冊を書き残していった。

惜しまるる身は諸《もろ》けしや蓮《はす》の露　　畔鵡

自死した父以南は身内ばかりではなく、多くの人へ深い影響を残したと、改めて良寛は知るのである。

あんなにも惜しまれた以南の身は、たくさんに砕けて蓮の葉の上に露のように散らばっている。以南の身は、無数の仏になってこの世に散らばっている。星のような多くの仏は、とどのつまり一つの仏身である。一は多であり、多は一に含まれるとは、華厳経に説かれていることだ。そのことを畔鵡はいっている。このように考えていくと、以南という俳号が、善財童子が正師を求めて南に旅立っていくという華厳経の世界からきたことを、今さらながらに良寛は知るのだ。良寛も父以南の影響を受け、追悼の気持ちを持って天真仏たちと遊んでいるに違いないのである。

この以南の哀傷歌と畔鵡の手向けの句は、以南の七回忌追善俳諧集「天真仏」にのっている。俳諧集「天真仏」は以南と同郷の出雲崎の俳友によって編まれ、京都の俳諧書林から刊行された。出雲崎の俳友たちは上京し、以南の命日におのおの刷り上った「天真仏」を持って桂川の岸辺に集まったのだ。もちろん良寛も誘われたのだが、一衣一鉢の暮らしの今では、京に上ることはあまりに困難なので断った。上京した一行は以南への手向けとして、桂川に俳諧集「天真仏」を投げ入れたということであった。「天真仏」の序では、以南は李白にたとえられていた。酒を好んだ李白は、水中の月をとろうとし、酔って溺死したということであった。

その追善集に良寛も一句を寄せている。父の四十九日に唱和をした句である。

蘇迷盧《そめいろ》の音信《おとづれ》告げよ夜《よる》の雁《かり》

(仏教世界の中心にある蘇迷盧〔須弥山《しゅみせん》〕に父上はおられるのだが、夜鳴いて飛んでいく雁よ、どうか父上の消息を伝えてくれないか)

深い草の中に筵を蒲団にして横になっている良寛は、今も父以南の強い影響下にいるのだった。その影響はますます強くなってくるようである。ふと気づくと、星が輝きをなくし、白く薄くなっていた。よくよく見れば、空の端に満月に近い月が出て、全天に皓皓《こうこう》と光を放っている。李白のように、以南のように、良寛は自分もこの月光の中に溺れていくような気がしていた。

人の足音がするので良寛は目覚めた。薄明である。まわりは昨日と同じ草の中で、筵も衣も朝露にしっとりと濡れていた。袂の中には手毬があり、その部分がふくらんでいる。足音はどんどん近づいてくる。なんだか恐ろしくなって、良寛は身を起こした。その拍子に草がばさっと鳴り、足音も止まった。それからまた足音はそろそろと近づいてきた。その場にじっとしていた良寛が顔を上げると、鍬を振り上げて今にも振り下ろそうとしている男が草の間にいた。驚いて腰を抜かしそうになった良寛に、男がもっと驚いたような大声を出した。

「良寛さまじゃないかね」

見覚えのある男なので、良寛は背筋を伸ばして男をたしなめた。

「おいおい、静かにしてくれんかね。子供に見つかる」

「もしかして良寛さまは隠れんぼで隠れておったかね」

男はなおも驚いた声を出す。

「そうじゃ。子供たちもそろそろ起きてくる頃じゃろう」

「まだまだ寝ております」

男はあきれ果てたという様子でいうのであった。

「子供が寝ておるのに、お主だけ何処にいくんじゃ」

「お天道様が出て暑くなる前にひと稼ぎしようと思いまして、これから畑にまいります。朝餉《あさげ》前に片付けてしまえば、うんと楽になります」

「それは御苦労なことじゃな」

「わしら、子供と遊んでるひまはございませんでな」

批難がましい口調というのではなかったが、男は微笑とともにこういったのだった。こうして誰もが苦労して生きている。楽をしているものは一人もいない。そういわれても仕方のない場面ではあったが、男の口調はあくまで穏やかであった。男はつづける。

「良寛さま、今日はいくら待っても子供は出てまいりません。雲ゆきが怪しくて、もうすぐ雨が降ります。わしは一雨くる前に大根の種を蒔いてしまおうと、ちょいと早く起きてきたのです。雨の前に蒔くと、よく芽が出ます。国上山《くがみやま》まではそう近くはない。良寛さま、雨にやられる前に、お帰りなさったほうがよろしいでしょう」

男は明らかに親切心でいってくれている。いわれるままに立ち上がったものの、良寛はしょんぼりとしてしまった。今日は朝から天真仏と遊ぼうと思っていたのである。天真仏が家から出てこないのでは仕方ない。

「帰ったほうがいいですかの」

言葉に元気がないのが、良寛には自分でもわかった。男は全身を使って大きく頷く。

「お帰りください。子供はいつでもおりますから、また天気のよい日にお出かけください」

男は良寛がそこから立ち去るのを待っているとばかり、その場に立ったままでいた。仕方なく良寛は歩き出すのだ。よくよく見れば雲は厚く垂れ込めている。薄明の空の下だと思ったのだが、案外と時間は遅いのかもしれない。草原の草が、ざわざわと音を立ててそよぎ出していた。白雲が流れていくのを見ると追い立てられるような気分になり、思わず良寛は急ぎ足になった。白い土の道に歩いている人の姿は見えなかった。良寛は袂に手をいれ昨日も子供たちと遊んだ手毬を触りながら歩いた。

前方にあるはずの国上山も雲に覆われて姿を隠していた。雨粒が落ちてきて、饅頭笠がぱつっぱつっと鳴りはじめた。良寛は急ぎ足になっていた。

# 第六章　別離

少し遠出をし、良寛は燕《つばめ》の街を托鉢していた。このあたりまで自分の名が知られていることを、良寛は感じないわけにはいかなかった。行く先々で鉢には米や麦や豆がたっぷりといれられ、頭陀袋《ずだぶくろ》は膨《ふく》らんで重いほどである。接する人たちもみな笑顔であった。そろそろ帰る方向に身体を向けて歩き出していると、男の子が紙を持ってきて、ぶっきら棒にいった。

「良寛さま、これに字を書いてくだされ」

しばしば大人に良寛は書を求められるようになっていた。求めるほうの心の奥に欲が見えるので、嫌な思いをしないわけではなかったのだがたいていは断ったり、逃げたりした。この時も大人が背後にいて、子供を使っていると思えたので、良寛は問い返した。

「わしが字を書いて、どうするのかな」

「凧《たこ》をつくって空に上げるのです」

子供はにこにこしていった。良寛は疑ったことを無言で詫《わ》びて、そうかそうかと首を振っていい、用意してあった筆をとった。筆はこの子が使っていると思われる手習い用で、幾分小さくつくられていた。手習い用の硯にすってある墨をたっぷり染み込ませ、一気に筆を走らせた。

天上大凧　　　　良寛書

子供はいつまでもその字を眺めていた。良寛は傍らでいう。

「空を元気一杯に飛ぶじゃろう」

「ありがとうございます」

子供は紙を両手で広げ持ったまま頭を下げ、走り去っていく。うんうんと声に出して良寛は見送った。

良寛は国上山に向かってゆっくりと歩きはじめた。すでに稲刈りも終り、田んぼは茫漠としていかにも淋しそうだった。今年は豊作で、積んである藁も例年より大きいようにも感じられる。冷たくなった風が衣をふくらませた。秋も深まってきたのである。まわりの風景に感化されたのか、この頃良寛は弟由之《ゆうし》のことを考える時間が多くなっていた。出雲崎の百姓八十四人から駆込み訴訟された橘屋の由之への判決が、そろそろ奉行所から出される頃である。由之はこの頃どうも不運である。妻やすが五月二日に四十二歳で亡くなった。由之が人生の苦難を迎えているのは確かであった。良寛は一人早ばやと出家して世間の苦から逃がれ、娑婆世界に残してきた由之ばかりが苦しい思いをしているのだ。

山道を杉の根が縦横に走っていた。土が流されず止まっているともいえるのだが、足元をよくよく見て歩かないといけない。ことに夜など、つまずきやすくて危険であった。坂道は勾配が急で、頭陀袋の重さが身にこたえた。日が暮れきる前に、五合庵に着いた。

庵にも、まわりの木立ちにも、なんの変化も感じられない。梢からゆらりと月が昇った。木立ちの中から出ると、まわりは明るいはずである。無性に良寛は坐禅がしたくなった。

山道を戻っていく。今はまだ明かりが残っている。もう一度この道を戻ってくる時には、月が足元を照らしてくれるだろう。何度も前を通ってよく見知っている川なのだが、月光に照らされた水は銀色に輝き、岩は銀そのもののように内側から発光していると見えた。これまでのどんな川とも違うのだ。良寛は水の中にはいって足を洗い、平らな岩を見つけて上に上がった。そこで結跏趺坐《けっかふざ》をすると、上体をゆっくりと左右に振って全身が落ち着くところを定め、そのまま禅《ぜん》定《じょう》にはいった。月光が天上から全身に降りそそぐ感触があったが、やがてそれも忘れた。

荒村乞食《こうそんこつじき》し了《おわ》り
帰《かえ》り来《きた》る緑岩《りょくがん》の辺《ほとり》
夕日西峰《せきじつせいほう》に隠《かく》れ
淡月前川《たんげつぜんせん》を照《て》らす
足《あし》を洗《あら》って石上《せきじょう》に上《のぼ》り
香《こう》を焚《た》いて此《ここ》に安禅《あんぜん》す
我《われ》も亦《ま》た僧伽《そうぎゃ》の子《こ》
豈《あ》に空《むな》しく流年《りゅうねん》を渡《わた》らんや

（淋しい村の托鉢を終え、
苔の生えた岩のそばの草庵に帰ってきた。
夕日は西の山に隠れ
淡い月が前の川を照らしている。
私は足を洗って石の上にあがり、
香を焚いて心穏やかに坐禅をする。
私もまた僧侶の身である
どうして修行をゆるめて年月を空しく過ごすことができようか）

坐禅をすると気持ちが落着いてきた。月は何を差別するわけでもなく、すべてを照らしている。気がつかなくても、仏法は月光と同じようにすべてを分けへだてなく包み込んでいるのだ。その中に坐禅をする良寛がいる。いつも仏の教えの中にいて、そこから逃がれることはできないのだ。そう思うと心が落ち着き、庵に帰ると良寛は筆をとって詩を書いたのだった。いつの間にか良寛の心身のうちに詩が湧き上がっていたのである。

出雲崎名主橘屋新左衛門、通称由之と、その息子で名主見習馬之助と、年寄高島伊八郎への奉行所による判決が下った。伊八郎は良寛の妹たかの婿である。

松平兵庫頭《ひょうごのかみ》様、水野若狭守《わかさのかみ》様、御下知《げち》の趣き、申し渡すとして、次の意味の判決文がでたのである。三名は勘定の出入り証拠なしと主張するが、町入用やその他の取立帳の類、また十一年より前の出時入用帳、買請米割渡帳《かいうけまいわりわたしちょう》など紛失させて、勘定をわからなくした。書付けも残さなかった。その上新左衛門は無断で家出などをし、地子取立帳《ぢしとりたて》や印形の管理もおろそかで、小百姓には皆済目録《かいさい》も見せず、なお御蔵地代《おくらぢだい》や出目米《でめまい》なども取り立てたこと、私欲がないとはとても申し開きができない。馬之助はまだ幼年ではあるといいながら、一同は不届《ふとど》きにつき、新左衛門は家財取り上げ、所払いを申しつける。伊八郎は役儀を剥奪《はくだつ》し、過料《かりょう》（罰金）銭五貫文、馬之助は名主見習職を剥奪するというものであった。一方、原告の百姓八十四人には一切お咎《とが》めなしである。

由之は家財一切を没収され、出雲崎を追放になった。出雲崎の地で遥かな昔からつづいてきた名門橘屋は、ここに完全に消滅したのだ。この知らせを受けた良寛は、五合庵の中に閉じ籠もり、暗いうちからまた暗くなるまで坐禅をした。考えてみれば、父以南の代に橘屋はすでにはっきりした消滅への流れにはいっていたのである。由之はただその尻拭いをしただけだ。良寛はそのことをわかっていて出家したのではもちろんないが、すべてを由之に預けて自分は遠くに去ったことが、今にして心が痛むのであった。

その晩、良寛は蕭《しょう》蕭《しょう》と吹く風の音を聞きながら、一人由之のことを考えて涙を流した。由之にしても、家の没落は避けがたいものとしてかなり前から予感されていたのだろう。恐ろしい気持ちで毎日毎日を過ごしていたに違いない。そのため、自分の志は凡人には理解できないのだと驕《おご》り高ぶって見せ、酒を好きなだけ飲んで時を過ごしてきた。世間智にたけた良寛であるはずもないが、家財もあり地位もある橘屋を世間の人々が隙をうかがい狙っているのをわかろうともしない弟の諸行を案じていた。年を取ってから後悔しても取り返しがつかないことであるが、多くの人はすべてを失ってからはじめて現実に気づくものである。もとより一物も所有しない良寛ではあったにせよ、持っているものを一つ一つ失っていき、逆風に立たされている由之のことが心配でないはずはなかった。

由之のことを特に心配してくれたのが、良寛の道の友というべき原田鵲斎《じゃくさい》であった。出雲崎追放の処分を受けた由之が出雲崎と尼瀬《あまぜ》の南隣りの宿場の石地《いしぢ》に隠れ住んだことをつきとめた鵲斎は、わざわざ自ら訪ねて励ましてくれたのだ。いつもながらの機敏な行動力である。その行動力に良寛も救われたことがある。鵲斎は人に言付けて五合庵の良寛のもとに和歌二首を届けてくれた。良寛はしみじみとした気分で、この和歌を何度読み返したことであろう。

荒磯辺《ありそべ》の白水郎《あま》の濡れ衣乾《ぎぬほ》しも敢《あ》へず
　浮海藻《うきめ》海松藻《みるめ》を妻ぞ拾はん

（白水郎は〔海人《あま》〕のことで、潜水をして魚介を漁《すなど》る人のことだ。荒磯辺の海人の濡れた衣が乾かないうちに、海人の妻が浮かんだ海草や海中の海松などをどんどん拾ってくれるのに、あなたは無実の罪〔濡れ衣〕を晴らすこともできず、憂き目や見る目〔自分を見る他人の憂鬱《ゆううつ》な目〕を慰め励ましてくれる妻もいないのですね）

荒磯海の波の下にも春や来ぬ
　沈《しづ》く玉藻《たまも》に花の香ぞする

（荒波が寄せくる磯のその荒波の下にも、春はくるのです。荒磯に沈んで波の動きになびいている海藻にも、花は咲くものです。その花の香りが漂っていますよ）

世間の人からは破天荒の行動をする奇人のように思われている原田鵲斎であるが、うらぶれた友に対してなんとも細やかな気遣いをするものである。この歌は落ち込んでいた良寛に対する励ましでもある。没落した橘屋に向かって世間の目はいよいよ厳しくなるであろう。その目は当然良寛にも向く。だが良寛が案じているのはそんなことではない。家を捨て、すべての重荷を弟に負わしてしまった自分自身への断罪の気持ちが湧いてくる。鵲斎はそのことも感じていて、だから良寛にも歌を届けてくれたのである。

良寛はさっそく和歌をつくった。

越《こし》の海人《うみ》を見《み》るめはつきなくに
また帰《かへ》り来《こ》むと云《い》ひし君《きみ》はも

(越後の海には海松布《みるめ》という海藻が尽きないと同じく、このあたりは人を詮索《せんさく》して見る他人の目が尽きないのに、そこにまた帰っていこうと君はいうのか)

同じ橘屋の出だといっても、良寛と当主由之に対する人の見る目はまったく違う。この歌をつくって間もなく、良寛は居ても立ってもいられなくなり、石地に向かったのであった。

国上山から石地へは、海岸に沿った道をいく。冬を迎えようとする日本海は風の中に波のしぶきをまじえ、ごおごおと天に轟きつつ陸地に吹きつけていた。沖から立つ白波は、幾千幾万の軍団のようである。途中、良寛がはじめて庵を構えた郷本を過ぎ、幾分のためらいがあったものの、出雲崎を通っていった。出雲崎は海に沿ってひらけた細長い街である。父以南の代から宿敵であった尼瀬の名主京屋が、橘屋にかわって出雲崎の名主をも兼任することになっていた。出雲崎の中心部にある橘屋の屋敷は、没収されたので代官所の管理となり、門には板が打ちつけて開かないようになっていた。父以南が出奔《しゅっぽん》してから二度とこの地に戻ってくることがなかったように、由之ももう戻ることはないだろう。

良寛は笠の下から横目で橘屋屋敷を見はしたが、立ち止まることはなかった。むしろ足早くそこを過ぎていった。風が強いので外に出ている人もなく、誰にも見られないのが幸いであった。

鵲斎の情報によると、由之はかつて橘屋で働いていた人の家の離れに、まるで良寛を真似るようにして暮らしているということだ。詳しく良寛が問おうとしたが、とにかくいってみればわかるということである。

由之の在所はすぐにわかった。良寛の五合庵より狭い建物はないが、広いといってもわずかなものである。刃物のような寒い風が吹き渡る中を、戸という戸をすべて開け放ち、由之は建物の中で海のほうに向かって坐禅をしていた。由之は僧と同じようにきれいに剃髪《ていはつ》し、僧と同じ墨染めの衣を着ていた。由之が得度をしたとは聞かないから、とにかく姿形を真似たのであろう。威儀《いい》即仏法《ぎそくぶっぽう》といい、形は大事である。部屋の中には何もなく、戸を開け放っていても困ることはなかった。風に旗めく墨染めを見ていると、良寛には由之の心の中が見えるような気がした。良寛はほんの少し若い自分がそこに坐っているような気がして、由之が行雲流水《こううんりゅうすい》の暮らしをする自分に憧れの気持ちを抱いていたことが今さらながらにわかった。乞食《こつじき》の暮らしが楽だとはいえないが、今回由之が体験したような大喪失の苦しみはもう味あわなくてすむ。

良寛は由之に向かって外から合掌し三礼すると、草鞋を脱いで家に上がり、気配を殺して歩いた。そして、由之の隣りに腰を落とし、坐禅の脚を組んだ。

波の音と潮騒《しおさい》が聞こえた。半眼にした眼に、光が波となって押し寄せてくる。その光の波の中に、島影が浮かんでいた。佐渡である。佐渡の島影を見れば、母おのぶを思い出す。母は佐渡相川の人で、与板の新木家から婿を迎え、出雲崎橘家を継いだ。それが良寛や由之の父で、俳号を以南という。四男三女をもうけた。由之は俳号で、正式には橘屋十三代新左衛門といった。だが橘屋の名跡が消えてしまった以上、新左衛門も消え、自ら名付けた由之という俳号だけが残ったのである。父が最終的に以南として死んでいったように、由之もそうするつもりだろう。もちろん良寛も良寛として生きて死んでいくと、とうに覚悟は決めている。由之もようやく身心ともにその境地に至ったのだとしたら、由之のために喜びこそすれ、何を心配することがあろうか。坐禅をしながら、良寛はそのように感じた。父以南のように由之が自殺でもしないかと案じたのは、杞憂《きゆう》にすぎなかったのであると、良寛は確信した。

それからは眩しいほどの光に照らされ、風と波の音を聞きながら、ただただ坐禅をしていた。これまで強固に組み立てられていたあらゆる関係性が、ここでいったん崩れる。そんな感触があった。身心脱落《しんじんだつらく》とは道元禅師が大宋国の天童寺でさとりの境地に至った時のことを示す言葉だが、あるいは良寛も同じような境涯にはいったのかもしれない。だがさとったとかまだまださとらないとか、そのようなことは最早どうでもよい。ただあるがままにここに存在している。

「兄《あに》さん、わしのことを心配してきてくれたんなら、なんも心配いらんぞ。この流れの中に叩き込まれたんなら、どんなにもがこうと、流れには逆らえん。女房が死んだのも、淋しいことは淋しいが、わしがこれから生きる道筋をつけてくれたと思うておる。父上や兄さんがしたとおり、ようやくわしにも自由に歩ける道が開けてきたんじゃ」

すぐ横から由之の声が静かに響いてきたので、良寛も自然に瞑想の中からでた。上体を前傾させて合掌した。結跏趺坐に組んだ脚はそのままでおいた。

「うむ。ここここそ道場なりじゃな」

良寛は由之の心の置き方に感心し、大きく頷いていったのだった。

「大変な道場じゃった」

「そうじゃったな。大変じゃったな」

「大変じゃった。世間のあらゆるものが、わしめがけて襲いかかってきたようじゃったな。兄さん、だが恐くはなかったぞ。恐いとは自分の心が決めるものだとようくわかった。心はどっしりと坐っておるから大丈夫じゃ」

それからしばらく、二人は黙っていた。それぞれの中にいろんなものが去来していったのだった。馬之助や伊八郎はこれからまだ苦しまなければならないものもあろうが、それもすべて道場に在るということなのだ。良寛は実の弟にこれまでにないほどの親愛の気持ちを感じて、それを率直に言葉にした。

「由之よ、お前がこの地を選んだわけがよくわかったぞ。子供の頃からともに眺めて暮らしてきた佐渡は、母上の形見じゃ。形見は永遠にそこにある。朝な夕な、お前は母上を眺めて暮らしておるのじゃろう」

「そうじゃ。兄さんは何でもお見通しじゃな。その荒波が打ち寄せる磯と、その向こうに浮かんでいる佐渡の島だけが、わしらが子供の時から変わらんものじゃ」

それから二人は黙って海を眺めていた。陽はどんどん動いていくのだが、変わるのは光の動きだけである。

良寛は五十四歳になっていた。雪の降る日や炎天の日、托鉢に出るのが億劫《おっくう》にもなっていた。

この五合庵にはいったのが四十歳の時であった。途中、国上寺住職の義苗《ぎみょう》和尚が隠居したので、良寛は五合庵を明け渡し、近在の寺に点々と移動して仮寓をしなければならなかった。天地一枚の間で、住み家はどこにでもあった。良寛の名は知れ渡っていて、書を求めてくる人も多く、寺でも快く置いてくれた。

　義苗和尚は一年後に亡くなり、また良寛は五合庵に戻ってきた。住持和尚が住んだだけに、五合庵はあちらこちらが修繕され、見違えるばかりになっていた。そうして良寛が五合庵に再入庵してからでも、七年の歳月が流れていた。この頃感じるのは、庵《いおり》への行き帰りの山道の険しさである。いつまで庵の暮らしができるかと、ふと不安になることがしばしばあった。橘屋消滅は雲の形がどんどん変化していくような、世の栄枯盛衰《えいこせいすい》である。良寛はこれまでの五十有余年が一夢の間の出来事であったとも感じる。

　良寛の妹たかが亡くなった。享年四十四歳であった。高島家に嫁ぎ、夫は高島伊八郎である。伊八郎は妻たかの兄の由之を助け、町年寄をしていた。奉行所の判決で町年寄の役儀を取り消され、五貫文の罰金刑を課せられた。たかは自分の身内のために、夫を罪に帰してしまったことを、最近はしきりに悔んでいたという。妹の苦しみが、良寛には深く理解できる。また妹は子沢山で、四男十女をもうけた。十四人もの子を産み育てた身体の疲弊が加わり、そこに心労が重なって、すべてに耐え切れなくなってしまったのだろう。妹の苦しみがまた良寛にのしかかってきた。

　良寛は五合庵に閉じ籠もっていることが多かった。行き帰りの山坂が難儀になってきた。それよりも深い疲労が身心の底に沈み重なっているのを感じた。夕暮れになり、まわりと樹木や草や山や川までも、すべてが輝きを失う。そんな時に、ことに気分が落ち込んできた。今年は去年とはまったく違う。今日も昔の今日とは違っている。古い友人たちも、死んだものも疎遠になったものもいるのだが、一人去り二人去りしていく。新しい友人たちともだんだん仲が悪くなっていくような気がする。何処にいっても、またいかなくても、気分が落ち着かない。見るもの聞くものの接するものすべてが淋しくてならなかった。

新潟に飴屋万蔵というものがいて、良寛の書をたいへんにありがたがり、店の看板を書いてくれと人を介して頼んできた。面倒なので断ったのだが、何度も何度も頼んできて良寛には迷惑なことであった。飴屋は紙と筆とを持って良寛が立ち寄りそうなところを先回りしているから気をつけるようにと、何人もからいわれていた。五合庵にこないのは、良寛と二人で会うとあっさり断られてしまうと考えてのことであろう。誰かが立ち合っていれば良寛も断り難いだろうと計算してのことなのだ。なかなかに執念深い男のようだった。良寛は行く先々で飴屋のことを聞き、会わないので幸運だと思っていたのだが、地蔵堂に托鉢にいった折、米をよく喜捨してくれる家で待ち構えていて、とうとう顔を会わせてしまった。

断るためすったもんだするのも面倒で、良寛は観念して招じられるまま家に上がり、渡された筆を持って広げられている紙に「飴屋万蔵」と走らせた。飴屋はその文字を眺め、ようやく念願がかなったと満足そうだった。その書は板に彫られて彩色され、多くの人の眼にさらされることになるのだろう。良寛はとんだ災難に遭ったということである。飴屋がくれた飴を子供たちと分けて嘗《な》めたのはよいことではあった。

またある時、良寛は托鉢の途中で雨に降られ、地蔵がかぶっている笠の下にいっしょにはいって雨宿りをしていた。隠れているつもりもなかったのだが、通りがかった人がすぐ横に立ち止まって大声を上げた。

「あれま、良寛さまでねえか。どうぞ家にはいってお休みください」

あまりに親切にいってくれるので良寛は家までついていき、屋根の下にはいった。衣が濡れているので座敷に上がるのは遠慮した。囲炉裏のある土間の縁に腰かけていると、家の中で主人と妻とが何やら忙しそうにし、良寛の前に紙束と筆と硯とを置いた。妻とならんで頭を下げながら主人がいう。

「一筆書いてくだされ」

これはかなわんなと良寛は思わないわけにはいかなかったのだが、うむと唸っただけだった。紙束を板の間に広げてみると、十二枚あった。ここで騒ぐのも大人気《おとなげ》ないと、良寛は手早く筆を走らせた。

「いろは　にほへと　ちりぬるを　わかよ　たれそ　つねならむ　うゐの　おくやま　けふこえて　あさき　ゆめみし　ゑひもせす」

良寛は一枚ずつ手にとって何度も眺め、自分の書はこれ以上でもこれ以下でもないと思ったのだった。

どうも世間には煩わしいことが多いのである。面倒な作法をつくって世間を煙に巻き、自分を偉いと思わせたい人が多いようである。書法を難しくいう書家の書を、どうしても好きになれなかった。歌人の和歌や、題を出して歌詠みをすることもあまり好きとはいえなかった。料理人の料理も、作為が目立って嫌いである。

ある村の庄屋がたいそう立派な家を建て、その前に立った時に良寛は心の中で思った。これは貧すれば鈍するということで、金を持って品性が貧しくなれば、人は愚かな行いをするものである。良寛は密かに戯《ざ》れ歌をつくってその庄屋をからかった。

「鈍な男にどんすの羽織きせて見たれば猶おどんじゃ」

どうしても良寛は由之のことを考えてしまうのである。我が弟由之は苛酷な運命に翻弄《ほんろう》されてはいるが、決して鈍な男ではない。

ある時良寛は苦手な茶席に招かれ、仕方なくその場に足を運んだ。しかも一碗の茶を四人で飲む濃茶《こいちゃ》の席であった。良寛は正客《しょうきゃく》の席に坐るようにと主人にいわれたのだが、窮屈なのが嫌なので下座についた。茶人たちの動作はゆっくりしていて、良寛は正座のまま待っているのが苦痛になっていた。鼻のあたりがむずむずするので、鼻の穴に指をいれて鼻くそを掘り出した。大きな固まりであった。指先の黒っぽい鼻くそをしばらく眺めていたが、置く場所がないかとあたりを見回した。茶事は沈黙の中に進行してはいたが、茶が良寛のところにくるまでまだ時間がかかりそうであった。鼻くそを始末する場所が見つからないので、自席の右側の畳の上にそっと置いてしまうことにした。指を右側に持っていったところ、右側の客に袖を引かれて注意された。仕方がないので右の人差指の先から左の人差指に鼻くそを移し、左側の畳の上に置こうとした。だがまた左側の客に袖を引かれて注意された。処分場所に窮した良寛は、自分の元の鼻の穴に戻した。その様子を見ていた何人もが、笑いを噛み殺して上体を震わせているのがわかった。良寛も微笑みを返した。爆発するかのように爆笑が起こる気配があった。茶席は全体が笑いの小波で覆われているようであったが、幸いなことに主人は気づいていない。

茶事は粛粛《しゅくしゅく》と進行していき、大ぶりの茶碗が正座をする良寛の膝の前に置かれた。緑色の濃《こい》茶《ちゃ》が茶碗の半分ほどもはいっていた。茶碗を掌の上にのせて少しずつ回転させせながら、三度に分けるにせよこれを全部飲むのはつらいぞと思わないこともなかった。気持ちを決め、茶碗を唇に当てて傾ける。一度二度と、できるだけたくさん飲み込んだ。茶でいっぱいになった腹の中が、波打つような気がした。三度目は上体を前傾させて胸の中の空気を吐き、茶を一気に飲んだ。細かな罅《ひび》のはいった茶碗の底が見えた時、これは濃い茶で、一杯を四人で分けて飲むのが作法だったことに気づいた。そこで良寛は口の中に溜まっていた茶を、茶碗の中に吐き出した。茶が鼻の中にはいり噎《む》せそうになるのを、かろうじて堪えた。その茶碗を畳の上に置き、左隣のほうに差し出しながら頭をさげた。

「南無阿弥陀仏」

左から声が聞こえた。左側の客は茶碗をとり、手が幾分震えていたのだったが、作法通りに茶を飲んだのだった。

碁は昔からやってきた。最近良寛は小額の金を賭けて碁を打つことを覚えた。金を賭けていない時には敗けることが多かったが、金を賭けるとほとんど良寛が勝った。もちろん良寛には、みんながわざと敗けていることがわかっていた。それでもこれは喜捨と思い、表情にだすことはないにせよ、喜んで受けることにしたのだ。碁盤の前にくると、つい良寛は同じことをいってしまうのだった。

「銭がたまってやり場がない。人は銭がないのを憂えておるが、わしは銭の多きを苦しむ」

十月の頃、嵐のような強い風が吹き、寒い夜であった。周辺の山々は見事に紅葉していたのだ。だが闇に包まれて何も見えない。この淋しい夜に良寛が五合庵で燈火《とも》を点し読書をしていると、とんとんと外から戸を叩く音があった。誰がきたところで良寛には恐いものはない。庵の中には盗るものもないし、命が欲しいというのならいくらでもくれてやる。良寛は立って戸口のところにき、声を出したのだった。

「この淋しい庵にこられたのはどなたですかな」

「しがない物乞いでございます。なんでもよろしいですからいただきたい」

物乞いと聞いて居ても立ってもいられなくなり、良寛はもどかしい思いで戸を開けた。乏しい燈火に浮かび上がったのは、破れ笠をかぶり蓑を着た男であった。蓑の下には何も着ていず、素肌が見えた。一瞬にして良寛には同情心が湧いた。隠れていた石地《いしじ》から姿を消し、何処ともなく旅に出かけた由之は、異土の空の下にあるに違いない。その由之の姿がこの旅人に重なったのであった。思わず良寛は問うていた。

「何処へか、旅においでかな」

「北の方に参ります」

「御事情はわからんが、蓑一つでは風が吹き込んで寒かろう。どうかこれを着ていきなされ」

いうより早く、良寛はその場で着ている着物を脱いで渡した。下帯一つになった良寛は、吹きくる風に含まれている幾千幾万の針に全身を刺されるように感じた。男は良寛の体温が残っているに違いない着物を額に当て、泣いているのか全身が打ち震えている。

「さあさあ早く身に着けたがよかろう。身体の芯まで冷えてしまうぞ。わしに遠慮はいらんぞ。それともあばら家にはいってお着替え召さるか」

「いえいえ、ここで失礼いたします」

こういうや、男はその場に蓑を脱ぎ捨てた。下帯一つの裸体には肋骨が浮き上がっていた。男は今まで良寛の身を覆っていた、薄く綿がはいった藍染めの衣を着た。この冬を暖かく過ごしてくださいと、托鉢にまわる農家の主婦が自らの手でつくってくれた衣である。人を救うならば、その婦人も仏も喜んでくださるであろうと良寛は思う。

良寛も夏に着ていた衣を出してきて身に着けた。男は何度も何度も頭を下げている。

「先をお急ぎのようじゃな。どうぞおいきなされ」

男は頭を下げたまま遠ざかっていき、闇の中に消えた。人には様々な事情があるものである。気をつけておいきなされと心の中でいったとたん、良寛は一つ大きくくしゃみをした。

赤や黄に色付いた葉が降っていた。

良寛が托鉢を終え、いつもの五合庵の山道にはいると、村人が大勢出ている。道路の草むしりをしたり、頭にぶつからないようにと張り出した枝を刈ったりしている。天候が荒れないかぎり良寛が毎日通っている道なのだが、近隣の村人が良寛のためにこれほどしてくれたことはない。良寛は顔馴染みの村人に話しかけた。

「こんなに大勢人が出て、いったいどうされたのじゃ」

いってから良寛は不吉なことを感じないではなかった。

「お殿さまがいらっしゃるから、くれぐれも粗相《そそう》のないようにせよとのお城からのお達しが、庄屋さまのところにありました。それでみなが出ているのです」

村人はかしこまった様子でいう。良寛はどうしても合点がいかなかった。

「お殿さまがどうしてこんな山の中にこられるのじゃろう」

良寛の言葉に、伐り降ろされた松の枝を束ねていた男が、得意そうにいう。

「新潟御巡視の折、お殿さまはわざわざ寄り道をしてこられるそうですよ」

「だからどうしてじゃ」

「和尚さんにお会いにでいらっしゃいますよ」

何人もが同時に声を揃える。良寛に対する言葉遣いが変わっていた。その中から一人がいった。

「なんでもお殿さまは長岡で和尚さんの評判を聞かれ、人格の高潔さに打たれて、教えを乞いたいと願っているそうでいらっしゃいますよ」

「馬鹿も休み休みいいなさい。わしは愚かで知られた坊主じゃ。それはお前たちが一番よくわかっておろう」

良寛の言葉に、わあっと笑い声が弾けた。人が多くてすたすたとは先に進めないので、なお良寛はつづけた。

「愚かな坊主と会って己の聡さを知りたいか。民のことを思う名君であれば、そんな酔狂をする隙もあるまい」

わあっとまた笑いが湧く。良寛から長岡藩主に用はまったくないが、先方から用があるとは、良寛は不吉な思いにとらわれないわけにはいかない。由之のことかと考え、それならわざわざ藩主がくる必要もないだろうと思い直す。良寛が先にある五合庵にいこうとの意思を示すと、村人たちは通り道をあけてくれた。道端の草を鎌で刈り取ったので、道幅が広くなったようにも感じられた。杉の大木も道を横切っている根もそのままだが、道に張り出した枝が大胆に切られるので、確かに通りは陽光が差して明るくなった。これまで気がつかなかった五合庵の屋根も手前から見えるのだった。

道の半ばで、村人たちの指揮をしていた庄屋が声を掛けてきた。

「これはこれは良寛さま。お姿が見えないので、心当たりの場所に村人を迎えにやりましたが……。御不在では、私もお殿さまに申し開きができません。お帰りになってようございました。私も一安心でございます」

「どうしたのじゃ。こんなに人が集まって、これは大変なことじゃ」

怒っているわけではなかったのだが、良寛はつい声を荒らげてしまった。庄屋は良寛にこれまでになかった卑屈とさえ思える態度を見せていう。

「正式に伺ったわけではございませんが、お殿さまは和尚さまの評判をお聞きになって、大変にお心を寄せておいでとのことでございます。なんでも長岡に大寺を建立なさるから、そこの住持和尚になっていただきたいということだそうでございます。さすが良寛さま、この村に住む私どもにも大変名誉なことでございます」

庄屋は自分でも興奮して一気にまくしたてた。藩主の声がかかり、掌を返すように庄屋の態度は変わったのだ。国王大臣に近づくなとは、道元禅師の根本の教えである。藩主の申し出が本当かどうかはわからないが、良寛にとってはただただ迷惑なだけである。

「庄屋どのもご存知のとおり、わしはただの愚か坊主じゃ。それはわしが一番よく知っておる。お殿さまにはそのように申し上げて、帰っていただいてくだされ」

良寛がいうと、庄屋は驚いた表情をした。天地一枚の間で生きるこの暮らしが気にいっていた。それを邪魔されたくないものだと良寛は思い、庄屋に会釈をしてから歩きだした。何処までいっても人ばかりである。このあたりにこんなにたくさんの人が集まったのははじめてのことではないのか。

五合庵のところだけわずかに平地になっている。そこには適度に草が繁り、つい最近まで秋の虫が鳴いていた。その草は根こそぎ抜き取られ、虫とともに何処かに捨てられてしまった。たいていの虫は当然逃げ出す。これでは来年はもう虫は鳴かないであろう。それが良寛にはなんとも残念なのであった。

五合庵の中にも村人がはいり、雨戸をすべてはずし、戸にも床にも雑巾をかけている。良寛は縁先に腰をかけてみたが、とても自分の場所はない。身のまわりで働いている村人たちの顔はどれも見知っていた。托鉢にいけば、自分たちも貧乏なのに快く食べるものを鉢にいれてくれる人たちだ。良寛とすれば、よいと思ってやっている彼らを無下《むげ》に叱ることはできなかった。村人たちに文句をいうわけでもなく、良寛は腕組みして縁先に坐りつづけていた。村人は良寛が何やら怒っているらしいことを感じたと見え、なるべく近づかないようにしている風であった。

やがて下の道路のほうから騒然とした気配が湧き、村人たちは坂を国上寺のほうに登っていって樹間に姿を隠した。虫の声はしなかったのだが、梢から梢へと渡る風の気配や沈黙やらが戻ってきた。災いをもたらす多勢の人がいなくなってみれば、まわりは見事というほかはない紅葉である。枝から葉が降るように落ちてくる。同じ騒然とした気配でも、人が立てるのではなくこれならば、むしろ気持ちが落ち着く。

良寛がそのままでいると、やがて大勢の家来を引き連れた藩主がやってきた。藩主は良寛の前に立ち、良寛の気迫に押されるように軽く一礼した。良寛は庭先に立ったままでいた。藩主は緊張した表情をつくっていた。音に出して深呼吸をし、金糸で縫い取りをした羽織を着た藩主は、一瞬のうちに入れ変わった張りつめた空気の中で明らかに緊張した声を出した。

「良寛どのか。御無礼とは知りながら、長岡城下の寺院にお迎えしたいと願ってまいりました」

無言のままで良寛は庵に上がり、文机に短冊を置いた。いつも硯に磨《す》ってある墨に筆の先をひたし、短冊に走らせた。墨が乾かないうち、短冊を庭に立ったままの藩主のほうに差し出した。

たくほどは風がもてくる落葉かな　良寛

藩主は短冊をじっと見ていた。世間では名君と呼ばれている牧野忠精《ただきよ》公であった。名君であればこそ、良寛の心を知るはずであった。良寛は背筋を伸ばして何処を見るでもなく正座をしていた。傍らにいる庄屋が、沈黙の重さに耐えられないといった様子で、良寛に向かって何度も片腕を伸ばしかけ何かいおうとしていたが、声にはならなかった。静止したものが傾くといった様子で藩主は二歩三歩と前進し、庵の上がり口に置いてある短冊を取り上げると、改めてじっと見ていた。前にくらべて表情は柔和になっていた。藩主は短冊を押しいただくようにして持ち換え、良寛に向かって深々と頭を下げた。それから少し微笑んで言葉を発した。

「良寛どの、我《わ》が祖先が建立した寺の住持和尚にお招きしたいとは、私の我が儘《まま》に過ぎませんな。俗人の私ごときがあれこれ申し上げるようなお方ではございません。どうも失礼つかまつりました。御身を御大切に、御修行にお励みくださいますよう」

藩主のていねいな物腰に、良寛も感銘を受けないわけではなかった。だが依頼を断る以上、沈黙によってするのが最大の礼である。

藩主が去っていき、あちこちの物陰に身を潜めていた村人たちが一旦姿を現わしてから帰っていくと、ようやく五合庵にはいつもの静寂が戻ってきた。良寛は今日の托鉢で得た米と麦とを米櫃《こめびつ》にあけた。

何処かに旅をしている由之のことを、良寛はしょっ中考えた。橘屋《たちばなや》のことも考えた。橘屋の遠祖の左大臣橘諸兄《もろえ》が天平十八（七四六）年正月天正天皇の御在所に諸臣を連れて雪掻きに供奉した時、この雪にちなんで和歌を奏するよう勅命を受け、応えて歌を詠んだ。「降る雪の白髪《しらかみ》までに大君に仕へ奉《まつ》れば貴くもあるか」。万葉集にのっているにせよどうということもない和歌だが、橘屋消滅にあたって、良寛はそんなことも考えてしまうのであった。

遠祖が予言したのでもないだろうが、文化九（一八一二）年の大晦日に、雪が降った。雪が降ると見れば、旅先で難儀をしているに違いない由之のことを思ってしまう。藩主牧野忠精公の招請を断ってはみたが、良寛も俗世の縁を捨て切れない自分を知る。身心脱落《しんじんだつらく》などまだまだ遠いのである。悩みばかりの人生ではあるにせよ、新しい年を迎えるための準備として、掌をやると伸びている感触が伝わる髪を剃ることにした。

鏡を出してしみじみと見ると、いつの間にか髪はすっかり白い。良寛は五十五歳だった。そろそろ老境にはいってきたといえる。いつまでも若いとは決して思わないが、鏡の中を見詰めていると、自分の上に降り積もってきた歳月を痛切に感じるのだった。

白雪を外《よそ》にのみ見て過《す》ぐせしが
　まさに我が身に積もりぬるかも
(白雪は家の外にだけ降ると思って暮らしてきたが、自分の身にも降り積もって髪が白くなった)

白雪は降ればかつ消ぬしかはあれど
　頭《かしら》に降れば消《け》えずぞありける
(白雪は降ればいつかは消えてしまうものだが、頭に降るといつまでも消えない)

長い旅にいっていた由之が、石地の庵に帰ってきた。特に憔悴《しょうすい》した様子もないのが良寛には安心だった。妹たかの命日は四月三日だが、一周忌に残っている者が山吹の花を見るとの口実で集まろうと良寛が呼びかけた。三男、四男、次女がこの世を去り、残っているのは長男良寛、妹の長女むら、次男由之、末妹の三女みかであった。

五合庵からほんの少し下ったところに、真言宗の本覚院がある。二人の妹むらとみかがやってきて間もなく、由之が顔を見せた。由之は満面に笑みをたたえていったのだった。

「なくしてみれば、いっそさっぱりするものじゃ。あれば守ろうとして放さないようぎゅっと握ってばかりおる。わしは何を守ろうとしたのかのう。わしのことなら心配いらんぞ」

由之はちょっとそこまで出かけて帰ってきたとでもいうようにいう。艱難《かんなん》汝《なんじ》を玉にすというとおり、風貌にも芯が通り、男前になったと妹たちの評判である。旅で日焼けしたことも、精悍な風貌にしていた。

「道場はいたるところにあるのう」

良寛は苦難を越えてきた由之が元気なのが嬉しくていう。

「すべて兄《あに》さんのおっしゃるとおりじゃ。放てば手に満てりじゃの」

由之の言葉を、長女むらが受ける。

「兄《あに》さんはすべて捨ててしまって、なんにも持っておられませんから、なんでも掴めるんですよ」

自分は最初からすべてを捨ててしまったのだと、良寛はこれまで何度も考えてきたことをまた思う。もちろん橘屋が消滅してしまうのが予感できたから出家したのではないが、こうなることはなんとなくわかっていた。良寛が懺悔《さんげ》しなければならないのは、面倒なことのすべてを由之に押しつけたという点である。長兄良寛のその気持ちを、この世に残されている由之も二人の妹たちもわかっているはずだった。

正式の作法ではなかったが良寛が濃茶《こい》を立て、茶碗をまわした。茶道具は本覚院で借りた。由之が一口茶を啜《すす》ってから、ぽつりといった。

「橘屋所有の田畑が二箇所、敦賀屋のうしろにまだ残っておった。その土地を馬之助から新名主の敦賀屋兵四郎に売り渡すことになった。橘屋のといっても最後の身上だが、よいことも悪いことも一応すべて馬之助が相続しておる。十五両と九両だが、すべて馬之助にやることを了解してもらいたいんじゃ」

三人は同時に顔を縦に振った。良寛はもとより、由之もむらもみかも人生の先行きはすでに決まっているようなものである。若い馬之助はこれからどうなるかわからない時代を生きていかねばならない。

敦賀屋といえば、昔から橘屋と確執をくり返してきた家だ。橘屋は隣町尼瀬の町名主京屋とも確執を越えた闘争をしてきたといってよいのだが、出雲崎の町名主家財没収と追放処分を受けて橘屋が消滅すると、尼瀬の町名主京屋が出雲崎の町名主を兼務してきた。それが順当に敦賀屋が町名主になったのである。

敦賀屋の十一代鳥井直右衛門は養子であり、世の無常を知る心優しい男である。橘屋が消滅した時、働き盛りの三十歳の直右衛門は十一歳の息子兵四郎に家督を譲り、自分は隠居してしまう。橘屋を消滅させると、出雲崎の町名主の職は必然的に敦賀屋のところに転がり込んでくる。権謀術数をめぐらせたようなそんなことが、直右衛門には耐えられなかったのであろう。直右衛門が辞退したために、出雲崎の町名主の職は隣町尼瀬の京屋が兼務することになった。そして、直右衛門は隠居をしなければならなくなったのが実際の事情である。直右衛門は自分なりに筋を通したのだ。長いこと敵と思っていた直右衛門はそういう男であったことを、今になって知る。人というのはそばにいなければわからないものである。そばにいったところでわからないものはわからないのであるが……。

敦賀屋当主兵四郎に橘屋当主であった由之の息子馬之助が橘屋の最後の土地をとうとう売り、橘屋はきれいに消滅したということである。時は巡っていく。

「今だからいうが、敦賀屋の御隠居が手紙をくれてのう。倅《せがれ》兵四郎が出雲崎の名主になろうとする時じゃ。わしの草庵に、経の読誦とあわせて仏法の教えを受けにきたいというんじゃ」

良寛はふっと笑っていう。すぐに反応したのは由之であった。

「して、兄さんはどう返事をされたんかいのう」

「この頃暑気《しょき》はなはだしく、わしも老衰して万事にもの憂《う》いから、どうぞ思いとどまってくだされと返事を書いて送った」

「それは可哀相なことをしたのう。直右衛門とすれば、精一杯誠実な心持ちで兄さんに挨拶したかったんじゃろう。まさかわしのところに挨拶にくるわけにはいかんだろうしな。それを断るとは、理不尽ではなかったじゃろか」

「御隠居は思い詰めておったようじゃ。親父の代からの長い長い出来事を筋違いのわし一人に詫びられたところで、どうにもなるものでもあるまい。それでわしは改めて手紙を書いた。そちらに参上したいのだが、今回は托鉢にまわるだけにしたい」

「して、兄さんはいったのか」

由之がいい、妹二人が身を乗り出してくる。良寛は庭先に咲く山吹の黄色い花に一瞬眼を移してからいう。

「いったとも。仏に代わって法を説き、仏に代わって乞食《こつじき》をする。どことも差別《しゃべつ》することはない」

出雲崎は世を捨てた良寛といえどすでになんとなく気の進まない土地であった。もちろんはじめてではないのだが、一軒一軒托鉢にまわると、誰もが良寛であることを知っていた。同情の視線を向けてくるものもいた。托鉢で得たものはいつもより多く、それでその土地の人の心を知るのだ。敦賀屋は当然のこととはいいながら、出雲崎で一番の店構えである。流れの中から当然のこととして、良寛は店先で低い声で般若心経を唱えた。多くの人が店内にいた気配だが、時間をおいて出てきたのは良寛も顔見知りの年配の番頭であった。当主鳥井兵四郎はまだ子供といってもよい年なのである。布の袋にいれた米を鉢の中にいれてくれながら、番頭は合掌して低く低く頭を下げた。感情が籠っていた。

つづいて良寛は裏の隠居所にまわったのだった。店のものが知らせに走ったと見え、直右衛門が立って合掌した姿が先にあった。良寛は般若心経を唱えながら、一歩一歩近づいていった。

「照見《しょうけん》五蘊《ごうん》皆空《かいくう》」

観自在菩薩は、まずこの世の成り立ちを見つめた。すると色受想行識《しきじゅそうぎょうしき》の五つの集まりでできていることを認識した。色は物質的構成要素、受は人の感受作用、想は表象作用、行は意志作用、識は識別作用である。こうしてこの世の基本を認識したのである。

「色《しき》不《ふ》異《い》空《くう》　空《くう》不《ふ》異《い》色《しき》」

形のあるものは空《くう》に異《こと》ならずで、いつまでもその姿でいることはできないということだ。岩でも風雨に削られ、どんどん形を変えていき、ついには砂になってしまう。永遠の命などというものはない。それなのに人は永遠に生きていたいと思ったりするから、そこに苦しみが生まれる。

「色即是空《しきそくぜくう》　空即是色《くうそくぜしき》」

現象や姿形としてあらわれるもの、見たり感じたりするものは、すべてそもそもの原因（因）があり、それが条件（縁）による結果として現象や姿形になりそこにあるのだ。しかも、条件は刻一刻と変化していく。絶対というものや、固定したものは、そもそも存在しない。

「受想行識《じゅそうぎょうしき》　亦復如是《やくぶにょぜ》　舎利子《しゃりし》　是諸法空相《ぜしょほうくうそう》」

この世においては存在するすべてに実体がないのだから、人は一箇所にとどまってはいない。

喜びも時の流れとともに消えてしまう。悲しみも時が忘れてくれる。たえず新しい時が生まれ、生まれたとたんに消えていく。そうであるからこそ、この瞬間瞬間を一生懸命に生きていかねばならない。

良寛の目の前には、合掌した鳥井直右衛門が立っているのだった。直右衛門は良寛が差し出した鉢の中に、敦賀屋と同様に布袋に詰めた米をいれてくれた。少々多いといえなくもないが、多過ぎず少な過ぎずの分量であった。無言のうちに、良寛と敦賀屋との邂逅《かいこう》はなったのだ。

そのことをかいつまんで話した良寛に向かって、由之はくり返し頭を大きく振りながらいう。

「そんなことがあったのか、兄さん。悪いことばかりではなかったな」

「因果はいつも動いておる。よいこともいつまでもつづかないが、悪いこともいつまでもつづかない」

「本当に」

むらが感きわまった様子でいった。長女で妹のむらは、酒造業をあわせて営む回船問屋外山文左衛門に嫁している。良寛は時々むらから五合庵に届け物をしてもらっていて、これがたいそう助かるのだった。この縁を保っていけば、むらに悲惨なことは起こるはずはない。

「敦賀屋さんと心が通じてようございました。これも兄《あに》さんが誰彼分けへだてなく受け入れるからでございましょう」

三女のみかが屈託もなさそうにいう。みかは良寛より二十歳離れ、四十歳に手が届きそうなところにいる。出雲崎の浄玄寺に嫁しているから、敦賀屋と良寛や由之が親密にすることは、みかには願ってもないことなのであった。

父も母もこの世を去り、兄弟も三人が去って、残った四人がこうして心をぬくめあうようにして集まっている。この団欒もいつまでつづくかわからない。この一刻一刻が、良寛には限りなく尊いものに思われてくる。

気分が高揚した良寛は庭に降りていき、山吹の花を一輪手折ってきて、茶碗に水をいれて生けた。山吹の花は横倒しになりそうなほど斜めになったのだったが、意外に大きな枝を取ってきたために、部屋の中は一度に春がきたかのように明るくなった。そんなことはあり得ないにせよ、この日は暮れなければよいと良寛は思った。

解良叔問《けらしゅくもん》こそ当代の善人である。因果の道理をよくわきまえ、良い行いをする。信仰心が篤く、欲心はまったくなくて、時折五合庵を訪ねてきて、良寛の山中での侘《わび》しい独居生活を支えてくれた。良寛も誘われるまま気楽に庄屋の解良家を訪問し、気の向くまま何日でも逗留した。良寛が解良家にいる間は家の中も和気あいあいとしていつでも笑いが湧き、楽しいことこの上なかった。何日逗留しようと、風邪で寝込もうと、叔問はじめ解良家の人々は何も変わらず良寛に接してくれた。叔問は良寛より七歳下であった。

その叔問がほとほと困ったことがあるといって良寛に相談をしてきたのだ。二年前、叔問が才能ある若者と認めていた十九歳の鈴木文台《ぶんたい》こと陳造《ちんぞう》を、叔問は援助をして江戸遊学に送り出した。解良家は庄屋で医者をしている鈴木家の家政を預かる執事であった。その際、叔問は十七歳の嫡子孫《ちゃくし》右衛門栄忠《よしただ》を、よい影響を受けるようにともに江戸に遊学にやった。陳造は勉学に励んだようだが、どうも栄忠は遊興に溺れ、学問をおろそかにしている様子である。我が子のことをいつも案じていたのだったが、陳造のほうが無理な勉学をしたのかどうか病気になり、帰郷することになった。その際、栄忠にもともに帰るようにとさとしても、はかばかしい手紙がかえってこない。これでは使いの者を差し向けても、栄忠が素直に従ってくるかどうかははなはだ心もとない。そこで良寛に帰郷するよう説得の手紙を書いてくれと、叔問が頼み込んできたのだ。

他ならぬ叔問の依頼であるから、良寛も勇んで筆をとった。

「……このたび御使《おつかひ》の人と御同道にて御帰り遊ばさるべく候。もし、さなく候はば、生涯親子の対面もこれあるべからず候。一旦の楽《らく》におぼれ、長くその身を失はん事は、返《かへ》す返《がへ》すも口惜《くちお》しき事に候はずや。もし仏の御恵みに離れ、天《てん》の網《あみ》にかかり候はば、そのとき悔ゆとも及ばぬ事に候。つらつら生きとし生けるものを見るに、みな生涯の計はあるぞかし。如何《いか》に御年少なればとて、すこしは御推察遊ばさるべく候。野僧も貴公のために心肝《しんかん》をくだき、いろいろ思慮をめぐらし候へども、さらに外《ほか》の手立て御座《ござ》なく候。ただただ御帰国の趣《おもむき》、一決《いっけつ》遊ばさるべく候。以上」

良寛にしろ雲をもつかむ心地で書いた手紙であったが、果たしてその一ヵ月後に陳造と栄忠が帰ってきたのである。病いを得た陳造にしろ、遊び暮らした栄忠にしろ、実際に会ってみれば、おそらく二年前とほとんど変わらない頼りない青年であった。良寛も栄蔵と呼ばれていた頃は、似たようなものであったろう。この二人は故郷で静養すれば、じきに身心ともに入れ変わるであろう。どれほど大きなことをなすかわからない人物になる可能性もあるのだ。

どうもこの頃疲れがちである。何をするのでももの憂《う》いのだ。その原因を良寛ははっきりとわかっていた。五合庵への登り降りの山道が、老いた身にはつらくなってきたのである。自分の家に身を寄せたらどうかと申し出てくれる人もあった。だが良寛にはこの自由な暮らしが捨て難いという思いが強かった。

夏の盛りの日だった。もの憂くて良寛は昼寝をしていた。その五合庵に訪ねてくるものがあった。見れば陳造と栄忠ではないか。年若いものたちなので、良寛は顔を上げただけでやあといった。

「和尚、何をしていなさる」

こういったのは栄忠だ。良寛は腹を出し、そこに墨で一切経と書いておいた。もちろん二人がくるのを予想してこうしていたのではない。余った墨があったから書いた。

「うむ。お前はわしが何をしているかわかるか」

良寛が問うても、二人は顔を横にひねっていた。良寛は同じ姿勢をつづけたままでいった。

「わしの腹は一切経でな。一切経の虫干しをしておる」

「それで虫干しになるか」

融通のきかない栄忠はなおも納得できないらしい。

「一切経は空《くう》そのものでな。なると思えばなるし、ならないと思えばならない。お前たち、どう思うか」

昼寝をしているだけではあまりに無為だから、こうしていれば一切経の虫干しになるとふと思いついた。それだけのことである。それでも二人は思い悩んだふうにその場に立ったままであった。先に口を開いたのは陳造である。

「空なるものを虫干しできるものですか」

「空であるからこそ、虫干しもできよう。わしはもうしばらくこのままでいる。用件があるなら申してみなさい」

良寛は眠くなってきて目蓋《まぶた》を閉じていきながらいう。陳造の声が響いてきた。どうやら陳造も故郷に帰って健康を取り戻したらしい。

「わしは国上村の若衆組から、和尚に頼みごとをされてきました。乙子《おとご》神社の大明神に手向《たむ》ける宮額の字を書いてほしいということです。和尚に直接頼むと、何やかやとかわされるから、ぜひわしから頼んでくれというのです」

乙子神社は同じ国上山にあり、筋は違うのだが、五合庵よりもっと下のほうにあった。あの境内には空庵があったなと、良寛はふと思う。良寛は口に出した。

「わしは僧じゃ。僧の身で神号を書くのはふさわしくない。陳造、お前は江戸で儒学を学んできたのであろう。文台としてお前が書くのがよろしかろう」

「わしは和尚に書くよう説得してくれと頼まれただけじゃ」

陳造は困った様子でいう。

「よし、それなら尼瀬の儒者内藤方廬《ほうろ》がよろしかろう。立派な書を書くと、なかなかの評判じゃ。わしの書はあくまで我流でな。一切経の虫干しはこれくらいにして、紹介状を書いてしんぜよう」

良寛は腹を仕舞うと、起き上がった。庭には先程から二人の若者が陽を浴びて立っていた。栄忠は江戸での放蕩《ほうとう》の夢からまだ立ち直り切っていないような顔をしていた。それにひきかえ陳造こと文台は、学問を積んできたらしい底光りするような聡明な風貌をしていた。

「そこは暑かろう。あばらやだが、日差しは防げる。上がりなさい。茶一杯でるわけではないがのう」

みんなが勝手知ったる小さな五合庵である。入口にまわり、二人は足を洗ってから上がってきた。部屋には良寛が昨夜書き散らした漢詩が散乱していた。文台はその一枚をとり、しみじみと読んでいた。

古《いにしえ》を問《と》へば古《いにしえ》は已《すで》に過《す》ぎ
今《いま》を思《おも》へば今《いま》も亦《ま》た然《しか》り
展転蹤跡《てんでんしょうせき》無《な》く
誰《たれ》か愚《ぐ》又誰《またたれ》か賢《けん》
縁《えん》に随《したが》って時月《じげつ》を消《け》し
己《おのれ》を保《たも》って終焉《しゅうえん》を待《ま》たん
飄《ひょう》として我此《われこ》の地《ち》に来《きた》り
首《こうべ》を回《めぐ》らせば二十年《にじゅうねん》

(昔のことを問うても、とっくに過ぎたことで/ここにやってきた時のことを思っても、それもとっくに過ぎたことである/時の流れは転がり移ろって痕跡も残さず/誰が愚で、誰が賢といっても、これもみな過ぎたことである/私は仏縁にしたがってその日その日を送り/自己を保ったままで生涯が終るのを待とう/飄然と私がこの地にやってきてから/振り返れば二十年になる)

「和尚がこの五合庵にきて二十年たちますか」

文台は真剣なおももちで良寛に問うた。昨夜良寛もそのことを考えていたのだ。二十年何かをなしたのではないが、仏の導く縁にしたがって生きてきたことだけが確かといえば確かなことである。

「あらまし二十年じゃ」

「わしらが生まれた頃に和尚はここにこられたということだな」

栄忠が新しい発見をしたとでもいうように大声を出した。放蕩の中に沈んでいても、良寛の声を素直に聞くまっすぐな精神は残しているのである。だからこそ良寛のいうとおりに江戸から帰ってきたので、父解良叔問の喜びようはひととおりではない。息子には学者の道はあきらめさせ、庄屋を継がせるつもりだろう。

「そういうことじゃ。二十年は長いようで短い。何をしてきたのかと問われれば、何もしてないというしかないな。わしのしてきたことはな、ただ捨ててきただけじゃ。最後にこの身を捨てて終りじゃろう」

文台はまだ良寛の書をとって見詰めていた。鈴木文台の兄は鈴木隆造といい、号は桐軒《とうけん》という。兄が医者の道を歩いたから、弟は儒者の道をいくことになったのである。粟生津《あおうづ》の豪農で、解良家は家柄としては鈴木家の執事にあたる。文台が突然正座をし、思い詰めた表情をして良寛にいう。

「和尚、私に和尚の漢詩集の編纂《へんさん》をさせてください。学問の途中で江戸から帰ってきて、わしは今、何をやったらよいかわからない。和尚の詩を編ませてください」

「わしはな、書いたらすぐ誰かにやってしまうから、あっちの家こっちの家に散乱しおるぞ。集めて筆写するだけでも大変じゃ。果たしてそんな価値があるかな。無駄手間ではないかのう」

「そんなことはありません。わしにさせてください。わしはこれで救われる」

大声というのではなかったが、文台は切実な様子でいった。良寛は無言で同意を示した。


そこはかとない寒さが、夜具にしのびこんできた。先程まで降っていた雨が、いつしかやんだようである。雨のしずくのしたたる音がしだいに細く小さくなっていき、気のつかないうちに消えた。それとともに秋の虫の鳴く音がどんどん賑やかになってきた。良寛は間もなく六十歳になる自分の身を思っていた。いわば勝手に我が道を歩いてきたのであるから、誰がこんな孤独な男に同情を寄せるだろうか。そんなことを考えているうち、いよいよ目が冴えてきた。

鈴木文台は兄隆造こと桐軒とともに良寛の漢詩を求めてあちらこちらに足を運び、筆写をはじめたようである。どうやら本気で漢詩集を編もうとしている。もし知らない誰かがこのことをはじめたなら良寛は不快この上ない気持ちになったろうが、鈴木家のこの兄弟なら間違いはあるまいと思う。兄桐軒は父の後を継いで医師となった。弟の文台はやがて儒学の学塾を開くであろう。昔江戸の儒者が越後にやってきた時、まだ子供の文台が代講をし、見事な講釈をなした。その場に居合わせた良寛は感銘を受け、将来必ず大成するであろうと確信した。江戸遊学を果たしながら病いを得て挫折したのだが、それも必ず実となるのである。

そんなことをつらつらと考えているうち、夜が明けてしまった。年をとるとこんな夜も増えるのであろう。

　床から出てはみたが、何もすることがない。五合庵の中には物らしい物はなく、ただすり鉢があるばかりであった。このすり鉢は味噌をする道具になり、飯を食べる器になり、手足や顔を洗う洗面器にもなった。庵で炊事するものといえば、大体味噌雑炊である。良寛は大豆や麦が手にはいると、国上山の麓にある阿部定珍《さだよし》の家にいき、麹《こうじ》を少々もらって自分で味噌をつくった。だが塩かげんが難しくて、塩辛すぎたり、塩分が足らずに腐らせてしまったりした。失敗した味噌を阿部家に持っていくと、後で処分するのかどうかはわからないが、快く交換してくれた。

　渡部村の庄屋の職を務めている阿部家は、代々造り酒屋であり、麹を扱うので味噌などもつくっていたからだ。良寛は醤油のもろみを小壺にいれ、食べ残しがあると炉の隅のこの小壺にいれておいた。その食べ物にもし蛆《うじ》が湧いても、椀にとれば逃げていくので、間違っても蛆を食べることもないから平気だった。訪問者におもしろがってこの壺の中のものを食べるようすすめても、誰も食べるものはなかった。このもろみの壺は例外としても、一人暮らしの用心が身につき、良寛はできるだけ熱を通したものを食べるよう心掛けてはいた。たいていの日は粥で腹を満たしていたのだが、人がくると五人なら五等分、七人なら七等分に分けあった。一鉢でも半鉢でも、同じように分けあったのであった。

　造り酒屋の阿部定珍は酒を持ってよくふらりと五合庵にやってきた。良寛にとっては定珍の来訪は何よりの楽しみであった。定珍は通称酒造右衛門《みきえもん》といい、住んでいる家のことを嵐窓、月華亭などと呼んだ。酒や餅などを持ってきては、帰っても近いのに泊まっていき、贈答歌を贈りあった。良寛にしても定珍がくれば庭の片隅に丹精したとっておきの大根などを抜いてもてなしたものだ。二人が向き合うと意気投合し、たちまち和歌が生まれた。まず定珍が詠む。

しまらくはこゝにとまらむひさかたの
　のちには月のいでむとおもへば

（しばらくはここにいてよいでしょうか、久しぶりのことですから。後で月が出たら、その光を頼りに帰ります）

定珍の心やさしい人格が読みとれ、気分のよくなった良寛が返す。

月よみの光を待《ま》ちて帰りませ
　きみが家路はとをからなくに

（月読命《つきよみのみこと》がくださる光を待って帰ってください。あなたの家路はそんなに遠くありませんから）

月よみの光を待ちて帰りませ
　山路は栗のいがのおつれば

（月の光が出るのを待って帰ってください。山路は栗のいがなどが落ちていて危険ですから）

定珍とすれば、せっかく良寛を庵にたずねるのに、手に何も持っていかないのでは申しわけない気がいつもしていた。しかし、酒があってもなくても、食べるものがあってもなくても、良寛といっしょにいるだけで楽しい。この世の憂《う》さや苦しさなどと無縁でいられた。本当は定珍も良寛の孤独の苦しさをよく知っているつもりである。一人暮らしの不安から、最近はことに、日々の生活の中で自分の身をいたわっていることを知っていた。また良寛が国上山の山腹にある五合庵までの行き帰りに、人知れず難儀をしていることも知っていた。それならば良寛が遠いところに行ってしまう前に、自分の息がとどくほどの場所にきてもらいたいとも思っていた。

そのことについて、定珍には一つの考えがあった。同じ国上山の国上寺に至る違う道には、ずっと麓に乙子《おとご》神社があった。解良栄忠と鈴木文台の二人の若者が、国上村庄屋の涌井唯左衛門《いざえもん》に頼まれて宮額の揮毫を依頼にいき、結局僧の身で神号を書くのはふさわしくないと儒者の内藤方盧《ほうろ》を紹介してくれた。その方盧は病身であったが、良寛の頼みならばと喜んでたちまち書き上げてくれた。良寛のいうことはなるほどもっともであるとして、方盧が宮額を書いたのを喜んだのは、本来の依頼主の唯左衛門であった。この唯左衛門と定珍とは昔からの知己であったから、乙子神社の空いた建物を良寛の庵にするようにと頼みやすい。乙子神社には神官がいるわけではなく、社務所が空いていた。定珍には良寛に末永く自分の近くに住んでもらうには、これが一番よい方法であると思えた。定珍は良寛より二十二歳年少である。定珍にとって良寛は道の師であり、同時に誰よりも親しい友であった。定珍の自慢は、自分が他の知己より誰よりも良寛のそばに住んでいることである。

いつもの里から里へと托鉢をしたのだったが、良寛はどうもいつもの調子がでなかった。法を説くという気迫が足りなかったのかもしれない。疲れ果て、良寛は五合庵に戻る道をたどっていた。空腹であったが、良寛には何も心配することはなかった。帰る途中に阿部家があったからだ。

阿部家は杉の屋敷林に囲まれ、重厚なたたずまいでそこにあった。造り酒屋でもあったので、全体がそこはかと麹の香りに包まれていた。良寛は正面の玄関よりも、横の仕込み場からはいるのを好んだ。人の背丈よりも高い大きな仕込み樽が幾つも幾つも土間にならび、壁も柱も洩れてきた麹がこびりついて黒くなり、それがまたいっそう重厚な雰囲気をつくり上げていたのだ。もちろん無断でもろみを樽から汲んで飲むような無作法なことはしなかった。酒を飲まないことはなかったが、あくまで人がくれた時だけである。

この仕込み場からさらにまっすぐ奥にいくと、厨房があった。厨房は煤《すす》のためにどこもかしこも真黒だった。良寛は麹の香りも好きだが、煤のにおいも嫌いではなかった。

さすがに大所帯の庄屋の家で、酒米を蒸すための大釜を置く竈《かまど》があり、その他に普段飯を焚いたり汁を煮たりする竈が五つならんでいた。良寛は足音を立てないようにそっと竈に近づき、かかっている釜の蓋を次々と開けていった。そこには冷飯がたいていい残っていた。手掴みで食べるのも無作法なので、洗い桶に漬けてある茶碗と杓文字と箸とを使って飯を盛って食べた。自分がいつでも食べられるようにと、阿部家の人たちが用意をしてくれているのだと、良寛は思わないこともなかった。最近はこれがあるから、良寛は絶対的に飢えることはなく安心だった。

他家の台所に忍び込み、黙って飯を食べるのは、いくら黙認されていても泥棒である。後ろめたい気持ちがあり、良寛が小さくなり物音を立てないようにして飯をかき込んでいると、背中のほうから声がした。

「和尚さま、どうか上がってください。お膳の用意をさっそくいたしましょう」

良寛はどきっとしたが、阿部家の内儀の声だとわかっていたので、すぐに振り返ることはしなかった。悪戯を見つけられた子供のようにその場にしゃがみ、よそった分をきれいに食べてから、洗い桶の中で茶碗と箸とを洗った。杓文字は釜の中に忘れた。

「一杯では足りませんでしょう。どうぞどうぞお上がりください」

内儀はなおもいう。良寛は唇に人差し指をあてて振り向きながらしいーっといった。

「静かに。定珍どのに聞こえる」

「もう聞こえてますよ。和尚さん、どうぞお上がりください。お前、早く膳の用意をしなさい」

内儀の背後から定珍がにこにこして近づいてきながらいった。良寛の顔を見るたび、いつも定珍は心からの微笑をつくってくれるのである。この笑顔と出会うのも、良寛の最近の楽しみであった。定珍にいわれた内儀は、素早い身のこなしで奥にはいっていった。定珍が水を汲んだ桶を上がり框《かまち》に置いてくれ、良寛は腰をかけてゆっくりと草鞋を取り足を洗った。こんな当たり前の動作でも身体が大儀なので、良寛はいちいち自分自身に気合いをかけてするのだ。

雑巾で足を拭くと、良寛は定珍の後について家の奥にはいっていった。定珍に従わなくても、かって知ったる他人の家である。良寛はよくこの家に泊まり、食事の場所も決まっていたのだ。主人の定珍と向かい合う席で、どちらが上座ということはない。その席のそばにきた時、ちょうど内儀が膳の支度をすませた。自分の席なのであるから、自然の流れで良寛はそこに坐り、箸をとった。椀をつかんで口に近づけようとした時、内儀の声がした。

「それは鱈《たら》汁ですよ」

「そうか」

良寛は椀を口から離してもとの位置に戻した。すぐに定珍の厳しい声が内儀に向かって飛んだ。

「いちいちそんなことをいうものではない。四角四面のことを和尚にいってはいけないのだ」

小さないさかいがそこにあるようだったが、頓着なく良寛は箸を動かした。飯の上に何かのっていたが、その食材が何かなどということを考えずに食べた。この数日間食事らしい食事をとっていなかったのだ。空になった茶碗を若者のように突き出すと、内儀が飯を重いほどによそってくれた。

「腹がいっぱいになったら、和尚に話があります」

定珍が仔細ありそうにいう。良寛は飯粒を口にいれながら声にならない声で返事をしたのだった。

「書を所望するとか、面倒なことならわしは聞かんぞ。もっとうまくなってからならかまわんが」

「はっきり申します。和尚が五合庵への登り下りに難儀なさっとるのを、わしは感じとります。もっと楽に行き来ができる庵がそばにあるので、見てもらいたいと思いまして」

定珍は良寛の応えによってはてこでも動かないぞと思いを込めた風にいった。

五合庵にいくほどの険しい登り道ではなかった。松の根が道を横切り盛り上がっているのでもなく、栗のいがも落ちていない。だからたとえ酔っぱらっても、星明かりのない夜道であっても、なんら難渋することもない。乙子神社は国上山の麓にあり、確かに行き帰りも楽であった。六十歳になったのを機に、こちらに越すのもよいと良寛は考えはじめていた。六十歳は耳順《じじゅん》ともいい、人のいうことを聞かねばならない。

だが乙子神社は谷にあり、鬱蒼たる樹木に包まれて、屋根の棚にある五合庵のように日当たりがよく風の吹き通っていくような清々しさはない。それでも何より身体が楽なことが助かる。

社殿には内藤方廬による「乙子大明神」の宮額が、真新しい板に黒々と書かれていた。この額の奉納者の国上村庄屋涌井唯左衛門に、定珍はすでに話をつけ、本殿の傍らにある社務所をきれいに片付けていた。たくさんの人を送ったとみえ、掃除も行きとどいている。今すぐ住みたいといえば、住める状態になっている。

社務所の中をひとわたり見渡してから、定珍は良寛にいう。

「和尚、いかがですか。こちらのほうが広いですが、思い切って越してこられたら」

定珍も良寛が越してくるものと、もうすでに決めたものいいをする。それだけの支度をすでに定珍はしてくれているのであるから、流れる水は争わないとでもいうように、良寛は逆らうつもりもない。

「ちと広いので、掃除が面倒になるな」

良寛がこういうのが、引越してもよいという合図であった。五合庵は庭といっても境界が定かではない森がすぐそこまで迫っているので、落葉は森の中に掃き込めばよかった。しかし、乙子神社では掃いて一箇所に集め、焚火でもするほかにないだろう。不満というのでもないが、良寛はまずそのことを考えた。落葉焚きも楽しみと考えればよいことである。

「それでは明日からぼつぼつ荷物を運ぶことにしますかな。荷物といっても何もないが」

良寛は一方では馴染んだ五合庵から引越す面倒さを思いながらいう。途中一時外に出なければならなかったこともあるが、良寛が五合庵にいたのはあらまし二十年であった。五合庵を引き払う以上、国上寺のほうには挨拶をしてこなければならない。義理というのもそれくらいで、良寛が引越したことは自然とみんなに知れることであろう。

「荷物がないといっても、蒲団や何かはあるでしょう。人をやって運ばせます」

明らかに好意的に定珍はいうのだが、良寛はできるだけ穏やかにいい返すのである。

「たかが引越しといえど、自分の暮らしを自分でするのも修行の一つでな。わしがせんで、どうして修行になろうか」

「それなら私がお手伝いいたしましょう。それならよろしゅうございましょう」

「うむ」

これで良寛の引越しは、良寛自身と定珍の二人だけですることになった。修行という一点について妙に頑固になってしまう自分自身を、良寛は感じていた。良寛は心の底で道元禅師のことを考えていたのだ。一歩でも道元禅師に近づきたいというのが若い時の発心《ほっしん》であったが、一つ一つ放下《ほうげ》していってこの身が自由になるにつれ、これでよいこのままでいようとつい思ってしまう。それは絶対に間違いなのである。修行はたえずしつづけなければならないのだ。

道元禅師が中国の天童山で修行していた折、真昼の太陽が照りつけるその下で、用《よう》という名の典座《てんぞ》が仏殿の前で海藻を干していた。手に竹杖をつき、頭には笠さえかぶっていない。太陽は容赦なく照りつけ、敷き瓦は焼けついていた。その中で老典座はさかんに汗をしたたらせ、苦しそうにではあったが、一心不乱に海藻を干していた。背骨は曲がり、眉は垂れてまるで鶴のような風貌である。いずれにしても苦しそうなので、道元はそばに寄って尋ねた。

「御老師はおいくつになられましたか」

すると典座は答えた。

「六十八歳である」

「そんなお年で、こんなに苦しいことを何故下役や雇い人にさせないのですか」

「他人がしたならば、私がしたことにはならないではないか」

「御老師のおっしゃることはもっともです。しかし、太陽がこんなに照りつけているのですよ。どうしてわざわざこんな時におやりになるのですか」

道元がいうと、典座は静かにこう答えたのだ。

「それならいつやればよいとおっしゃるのかのう」

海藻を干すのは今が最適なのに、暑いからといってこの時をはずしていつやればいいというのか。すべてものごとはやるべき時にやらなければならない。こんな対話があり、道元は修行ということの意味をさとったのである。

たとえ引越しといえ、他人にさせてどうして自分の修行になるのだろうか。良寛がいおうとしている意味をどうやら定珍は理解してくれたようである。

その足で二人は五合庵に登り、引越しをはじめた。寝具を若い定珍が担いでくれるので、すり鉢や菜切り包丁や茶碗や家財道具はわずかなものである。文机や書物や筆や紙や硯など、二度行き来すればすべて運ぶことができた。あとは良寛が一人で国上寺などに挨拶まわりをすればよいのである。

定珍が去っていき、良寛が一人残ると、乙子神社の脇庵はひっそりとしていた。迫りくる孤独を相変わらず感じないわけではなかったが、人の暮らしにずいぶんと近くなったのである。山道をおりると、すぐに里がある。

一つ一つ決まりがついていく。その流れにしたがって生きていくより他にない。生老病死は世のならいで、いくらじたばたしたところでどうにもなるものではない。詩を書き終ると気持ちが澄んできて、良寛は坐禅をした。やがて遠くで子供たちの遊ぶ声が聞こえるような気がしてきた。その声はどんどん近くなり、乙子神社のこの脇庵のすぐ外にまできたようにも感じた。あれは仏たちの遊ぶ気配なのである。仏たちとは板戸が一枚隔っていたのだが、その声を良寛は確かに聞いたと思った。

良寛は一字一字心して筆を運んでいた。筆写することは、魂に刻むことでもあった。

我不軽汝《がふきょうにょ》　汝等行道《にょとうぎょうどう》　皆当作仏《かいとうさぶつ》　諸人聞已《しょにんもんに》　軽毀罵詈《きょうきめり》　不軽菩薩《ふきょうぼさつ》　能忍受之《のうにんじゅし》

（われ汝《なんじ》を軽《かろ》しめず　汝等は道を行じて　皆当《みなまさ》に仏と作《な》るべければなり　諸人《もろびと》は聞き已《おわ》りて

軽《かろし》め毀《そし》り罵詈《ののし》れども　不軽菩薩は能《よ》くこれを忍受《にんじゅ》せり）

常不軽《じょうふきょう》菩薩《ぼさつ》こそ菩薩の中の菩薩である。釈迦牟尼世尊は大勢至菩薩に話しかけておっしゃった。僧、尼僧、信男、信女で法華経を受持《じゅじ》するものに対して、悪意に満ちた言葉でののしり、悪口をいい、そしるならば、恐ろしい報いが振りかかるであろう。この法華経を受持し、もしくは読み、もしくは誦《ず》し、もしくは人に解説《げせつ》し、もしくは書写したならば、限りない功徳を得るであろう。

遠い過去世に、恐ろしく響く声の王という意味の、正しいさとりを得た尊敬さるべき如来、威《い》音王《おんおう》如来がおられた。威音王如来の寿命は、四十万億のガンジス河の砂の数にも等しい劫《こう》であった。最初の威音王如来がすでに入滅し、正法《しょうぼう》が滅して後、像法の時代に高慢な増上慢《ぞうじょうまん》の僧たちが力を持っていた。その時、常不軽という名の求法者がいた。常に軽蔑されたという名を持つこの求法者は、僧であれ、尼僧であれ、信男であれ、信女であれ、誰でも見かけたら近づいてこういうのであった。

「私はあなたがたを軽蔑いたしません。あなたがたは軽蔑されてはいません。それは何故でありましょう。あなたがたはすべて菩薩としての修行を行いなさい。そうなさるなら、いつか正しいさとりを得た如来となることができるからです」

この求法者は経典を読誦《どくじゅ》することもなく、誰を見ても、どんなに遠くにいても、誰にでも近づいていって礼拝し、声をかけ、こういうだけなのだ。

「私はあなたたちを軽蔑しませんよ。あなたたちはみなやがては如来となるからです」

この求法者は誰にでも声をかけたのである。声をかけられたものはみな怒り、無智の求法者として悪い感情を持ち、悪口をいってののしった。自分たちはいつかは正しいさとりを得た如来となることができるのだから、このような虚妄《こもう》の予言などは必要ないというのだった。

この求法者がののしられながら、多くの歳月がたった。彼は誰にも怒らず、悪意を持たずに、いつもこういった。

「あなたは必ず如来となるでしょう」

この言葉を聞くと、多くの人は杖で打ちかかり、石や土を投げつけた。彼はそれを避け、遠くに去ってから立ち止まり、大声でいうのだ。

「私はあなたがたを軽蔑いたしません。あなたがたは必ず如来となるからです」

いつもこの言葉をいうために、高慢な増上慢たる僧、尼僧、信男、信女たちは、彼に常不軽という名をつけたのだ。

この求法者は寿命がつき、まさに命が終ろうとする時に、虚空において法華経幾千万億の偈を聞いた。威音王如来が説いたのである。常不軽菩薩はまさに死なんとしているにもかかわらず、さらに寿命をのばすこと二万億歳で、多くの人に法華経を説いた。彼をいやしめて常不軽と名付けたものは、彼の神通力と、説得する雄弁力と、智慧力とを知り、彼の説くところを聞いて、みな彼を信じてしたがうようになった。

釈尊はおっしゃった。

「さて大勢至よ、その常不軽菩薩は、すなわち私なのだ」

良寛は「法華経常不軽菩薩品第二十」を書き上げ、筆を置き、虚空を見つめた。この法華経は解良叔問《けらしゅくもん》の依頼で全巻筆写しているのである。叔問は法華経塚をつくろうと誓願を立てた。法華経筆写はもちろん良寛自身の修行でもある。良寛自身は乞食破家の暮らしをつづけて、どんなに軽蔑されても、自分を保ってよく忍受してきたのである。どんなにおとしめられても、争いごとを起こすでもなく、いつも静かに笑っていた。どんなに虚しかろうと礼拝行をつづけた常不軽菩薩こそ、真の道者である。良寛はいつも常不軽菩薩のことを思ってここまできたのだった。

良寛が考え込んでいると、外で子供たちの呼ぶ声が響いた。

「良寛さま、遊びましょう」

「遊びましょう」

天真仏がやってきたのだ。乙子神社に越してきてよかったことは、里と近くなって子供が簡単にやってこられることである。これが何よりのことだ。一瞬にして良寛の顔には微笑が戻り、柔和な表情になっていた。良寛は立ち上がり、狭い庵の中を歩いて、障子を開けた。そのとたんに子供たちが声を合わせて良寛の名を呼ぶ。

「良寛さまーっ」

その瞬間、良寛はあれっと大声を出して両手を上にあげ、両足を前後に開いて身体を後ろに傾け、倒れそうにする。ようやく立ち直ると、また子供たちの声が飛ぶ。はじめはばらばらだった声も、回を重ねるごとに揃ってくるのだ。

「良寛さまーっ」

この声が掛かった以上、良寛は同じ動作をする。五度も六度もくり返さなければ子供は気がすまない。子供たちは良寛を驚かすのを楽しみにしていて、良寛は子供たちが楽しむのを楽しみとしている。子供たちも楽しんで自分も楽しみ、両方楽しめるようにしているのである。これが終わると誰かが合図を送ったのか、子供たちの口調が変わった。子供たちは庵の中を指さしている。

「良寛さま、ねずみ、ねずみ」

良寛は子供たちの期待にそぐわなければならない。庵の中に顔を向けた良寛は、うむ、うむといって、二度三度顔を左右に角度を変えて向けるのである。これも四回から五回くり返さなければ、子供たちも良寛も気がすまないのだった。

「良寛さま、一貫」

子供たちが叫んだ。良寛にはこれがつらいのであった。いつか市場でせり売りを見ていて、どんどん値が上がることに驚いた良寛が一声ごとに身体を後ろに反《そ》らせていった。子供たちは喜んで、二貫、三貫と数字を上げていく。そのたび身を反らせるのだが、良寛は年をとって身体も固くなり、だんだんつらくなってきた。四貫ときて、五貫で後ろに倒れることになっていたのだが、良寛は四貫で倒れた。

「良寛さま、四貫だよ」

不満をあからさまに見せて子供たちが声を揃えた。良寛は立ち上がり、裾の乱れを直した。それから身構えて次の声を待った。子供たちはいちだんと大声を揃えた。

「五貫」

良寛は腰を打たないようにして、大袈裟な身振りでのけぞって倒れた。子供を失望させてはならない。

「良寛さま、毬《まり》つきをしましょう」

子供の声に良寛は全身を使ってうむうむと頷きながら、頭陀袋から手毬を出した。良寛が余分にある毬をまわりの子供に渡して敷石の上で自分もつき出すと、子供たちもそれぞれに敷石の上でつきだした。子供たちの声がひとりでに毬つき歌を唱和し、ひとりでに良寛も口ずさんでいる。打っては弾んで戻ってくる毬は、諸行無常の中を行きつ戻りつして、軌道から逸脱することがない。糸を巻いた毬は完全な球体であり、どこといって欠けているところはない。円満な相を崩さず、どんな状態であろうと球体の毬でありつづける。こうして子供と遊ぶのは、他に何がはいってくるわけでもない自然である。難しいことを考えなくとも、子供と戯れるのが良寛には楽しい。

子供の姿をしている常不軽菩薩と遊び戯れているような気がふとした。

夕暮れになり、子供たちが帰ってから、気持ちが安らかになった良寛は、文机の前に坐って偈《げ》をつくった。

但《た》だ礼拝《らいはい》を行《ぎょう》ず　劫《こう》又《ま》た劫《こう》
皆当《みなまさ》に仏《ほとけ》と作《な》るべし　談《だん》ずるも談《だん》ぜざるも
好箇《こうこ》の風流《ふうりゅう》老僧伽《ろうそうぎゃ》
陌上《はくじょう》の布袋《ほてい》是《こ》れ同参《どうさん》

（常不軽菩薩は長い長い時代にわたってひたすら礼拝行をつづけた　皆さんは必ず仏となる　法華経を説く人も説かないで修行をつづけている人も／常不軽のものにとらわれない貴い老僧の姿に近いのは／道端で乞食行をしていた布袋和尚で、同じ修行の同行者である）

良寛は詩偈を書き終ってから、虚空を眺めた。燈火が揺れ、狭い庵の内部を照らしている。この法華経の筆写を良寛に依頼してきたのは、当代一の善人の解良叔問であった。国上村牧が鼻の庄屋叔問は、欲心がまったくなく、信仰心が篤く、学問をよくした。五合庵にもこの乙子神社にもよく現われ、泊っていくこともあったし、良寛が叔問の家に泊っていくこともあった。その時には何日でも気のむくままに逗留したものだ。良寛とすればどれだけ衣食《えじき》の世話になったかわからない。

その叔問の体調が悪いと聞いていた。法華経の筆写を良寛に依頼してきたのは、叔問が自分の身に何か重大なことをさとったからかもしれないのである。叔問こそ常不軽菩薩なのである。天上界にも人間界にも、常不軽ほどに謙虚な人はいない。自分より修行の程度の低い僧侶や尼僧、信男信女に対しても礼拝をしつづけるとは、誰にでもできる態度ではないし、おかしみさえもまた悲しみさえも感じさせる。現在常不軽は菩薩からさとりを得て仏になられたのだが、そうではあっても前と同じようにただ礼拝行をつづけているのだろう。常不軽のような尊い修行を、良寛もまたしたいと思うのだ。

筆写が終った法華経を、良寛は解良家に届けた。奥座敷に通されると、そこに解良叔問が横になっていた。一目見て、良寛は叔問がずいぶんと弱っていることを感じた。良寛は床の横に安座し、叔問が目覚めるのを無言で待った。

いつかの秋の日に、叔問から里芋と李《すもも》とが送られたことを良寛は思い出していた。薪《たきぎ》をとりに山にはいって日が西に傾く頃五合庵に戻ってくると、窓の下の棚に里芋と李とが置いてあったのだ。李は袋に、里芋は藁づとにはいっていて、贈り主の叔問の名を書いた紙切れが置いてあった。山の生活ではおかずがなく、たまにあっても大根か蕪《かぶ》ばかりなので、大変にありがたかった。里芋はすぐに切って煮立て味噌で味つけすると、空き腹に水飴のように甘くてうまかった。三椀食べ終わって満足したのだが、その時に思ったのは、詩を解する叔問がどうして酒壺を持ってきてくれなかったかということだった。里芋の二割は残して台所に仕舞い、満腹になった腹をさすりながら庵の中を歩きまわり、残りの使い道を考えた。六日後には、釈尊がさとりを開いたことを喜ぶ成道会《じょうどうえ》である。一日坐禅をして過ごすのだが、仏前に何を供えて釈尊に真心を示そうかと考えあぐねていた。良寛はいつも供え物に乏しい。たいてい隣りの寺か町の人に頼んでいた。その時は年の暮れで、町ではいつもの十倍もの値段がするので、全財産を使っても竹籠はいっぱいにならない。幸いなことにその年は親しい叔問からの贈りものを釈尊に供養することができた。どのような供養をするのかと問われたなら、李は茶うけにし、里芋は熱いものにすると答える。

ここまで考えたところで、叔問の目がうっすらと開いてこちらを見ていることに気づいた。

「叔問さん」

良寛は微笑んで呼びかけた。

「和尚、どうしてここにおられる」

「法華経の筆写ができましてな」

良寛は畳に置いた紙の束を叔問の枕のほうに押して近づけた。

「それはようございました。間にあうかどうか、実は案じておりました」

「うむ」

それ以上良寛は言葉を継げなくなった。叔問は自分の死期をさとっているのだ。それは薄々感じていることだから、良寛は風邪をひいたりして体調は決してよくなかったのだが、筆を動かすのをやめなかった。筆と墨と紙とは解良家から届けられていて、紙は使い切った。筆と墨とは持ってきていた。良寛は法華経の冒頭の序品《じょほん》第一の部分を叔問の顔の前に開いて見せた。すると叔問の目にたちまち光が戻ってきた。

如是我聞《にょぜがもん》。一時仏住《いちじぶつじゅう》。王舎城《おうしゃじょう》。耆闍崛山中《ぎしゃくつせんちゅう》。与大比丘衆《よだいびくしゅ》。万二千人倶《まんにせんにんく》。皆是阿羅漢《かいぜあらかん》。諸漏《しょろ》已尽《いじん》。無復煩悩《むぶくぼんのう》。逮得己利《たいとくこり》。尽諸有結《じんしょうけつ》。心得自在《しんとくじざい》

（このように私は聞いた。

ある時、世尊は王舎城におられた。まわりには一万二千人の僧がいた。僧たちは全員阿羅漢である。煩悩の汚れもなくして、何事にもとらわれず、心にも智にも迷いはなく、人生でやるべきことはすべてやり終え、世間のしがらみを断ち切って、生への執着もなく、心は自由自在である）

叔問の中に力が集まってくるのを良寛は辛抱強く待った。ようやく叔問はわずかに微笑して口を開いたのだった。

「夢の中で和尚に会っておりました。竹の子のために五合庵の便所を焼いたことがありましたあ」

「ありました。ありました」

良寛は微笑とともにゆっくりと頷いた。国上山の五合庵にいた時、竹の子が便所の中に生え、

伸びるのを屋根に邪魔されていた。良寛は蝋燭を持ち出して屋根を焼き、竹の子を出そうとした。竹の子が通るだけの穴を開けるつもりだったのだが、便所がまるごと焼けてしまったのだった。

叔問はあの時のことを考えていると見え、静かに微笑していた。叔問は口に出して話すことが苦痛となったようである。良寛は叔問の心の中をおもんばかって話した。

「山の林の中で暮らして、指を折って数えてみると、もう六十を越える年になりました。一杯の飯と一杯の汁で、相変わらず貧乏な余生を送っております。この世での富貴はうらやましいというべきではあっても、竹の子の生える季節はまた格別です。たちまち大きくなる姿に眼を奪われ、心が休まらず、他のことを考える隙がありませんでな」

良寛が呵呵《かか》と笑うと、叔問も声こそ出さなかったが、顔に水のような微笑が広がった。今は初秋で、竹の子の季節ではない。

叔問は良寛といるのが楽しいとばかりに、一心に視線を向けてくる。だが力が集中できず、目蓋が重そうに落ちてくるのであった。それでも微笑は本当に微かではあってもいつまでも頬のあたりに揺れていた。良寛も微笑を返しているつもりだったが、いつの間にか頬のあたりが痙攣《けいれん》でもするかのようにぴくぴくと震えてきた。

いつまでもその場にいることがいたたまれず、良寛は辞して帰ろうとした。主人の様態が悪いからか、家の中はしんと静まり返っていた。庭に出ると、下男の一人が無言で薪を割っていた。家がどんな状態にあろうと、人は飯を食べなければならないし、やるべきことをやらねばならないのが道理である。脇を通ろうとする良寛に向かって、顔見知りの下男は手を動かしつづけたまま目礼をしてきた。目礼を返した良寛は、これから割ろうとする木屑の中に、使い古した鍋蓋を見つけた。時を待たずに割られる鍋蓋に哀れみを感じた良寛は、その鍋蓋を下男に断って取り上げた。

解良家では良寛が字を書きたくなった時のために、墨と筆と紙がいつでも用意してあった。良寛はその場所にいき、墨をたっぷりと染み込ませた筆を、鍋蓋に一気に走らせた。

「心月輪《しんがちりん》」

鍋蓋は満月のように円満な相を見せたまま生涯を終ろうとしている。解良叔問も、今、欠点もない円満な相を閉じようとしているのだ。叔問に対する賛辞である。古鍋蓋をその場に置くと、良寛は黙ってその場を辞した。下男は自分のやるべき仕事として、黙々と薪割りをしていた。その音が澄んで響き渡っていると、良寛は感じたことであった。

解良叔問がひっそりと亡くなった。家族たち大勢に見守られての死だったから、幸福な生涯であったといえる。人間は棺の蓋を閉じる時に幸せだったかどうかわかるというが、叔問の人生はつつがなくまずまずだったといえる。見送る家族の中に倅《せがれ》孫右衛門の姿があったので、良寛は安堵したことであった。叔問に頼まれて手紙にして送った良寛の訓戒が効いたのだとも思われる。叔問の死が倅についての心労が加わったことと関係ないとはいわないが、その後孫右衛門は叔問の傍らで静かに身を慎んでいたようである。そのことが叔問のためにはまずはよかったことだと良寛は考えた。

叔問の枕元で良寛は心を込めて何度も読経をしたのだったが、葬儀の導師は菩提寺の和尚がする。良寛も葬儀の傍らで身を慎んでいた。叔問は法華経塔を建てようとしていたのだと良寛にはわかっていたのだが、建立はとても間に合わないので、良寛が書写した法華経は叔問の墓中にいれることにした。叔問は法華経を抱いて菩提へと至るのである。
良寛は法華転の賛偈を書き、同じく墓中に納めた。

口《くち》を開《ひら》けば　法華《ほっけ》を転《てん》ぜよ
口を閉ざすも　法華を転ぜよ
如何《いか》なるか　法華転
合掌して口《い》はん
南無《なむ》妙《みょう》法華《ほっけ》と
（口を開いたら法華経を転じなさいと説き／口を閉ざしても沈黙のうちに法華経を転じなさいと説いた／法華経とは何か／合掌して称えよう／南無妙法華と）

夏安居《げあんご》の坐禅修行が終った時、開口《かいく》といって若い僧が真っ先に発問する。六祖慧能《えのう》に弟子の法達が質問した。自分は三千回法華経を読んだがまったく意味がわかりません。どうしたらよいでしょう。慧能は法達に法華経序品を読ませたところでさえぎり、こういった。お前は教義にこだわっているからわからないのだ。法華経の譬喩《ひゆ》を理解して転法華《てんほっけ》、即ち自由自在に人に説けるようにならなければならない。
諸仏と無上のさとりの境地に至った菩薩は、法華を転ずる、即ち自由自在に法華経を使いこなすことができる。同時に法華経に自由自在に使いこなされる。この境涯こそ、無上のさとりを得た菩薩の体験なのである。解良叔問こそ転法華をした常不軽菩薩という存在で、身を置く世が変わった後も、法華経を自由自在に使いこなしまた使いこなされてほしいという、良寛の友を送る賛辞であった。

解良叔問が亡くなったのは夏の気配が残る初秋の頃であったのだが、いつしか秋も深まっていた。雨が降ったのかと庵の軒下から覗いて見ると、木の葉が一斉に散っている。すでに地面に散り敷いてある落葉に雨粒が触れ、かさっかさっと鳴っている。いたるところで音を立てているので、それはそれなりに騒然とした気配である。良寛には六十二回目の秋であった。

叔問は勇気を持って向こう側の世界にいった。良寛もやがては叔問のいる世界にいく。そこには父や母もいるのだろうか。父と会えば侘び事も含め、話したいことがたくさんある。過ぎたことは後悔ばかりである。これでよいと思ったことは一度もない。できることなら過ぎた年を取り戻したいものだ。そうすれば一人一人に過ぎし事を侘びることができる。

先日、久しぶりに原田鵲斎《じゃくさい》が訪ねてきて、一晩詩をつくりあった。鵲斎の漢詩は「鳥は和す木魚の音。数《しばしば》聴く無常の偈《げ》、灰にし難し一片の心」と、良寛の庵の暮らしを讃えるものであった。もちろん実際の暮らしはそのように潑剌としているばかりではあるはずがないのだ。詩を贈られた以上、返さなければならない。しかも、この場合には同じ韻を同じ順序で用いるのが礼儀なのである。

それで先程から良寛は苦労していたのだ。しばらく降る木の葉と梢と青空とを見つめ、文机に戻って先程から良寛に詩想が湧くのを沈黙の底で待っていたかのような白い紙に、一気に筆を走らせた。

来韻《らいいん》に次《じ》す
頑愚《がんぐ》信《まこと》に比《ひ》無《な》く
草木を以《もっ》て隣《りん》と為《な》す
問《と》ふに懶《ものう》し迷悟《めいご》の岐《き》
自ら笑う老朽《ろうきゅう》の身
脛《すね》を褰《かか》げて間《しず》かに水を渉《わた》り
嚢《ふくろ》を携《たずさ》へて行春《ゆくはる》に歩《ほ》す
聊《いささ》か此の生を保《たも》つ可《べ》し
敢《あ》へて世塵《せじん》を厭《いと》ふに非《あ》ず

（私が頑《かたく》なで愚かなことは他とくらべようもなく／草木を隣人として暮らしている／迷いだの悟りだのと今さら問うのも懶く／いつしか老い衰えた我が身を自分で笑っている／衣の裾をからげてゆっくりと小川を渡り／頭陀袋を持って春山を歩いたりする／どうにかこの身を保っていられるからこうしているだけで／世の中を嫌ってあえてこんな暮らしをしているわけではない）

世間との交渉を断ち、隠者になろうとしているわけではない。それどころか友と交わり、子供たちと遊ばなければ淋しくてたまらないのだった。だが力に満ちた子供と遊ぶのが、老骨にはしだいにつらくなってきたのである。

先日もこんなことがあった。子供たちと野で手毬をつき、隠れんぼをした。いつものことで、それはそれで楽しかったのだが、良寛は身体が疲れてしまった。疲れたから遊びをやめようとは、もちろん子供たちにはいえない。そこで思いあまった良寛はその場に倒れ、死んだ真似をしたのである。だが子供に鼻をつままれ、苦しくなってうぷっと息をついた。

「良寛さまが生き返った。よかった、よかった」

子供たちはいかにも嬉しそうに囃《はや》し立てた。良寛は笑顔をつくる。

「良寛さま、遊びましょう」

良寛は子供たちに手を引かれ、遊びの輪に戻っていく。身体がどんなに苦しくても、良寛はいつも笑っている。心が苦しいということは少しもない。

そう思っているそばから、外で子供たちの声がした。庵の中にいながら、良寛は子供たちの足音を一、二、三、四、五と数え、途中からわからなくなって立ち上がった。


蒲原郡月潟《つきがた》村の儒医の大関文仲という人物が、「良寛禅師伝」を書いたから目を通してくれと、中原元譲《げんじょう》という儒医を介して良寛にいってきた。そのために中原は乙子神社の庵に良寛を二度も尋ねてきたのだった。最初の時は良寛は留守だったので以前頼んでおいた痰《たん》の薬と、もう一つ宇治茶を庵に置いていき、二度目の時には酒と南蛮漬とを持ってきた。使いの儒医は良寛が時に診てもらっていた医者なのでないがしろにもできず、挨拶の品をとりあえずはいただいた。

それにしても良寛には迷惑きわまりない話であった。世に隠れて住んでいるわけではないが、ことさら世間の表に出ていきたいとも思っていないのだ。自分の伝記などについては考えてもみたことはない。名誉欲のない良寛の心情とはまったく反するのである。

良寛は本当に困った。目を通せばその出版を認めたことになる。自分の伝記など書いてくれるなと厳しく拒否すれば、大関文仲も中原元譲も傷つけることになる。文章はもう出来ているのだろうが、できるだけ早くやんわりと断るのがよい。早くしないと、自分の伝記が世に出てしまい、やがて一人歩きするだろう。内容が良くても悪くても困ったことになる。そこで良寛は平身低頭して謝るつもりで手紙を書いた。

このたび御書《おかき》もの御親切にしたため下され候へども、野僧《やそう》もとより数《かず》ならぬ身に候ひて、世の中の是非得失《ぜひとくしつ》の事うるさく存じ、物にかかはらぬ性質候《さうろ》ふ間《あいだ》、御許したまはりたく候。然《しか》れども、何とて生涯一《ひと》たび御目にかかり、心事《しんじ》申し上げたく候へども、老衰の事なれば、しかとは申し上げられず候。中原元譲老子《ろうし》、わざわざ草庵へ御出《おい》で遊ばされ御頼《おたの》みなされ、信《まこと》に困《こま》り入り候。失礼千万。以上。

四月十一日　　　　　　　　　　良寛

大関文仲老

このことに関わるすべての人に頭を下げて許しを乞うたつもりだった。謝って謝って謝りぬく。自分が悪くてこんなことになったわけではないのだが、これを受ければ自分は困り果てることになる。断っても、困ることに変わりはない。自分の伝記など世に出すなと頼むのは、せっかく書いた人に失礼千万なのである。そうならばこそ、良寛は文仲や元譲に謝る。自分は世事の損得勘定をうんぬんするのをうるさく感じ、そんなものと関わらぬことに決めたのである。そうではあっても失礼千万なふるまいをしているのは自分だと、良寛は感じ入るのであった。

この手紙を送ってから、文仲は何もいってこなくなった。良寛が断っているのに、文仲は「良寛禅師伝」なる題名の文章を世に出す人物ではあるまいと良寛は信じるのだが、もしやと思うと落ち着かず、このところ良寛は世間に向かって聞き耳を立てているような具合であった。

文仲のこの一件以来、どうも良寛は落ち着かない。まるで自分がこの地方の名士にでもなってしまったようで坐り心地が悪いのだった。子供と手毬をついている時でも、良寛自身は作意があるわけでもなくただ無心でいるだけなのだが、良寛さんだ良寛さんだと指差してささやきあう声が耳にはいる。いったいこれはどうしたことであろう。

そんなものは放っておけばよいのである。良寛自身はそれでよいのだが、人の目のある神社の境内などで遊んでいると、時としてそれを見物する人垣ができる。いっしょに遊んでいる子供とすれば、居心地の悪い感じになったり、あたかも特別なことをしているかのような傲慢な気持ちにならないとも限らない。そんな雰囲気を、良寛はうすうす感じるようにもなってきたのだった。

ある時三条町八幡宮のあたりを托鉢し、充分な食を得た良寛は、いつものように懐中にいれていた手毬を出して子供たちと戯れていた。すると傍らに立って熱心に絵筆を動かしている武士がいた。気になった良寛は、子供たちを引き連れその人に近づいていった。その人は驚いた表情で良寛を見て頭を下げてきた。

「これはこれは痩せた布袋《ほてい》様でございますな。いや、御無礼つかまつった。あまりに不思議にも懐しい光景に、思わず描かせていただきました。これでございます」

武士はどこぞの藩士で、確かに名のったのだが良寛には聞きとれなかった。見せられた画帳には、子供たちに囲まれて手毬をつく良寛が達者な筆で描かれていた。良寛の顔ばかりでなく、子供たち一人一人の顔も本人とよく似せてていねいに書かれていたのだ。

せがまれて良寛が画帳を渡すと、子供たちの間に取りあいが起こった。

「これこれ、汚れた手で触ると、紙に汚れが残ってしまう」

こういって良寛は画帳をとり上げ、子供たちの前に開いて見せた。子供たちはそれぞれの名を呼んで笑って指差しあった。

「見事なものでございますな。賛を書いてよろしいですか」

「これはなんともありがたいことですな」

武士が渡してくれた筆を良寛は持ち、矢立ての墨をつけた。頭の中で詩を整え、絵の余白にさらさらと書いた。

　　布袋《ほてい》
十字街頭《じゅうじがいとう》の一布袋《いちほてい》
放去拈来《ほうきょねんらい》　思《おも》ひ悠悠《ゆうゆう》
無限《むげん》の風流《ふうりゅう》　人《ひと》の買《か》ふ無《な》し
帰りなんいざ　兜史天《とうしてん》

（町の真中の十字路に布の袋を一つ持った人がいる／袋をおろしたり背負ったりして　なんとなくゆったりしている／このいうにいわれぬ風流を／人は認めることがない／それならばさあ帰ろう　兜率《とそつ》天に）

武士は旅仕度をしていた。遠国からきたのに違いない。武士も良寛もお互いに名のることはない。

布袋は愚を生きていた。薄汚れた身なりをし、額が狭く小さい割に腹は異様に太く、人が聞いていてもいなくてもいつもとりとめもないことをしゃべりつづけ、何処にでもおもむき、何処ででも眠る。杖で大きな袋を背負っている。袋の中には生活に必要なものがなんでもはいっていて、金がないので村や店では欲しいものがあればねだる。岳村寺の東の廊下で、偈を残して安らかに死んだ。その偈はこのようだ。

「弥勒《みろく》真の弥勒、千百億に分身す。時時時人《じじん》に示すも、時人自ら識《し》らず」

布袋は弥勒菩薩なのである。千百億もに分身して人の中に混じっていたのだが、誰も気がつかなかった。肩から背負ったり降ろしたりする大きな袋は、仏法のことである。弥勒菩薩は兜率天に住んでいる。そこには将来仏になる菩薩が暮らしていて、かつては釈尊も修行した。弥勒は釈尊入滅後五十六億七千万年後に兜率天から下生《げしょう》し、龍華三会《りゅうげさんね》の説法によって釈尊の救いに洩れた衆生をことごとく救う。

もちろん自分は布袋などではないという思いは強いが、この一件があって良寛は気持ちが元気になったのであった。

阿部家は渡部村の庄屋で、代々酒造業を営んでいた。当主の阿部酒造右衛門《みき》、号定珍《さだよし》は若くして江戸に遊学し、しばしば良寛の庵に訪れた。くると酒を持ってくるので、良寛にはなんとも好ましい友である。しかも和歌や漢詩をよくするので、いっしょにいても飽きることがない。善人の解良叔問と同様に良寛に対していつも心を砕いてくれていた。叔問が亡くなった今、定珍は良寛が最も頼みとする人物であった。

まだ太陽は空高くにあったのだが、良寛と定珍とは酒をちびりちびりと飲みはじめた。一人が飲むと空になった茶碗を渡してやり、貧乏徳利を傾ける。交互に飲み、和歌を一首つくってからまたちびりちびりと飲むので、それほどはかのいく酒ではない。心地よくなった頃にようやくよい歌ができるという具合であった。

冬の陽差しは暖かであった。樹木はすっかり葉を落とし、細い神経のような枝を青空に向かって震わせていた。あるかなきかの風が吹いていたが、寒いというほどではなかった。心おきない友とこうしているのが、良寛には何よりの楽しみだった。しかも定珍は詩を詠む友なのだ。

定珍は希少本である「万葉和歌集」を持っていて、その二十巻本を借りて良寛は大いに研鑽を積むことができた。良寛の歌風が深まったのは定珍のおかげである。

また加藤千蔭という人物により「万葉集略解」が刊行されたと聞くと、良寛はどうしても読まなければ気がすまなくなった。定珍に尋ねると、二十巻三十冊の大部の本を、与板の豪商三輪権平《みわごんべい》が購入したと教えてくれた。そこで少しずつでも借してもらいたいので、大小の風呂敷を用意し、天気のよい日に届けてくれるように頼んでもらった。また師虎斑《こはん》和尚の大蔵経購入を助けるため江戸で托鉢行をしている維馨尼《いきょうに》が、権平の叔母であるからと、良寛の望みをかなえるようにと江戸から手紙をだしてもらった。「万葉集略解」は待望していた万葉集の最新の注解書なのである。「万葉集略解」は良寛の望みどおり、三輪権平より使いの者が天気を見て数冊ずつ風呂敷に包んで届けてくれることになった。万葉集と照らし合わせて読む際、定珍は阿部家所有の「万葉和歌集」に良寛の朱筆によって注釈を書き入れるよう依頼した。定珍にとっては良寛の書が残り、良寛には勉強ができるので、お互いに幸せであった。これまでも良寛は時間があると朱筆を持ち、「万葉和歌集」と「万葉集略解」にこつこつと向き合ってきたのである。

定珍とは万葉集のことをしばらく語り合った後、ふと江戸にいる維馨尼の話になった。定珍が自分の番の酒を一口呑んでから、しみじみとした口調でいったのだ。

「維馨尼は師のために挺身したのだな。その心は実に美しい。しかし、維馨尼はすでに五十歳半ばじゃ。艱難の日を送り、江戸の寒風もさぞ身に迫っていることじゃろう」

定珍の言葉に良寛はみるみる目に涙を浮かべ、次の言葉がいえなかった。故郷で暖かな人の情にくるまれている自分は、安閑と時間を送っているとしかどうしても思えない。世の中には自分の身をあえて苦境の中に投げ、修行をつづける人がいるものだ。維馨尼のことを考えると、良寛は涙が流れて仕方がなかった。定珍もつられて泣いていた。

「これはたまらん。わしはせめて文《ふみ》を書こう。お主に送る手続きをしてもらいたい」

良寛は定珍の反応を確かめずに立った。いざ白い紙の前に筆を持って構えてみても、良寛の頭には言葉が浮かんでこない。維馨尼はこの今も見知らぬ戸口の前に立ち、喜捨を願って経文を読んでいるのだ。これは大蔵経を読む以上の修行であるに違いない。良寛は自己を殺すような形で、ようやくこれだけの文字を書いた。

君は蔵経《ぞうきょう》を求めんと欲し
遠く故園《こえん》の地を離る
吁嗟《ああ》　吾《われ》何をか道《い》わん
天寒し　自愛せよ
十二月二十五日　　　　　　　　　　良寛
江戸にて維経尼

まだ墨跡も乾かない詩だけの手紙を見て、しみじみとした口調で定珍はいった。

「天寒し、自愛せよ、か」

紙を折りながら、また定珍はいう。

「維馨尼に必要な言葉だが、誰にも必要じゃ。このわしにもな」

「わしにも必要じゃ」

良寛がいい、声にはならない静かな笑いが二人の間で揺れた。定珍は手紙を懐中に仕舞った。

「さあ帰ろうか」

こういって定珍は提燈に火をいれ、外に出た。夜気が襟足のところから身体の中にはいってきたように感じながら、良寛は足元に注意して定珍とならんだ。途中から雨戸を閉めたので気づかなかったのだが、一面の雪景色が、月の下に輝いていた。杉や松がすっかり黄金色の雪に覆われ、幾重にも重なって山になり、その上に満月ではないのだが一輪の月が上がっている。白い雪が月光を吸い込み、黄金の色に輝いているのであった。良寛は定珍と同じことを考えていることがわかっていて、むしろ言葉にだすことができなかった。

月と雪とはいつ見ても美しいものだが、今宵の月雪にまさるものはないのである。それはこの場所が維馨尼の心の中であり、呼びかけた定珍と良寛に胸を開いて見せてくれたからであった。

良寛には心配事がいくつもあった。その一つが弟由之《ゆうし》のことである。出雲崎を追放されて十五年ほどもたち、このところの行方が杳《よう》として知れない。良寛はつい悪いことを考えがちになる。父以南が京都の桂川に投身自殺を遂げたその三年後に、儒者として京都でまことによい地位を得ていた弟の四男香《かおる》も、良寛にはまったく事情もわからないまま父と同様桂川に身を投げて死んだ。父の自殺の三年後のことである。もう一人の弟の三男宥澄《ゆうちょう》は生家の菩提寺の住職になっていて、弟香の死の二年後に亡くなった。良寛の男の兄弟で生きているのは、二男ながら橘屋の身上を継ぎ、潰した、由之だけなのである。

その由之の居所が福井だとわかったと、原田鵲斎《じゃくさい》が良寛のところまで知らせにきてくれた。鵲斎は医師であり、その上行動的であっちこっちに顔を出すせいか、世間のいろいろなことを知っていた。どこをどうしたのか良寛には見当もつかないのだが、鵲斎は由之の居所を突きとめてきて、これからみんなで励ましの手紙を出すから良寛にも書けというのだ。もちろん良寛に異存があるはずはないが、鵲斎はこの場で今すぐ書くなら、他の者の手紙とまとめて送れるというのだ。鵲斎のせっかちはいつものことで、友を思う気持ちもいつもながらで、むしろ良寛は好もしく思い、さっそく筆をとった。詠もうと心に圧力をかけると、すぐ歌が湧いてくるのが、良寛の特徴であった。

相見《あひみ》ず年の経《へ》ぬればこのごろは
　　思ふ心のやる方ぞなき

（お互いに顔も見ないまま年月を経たので、この頃はあなたを思う心をどこに持っていっ
てよいかわからず苦しくてなりません）

杖《つえ》つきも行きても見むと思へども
　　病《やま》ふの身こそ術《すべ》なかりけれ

（あなたのいるところに杖をついてでもいきたいと思うのですが、病いがちの身ではどう
することもできません）

良寛はこの二首の中にすべてを込めたつもりであった。詞《ことば》はいらない。居所がわかって心から嬉しいので、その心を尽くすのには短い言葉だけで充分なのである。今すぐ手紙を送りに出発したいとの態度を示す鵲斎に、良寛はこの二首を托したのであった。

乙子《おとご》神社の草庵にいる良寛のもとに、手紙が届いた。差し出し人は弟の由之である。開いてみ

ると、先日良寛が送った歌への返歌であった。良寛の歌に唱和した弟の歌を、良寛は嬉しく読んだ。

行き廻《めぐ》り経《ふ》るとはすれど悲しくに
　我も心のやる方《かた》ぞなき
（旅で異国を廻っているうちに多くの時が過ぎましたので、この頃は悲しくて、私は心の持っていく場所もありません）

心にも老《おい》の歩みの任《まか》せねば
　しかな思《おぼ》しそ思すかひなし
（老いの身の歩みにまかせていますが、そのうちに故郷に帰ることになるでしょう。ですからそんなに思い詰めないでください。私はあなたが思ってくださるかいもない身ですよ）

真幸《まさき》してただ待ちおはせ旅衣《たびごろも》
　ころも過《すご》さで帰り参《まい》てむ
（どうか御無事でお待ちになってくだされればよいのです。私の旅もそれほど時を過ごさず、故郷に帰ることになりましょう）

過ぎ去った時を、良寛はしみじみと感じるのであった。兄弟は四男三女あったのに、男は良寛と由之の二人、女は二女たかが亡くなり、長女むらと末妹みかが残っているだけである。この全員が集まったこともあった。それは父以南が亡くなった時であった。父が京都の桂川に六十歳で捨身した時、良寛は師国仙和尚から印可の偈を受けた五年後で、三十八歳になっていた。四十九日の法要を京都で営み、つづいて出雲崎で営んだ。出雲崎の法要は良寛も玉島円通寺から帰り、兄弟姉妹全員が会したものだ。今、良寛は六十二歳であるから、あれからでも二十四年の歳月が飛び去ったということになる。

由之の実直ともいうべき歌を読み、良寛は今年も自分はなんとかこの冬を凌ぐことができたなと実感するのである。人に食を乞い、岩間からしたたり落ちる水を汲んで飲み、かろうじてこの身を養うことができたのである。良寛は縁先に腰かけ、何度も何度も手紙を読んだ。読んでいるうちに夕方になり、手紙もよく見えなくなった。暮れていく空に、雁《かり》が群をなして北へ飛んでいくのが目にとまった。夜の雁は父以南の自死の記憶とつながってくる。父が自ら命を断ったあの夜、難を良寛や由之の耳に知らせてくれたのは雁だったのだと、今にして良寛は思うのであった。

人間とは悲しいものである。おもしろおかしく暮らしても、悲しみに耐えて暮らしても、やがて散って砕ける一滴の露にすぎないのだ。この悲しみの彼方にいる、生きている者に対しても死んでしまった者に対しても、良寛は兄弟愛というものをしみじみと感じるのであった。悲しいからこそ、いとおしくて仕方がないのだった。

日に日に暖かくなっていく。良寛は托鉢に出た。托鉢とはその日その日の出来不出来があって、ここのところ不出来の日がつづいていた。いつも米を一握りはくれる家も、顔見知りの主婦がやってきて見せる表情は申し分けなさそうである。いちいち説明があるわけではないが、その顔を一瞬見ればすべてがわかる。一つの里の多くの顔が似たような表情をつくる。みんないうにいわれぬ事情があるのに違いないのだろう。空《から》の鉢を持って良寛が庵に帰ることはしばしばであった。

かつて備中の円通寺にあった時、良寛は寺にある高僧伝などを好んで読んだものであった。すぐれた修行をなしとげた先師たちのうちで、食を貪ったものは一人もいない。百丈山大智禅師は「一日作《な》さずば、一日食さず」として、どんなに年老いても衆僧とともに作務《さむ》をしない日はなかった。衆僧は師の姿を痛々しく思い、在俗の人たちは哀れと思った。だが師はやめようとしなかった。ある時衆僧は師の作務修行をやめさせるために、道具を隠してしまった。百丈はその日一日食事をとらなかった。

托鉢をしても鉢が空のままだということは、人々に仏法を渡すことができなかったわけで、何も作さなかったと同じことだ。すなわち良寛は食べないのである。

古《いにしえ》のすぐれた師は、米が飯を炊くのに不足すれば粥にし、粥を炊くのに不足すれば重湯にして、重湯にもならなければ、湯を飲んで坐禅していたのだ。また栗の実や柿の実を拾って食事にあて、一日の食料を翌日に引き延ばして食べていた。草庵に一人住んでいる時には、松の実を食し、蓮の葉を衣としていたのである。僧であるからには貧乏なことは当然だが、修行を正しくやっているかぎり、食分《じきぶん》というものはついてきたのだ。あれば食べるし、なければ食べなければよいのである。どんなに托鉢がうまくいかなくても、明日は必ずうまくいくものであり、良寛も明日のことを心配したことはない。
　それでも詩をつくって自らを慰めなければならないことはあった。

　　空盂《くうう》
　　癡頑《ちがん》　何《いず》れの日にか休《や》まん
　　孤貧《こびん》　是《こ》れ生涯《しょうがい》
　　日暮《にちぼ》　荒村《こうそん》の路《みち》
　　復《ま》た空盂《くうう》を掲《かか》げて帰《かえ》る
　（愚かで頑なな性格は、いつになったらなくなるだろう／孤独で貧しく過ごすのが、私の生涯である／日が暮れた貧しい村の道を／今日もまた空っぽの鉢を持って庵に帰る）

　自分を見ているもう一人の自分があった。間違ったことをしていないか、道に違ったことをしていないかと、じっと目をこらして見ているのである。詩を書くのは、見られているものと見ているものと二人の自分をつねに意識していくためである。
　ある時は、気持ちのよい晴れ渡った空の下で托鉢をしたのだったが、鉢はいつまでも空っぽであった。みんな田植えの準備に忙しいのだとわかった。やっと水が張られたばかりの田んぼが両側に広がる道路を歩いていると、道端に咲いているすみれやたんぽぽが目についた。良寛は道端にしゃがみ、すみれやたんぽぽを摘みはじめた。摘むとおもしろくて夢中になる。鉢の中には紫や黄の色が入り乱れていた。この花は三世諸仏にお供えしようと思う。

こうして空の鉢を抱えて国上山に帰っていくと、村人たちがたくさん出て道の掃除をしていた。水溜まりができる穴などを埋めて平らにならしているのだ。村人たちは誰もが追い詰められたような真剣な顔をしていて、ただただ一生懸命に竹箒を動かして掃いている。

「どうしたのですかな。みなさんお集まりになって、ずいぶん精がでることでございますな」

「お殿様がおいでになるのです」

顔馴染みの中年の男が声を殺していう。

「それはまた迷惑なことじゃな。みんな田植えの仕度に猫の手も借りたいところじゃろう」

良寛が同情とともにいうと、まわりから同時に何人もの声が響いてきた。

「そうですじゃ。代掻《しろか》きをしてしまわねば、田植えもできません」

「困ったもんじゃ。百姓はあれもやらねばならぬ、これもやらねばならぬと目が回っておるのに、お殿様は御自分の楽しみのための狩りじゃ」

「山には鹿がおる」

「前にも五合庵にきた殿様があったが、わしがようく気持ちを伝えたので、もうこないはずじゃが」

良寛は自分を長岡城下の古刹の住持に迎えようと慕ってやってきた、長岡藩主牧野忠精公のことを思い出していった。

「あの時も大変でしたな。和尚さんのところにきたのは長岡藩のお殿様じゃった。今度は村上藩主内藤信敦《のぶあつ》公です。こちらが本当の殿様じゃからのう」

普段良寛はあまり意識することもないのだが、国上山は村上藩なのだった。長岡藩主は自分の領地の新潟巡視のついでに国上山国上寺に参詣し、そのまたついでに五合庵に良寛を訪ねてきたのだ。今度は正真正銘の自分たちの殿様なので、村人たちも粗相《そそう》があったら大変だと緊張しているのであった。

「紙と筆はないかな。いや立札があったらそれがよいな。わしが藩君に手紙を書こう」

こういう良寛に、村人たちは驚いた表情で目を見合った。それから何人かの村人が家に向かって走り、鉋《かんな》で削ったばかりの立札と、筆と墨とを持ってきた。最近良寛のまわりの人々は、なんとかして良寛から墨跡をもらおうと躍起になっているのがわかっていた。良寛は自分の書いたものが残るのは好まないし、大体が面倒なので、のらりくらりとかわしていた。それが良寛のほうから書をいたすといったので、即座に村人たちは反応したのである。

良寛は道端の蓮葉の上に立札を倒し、たっぷりと墨をつけた筆を素早く走らせた。筆が板の上に停滞していると、そこから墨が染みとなって広がっていく。

短か日のさすかぬれぎぬ干しあへぬ
　青田のかりは心して行け
(日が短いので、洗濯して濡れた衣はなかなか乾きません。そんな季節ですので、青田を刈（狩）る時には、よほど注意してやらなければいけませんよ)

この札を道路の真中に立てた。村人たちにもその意味がわかったようである。良寛は自分の首をさすりながらいう。

「学問や文芸に通じている藩君ならば、百姓の苦しみを見て見ぬふりをしてまで、無理に自分の楽しみのための狩りをすることもあるまい。さて、わしは歩き疲れた。庵に帰って休むことにしよう」

こういって良寛は乙子神社に向かい歩いていった。村人は作業の手を止めて良寛を見送っていたが、やがて自分たちも帰っていったようである。田を耕して嘘や偽りのない素直な生き方をしている人々を権力で支配しようとする連中を、どうも良寛は好きになれなかった。それなら近づかねばよいだけのことである。「国王大臣に親近すべからず」これが道元禅師の教えで、そもそもが師如浄《にょじょう》禅師が、はじめて仏道に志し坐禅修行する際の心得を説いた言葉である。道元禅師は生涯これを守り、永平寺を都から遠く離れた越前国志比庄《しいのしょう》の山の中に建立したのである。良寛はその教えを強く守っているのとは少々趣きが違うのだが、そもそも権力を持って威張り散らしている連中が嫌いなのだ。日頃良寛が付きあっている人の中には、武士はいない。

この後の顚末については、こうである。村上藩主内藤信敦は馬に乗ってここまできて、馬上からこの立札をじっと眺めていたということだ。そして、無言で馬を返すと、そのまま去っていった。それ以来城内からはなんのお達しもない。思いのままの狩りには、藩主もこのところ出ていないということである。

こうなることが、良寛にはわかっていた。こうならないのだとしたら、良寛の首が飛ぶだけである。社会や政治が穏やかであるなら、民は素朴である。社会や政治がことさら賞罰をふりかざすと、民は狡猾卑劣《こうかつひれつ》となる。そんなことを良寛は頭の片隅でちらっと考えたのであった。

無常迅速の世の中ではあるが、若い人が亡くなると哀傷は極まってくる。阿部定珍の娘ますが稼ぎ先で亡くなった。わずかに二十歳であった。定珍の嘆きは深く、そのことを聞いた良寛も思わず涙を流した。定珍はこの娘をことのほか愛していたのである。世の中は悲しいことばかりだ。このようにはかない世の中で、財をかき集めたところでなんになるだろうかと、改めて良寛は思うのである。定珍はあまりの悲しさに、家から一歩も出られなくなってしまったとのことである。その定珍のために良寛ができることは、せめて歌を贈って心を慰めるばかりである。良寛は哀傷の心を連作歌五首にして、定珍の心になって詠んだ。あまりに悲しくて歌も詠めない定珍になりかわって詠み、「哀傷の御歌《みうた》」として手紙にして贈ったのである。こんな時の和歌は霊性をおびてくるなと、良寛は手紙に筆写しながら感じたのであった。

弥彦《いやひこ》の小峰《をみね》打ち越《こ》す九十九折《つづらをり》之坂
　十九《つづ》や二十《はたち》を限《かぎ》りとはして

（弥彦山越えの九十九折といわれる坂道にたとえるならば、十九折から二十折りで止められてしまった人が哀れだ）

大丈夫《ますらを》や伴《とも》泣《な》きせじと思へども
　烟《けむ》り見るとき咽《む》せ反《かへ》りつつ

（心の強い男である私は、ともに泣いたりしないと思っていたが、あなたの娘を火葬する

煙を見て、むせ返るように泣いてしまったことよ）

もみぢ葉の過《す》ぎにし子《こ》らがこと思《も》へば
　欲《ほ》りするものは世《よ》の中《なか》になし
（紅葉が散ってしまうように亡くなった愛しい子のことを思うと、その悲しみのため欲しいと思うものは世の中に一つもなくなってしまった）

十日余《とをかま》り五日《いつか》は経《た》てど平坂《ひらさか》を
　越《こ》ゆらむ子らが音信《おとづれ》もなし
（娘が亡くなって十五日が過ぎたけれども、あの世との坂を越えているだろう子からは、なんの便りもない）

白雪《しらゆき》は千里《ちへ》に降《ふ》り敷《し》け我《わ》が門《かど》に
　過《す》ぎにし子《こ》らが来《く》ると言《い》はなくに
（白雪はこれからどんどん降り積もればよい。私の家には亡くなった子が帰ってくることはないのだから）

今の心情をそっくり歌に托したのだが、それで気が晴れるということもなかった。愛する人と別離する苦しみが、人間にとって最も苦しいものである。我が子を失った定珍にいくら同情を寄せても、良寛は定珍になり変われるわけではない。悲しみは悲しみとして、悲しみの底を見ればよい。人はみんな悲しいものである。一人の子に寄せる愛情を、深く悲しんでから全体に解き放つことはできないだろうか。生きとし生ける衆生にその愛情を広げた時、衆生への慈悲心といえるのではないだろうか。

定珍があまりにも一人の悲しみに沈んでいるために、良寛には見るべきものを定珍は見誤っているとも感じられた。娘が思いがけず亡くなって、悲しみにくれているのは、親ばかりでなく祖父母も同様である。こんな時にまわりへの慈悲心を持つのが、善知識というものではないだろうか。そう考えると、これまで自分をあれこれと支えてくれた定珍が、良寛はいたましくて仕方がない。遠いところにいるわけではないのだから会いにいって直接言葉をかけようかと思い悩んだのだが、定珍の悲しみのあまりの深さを考えると、なかなか足が動かなかった。言葉は話し言葉があるばかりではない。こんな時には手紙が便利である。さっそく良寛は文机に紙を広げて書状をしたためるのであった。

過《う》ぎし人の事を、かにもかくにも忘られぬと聞きて、かくなむ。
生《う》みの子《こ》を愛《う》しと思《おも》はば百姓《みたから》を
　打《う》ち放《はふ》らすな愛《め》ぐ子《こ》と思ひて
（自分が生んだ子を可愛いいと思うならば、あなたが治めている人々を打ち放つようなことはなさいますな、自分の可愛いい子だと思って）

良寛

老人の嘆かすと聞きて
老《お》い人《びと》は意弱《こころよわ》き者《もの》ぞ御心《みこころ》を
慰《なぐさ》め給《たま》へ朝《あさ》な夕《ゆふ》なに
（年老いた人は、孫が亡くなって心が弱くなっていますよ。どうか御両親を慰めてやってください。朝も夕も、いつもいつも……）

十二月十九日　良寛

定珍老

日に日に寒くなっていく。乙子神社は鬱蒼《うっそう》たる樹木に囲まれていて日当たりが悪く、庵の中にいると底冷えがする。秋に山からとってきて北側に積み上げておいた柴を、少しずつ囲炉裏で燃やして暖をとった。それでもいたるところから隙間風が染み入り、寒くて仕方がない。これまでこんなにも寒さを感じることはなかった。雪が降ってきたほうがむしろ暖かいのだが、待ち望んでいるとなかなか降らないものである。雪が積もるのは年が明けてからだが、降れば降ったで今度は托鉢に出るのに困難になる。

良寛は風邪を引いたようである。熱が出たのか身体がだるくなり、起きていられなくなった。蒲団を敷いて横たわり、梢を吹き過ぎる風の音を聞いていた。裸木の枝同士が打ち当たる音がばちばちと響いている。近くの樹木に気持ちを向けると近くの音が、遠くに気持ちを向けると山全体の鳴る音が聞こえる。もとより身心ともによくわかっていることではあるが、強風が吹きまくる天地の間で、あまりに微小な存在である自分は、ただ一人でここに在る。解良叔問は亡くなってしまい、阿部定珍は愛娘を亡くして元気がない。あの豪放磊落《ごうほうらいらく》な原田鵲斎《じゃくさい》の姿もしばらく見ない。どうも病いを得て床に伏せっているらしい。これまでは良寛の気持ちが衰えると、この三人のうちの誰かは必ず良寛の庵に顔を出してくれたものであった。

飲む水の汲み置きがなくなり、高熱が出てふらふらしていたのだが、良寛は床から起きてありったけの衣を身に着けた。この三日間ほどほとんど何も口にしなかったので、痩せている上にまた痩せたようである。しゃがんではいた足袋さえも、指先が余った。

水差しにしている壺を持って外に出た。心の中で思い描いていたより、まわりの風景は冬さびていた。枝に木の葉は一枚もなく、色彩が沈み切っている。木枯しがやってきて良寛のまわりを巡り、また遠ざかっていく。暗い杉木立ちが良寛を取り囲み、頭上には目に染みるような青空が天に向かって抜けている。良寛は死んだ父と母のことを考えていた。自分は一刻一刻と父母のもとに近づいているのだなと実感する。

神社の脇には小さな渓流があるのだが、落葉に埋まって流れは見えなかった。すべらないように気をつけて岩を踏んでいき、上にかぶった落葉をそっとどける。岩の窪みの中で、水が動いていた。冬枯れの水は心細い流れしかなかった。それでも光が微かにしか届かない谷の底で、水は光っていたのだった。良寛はその上に屈むようにしてしゃがみ、両掌で水をすくって飲んだ。指も喉も、水の冷たさを心地よく感じた。水を汲んだ壺にはいってくる枯葉を摘んで捨てる。持って立ち上がった水差しは、思ったよりも重かった。

年をとるということは、親しい一人一人と永遠の別離をとげていくことである。生老病死という世のならいを、ひしひしと身に染みて感じるのである。家族のいない良寛でさえそのことを痛いように実感する。まして家族とともに世俗の暮らしをする人は、自分よりずっと年下の子供たちの死に心が朽ちることもあるのだ。良寛が善人と思い、心を托している阿部定珍の娘ますが、婚家先で二十歳で亡くなったそのたった一年後に、息子の健助が二歳で亡くなった。その時良寛は体調を崩して乙子神社の庵で臥《ふせ》っていた。食事をつくることも食べることもままならず、すっかり身体が弱って起き上がれなかった。それで葬式にも参列することはできなかったのだが、五《いっ》七日《なぬか》の法要の供物が良寛のところに届けられた。供物には、定珍がいつも布施してくれる酒がそなえてあった。気力の弱っていた良寛は哀傷歌を送ることができず、ひとまず手紙だけを書いた。

幼きお子《こ》の過ぎ給ひし由《よし》、驚き入り候。御施物《せもつ》ならびに酒、恭《うやうや》しく受納仕《つかまつ》り候。追《おっ》てよく拝吟《はいぎん》仕るべく候。早々。以上。

霜月二十四日　良寛

定珍老

幼子の死を聞いて良寛も気が滅入ったのだから、肉親の定珍はどんなにつらい気持ちでいるだろうと考えると、良寛はせめてそばについていてやりたいと思った。だがそんな簡単なことも簡単でなくなるのが老いることなのだ。良寛は六十三歳だった。人生五十年の世の中で、思いがけず長生きをしている。寒さに耐え、食うや食わずの日々がつづいて身体は無理をしているので、自分では若死にをするのだとばかり思っていた。それが今や老人の域に達しているのだ。
良寛が黙っていると定珍のほうでも心配するだろうと考え、とりあえず哀傷歌をつくって贈った。

世の中の玉《たま》も黄金《こがね》も何かせむ
　ひとりある子に別れぬる身《み》は
（世の中の宝とされる玉や黄金もなんになるだろうか、たった一人の子と死別してしまったこの私の身にとっては）

樫《かし》の実のただ一人子に捨てられて
　我が身ばかりとなりにしものを
（たった一人の子に先立たれたのは、まるでこの世に捨てられたようで、自分はまったく孤独になってしまった）

定珍が幼い息子を膝の上にのせ、それは可愛いがっていた様子が、良寛の脳裏には浮かぶ。心のやさしい人物であった。そんな人物に、どうしてこんな苦難が次から次に襲いかかってくるのだろうか。その苦しみの場所こそ、人生を究めるための道場であると法華経には説かれている。そうだからこそ、定珍は自ら苦難を呼び寄せているのではないかとさえ、良寛には思われた。幼い息子を亡くした定珍が、良寛は気の毒でならない。やがて定珍より、先の良寛の歌と唱和する歌がとどいた。

思ふにし敢《あ》へず我が身のまかりなば
　死出《しで》の山路にけだし逢はむかも
（亡くなった子を嘆いて生きることに耐えられなくなり、私の身がはかなくなってこの世を去ったならば、あの世へと向かう死出の山路であの子と会えるかもしれませんね）

何度目を通しても悲しい歌であった。良寛よりも二十歳も下の定珍であるが、一気に晩年にきてしまったかのようである。これはどうも見捨ててはおけないと良寛は自らを鼓舞して歌をつくり、唱和連作歌として定珍に贈った。

いつまでか何嘆《なになげ》くらむ嘆けども
　甲斐《かひ》なきものを心尽くしに
（いつまでも何を嘆いているのですか。全身全霊で心を尽くしていくら嘆いたところで、生き返るわけでもありません。気をしっかり持ってください）

嘆けども甲斐《かひ》なきものを懲《こ》りもせで
　またも涙の急《せ》き来るは何《な》ぞ

（亡くなった子供のことをいくら嘆いたところで何のためになるわけでもないのに、それがわかっていながら、子供のことを思うと涙が湧き上がってくるのはどうしたわけでしょう）

子供らを生まぬ先《さき》とは思へども
　思ふ心は暫《しば》しなりけり
（子供を生まぬ前にはなんの心配もなく、そのほうがよかったと思うものの、その気持ちはつづかず、子供を亡くした悲しみにまた満たされます）

歌をつくっていると、良寛もたまらない悲しみに満たされる。この世に子供をつくらなかった良寛でも、友が子供を失ったという同じ悲しみに包まれるのは、このことが個人的というのではなく、普遍的なことであるからだ。その強い愛をすべての子に広げるのが仏の心である。我が子への愛はなにものにも代えがたいのであるが、我が子羅睺羅《らごら》を思うことと同じだと釈尊はおっしゃった。すべての衆生を平等に思うことは、我が子に愛執する心があったのだ。不世出の大聖人である釈尊でさえ我が子をことに愛したのだ。我が子だけに向けられた愛ならば執着だが、その愛を平等にすべての子供に分かち与えるのが仏の心で、その愛はまさに愛であって、執着とはならない。良寛はそのように思うのであるが、実際に我が子を失ったばかりの定珍には、その声は届かないであろう。だからこそ、和歌で控え目に呼びかける。良寛は釈迦如来の声を借りて、すべての人にこういいたいのである。

「等《ひと》しく衆生を思ふことは羅睺羅の如し」

どうやら良寛自身も体調不良という苦境を乗り切ったようである。死んだ定珍の子のことを考え、釈尊が捨てた子羅睺羅のことを考えているうち、子供たちと遊びたくなってきた。僧である良寛にはもちろん自分の子はいないし、誰の子だといちいち考えて遊ぶわけではない。等しく衆生を思って遊んでいるのである。

身体に自信があるわけではなかったが、良寛は托鉢に出る際懐中に手毬をいれていった。ぜんまいの綿が芯にたっぷりはいった、ことのほかよく弾む手毬を選んでいったのだ。季節は農閑期で、野良に出ている人の姿もなく、子供は親の手伝いをさせられているわけではない。秋の青空が淋しいほどに澄み、山々の木の葉はすっかり落ちつくしていた。村の神社の境内などに子供の姿を見つけるのは簡単であった。良寛は小さな神社の参道を枯葉を踏みしめて歩いていき、社殿前の平らなところで長い縄を回転させて遊んでいる子供たちのところにいった。すべて女の子の十人ばかりであった。列をつくって回転する輪の中に一人ずつはいり、三度跳ぶと、輪から出てきてまた列の最後尾にならぶ。子供たちは歌を歌っていたのだが、良寛には聞いたことのない歌であった。良寛はにこにこ笑って回転する縄の横に立った。二人の子が回す縄は、びゅっ、びゅっと音を立てて空気を切り裂いていく。一人の子供が近づいてきて、良寛の手を握った。ひんやりとした感触であった。

「良寛さま、遊びましょう」

子供は良寛の手を引いて縄のほうに引っぱっていこうとする。良寛は身体を傾けるものの、足は動かない。

「わしは自信がないのう。縄が足に絡《から》んで転びでもしたら、腰を打って起き上がれんようになるかもしれん」

「良寛さまはなんの遊びが好き」

別の子供が聞いてきた。

「わしが好きなのは、毬つきじゃ。何処でも遊べるように、いつでも手毬は持っておる。ほれ」

良寛は懐中から出した手毬を子供のほうに突き出す。子供たちは回していた縄を地面に置き、わあっと声を上げて手毬のほうに近づいてきた。良寛は身体の内から力が湧き上がってくるような気がするのだ。心の中が元気で満たされる。

「順番だ。まずわしがついてみよう。一《ひ》、二《ふ》、三《み》、四《よ》、五《いつ》、六《む》…」

ここまでついたところで毬は横にそれた。しばらくしていなかったので、どうも調子が出ないようである。転がった手毬を拾ってきた子が、良寛に渡してくれた。良寛はその子に手毬を渡す。

「さあ、ついてごらん。一、二、三、四、五…」

良寛の声の調子にあわせて子供は毬をつきはじめるのだった。前は良寛のほうがずっとうまかったのに、今は子供のほうが遥かにうまい。うまくつこうと思って身体に力をいれたためか、腰が痛くなってきた。良寛は社殿の階段に腰をかけて子供たちにいうのだ。

「さあさあ、取りあいをしてはいかん。まん丸い毬だよ。ぐるっと回って必ず順番はくるから」

こういいながら、良寛は子供たちに慰藉《いしゃ》されている自分に気づく。救われているのは自分のほうだった。

くり返しくり返し海岸に寄せてくる波は、同じ動きをとるものも、同じ形に盛り上がるものも、二つとない。波が浜に引き寄せられる時にも、あっちこっちから複雑な縁が働き、その因縁によってまったく違う形をとる。それでも結局は砂浜に向かって寄せてきて、砕け、力はすべて砂に吸われてしまう。おおよその流れはいっしょながら、波が生まれて消滅するまでの過程は微妙に違う。まるで一人一人の人生のようではないか。そのことがおもしろくて、良寛は浜辺に立って飽きることなく波を見ていた。

それから良寛はゆっくりと歩き出す。向かっているのは、妹むらの嫁いだ外山家であった。夫の外山文左衛門は寺泊で大庄屋をつとめ、回船問屋で酒造業も営んでいた。寺泊で一番の町家といってよい。すぐ下の妹むらは幸せ者であった。気立てのやさしいむらは何かと良寛のことに心を配り、野積の浦でとれる雪海苔《のり》を贈ってくれた。真冬の荒々しい波間を縫って命懸けでとった岩海苔を、良寛は大変好んでいた。高級品の岩海苔は、分限者《ぶげんしゃ》でなければとても手にいれることはできなかった。

弟の由之が奥州出羽の酒田に向けて出発するので、兄弟三人で集まろうということになったのだった。もう一人末妹のみかがいたが、もう良寛の兄弟はこの四人しか残っていない。由之は橘屋を継いだがところ払いとなり、出雲崎には立ち入れないことになっていた。みかは出雲崎にある浄土真宗浄玄寺の住職曽根《そね》智現のもとに嫁いでいた。みかにもむらは声をかけたのだが、寺の都合でどうしてもくることができないとのことであった。みかは長子の良寛とは二十歳の開きがあった。

母の面影ともいうべき佐渡の見える部屋に集まった三人は、お互いの顔を見て言葉を失った。自分自身の顔や姿は見えないものの、お互いがあまりに年をとっていたからである。良寛六十四歳、むら六十二歳、由之六十歳である。それぞれの顔を見合ったまましばらく沈黙していた。

兄弟があい集うのはこれが最期かもしれないという思いがあり、過ぎ去っては消滅していく時の流れに悲傷を感じつつ、良寛は口を開いた。

「由之よ、何故そんなに旅をする」

すると由之は深い溜息をついていうのであった。

「兄さん、今のわしは倅《せがれ》馬之助の世話になっている身じゃ。当面何をしなければならないということもない。しばらく三国港に住んでおったが、今度は風月を友としてみちのくに旅をすることにした。気が向けば和歌でも詠じ、旅日記でも書くつもりじゃ」

「まさに雲水じゃな」

こういいながら、良寛はとらわれもなく旅をしていた若き日の自分を思い浮かべる。

「何処で死のうと、何処で生きようと、すでにいいんじゃ。背負っているものは何もない」

由之はからからと笑っていう。肚《はら》の中にはことに何もなさそうである。由之がこんなに苦労をしたのは、良寛のせいだったといってもよい。良寛が出家をしてしまったために家督を継がねばならず、家を潰すまでの苦労をさせてしまった。良寛はひけめを感じているものの、由之のほうは恨みを持っている様子はない。家を潰したおかげで自由になり、人生を楽しんでいる様子が何より良寛にはありがたいことである。

「兄さん」

むらが良寛にいう。

「兄さんは長い旅をしてはいけません。身体がすっかり弱っていなさる。出かけたきり、帰ってこられない旅になってしまいますよ」

「わしの境涯こそなんのとらわれもなく、朗月を友として眠ればよい。仏のおられるところなら、わしは何処にでもいくぞ」

「仏は何処にでもおられるといいたいのでしょう」

「そのとおりじゃ」

ここで三人は声を揃えて笑った。良寛は体調がすっかり戻っていることを改めて感じていた。若者のように旅立とうとしている由之に刺激されないはずはない。良寛はいう。

「由之よ、鶴岡にはいくか」

「いくと思います」

「鶴岡は大森子陽《しよう》先生の鬚髪《しゅはつ》の碑があるところじゃ。子陽先生は芭蕉にならって松島、象潟《きさかた》の見物に出かけられ、そのまま鶴岡に塾を開いて亡くなられた。遺骨は寺泊の万福寺に葬られ、こちらに墓がつくられたから、鶴岡は鬚髪の碑じゃ」

ここまで話した良寛は、自分も旅に誘われているのを感じた。子陽先生は米沢藩の上杉鷹山《ようざん》のことをよく話していた。米沢藩には鷹山が家督を譲る時に心得を語った「伝国の辞」三ヵ条が、今でも歴代藩主に承け継がれているとのことだ。子陽先生はこの「伝国の辞」の暗誦を求めたから、良寛は今でもそらんじることができるのである。

一、国家は先祖より子孫へ伝へ候ふ国家にして、我私《わたくし》すべき物にはこれなく候。
一、人民は国家に属したる人民にして、我私すべき物にはこれなく候。
一、国家人民のために立ちたる君にて、君のために立ちたる国家人民にはこれなく候。
右三ヶ条、御遺念あるまじく候ふ事。

良寛は子陽先生が地蔵堂に開いた三峰館で十八歳まで漢詩漢文を学び、子陽先生は細井平洲《へいしゅう》に学んだ。平洲は鷹山の師である。子陽先生は鷹山の兄弟弟子で、良寛は平洲の孫弟子ということになる。良寛が鷹山に心ひかれるのは、同門だからに違いない。それは思想が同じということなのである。身体が動くうちに米沢や鶴岡を訪ねる旅をしたいものだと、良寛は心の中で思うのであった。


「由之よ、今度の旅は何処までいくつもりだね」

良寛は憧憬の気持ちを込めて尋ねるのだった。良寛は自分に向かっていっているような気もした。由之は軽く返してくる
「蝦夷《えぞ》が島まで渡ろうと思っとる」

「そこまでいくのか。必ず帰ってくるんだぞ。いいな」

良寛はつい強い声を出し、むらもいちだんと激しい口調でいった。

「きっと帰ってくるんですよ」

由之ともうこれきり会えないのだとしたら、あまりにも淋しいではないか。

阿部定珍の父治朝が何年間かの患いの後に死んだ。定珍は次から次と不幸にみまわれたのである。良寛は酒一合、茄子一籠、包丁、菜を贈られ、葬儀の導師を頼まれた。良寛はどうも格式ばった法要が苦手で、これまでなんとかかんとかいい逃がれしてきたのだった。今回は阿部定珍の父の葬儀であり、他ならぬ定珍その人から頼まれたのであるから、断ることができる筋合いではない。良寛は寺の住職をしているわけではなく、立派な葬儀にするために僧をたくさん連れていけるような立場ではない。そう考えるとたちまち身体の調子が悪くなり、とうとう伏せってしまった。それでは心の中にやましい思いが残り、朝の御斎《おとき》の法要には参加させていただくと、贈物の礼とともに手紙を書き、哀傷歌を一首添えた。

飯乞《いひこ》ふと我が来てみれば萩《はぎ》の花
　砌《みぎり》しみみに咲きにけらしも

（托鉢のために私がこの家にきてみれば、萩の花が庭いっぱいにまるで盛りつけられたように咲いていていたことよ）

良寛は定珍の父に庭いっぱいの萩の花を手向《たむ》けたのである。良寛は御斎の法要の導師をすることにどうしても気が進まず、実際に病気にもなり、約束の御斎の前日になって、それなりの勇気をふるって定珍に断りの手紙を出した。

兄弟三人が語らった三年後、妹むらはその年の十二月十七日に亡くなった。夫の文左衛門が同じ年の三月五日に六十八歳で亡くなると、むらは病いを得て寝ている日が多くなり、夫の後を追うようにして九ヵ月後に六十五歳で亡くなったのである。三年前の三人の語らいでは、もちろんこの日のあることがわかっていたのである。人がどう思おうと、無常の歩みはたゆみない。しかもその歩みは、年とともに早くなってくる。橋屋の兄弟は良寛と由之、それに三女みかしかいなくなってしまった。年を重ねて、いつしか良寛は六十七歳になっていた。若い時にはこんなにも生きるとは考えもしなかった。良寛はむらの葬儀に出かけていき、哀傷歌一首を捧げた。

春ごとに君が賜《たま》ひし雪海苔《ゆきのり》を
　今より後《のち》は誰か賜はむ
（春になるといつもあなたから贈っていただいた雪海苔は、これからは誰がくださるというのでしょうか）

野積海岸には西生寺がある。原田鵲斎《じゃくさい》が西生寺にある梅の花の美しさに心を奪われ、根ごと盗もうとしたことがあった。かの剛胆な鵲斎も病気がちだと聞いた。みんな老いてきたのである。

（了）

《その後》

良寛六十八歳（文政八年＝一八二五）の冬、越後は未曽有《みぞう》の大雪に見舞われたという。いよいよ老いの自覚を得た良寛は、文政九年秋、国上山麓の乙子の庵から島崎（三島郡和島《わしま》村）の豪農・木村家に住まいを移すことになる。同年、ここで良寛は四十歳若い貞心尼と出会う。貞心尼は夫と離別し出家、良寛の高徳を耳にし、長岡の郊外、福島村の閻魔堂から、良寛の住む庵をたずねたのである。

　これぞこの仏の道に遊びつつ
　　つくや尽きせぬ御法《みのり》なるらむ　　貞心尼

つきてみよ一二三四五六七八九《ひふみよいむなやここ》の十《とお》
　　十と納めてまた始まるを　　良寛

この歌の交換をきっかけに暖かい師弟関係は良寛の遷化までつづく。

良寛七十歳のとき、最愛の友、原田鵲斎《じゃくさい》が没する。

翌年文政十一年十一月、三条大地震がおこる。その際、又従兄弟《またいとこ》の俳人・山田杜皐《とこう》に「災難に逢ふ時節《じせつ》には災難に逢ふがよく候。死ぬ時節には死ぬがよく候。是《これ》はこれ災難をのがるる妙法にて候」と書き送ったのは有名な話である。

良寛七十三歳（天保元年＝一八三〇）の夏より、腹痛と下痢がひどくなり、峠を越えて貞心尼がやって来ては看護に当たったという。年末、重体の知らせで貞心尼が駆けつける。最期の句「裏を見せ表を見せて散る紅葉」とともに、最晩年の良寛と貞心尼の歌のやり取りは印象に残る。

いついつと待ちにし人は来《きた》りけり
　今はあひ見て何か思はむ　　良寛
生き死にの堺離れて住む身にも
　避《さ》らぬ別れのあるぞ悲しき　　貞心尼
天保二年（一八三一）一月六日、由之と貞心尼に看取られながら息を引き取った。享年七十四歳だった。
（編集部）

※作者、立松和平氏は平成二十二年二月八日、永眠されました。本書はご遺族の了解を得て出版するものです。
大法輪閣

## 立松　和平（たてまつ・わへい）

1947年栃木県生まれ。早稲田大学政経学部卒業。

在学中に『自転車』で早稲田文学新人賞。卒業後、様々な職業を経験。

インド放浪を経て宇都宮市役所に勤務の後、79年から作家として専念。

80年、『遠雷』で野間文芸新人賞、93年『卵洗い』で坪田譲治文学賞、97年『毒―風聞・田中正造』で毎日出版文化賞。2002年歌舞伎座『道元の月』の台本で大谷竹治郎賞受賞。2007年『道元禅師』（上・下）で第35回泉鏡花文学賞、2008年同作品で第5回親鸞賞を受賞。世界各地を旅する行動派として知られ、自然環境保護問題にも積極的に取り組んだ。著書には『救世―聖徳太子御口伝』（大法輪閣）、『良寛のことば　こころと書』（考古堂）、『日光』（勉誠出版）など多数ある。

2010年2月、逝去。


# 良　寛

平成22年 6月10日 初版第1刷発行 ©
平成22年 8月10日 初版第2刷発行

著　者　立　松　和　平
発行人　石　原　大　道
印刷所　三協美術印刷株式会社
製　本　株式会社　若林製本工場
発行所　有限会社　大　法　輪　閣
東京都渋谷区東2－5－36　大泉ビル2F
TEL　(03) 5466-1401(代表)
振替　00130-8-19番

ISBN978-4-8046-1302-4　C0093　Printed in Japan